除了野蛮国家，整个世界都被书统治着。

司母戊工作室
诚挚出品

奥斯维辛的裁缝

The Dressmakers of Auschwitz

[英]露西·阿德灵顿（Lucy Adlington）著

李岩 译

纳粹屠杀下，用缝纫拯救生命的真实故事

人民东方出版传媒
People's Oriental Publishing & Media
东方出版社
The Oriental Press

图书在版编目（CIP）数据

奥斯维辛的裁缝 /（英）露西·阿德灵顿著；李岩译 . -- 北京：东方出版社 ,2022.8
书名原文：The Dressmakers of Auschwitz
ISBN 978-7-5207-2856-0

Ⅰ . ①奥… Ⅱ . ①露… ②李… Ⅲ . ①纪实文学－英国－现代 Ⅳ . ① I561.55

中国版本图书馆 CIP 数据核字 (2022) 第 114569 号

奥斯维辛的裁缝
AOSIWEIXIN DE CAIFENG

作　　者：[英] 露西·阿德灵顿（Lucy Adlington）
译　　者：李　岩
责任编辑：王家欢　王赫男
出　　版：东方出版社
发　　行：人民东方出版传媒有限公司
地　　址：北京市西城区北三环中路 6 号
邮　　编：100029
印　　刷：北京联兴盛业印刷股份有限公司
版　　次：2022 年 8 月第 1 版
印　　次：2022 年 8 月第 1 次印刷
开　　本：880 毫米 ×1230 毫米　1/32
印　　张：11.5
字　　数：265 千字
书　　号：ISBN 978-7-5207-2856-0
定　　价：72.00 元
发行电话：(010) 85924663 85924644 85924641

目　录

序 言

当我受邀来到布拉查·科胡特（Bracha Kohút）夫人的家中，瞬间就被照料她的亲属簇拥了起来。科胡特夫人对我说的第一句话就是："您怎么可能相信呢？"这位身材娇小、活泼开朗的女士身着时髦的休闲裤和短上衣，戴着串珠项链，留着花白的短发，涂着玫瑰粉色的口红。我之所以长途跋涉，从英格兰北部飞到距离旧金山不远的这座简朴的山间房屋，就是为了拜访她。

我们握了握手。此刻，历史变成了真实的生活，不再只是档案、书架、时装效果图和柔顺的布料——那些是我在进行写作和展示时通常使用的历史材料。而我拜访的这位女士从一个与"恐怖"画等号的时代和地方幸存了下来。

科胡特夫人坐在一张盖着蕾丝桌布的桌边，为我递上自制的苹果馅饼。她的身后摆满了学术书籍，其间还摆放着花束、美丽的刺绣、家庭照片和色彩斑斓的瓷器。我们翻阅起我特意为她带来的 20 世纪 40 年代的时装杂志，又一同审视一件我个人珍藏的第二次世界大战时期红色时装经典藏品。气氛渐渐轻松起来，首次采访随之开始。

"真是杰作，"她评价道，指尖从衣服的装饰物上滑过，"优雅极了。"

我不禁感叹，服装竟能将跨越大洲、跨越世代的我们联系起来。除了都对这件衣服的剪裁、风格和技艺备加赞赏之外，更为重要的是，数十年前科胡特夫人曾在截然不同的环境中与布料和服装打过交道。她是奥斯维辛集中营里一个时装厂的最后一名在世的女裁缝。

奥斯维辛集中营里有一个时装厂？这种说法简直不同寻常并令人厌恶。我在为撰写一本有关第二次世界大战期间全球纺织行业的书籍做准备时，了解到希特勒的第三帝国与时装行业的关系。第一次注意到这个名为"高级缝纫工作室"的时装厂时，我十分震惊。显然，纳粹了解服装具有的表现力，他们在重大公共集会上身着标志性制服就表明了这一点。制服是利用服装来强化集体自豪感和身份认同的典型例子。纳粹的经济和种族政策旨在从服装行业中获利，利用掠夺所得为战事提供资金。

纳粹上层女性也很看重服饰。希特勒手下阴险狡诈的宣传部长约瑟夫·戈培尔（Joseph Groebbels）的妻子玛格达·戈培尔（Magda Groebbels），其优雅是出了名的。尽管纳粹执意要将犹太人从时尚行业清除出去，但玛格达对穿戴犹太人的制品却并无不安。帝国元帅赫尔曼·戈林（Hermann Goering）的妻子艾米·戈林（Emmy Goering）曾穿戴掠夺来的奢侈品，却声称对这些财富的出处一无所知。希特勒的情妇爱娃·布劳恩（Eva Braun）热爱时装，甚至在她自杀前，也就是纳粹德国投降之前的最后时日里，她还命人穿越战火中的柏林，为自己送来婚纱。身穿婚纱时，爱娃脚上穿着菲拉格慕牌的鞋子。[1]

可谁能想到，奥斯维辛集中营内竟开设了一个时装厂。这一工厂是对第三帝国核心理念的凝缩：追求特权与放纵，辅以掠夺、堕落和大屠杀。在奥斯维辛集中营内建立服装厂的正是该集中营指挥官鲁道夫·霍斯（Rudolf Höss）的妻子海德薇·霍斯（Hedwig Höss）。如果说时装厂和屠杀场所结合还不够怪诞的话，那么加之时装厂中工人的身份也就足够了：时装厂里的女裁缝大多是被纳粹剥夺了财产并遣送至此的犹太人，而作为纳粹"最终解决方案"的一部分，等待她们的最终命运是肉体的毁灭。除她们外，时装厂里还有来自纳粹占领下法国的非犹太共产党人。这些纳粹的抵抗者也同样被囚禁，面临被消灭的命运。

这些被囚禁的坚韧女性为海德薇及其他纳粹党卫队成员的妻子从事设计、剪裁、缝纫和装饰工作。她们为那些鄙视她们、将她们视为具有破坏性的低等人的太太创造出美丽的服饰。而那些太太的丈夫则努力想要消灭所有犹太人和纳粹政权的一切政敌。对于奥斯维辛的女裁缝们来说，缝纫能保护她们不被送入毒气室和焚化炉。

面对纳粹剥夺人格、贬损价值的做法，这些女裁缝不屑一顾。她们锻造出了令人难以置信的忠诚和友谊。在穿针引线和踩动缝纫机的同时，她们还制订了抵抗纳粹乃至逃离集中营的计划。本书是关于她们的历史，而不是小说。书中最私密的场景和对话，完全源自证词、文献、物证以及主人公向家人或直接向我倾诉的回忆，辅以我的大量阅读和对档案的探索。

一旦得知存在着这样的时装厂，我便开始了更加深入的研究，但手头仅有某些基本信息，以及一张并不完整的姓名清单：艾琳·赖兴贝格（Irene Reichenberg）、勒妮·翁加尔（Renée Ungar）、布拉查·贝尔科维奇（Bracha Berkovič）、卡特卡·贝尔科维奇（Katka Berkovič）、胡妮娅·施托尔希（Hunya

Storch）、咪咪·赫夫利希（Mimi Höfflich）、曼齐·比恩鲍姆（Manci Birnbaum）、玛尔塔·富克斯（Turulka Fuchs）、奥尔加·科瓦奇（Olga Kovácz）、阿莉达·德拉萨尔（Alida Delasalle）、玛丽露·科隆班（Marilou Colombain）、露露·格林贝格（Lulu Grünberg）、芭芭·泰希纳（Baba Teichner）、博丽什卡·佐贝尔（Borishka Zobel）。我几乎放弃了找到更多名字的希望，就更别提了解这些女裁缝的生平了。但我当时正在写的一部以此为素材、名为《红丝带》（The Red Ribbon）的青春小说吸引了欧洲、以色列和北美相关家庭的注意。随后我收到了第一批邮件：我的姑姑曾是一名奥斯维辛女裁缝，我的妈妈曾是一名奥斯维辛女裁缝，我的奶奶曾管理奥斯维辛时装厂……

我第一次接触到了奥斯维辛女裁缝的家人。探索女裁缝的生平与命运，既令我震惊，又令我备受激励。

值得注意的是，这些女裁缝中的一位仍然在世，身体健康，并且愿意谈论这段经历。这位独一无二的见证者见证了纳粹政权的丑恶与残酷。在我们会面时，科胡特夫人已经 98 岁高龄，没等我提问，她就滔滔不绝地讲述起来。她的回忆始于犹太节日期间沐浴在坚果与糖果中的童年，终止于在奥斯维辛目睹一名少年好友仅仅因为在干活时说话，就被纳粹党卫队成员用铁铲敲断了脖子。

她向我展示了一张第二次世界大战之前自己的照片。当时 10来岁的她身着一件漂亮的针织毛衣，手里拿着一朵木兰花。在另一张拍摄于第二次世界大战结束后若干年的照片里，她身着一件具有迪奥著名的"新风尚"风格的时髦外套。光看这两张照片，你不可能猜得出在那期间她都经历了什么。

至于科胡特夫人在奥斯维辛集中营度过的恐怖的 1 000 天，

并没有留下照片。她告诉我，在这 1 000 天中的每一天，她都可能死亡 1 000 次。她的话栩栩如生，从一段回忆讲到另一段回忆。她的手指摩擦着裤缝，令折痕越来越深，这在不经意间暴露了科胡特夫人一直克制着的情绪。英语是她的第五门语言，是她在美国生活多年后掌握的。她自如地从一种语言切换到另一种语言，我则尽我所能地跟上。我准备了一支笔和一张纸，以便潦草地进行速记，还准备了一长串问题。但就在我笨手笨脚地设置手机视频录制时，科胡特夫人戳了戳我。

"请您倾听吧！"她命令道。

于是，我开始倾听。

第一章

在纳粹阴影下成长的犹太女孩们

> 两年之后，我来到了奥斯维辛集中营的总部。我曾在这里的缝纫间，作为一名女裁缝，为纳粹党卫队成员的家属服务。我每天都要劳动 10~12 小时。我是在奥斯维辛这座地狱里幸存下来的少数人中的一个。
>
> ——奥尔加·科瓦奇 [1]

寻常的一天。

阳光透过两扇窗户。一群头戴白色方巾的女人围坐在长长的木桌边低头缝纫，针线在衣料里穿梭。这是一间地下室，窗外的天空并非自由的象征，这里只不过是她们的避难所。

她们周围堆满了制衣所需的各式物品，宛如在一个生意兴隆的时装厂里一般。桌子上满是卷尺、剪刀和线筒，周围堆放着各式布料，四周散落着时装杂志和制衣纸样。主工作室旁是一间客户的私人试衣间。管理这一切的是聪明能干的玛尔塔·富克斯——就在不久之前，她还在布拉迪斯拉发经营自家颇为成功的时装厂，协助玛尔塔的则是博丽什卡·佐贝尔。

女裁缝们干活时并非沉默不语。斯洛伐克语、德语、匈牙利语、法语、波兰语——她们操着各种语言，谈论着自己的工作、家园和家庭……她们甚至还相互开着玩笑。毕竟她们大多很年轻，只有20岁上下，其中最年轻的只有14岁。这个女孩绕着工作室转来转去，一会儿为同伴送上缝纫别针，一会儿扫去剪掉的线头，因而得名"小母鸡"。

朋友通常会在一起干活。布拉迪斯拉发老乡艾琳·赖兴贝格、布拉查·贝尔科维奇、勒妮·翁加尔与布拉查的妹妹卡特卡·贝尔科维奇聚在一起。卡特卡负责为客户缝制考究的毛呢大衣，即使她的手指已经被冻僵了。另一组密友是芭芭·泰希纳和露露·格林贝格，她们一个严肃，一个淘气。35岁左右的胡妮娅·施托尔希既是大家的朋友，又仿佛是母亲，身体里更具有一股不容小觑的力量。与其他年轻女孩相比，和胡妮娅年纪相仿的奥尔加·科瓦奇看上去则有些老气。

她们都是犹太人。

除她们之外，还有两名法国共产党员，胸衣裁缝阿莉达·德拉萨尔和抵抗纳粹的战士玛丽露·科隆班。她们两个人都因反抗纳粹对祖国的占领而被逮捕，并被遣送至此。在这里从事缝纫工作的共有25个女人，有时候某人会在干活时被叫走，从此再也不会回来。这时玛尔塔就会立刻安排另一人顶上，她希望能尽可能多的女囚犯来到地下室的这间避难所。在这里，她们是拥有姓名的人——在这个时装厂以外的地方，她们没有名字，只是数字。

当然，活儿多到每个人都有的做。厚重的黑色订货簿里写满了订单，哪怕是来自柏林的显赫客户也要等上6个月时间。只有当地客户和这座时装厂的创建者、奥斯维辛集中营指挥官鲁道夫·霍斯的妻子海德薇·霍斯享有优先权。

有一天，寻常的一天，这座位于地下室的时装室里传出了惊愕的叫声，并散发出了布料烧着的可怕气味。灾难！在熨一件衣服时，温度过高的熨斗烤煳了布料，焦痕恰恰在衣服的正前位置，根本不可能遮掩。客户第二天就要来试这件衣服了。女裁缝惊慌失措、手忙脚乱，紧张地哭喊着："我们该怎么办？我们该怎么办？"

其他人也感受到了她的紧张，纷纷放下了手头的活计。这可不只是损毁了一件衣服那么简单，这座时装厂的客户是奥斯维辛集中营内纳粹党卫队高官的太太们，而这些党卫队成员因殴打、折磨和屠杀等行径而臭名昭著，完全掌控着女裁缝的生命。

时装厂主管玛尔塔冷静地评估着损失："你知道我们要怎么做吗？我们得剪掉这块，再缝上新的布料。快动手吧……"

大家立刻忙作一团。

第二天，那位党卫队成员的妻子前来时装厂取货。她在试衣间内穿上衣服，照着镜子，感到有些困惑："我记得设计不是这样的啊。"

玛尔塔立即答道："设计当然就是这样的，它看上去难道不美吗？是种新时尚呢……"[2]

一场灾难就此避免。暂时如此。

女裁缝们又开始穿针引线，干起了各自的工作，并且作为奥斯维辛集中营的囚犯，活着迎接第二天的到来。

各种势力会合起来，促成了奥斯维辛时装厂的建立。而这些势力也左右着最终来到这里干活的备受摧残的女裁缝的命运。20多年前，这些女裁缝还是少女乃至幼儿，彼时她们不可能料到自己的命运竟然会在这样一个地方彼此交织。即便是成年人，也很难理解在工业化种族灭绝的场所中存在高级定制时装的未来。

对于孩子来说，世界很小，却充满了细节与感知。毛呢触碰皮肤时会产生痒的感觉，冰冷的手指笨拙地扣着坚硬的纽扣，裤子膝盖破口处的线头四散开来的过程引人入迷。我们的眼界最初局限于自家的四面墙壁之内，随后会扩大至街角、原野、森林和都市。我们不会去预言未来会发生些什么，渐渐的，似水年华都化作了回忆和纪念品。

昔日的面孔之一来自孩提时代的艾琳。照片拍摄时间不详，她的面容在黑影中显得苍白，着装模糊不清，圆圆的面颊上勉强露出一丝笑容，仿佛是刻意避免流露出太多感情。艾琳于 1922 年 4 月 23 日出生于多瑙河畔美丽的布拉迪斯拉发市，这座捷克斯洛伐克共和国的城市距离奥地利首都维也纳只有一小时的车程。在艾琳出生的 3 年前，一项人口普查显示，布拉迪斯拉发市民主要由日耳曼人、斯洛伐克人和匈牙利人组成。大约为 15 000 人的犹太人社群集中在布拉迪斯拉发的一个特定区域里，距离多瑙河北岸只有步行几分钟的距离。

孩提时代的艾琳 · 赖兴贝格

犹太人聚集区的中心名为"犹太街"。早在 1840 年，犹太人就被迁往布拉迪斯拉发这条倾斜的街道，与其他族裔隔离开来。这条街道是当地城堡庄园的一部分，每到夜间，街道两端的大门都会被市政管理人员锁上，因此，这条街事实上成了一个"隔离区"。这显然表明，当局认为犹太人需要与其他布拉迪斯拉发市民隔离开来。

在接下来的数十年间，反犹法律放宽了，较为富有的犹太家庭被允许搬离犹太街，前往主城区。犹太街上那些曾令人骄傲的巴洛克式建筑被分隔成拥挤的廉价公寓，供人口众多的家庭居住。尽管这是个低收入社区，但鹅卵石铺就的街道却打扫得十分干净，商店和作坊也生意兴隆。这是一个关系密切、互帮互助的社区，人们都相互认识，也知道其他人的营生是什么，这里的居民心怀一种特殊的归属感。

> 这是我一生中最快乐的时光。我在那里出生，在那里长大，那里有我的家。
>
> ——艾琳·赖兴贝格 [3]

对孩子来说，犹太街是个美妙的地方。他们在朋友家进进出出，把马路和人行道变成了自己的游乐场。艾琳的家位于犹太街 18 号一座街角建筑的二楼，家中一共有 8 个孩子，和一切大家庭一样，孩子们根据关系的亲疏结成了不同的小团体，而最年长的孩子和最年幼的孩子之间难免会产生距离感。艾琳的一个兄弟阿明·赖兴贝格（Armin Reichenberg）在一家糖果店工作，他后来去了巴勒斯坦，躲过了对犹太人的大屠杀这场浩劫。艾琳的大哥拉齐·赖兴贝格（Laci Reichenberg）在一家犹太纺织品批发公司工作，其妻子是一个年轻的斯洛伐克女孩，名叫图鲁尔卡·富克斯（Turulka Fuchs）。

　　早年间，赖兴贝格一家从未想到战争可能爆发。人们都希望随着 1918 年第一次世界大战的结束，以及犹太人拥有公民权的捷克斯洛伐克共和国的建立，[①] 所有恐怖都成为过去。当时的艾琳太过年幼，无从理解犹太人社区之外的世界。就如同那个年代的大多数女孩一样，艾琳的人生轨迹原本也是像自己的姐姐们那样，学会料理家务，然后结婚，生儿育女。她的一个姐姐凯特·赖兴贝格（Käthe Reichenberg），受到名为莱奥·科恩（Leo Kohn）的英俊青年追求；另一个姐姐约莉·赖兴贝格（Jolli Reichenberg），于 1937 年嫁给了电工贝洛·格罗特（Bela Grotter）；下一个出嫁的姐姐是弗丽达·赖兴贝格（Frieda Reichenberg）。这样一来，家中只有艾琳和妹妹埃迪特·赖兴贝格（Edith Reichenberg）、格蕾特·赖兴贝格（Grete Reichenberg）尚未结婚了。[4]

　　维持这样一个大家庭的经济重担落到了艾琳的父亲什穆埃尔·赖兴贝格（Shmuel Reichenberg）肩上。什穆埃尔是个鞋匠，是犹太街上众多手艺人中的一位。经由童话这一途径，鞋匠的精湛技艺和贫困生活早已是代代相传、人尽皆知的了。什穆埃尔的技法也真的宛如魔术一般，他会将柔软的皮革切割成一块块，将其覆在木制鞋模上，用打了蜡的线进行缝合，再小心地钉上一颗颗钉子。从早上 7 点直到深夜，他一直忙个不停，一切都是手工完成的，没有机器助力。赖兴贝格家的经济状况总是很紧张，生意则时好时坏。对于犹太街上的多数居民而言，买双新鞋乃至修补旧鞋都是一种奢侈行为。在两次世界大战之间的艰难岁月里，很多贫穷的人只能光着脚，或是用破布将早已残破不堪的鞋袜绑在脚上。

---

① 第一次世界大战结束后，奥匈帝国瓦解，捷克斯洛伐克共和国于 1918 年 10 月成立，1939 年 3 月被纳粹德国占领，1945 年 5 月获得解放。两次更名后，于 1993 年 1 月成为捷克与斯洛伐克这两个独立的国家。——编者注

　　艾琳的父亲负责挣面包钱，母亲茨维娅·赖兴贝格（Tzvia Reichenberg）则负责做面包以及操持家务。她每天的工作时间甚至比丈夫还要漫长，既没有能够省力的机器，也没有仆从帮忙，只有女儿们能够搭一把手，在这样的条件下料理家务是十分艰难的。每隔一年，茨维娅总会再度怀孕，这就意味着做饭、洗衣服和打扫屋子的工作变得更加繁重了。尽管家里人口众多、收入微薄，茨维娅仍尽其所能地令每个孩子都能受到特别关照。某一年，小艾琳就收到了一份特别的生日礼物——供她一人享用的整整一个水煮蛋。艾琳非常兴奋，而她在犹太街的朋友们也都听说了这一"奇迹"。

　　这群朋友中的另一位是来自正统犹太家庭的女孩勒妮·翁加尔。勒妮的父亲是名犹太教拉比，[①] 母亲是家庭主妇。勒妮比艾琳年长一岁。艾琳很安静，勒妮则很外向。[5] 摄于 1939 年的一张照片上，勒妮显得平静、睿智，上衣小圆领上垂下的双色绒球又为她增添了几分可爱。

1939 年时的勒妮·翁加尔

① 拉比是指犹太教社团中接受过正规宗教教育、熟悉犹太教典籍、担任犹太教会精神领袖或宗教导师的人。——编者注

在勒妮拍摄这张照片的 10 年前，7 岁的艾琳结交了一名后来成为自己终身挚友的新玩伴。在艾琳一生最为可怕的岁月里，勇敢的挚友也一直陪在她的身边。

这就是布拉查·贝尔科维奇。

> 我们在那儿度过了美好的时光。
>
> ——布拉查·贝尔科维奇

乡下姑娘布拉查出生在位于喀尔巴阡山罗塞尼亚高地的切帕村（Čepa）。远离捷克斯洛伐克共和国工业中心的这一区域在两次世界大战之间主要以农业生产为主，各个村镇有着不同的语言风格、生活习俗，乃至刺绣式样。

布拉查童年记忆中的风景几乎全部由无穷无尽的塔特拉斯山脉构成。山脉从远处渐渐变缓，化作一片片三叶草田、黑麦田、大麦田和发出绿芽的甜菜田。一群群身着有着蓬松袖子的短上衣、宽大裙子，戴着五彩头巾的年轻女人在田地里劳作。养鹅的女孩照料着鹅群，劳作者挥动锄头、捡拾庄稼、迎来丰收。夏天适合穿上带有格子或条纹的印花棉衣和浅色服饰，冬天则需要裹上自家织就的厚布料和毛呢衣物。白雪映衬着深色衣物，温暖的流苏披肩裹在头上、系在颏下，或是系于腰间、在背后打个结，袖口和袖缝处，绣有花饰的明亮带子闪耀着。

布拉查日后的生活和服饰联系在了一起。巧合的是，她的出生同样如此。直到分娩前不久，她的母亲卡罗丽娜·贝尔科维奇（Karolina Berkovič）仍不得不坚持亲自洗衣服。在喀尔巴阡山区的农村，天刚刚亮，妇女们就会带着一包待洗的衣物来到河边，然后光着脚在冰冷的河水中洗涮衣服。与此同时，孩子们则会在河畔玩耍。还有一部分洗衣工作是在家里完成的，在桶内堆满涂上肥皂的衣服，在搓衣板上反复揉搓，用皲裂的双手将其拧干，然后在绳子上晾成一线。一个寒冷的雨天，布拉查的母亲卡罗丽娜正站在梯子上，准备将洗完的沉重衣物晾在房檐下，她突然感到了分娩的第一波阵痛。这一天是 1921 年 11 月 8 日，当时卡罗丽娜只有 19 岁，布拉查是她的第一个孩子。[6]

布拉查是在祖父母家出生的。尽管这间房子既狭小又拥挤，只有一个土制壁炉可供取暖，取水要靠水泵，但在布拉查的记忆中，童年时光仍如同在人间天堂里度过一般。[7]

尽管家中有时难免会出现紧张情绪，但布拉查的幸福回忆中最深刻的仍是家庭之爱。[8] 她父母的婚事是由当地一名媒人撮合成的，这种做法在当时的东欧并不少见，这两位勤勉能干的年轻人缔结了一段成功的婚姻。萨洛蒙·贝尔科维奇（Salomon Berkovič）生来就是聋哑人，原本的安排是他与卡罗丽娜的姐姐结婚，但后者以残疾为由拒绝了他。时年 18 岁的卡罗丽娜在家长的哄诱之下，怀着对身穿白色嫁衣、成为新娘的向往，代替了姐姐。

> 在非常艰难的一生中，他们都竭尽了自己的所能。
> ——布拉查·贝尔科维奇

卡罗丽娜和萨洛蒙成婚后，很快就生下了一个个孩子。在布拉查于卡罗丽娜晾衣服的那天突然呱呱坠地之后，这对夫妇又先后迎来了埃米尔·贝尔科维奇（Emil Berkovič）、卡特卡·贝尔科维奇（Katka Berkovič）、艾琳娜·贝尔科维奇（Irene Berkovič）和莫里茨·贝尔科维奇（Moritz Berkovič）。他们的小家变得如此拥挤，以至于卡特卡不得不被送到没有孩子的姑姑家生活到 6 岁。

尽管布拉查与最小的妹妹艾琳娜关系更亲密，但当她和卡特卡被一同遣送到奥斯维辛集中营时，两个人之间便天然形成了牢不可破的纽带。姐妹间的忠诚确保她们会同呼吸、共命运。[9]

布拉查的童年世界还包括香气四溢的安息日白面包卷，享用撒满冰糖的无酵饼，以及在一间满是小摆件和洋娃娃的房间内和姑姑一起吃烤苹果。缝纫使得布拉查的眼界首度扩展到了村庄生活之外。更确切地说，是量身定做式缝纫。

萨洛蒙是个极有天赋的裁缝。他的技艺如此高超，足以在布拉迪斯拉发的一家叫波科尔尼（Pokorny）的高级服装厂找到工作。他把缝纫机从切帕带到了这座大城市，还逐渐建立了自己的忠实客户群，开始在位于犹太街的家中从事裁缝工作，并且招募了 1 名负责修补和改装的助手。最终，萨洛蒙手下的职员增加到了 3 人——也都是聋哑人，外加作为学徒的布拉查的叔叔。每年萨洛蒙都会去布达佩斯参观时装展，了解最新的男装潮流。

萨洛蒙生意上的成功在很大程度上要归功于卡罗丽娜。她和丈夫一同搬到了布拉迪斯拉发，帮他与顾客打交道，并让衣服变得更合身。年轻的布拉查不愿被抛下，为了说服母亲让自己一同前往布拉迪斯拉发，小姑娘可没少哭鼻子。

这是一趟令乡下姑娘激动不已的火车旅行。布拉查挤在其他乘客中间，对旅程的终点会给自己带来什么充满了好奇。火车上的指示牌写着捷克语、斯洛伐克语、德语和法语，凸显了捷克斯洛伐克共和国的多种族性。车窗外的景色不断变幻，直至火车抵达了一个令人眼花缭乱的新世界。

布拉迪斯拉发绿树成荫，新建筑熠熠生辉，购物者、婴儿车、马车、手推车、汽车和电车熙熙攘攘。在多瑙河的货运码头处，小型拖轮和轮翼蒸汽船行驶于平静的水面上。对布拉查而言，与切帕的乡村生活相比，犹太街的公寓充满了惊奇。拧开水龙头就有自来水流出，再不必使用水泵将桶中灌满水备用了；电灯取代了煤油灯，一按开关就能将其点亮和熄灭；最神奇的要数室内抽水马桶了。更加锦上添花的是，布拉查还能够交上新朋友。她在布拉迪斯拉发结交的姑娘们在第二次世界大战期间最艰难的岁月中将一直陪伴着她。

> 我喜欢一切、一切、一切……我喜欢上学。
>
> ——艾琳·赖兴贝格

布拉查在学校里认识了艾琳。不管家里多穷，教育在犹太人的生活中都占据着举足轻重的地位。布拉迪斯拉发城中不乏中小学和大学。1930 年拍摄于犹太正统学校的一张照片上，家长和孩子的衣着表明，送孩子上学令这些家庭感到多么骄傲啊！哪怕这意味着他们的生活会变得更加拮据。拍摄这张合影是件大事，因此有些女孩特意穿上了白色的袜子和鞋子，而不是更加适合玩乐时穿着的厚实皮靴。许多女孩身着容易缝制且耐穿的简单直筒连衣裙。另外一些女孩则身穿更加精美，带有蕾丝或立领的连衣裙。

1930 年犹太正统小学合影，中间一排左二站立者为布拉查·贝尔科维奇

20 世纪 20 年代流行的短发和更加传统的辫子在照片上都很常见。当时没有供女生穿着的校服,因此她们的着装会时不时地带上一丝时尚的痕迹。有一年,人们掀起了用精致面料制成打着褶或带着荷叶边的飞翼式衣领的风潮。女孩们争相穿上有尽可能多的飞翼式衣领的衣服并比较谁的衣领上皱褶更多。最终获胜的是一个叫佩尔拉(Perla)的女孩,她穿上了有许多精致的平纹细布打褶的衣领的衣服,令所有人都羡慕不已。真是快乐的时光啊。

犹太正统小学用德语授课。德语在捷克斯洛伐克共和国的日常生活中日益占据主导地位。一开始,布拉查很难融入新环境,还是习惯于说匈牙利语和意第绪语,但她很快就适应了,与艾琳和勒妮结下了友谊。这些女孩都掌握了多门语言,不时地在一个句子中从一种语言切换成另一种语言。

课余时间,犹太社区的孩子们会在街上和楼梯间玩木头人、捉迷藏、投球等游戏,或者只是闲逛。暑假期间,这些由于太穷而无法外出度假的孩子会涌入多瑙河边一个浅水池里游泳,或是去公园玩耍。

然而,这些游戏无法使布拉查停止对村里朋友的思念。11 岁那年,她缠着父母不放,终于获准在当年夏天返回切帕。为了给大家留下"来自大城市的独立女孩"这样一种好印象,布拉查为自己准备了一套比在布拉迪斯拉发通常的着装还要漂亮得多的行头,并自豪地独自登上了火车。布拉查穿着一位富有的朋友送给她的米色连衣裙,系着一条红色漆皮带,脚穿一双黑色漆皮鞋,头戴一顶有彩色丝带的草帽。

在即将到来的战争和苦难的大背景下,谈论这样的细节似乎是没有意义的,但这毕竟构成了一段回忆。当此前的自由与优雅都已随着昔日世界一同消失时,这些美好的细节依然保留在了当事人的心中。

　　这真的是非常美好的回忆。

——艾琳·赖兴贝格

　　最好的衣服要留到安息日和其他神圣节日时再穿。犹太家庭都遵循着相似的古老传统，例如庆祝犹太新年，吃在蜂蜜中浸泡过的苹果，以及在逾越节那天的家宴上吃无酵饼和苦菜。犹太人在庆祝重要节日时还会宰杀肥鹅、炸爆米花和烹制鸡汤面。艾琳十分怀念自己的大家庭团聚祈福时的温暖感觉。

　　安息日这天，犹太街上的家家户户都会传出新烤制的白面包卷的香味。而把白面包卷编成辫子状，正是布拉查的拿手好戏。人们先是在家里捏好面包卷，然后送到就近的面包房烤制。妇女将家里清洗得焕然一新，再系上白围裙，点亮照耀星期五之夜的蜡烛。尽管律法规定，安息日这天不得工作，诸如染色、纺纱和缝纫等纺织业劳动都在禁止之列，但毕竟还有一大家子需要养活啊。布拉查的母亲总是能挤出时间和精力，制作肉桂皮饼干和"乳酪饺子"——这是一种煮熟的奶酪球，甚至在维也纳的时髦咖啡馆里也很受欢迎。

　　婚礼自然是家庭生活的高光时刻。当萨洛蒙的一个助手宣布他的妹妹要和布拉查的叔叔、鞋匠耶诺·贝尔科维奇（Jeno Berkovič）结婚时，布拉查获得了一份难得的厚礼：一套从商店里购买的衣服。萨洛蒙总是在工作间里熨烫服装。布拉查决定效仿父亲，亲手熨烫这件可爱的水手风连衣裙。突然，屋里的所有人都闻到了一股可怕的烧焦味，婚礼准备工作也戛然而止。原来，布拉查把连衣裙烫煳了。

对小布拉查而言，这是一场灾难。她不得不穿着一条旧连衣裙出席婚礼。多年之后，当另一条连衣裙在奥斯维辛时装厂的熨衣板上被烫焦，而在主管玛尔塔的冷静指挥下，一场灾难得以避免，这段儿时记忆又油然而生，并显得不再那么令人沮丧了。在布拉查的记忆里，耶诺叔叔新娘的更衣间如同仙境一般：一台发条留声机播放着音乐，屋里布满了纸质装饰物，灯光照耀着一棵盆栽小树。回忆渐渐淡出脑海，她不得不又回到"高级缝纫工作室"的现实中来，满足纳粹客户的种种要求。

布拉查叔叔的婚礼与 1929 年 8 月 17 日在波罗的海以南约一小时车程的一座波美拉尼亚农场里举行的另一场德国婚礼相比，宛如两个世界。后一场婚礼的新娘日后将对布拉查的生活产生重大影响，尽管其很可能从来都不知道布拉查的名字。

婚礼的男主人是曾当过雇佣兵的鲁道夫·霍斯。鲁道夫曾因谋杀入狱。出狱不久，他便向 21 岁的海德薇·亨泽尔（Hedwig Hensel）许下了婚姻誓言。在婚礼当天拍摄的一张照片上，新娘身着一条宽松、垂至小腿肚的白色连衣裙，纤细的双臂从短袖里露了出来，长长的环状辫子令她年轻的面孔显得小巧精致。

"为了一同开启艰难的新生活，我们尽快结婚了。"鲁道夫在回忆录中这样写道。[10] 之所以迅速结婚，还有一个令人难堪的原因，在与鲁道夫初次相见不久，海德薇就怀上了他们的第一个孩子克劳斯·霍斯（Klaus Höss）。

这对年轻的夫妻是经由海德薇的兄弟弗里茨·亨泽尔（Fritz Hensel）介绍认识的。这段爱情正是所谓的"一见钟情"——两个热忱的理想主义者兼新兴团体"农夫联盟"（Artaman Bund）的忠实成员之间迅速擦出了火花。"农夫联盟"成员追求的是"大众化"（völkisch），他们渴望过上一种简单的农村生活，其核心理念是生态、农场劳动和自给自足，身体与心灵的健康发展是核心目标之一，而酒精、尼古丁和婚外性行为则在禁止之列。对于这对新婚夫妻而言，最后这一点倒是颇具讽刺意味。鲁道夫说"农夫联盟"成员是追求自然生活方式的"一群爱国青年"，[11] 和他们待在一起，鲁道夫和海德薇都感到很自在。

"农夫联盟"主张的种族主义理论与鼓吹"生存空间"概念的右翼分子那套"血与土"的话语十分契合。希特勒曾对后者大加宣扬，德国需要向东扩张，从而建立专属于拥有纯正日耳曼血统者的农业、工业和种族意义上的"天堂"。

海德薇和鲁道夫一样热衷于这些想法，他们热切地渴望在分配给自己的土地上劳作。不过，他们并不是被动的农业劳动者，鲁道夫被任命为"农夫联盟"的区域视察员。一年之后，他再次偶遇海因里希·希姆莱（Heinrich Himmler）。鲁道夫与希姆莱首度相遇还是在 1921 年，当时希姆莱是一个雄心勃勃的农学学生。两个人都成为希特勒的德国国家主义工人党的忠实成员。他们就德国的问题展开了讨论。希姆莱提出，对于城市中道德堕落的状况和德意志种族日趋衰弱的问题，唯一的解决之道就是向东征服新的土地。[12] 此二人在未来的合作将对数百万犹太人造成致命打击。

回到布拉迪斯拉发。"农夫联盟"和纳粹党的野心似乎尚未对犹太人的生活构成威胁。他们照旧过着日子，一直到 20 世纪 30 年代。大家庭意味着在婚礼和其他节庆场合会有规模盛大的聚会，此时人们有机会见到住在远方的亲戚，以及一大群姻亲。家庭之间的关系网很复杂，经由种种途径，所有人都可以和其他任何人扯上关系，而这一点似乎并不令人感到惊奇。于是，当艾琳的大哥拉齐娶了图鲁尔卡，除了为新人感到高兴外，艾琳和好友布拉查怎么还会有别的想法呢？

　　她们之间的关联将如同宿命一般，超乎她们的想象。

　　图鲁尔卡有个姐妹名叫玛尔塔·富克斯。

　　聪明、能干的玛尔塔比艾琳和布拉查年长 4 岁。但 4 岁的年龄差已使得双方在成熟度和人生经验方面有着天壤之别。[13] 玛尔塔的家庭来自现属于匈牙利的莫雄马扎尔古堡（Mosonmagyaróvár）。她的母亲名叫罗莎·富克斯（Rósa Fuchs），父亲名叫德齐德·富克斯（Dezider Fuchs）。当玛尔塔于 1918 年 6 月 1 日出生时，第一次世界大战还未曾结束。后来罗莎和德齐德举家搬迁到了一个名叫佩齐诺克（Pezinok）的村子，这里距离布拉迪斯拉发很近，于是玛尔塔便进入了市里的一所中学就读，学习艺术专业。[14] 完成学业后，玛尔塔成为一名裁缝，在 1932 年 9 月至 1934 年 10 月间受训于 A. 菲施格伦多娃（A. Fischgrundová）。此后她开始在布拉迪斯拉发工作，直到 1942 年被遣送至奥斯维辛集中营。

1934 年一场家庭聚会上的玛尔塔·富克斯（后排站立者，右三）

1934 年 7 月 8 日，玛尔塔的外祖父母在莫雄马扎尔古堡庆祝了自己的金婚纪念日，玛尔塔和父母、姐妹一起参加了庆典。至亲们在一个阴凉的院子里拍了张合照。后排右数第三位，站在姐妹克拉丽卡·富克斯（Klárika Fuchs）身旁的玛尔塔已经展现出了自己的时尚天赋，在短上衣的正前方别上了一个漂亮的蝴蝶结。玛尔塔微笑着，很放松，她那温暖友善的天性是显而易见的。图鲁尔卡坐在照片第一排中间，抱着一个小女孩，此时距离她与拉齐结婚还有几年时间。众人身着的剪裁得体的套装、玛尔塔母亲（前排坐者，左三）衣领处的艺术装饰条纹，以及就坐于前排的各位女性整洁的皮鞋，都展现出了不俗的时尚品位。

1934 年，玛尔塔身处布拉迪斯拉发，她已经完成了为期两年的裁缝培训。同样是 1934 年，鲁道夫加入了纳粹党卫队。这可是两种天差地别的职业。

在反复思索了许久之后，鲁道夫决定将和"农夫联盟"成员一起过乡村田园诗般生活的梦想搁置到一边。希姆莱说服了他，认为他应该将才华应用于一个更有雄心的领域——推行纳粹主义的目标。鲁道夫首度在集中营里任职是在慕尼黑郊外的达豪，这一集中营名义上是要"再教育"那些对新近胜选上台的纳粹政权构成威胁的人。

鲁道夫的妻子海德薇与 3 个孩子也一同搬进了达豪集中营外的纳粹党卫队家属区。尽管生活发生了剧变，但海德薇在政治上仍忠于纳粹主义，对丈夫的新工作也并无异议。毕竟，他只是在充当"国家敌人"的看守人嘛。在分娩幼子汉斯-于尔根·霍斯（Hans-Jürgen Höss）时，海德薇还特意要求施行剖腹产，以节省时间，赶上收听希特勒在柏林发表的演说。[15]

1934 年，柏林的政局乃至布拉迪斯拉发的态势，距离布拉查都十分遥远。在庆祝犹太新年期间，她病倒了，被诊断为肺结核。布拉查被送往位于塔特拉斯山区的著名肺结核疗养地上哈吉（Vyšné Hágy），在那里待了漫长的两年时间。高海拔疗养地的视野很开阔，她的眼界也同样拓宽了。布拉查学会了捷克语，习惯了吃不符合犹太教规的食物，还首次收到圣诞礼物：一条漂亮的新连衣裙。疗养地里翠绿的圣诞树令她惊叹不已。

尽管有了种种新鲜的体验，但布拉查仍是不谙世事的孩子。她在疗养院的阁楼里发现了一些此前的病人落下的玩具和衣服，想要将它们寄给布拉迪斯拉发的家人。她看中了一大堆东西，包括一个悠悠球和一只肚子能发出叫声的泰迪熊。她抱着这些东西来到当地邮局，以为这样就足以把它们运回家了。好心的邮局职员帮她将这些物品打成一个包裹，填好了地址，还垫付了邮费。

由于在疗养院待了一段时间，回到布拉迪斯拉发之后，布拉查在学业上比艾琳和勒妮落后了一年。她们继续接受教育，学习课程，为日后的工作做好准备。受经济条件制约，犹太街的大多数孩子都会在 14 岁离开学校，开始学一门手艺。性别不同，工作也不同。女孩的工作主要是当秘书或纺织工，直到结婚、成家之前，她们都需要靠自己的收入生活。

艾琳进入由喀尔巴阡山区日耳曼人主办的一所商业学校就读。勒妮开始接受速记和记账培训。布拉查上了巴黎圣母天主教高中的一个秘书课程班。由于她看上去"很像基督徒"，根据当时盛行的简单粗暴的种族特性论，在拍摄于 1938 年的结业仪式照片上，布拉查被安排到了前排。然而，外表并不能保护布拉查免受当时在欧洲越发猖獗的反犹偏见和隔离犹太人行为的迫害。

这些 10 来岁的女孩已经足够年长，足以觉察到国内外愈加紧张的气氛了。德国纳粹的反犹言论激化了在捷克斯洛伐克共和国早已存在的反犹情绪。随着纳粹逐渐巩固自己的权力地位，广播报道也变得愈加令人忧心忡忡。《布拉格日报》（*Prager Tagblatt*）向人们报道着国际形势的最新动态。对此该如何应对，实在令人左右为难。

犹太家庭能够自欺欺人，指望暴力行为只是偶发事件吗？考虑离开这座城市，去较为平静的周边农村避难，这算不算反应过度？更加极端的是，他们应该考虑干脆离开欧洲，移居巴勒斯坦吗？

艾琳和布拉查都加入了犹太复国主义青年团体。这一部分只是出于玩乐和友情的考虑，在那里，男孩和女孩可能交上朋友，或是尝试恋爱。但在这样的互动背后，却暗藏着更深层的意图，为学会在基布兹（Kibbutz）①劳作而接受培训。布拉查和艾琳都属于"青年卫士"（HaShomer HaTzair）团体。志在从事基布兹劳动的艾琳还是左翼团体"支柱"（HaOgen）的一员，准备在 1938 年完成移民计划。然而，她的母亲不幸在当年生病去世，再加上没钱负担路费，导致这一计划最终未能成行。

布拉查也加入了一个名为"米兹拉希"（Mizrachi）的类似团体。在与"米兹拉希"的朋友的合照中，布拉查显得朝气蓬勃，十分放松。这些 10 来岁的女孩均身穿休闲实用、不受时髦古怪规定束缚的服装。正是在"米兹拉希"团体的聚会上，布拉查建立了一组新的社会关系。在那张最终将把许多人联系在一起的大网中，这是又一缕线条。布拉查和一个名叫肖莎娜·施托尔希（Shoshana Storch）的活泼女孩成了朋友。

---

① 基布兹是以色列的一种集体社区，主要从事农业生产。——编者注

第二次世界大战爆发前，布拉查·贝尔科维奇（前排坐者，左二）与"米兹拉希"的朋友在一起

　　施托尔希一家来自斯洛伐克东部小镇凯日马罗克（Kežmarok）。尽管背靠雄伟的塔特拉斯山脉，远离布拉迪斯拉发和布拉格等大城市，但凯日马罗克依然不失优雅。一排排菩提树映衬的商业街看上去如同林荫大道，而非寻常小巷。石质拱门在鹅卵石铺就的小街上投下阴影，这些小街通往精致的庭院和古井。[16]

　　施托尔希家就住在一口古井附近。家中宽敞的后院成为夏日纳凉的场所。冬天，家庭活动的中心是一间为全家带来温暖的大屋子，屋中的温暖则是由一座前部由陶瓷砌成的大火炉制造的。屋外有一间常有老鼠出没的偏房，所以在进这间屋子之前，最好先大声地拍拍手。在上课日，施托尔希家的 7 个小孩会在楼梯上一字排开，欢笑着穿上鞋子。他们分别是多拉·施托尔希（Dora Storch）、胡妮娅·施托尔希（Hunya Storch）、陶巴·施托尔希（Tauba Storch）、里夫卡·施托尔希（Rivka Storch）、亚伯拉罕·施托尔希（Abraham Storch）、阿道夫·施托尔希（Adolph Storch）、纳夫塔利·施托尔希（Naftali Storch）和肖莎娜·施托尔希（Shoshana

Storch）。家里常常很拮据，但由祖父母或外祖父母提供的资助至少保证了孩子们都有鞋穿，地窖里也能堆满过冬的煤炭和马铃薯。

在还可出行之时，肖莎娜和父母以及大多数兄弟姐妹从捷克斯洛伐克共和国逃到了巴勒斯坦。只有胡妮娅仍然身陷欧洲，并最终成为布拉查、艾琳和玛尔塔的同伴。

> 此时我丝毫没有意识到，选择这一职业竟会对我产生宿命般的影响。
>
> ——胡妮娅·施托尔希

胡妮娅出生于 1908 年 10 月 5 日，与海德薇同岁。她从母亲齐波拉·施托尔希（Zipora Storch）那里学会了手工缝制的技艺。齐波拉尤其擅长刺绣，是当地为待嫁新娘缝制嫁妆的不二之选。由于齐波拉的丈夫不擅理财，胡妮娅的外祖母不得不卖掉了自己的嫁妆来帮女儿养家。胡妮娅在家里还学会了如何使用和维修缝纫机。

1943 年胡妮娅被送入奥斯维辛集中营时的登记卡显示，她身高 1.65 米，有着棕色的头发和眼睛、笔直的鼻梁、苗条的身躯、圆脸庞和中等偏大的耳朵。她的牙齿一颗也不少，身上没有特殊标记，也没有犯罪记录。[17] 但这些描述不足以刻画出胡妮娅那生机勃勃的个性。她意志坚定，富有同情心，慷慨大方。

劲头十足的胡妮娅从来不满足于仅仅完成学校作业。她有志于成为一名裁缝。光是空想，或是三天打鱼两天晒网，是无法成为职业裁缝的，这需要专心致志、坚持不懈以及长年累月的练习。必须先熟练地掌握基本功，再去发掘个人才华。胡妮娅成为凯日马罗克最出色的女裁缝的学徒，再也没有比这里更能磨炼自己的技艺水平的地方了。在一年的时间里，她为师父捡针、打扫工作室、跑腿，还默默地观察着经验丰富的裁缝如何将布料变成衣服。

绘图、剪裁、缝纫、熨烫、调整、完工……胡妮娅决心要掌握制衣过程每一步所需的技巧。尽管只是一名学徒，胡妮娅依然十分忙碌。回到家后，她会匆匆吃完晚饭，然后在母亲的"博宾"牌缝纫机上工作到午夜，为家人和朋友修补旧衣或缝制新衣。在凯日马罗克又学习了两年之后，胡妮娅积累了丰富的经验，足以前往国外的著名缝纫学校学习了。这是实现梦想的第二步，也意味着即将过上缝纫实习生的惯常生活：每天在阴暗、闷热的制衣间里工作 10~12 个小时，每周工作 6 天。胡妮娅准备好了接受这一挑战。

20 世纪 20 年代末，就在德国的"农夫联盟"成员和纳粹主义者讨论着通过向东扩张来推行自己的政策时，胡妮娅却计划一路向西，前往莱比锡，为成为裁缝继续深造。

10 多岁的艾琳、布拉查和勒妮都不像处于同一年龄时的胡妮娅那样怀有这种使命感。她们中没人想过要以裁缝为职业，至少不是一开始就有这种打算，她们一心只想完成选定的职业培训。随着希特勒的反犹言论调门越来越高，愈加咄咄逼人地提出维护日耳曼人权利的要求，捷克斯洛伐克共和国境外的政局也日趋动荡，但女孩们的目标似乎仍在自己的掌控之中。

1938 年，事态的发展已显而易见地表明，在地图上画下的一道道线绝不可能遏制纳粹的扩张野心。希特勒以保护苏台德区（Sudetenland）的日耳曼人为由，要求捷克斯洛伐克共和国割让该地区。欧洲列强想要息事宁人，便在慕尼黑会议上讨论了这一问题，但捷克斯洛伐克共和国却未能派代表出席该会议，对于纳粹入侵苏台德区一事毫无发言权。此时正值 9 月。

到了 11 月，捷克斯洛伐克共和国的部分领土又被割让给了匈牙利和波兰。布拉查第一时间感受到了此事的影响，她们一家在 1938 年搬回了切帕村。随着该地区被匈牙利占领，她们一家不得不再度离开，非法越过国境，回到布拉迪斯拉发。这一幕是未来流离失所的预演。

1939 年 3 月，波希米亚和摩拉维亚落到德国统治之下。斯洛伐克则成为一个法西斯主义的傀儡国家，由右翼反犹分子当政。作为一个国家，捷克斯洛伐克共和国不复存在。

在胡妮娅的家乡凯日马罗克，犹太人要么自愿离开，要么"被鼓励"离开。当地一名犹太学生走进教室，发现黑板上用德语写着："咱这儿不要犹太人。"多年老同学因为种族不同成了敌人。[18]

再回到布拉迪斯拉发。一天，艾琳像往常一样来到学校。她和朋友奔入教室，准备上课。老师走了进来，开门见山地宣布："别指望日耳曼孩子和犹太佬坐在同一间教室里。犹太佬滚出去。"

艾琳和其他犹太女孩收好书包，走了出去。她们的非犹太朋友则一言不发，毫无表示。

"她们都是好姑娘。"艾琳对朋友们的无动于衷感到困惑，"我不能说她们的坏话。"[19]

童年结束了。

第二章

时尚是力量，也是被摧毁的对象

    光彩夺目的时装和布料似乎与政治相去甚远，与残酷的战争相比更是无足轻重。制衣室或是《VOGUE 服饰与美容》（*Vogue*）杂志的"春季潮流"版面与身着深色西装，围坐在会议桌旁决定

1940 年布拉格流行的时装，刊登于《夏娃》（*Eva*）杂志

着各国命运的那些男人，或是准备好奔赴疆场的士兵们，又或是有所密谋的秘密警察们，能有什么关系呢？

纳粹充分意识到了服装具有的塑造社会身份并凸显权力的力量，他们对欧洲纺织行业的财富也十分感兴趣，而主导这一行业的正是犹太资本和犹太人才。

当然，人人都要穿衣服。我们选择穿什么，或者我们被允许穿什么，都不是偶然决定的。文化塑造了对服饰的选择，金钱则塑造了服装行业。

裁缝们缝制的衣服左右着由 T 型台、闪光灯和八卦构成的光鲜的时尚界。反过来，裁缝本人也会被卷入某些人利用时尚来实现其残忍目标的计划之中。

《为家》（*Fürs Haus*）杂志封面，1934 年 11 月

服装行业的根基就在本地。对于生活在 20 世纪的欧洲女孩来说，拿起针线固然可能是出于爱好，但更大的可能还是出于必

要。缝缝补补被认为是女性最重要的工作。擅长勤俭持家者能够将男人袖口或领口磨损的痕迹隐藏起来；能够恰到好处地用纱线为丝袜打上补丁而不露任何痕迹；能够通过放宽或收紧等技巧使衣服适合变大或变小了的腰围。她们还能实实在在地制作新衣服，如婴儿装、童装、节庆服饰、街头服饰和围裙。

> 赶集日的节日气氛驱散了阴郁和悲伤。
> ——拉迪斯拉夫·格罗斯曼（Ladislav Grosman），
> 《大街上的商店》（ *The Shop on the Main Street* ）

当布拉查·贝尔科维奇走出位于布拉迪斯拉发犹太街的住宅前门，向左边望去，就会发现门前的路又折了回去，一直通向古老的圣尼古拉木质教堂。而坐落于回头弯儿拐角处的正是"好牧人之家"，这是一家出售丝带、纽扣、顶针和袋装针等缝纫用品的商店。裁缝还需要锋利的大剪刀、用于剪线头和拆针脚等细活的小剪刀、用来画线的粉笔和常常插得到处都是的缝纫别针，这些东西在商店里也一应俱全。

布拉迪斯拉发的购物街上有许多类似于"好牧人之家"的商店，还有摊位上摆满供顾客淘宝贝的盘子的集市。在赶集日，卖家和小贩都会进城，有的在彩色帆布伞下摆上一张桌子作为摊位，有的就将装满货物的篮子或桶摆在路边。潜在的顾客一边翻看这些货物，一边讨价还价，货物包括蕾丝、钩针织成的带子、纽扣、胸针、绣花头巾等等。有的卖家大声叫卖；有的只是静静坐着，警惕小偷的出没。

小型商店会出售制成品。修鞋匠可能会在门口挂上一串串鞋子，如同深色的香蕉。裁缝可能在高处支上一根杆子，挂上一件件衣服。商店暗处的内屋乃至后院可能就是他们的工作间。布拉查的父亲萨洛蒙·贝尔科维奇正在为建立自己的服装厂攒钱，这样一来，他就也可以在一块彩色板子上印上自己的名字，将其挂在自家商店的入口处了。

此外，还有让任何渴望穿上新衣服的人都无法抗拒的布料店。在农村仍有些村民缝制土布衣服，但城镇里出售的都是出自欧洲大型纺织厂的绸布、缎子、丝织品、粗花呢、醋酯纤维、棉布、亚麻布、绉布和其他许多变种布料。布料店骄傲地堆放着大卷布料，窄小的硬纸盒里也塞满了布匹。店员们为潜在买家取出布料，铺在柜台上，展示其图案和品质。有经验的买家通过感受布料的重量、做工和材质，琢磨着把它穿在身上会是什么效果。

在20世纪中期，布料的"可穿性"越发受到重视。某种布料会缩水吗？会褪色吗？够暖和吗？又或者够凉爽吗？裁缝和买家都已了解天然纤维的价值，也意识到了人造丝等人造纤维价廉的重要性。每一季的流行色都会发生改变。新鲜花样令夏天充满生气，天鹅绒和皮草在秋天上市，到了冬天是各种毛呢面料，春天来临后衣服上又满是花饰。

无论对于职业裁缝还是业余裁缝，缝纫机都是一项至关重要的投资。家庭作坊和时装店主要使用脚踏式缝纫机。这种缝纫机外形精美，通常为黑釉材质，带有金色字样的装饰。缝纫机被装在木桌上，通过铸铁支柱保持其稳定性。著名品牌包括"辛格"、"米涅瓦"和"博宾"。

要是哪个裁缝买得起呜呜作响的电动缝纫机，那可真是让人羡慕。售卖缝纫机的商人有时会直接出售样品，有时会以分期付款的方式出售新品，报纸上还会刊登二手缝纫机广告。便携式缝纫机带有一个手摇柄，可以装进带有提把的木箱里，适于登门拜访客户以及出门在外一待就是好几天时使用。

欧洲的每个城镇乃至几乎每个村庄，都有一名本地女装裁缝。此人会调整从时尚杂志上看到的样式，改造从商店里买来的衣服，还能修修补补。最优秀的工匠即使居家工作，也能建立起忠实的客户群。专项裁缝会制作奢侈的内衣、亚麻嫁妆、婚纱或是塑形内衣。有资本和意愿的裁缝可以开家小店，将自己的姓名骄傲地印在橱窗上方。具有才华和好运的裁缝则将在国际舞台上一展拳脚作为自己的目标。

女装裁缝玛尔塔·富克斯为何不能怀揣这样的抱负呢？她技艺精湛、和蔼友善、人脉广泛。布拉格的国际时装舞台正在向她招手，她希望有朝一日能如愿以偿。

> 女人必须修长、苗条，又不失曲线和圆润。
>
> ——《夏娃》杂志，1940 年 9 月

对于积极进取的裁缝来说，布拉格再合适不过了。从布拉迪斯拉发前往以高品质时装闻名的首都磨炼技艺，这难免会令玛尔塔感到不安，但自信、友善的性格足以帮助她克服恐惧。

布拉格的老城区真可谓风景如画，建筑物鳞次栉比，高耸的烟囱冒着烟。1918 至 1938 年间，捷克斯洛伐克共和国经历了不凡的现代化发展历程。在建筑工地和脚手架之外，白色办公楼、公寓以及工厂干净整齐地排列着，兼具实用性和美感。这样的反差也存在于布拉格的时尚业，既有老式复古的民族服装，也有品位高雅的新潮服装。

在布拉格时髦的大道上，逛街的人小心翼翼地避让着行人，街上则满是电车与小轿车。逛街者无不对现代百货商店富有艺术气

流行的帽子款式，《夏娃》杂志，1940 年

息的陈设赞叹不已。摆出优美造型的模特身上展示着，或是以动感十足的方式呈现着最新的时装样式。一排排货架上摆满了丝质领带和各式各样的印花头巾。软毡帽、女帽、贝雷帽以及药盒帽摆放在帽架上。手提包琳琅满目，还有配套的钱包。鞋子的数量多到一辈子也穿不完，有皮革、拉菲草、丝绸、棉布等多种材质。

在吸引眼球的卡片上，醒目的字体标示着价格，专等减价季的购物者一看到换季时的"打折"字样就热血上涌。购物是一项令人享受的休闲活动，同时在购物过程中人们还能尽情享用咖啡和蛋糕。不过这种行为常常是深思熟虑的结果。在 20 世纪中期，大多数人拥有的衣服很少，穿戴很小心，并且尽量将其装饰得丰富多彩。

购物狂喜欢沿着布拉格的德式步行街格拉本大道闲逛。兼营时装和布料的"莫里克席勒"商店（Moric Schiller）就坐落在这条街上，店门口写有一行荣耀的标语："宫廷御用。"

在最高档的商业街上，精美的招牌上印着顶级时装店的

夏日沙滩时装，《夏娃》杂志，1940 年

名字，如以服务电影明星出名的哈娜·波多尔斯卡（Hana Podolská）开设的高档女装店，以及曾为哈娜干过活的兹登卡·富克索娃（Zdenka Fuchsová）与海德薇卡·维科娃（Hedvika Viková）开设的高档女装店。[1] 在时尚界，女性不仅可以与男性展开竞争，有时还能够战而胜之。在时装设计与制作的各个层级，都有女性工作的身影。

高品质的新闻和摄影报道为布拉格兴盛的时尚业提供着支持，这些报道和照片发表在各类时尚杂志上。

《夏娃》杂志的报道尤其出色和吸引人。该杂志的目标群体正是玛尔塔这样的说捷克语或斯洛伐克语的年轻女性。除了讨论时装和室内创意的文章外，《夏娃》还用大量篇幅报道女性在艺术、商业乃至航空与摩托车骑行等领域的成就。[2]《夏娃》杂志的模特身着精美服饰，看起来生气勃勃——无论是戴上秋季漂亮的皮草帽，还是穿上夏季时髦的塔夫绸沙滩装，都是如此。《夏娃》杂志为读者带去了睿智的、女性主义的消遣，它所呈现的奢华生活看上去几乎是可以企及的——至少在和平年代如此。

玛尔塔于 20 世纪 30 年代末立下了去布拉格工作的志向。此时流行的是采用悠长、流畅的线条，将斜裁技巧充分地应用在柔顺布料上精心剪裁的西装。在款式方面，斜肩被仿马鬃或棉垫的平肩取代了。这一大胆的新风格显得更具力量与勇气——随着欧洲被卷入战争之中，女性将前所未有地需要这些品质。

> 我赢得了前往巴黎的大奖，最终却被关进了奥斯维辛。
>
> ——玛尔塔·富克斯

米伦娜·耶森斯卡（Milena Jesenská）是第二次世界大战前捷克斯洛伐克共和国最著名的专栏作家之一。她善于发现文学天才，是著名作家弗朗茨·卡夫卡（Franz Kafka）等人的伯乐，还擅长政治评论。根据自己对优质服装的痴迷、对国际潮流的了解，以及对法式内衣的爱慕，米伦娜还为女性读者给出穿搭建议。[3]

无论布拉格的服装款式多么迷人，也无论本土的人才多么杰出，法国都无疑是欧洲时尚业的心脏。若非比时尚业强大得多的势力介入，凭借自己的技艺，玛尔塔完全可以在巴黎立足。

玛尔塔是名剪裁能手，是任何一家时装店都梦寐以求的人才。剪裁能手可以将画在纸上的图案转变成一件能够上身的衣服。只有剪裁能手才知道，应该如何熨烫和安排布料，从而保证编织线齐整；如何分析一幅幅设计草图，将其整理妥当；如何操起专用大剪刀，顺滑地一剪到底。刀锋一旦将布料裁开，便是开弓没有回头箭了。

但玛尔塔始终未能前往巴黎。

春季时装，法国时装杂志《风情女子》(*La Coquette*)，时间不详

　　玛尔塔与法国时装业最近距离的接触，是阅读各种借鉴法式风格的本国时装杂志。

　　时尚业的终极标杆就是巴黎。尽管布拉格完全有理由为当地那些独立时装店感到自豪，但法国时装设计师保罗·波烈（Paul Poiret）于 1924 年在捷克斯洛伐克共和国首都举办的时装展还是引发了惊人的轰动，令人赞叹不已。时装杂志、时装周、时装展览会乃至电影服装，无不在传播巴黎人的时装理念。

　　在两次世界大战之间的岁月里，无论水平高低，全世界的裁缝都带着渴慕与艳羡的目光望向巴黎。如果可能，他们就会前往巴黎，亲身感受当季新风尚。如果有合适的人脉，他们或许还能出席一场时装展，看着那些当红的模特在铺着厚重红地毯、摆着镀金镜子的时装店里高傲地走秀，潜在顾客则一边注视着中意的服装，一边畅饮着昂贵的香槟。在时装展上，貂皮从模特的肩头滑落，珍珠、黄金和钻石在灯光下熠熠生辉，空气中弥漫着玫瑰花、山茶花、香奈儿五号香水和夏帕瑞丽震惊香水的气味。

在新季时装展的后台，模特、服装师、试衣裁缝、缝纫师、编排师和销售员则满身大汗地挤在一起。支撑着法国高档时尚业的是数千名员工的辛勤劳动，这些人大多默默无闻。高档时装设计与制作需要专业人才，他们或许在袖口与裙子上、在口袋与扣眼上就训练了 7 年时间。这一行里有玛尔塔那样的剪裁师，还有画图师、收尾师以及装饰师，后者是串珠、刺绣与制作蕾丝的佼佼者。

时装的魔力来自苦干，而不是挥动魔杖。不过，尽管要付出长时间的辛苦工作，面对苛刻的客户，时装厂或条件更差的血汗工厂仍属于自由世界，而非遭受着实实在在奴役的集中营里的一个工作间。

出于热爱和不菲的收入这两方面的原因，玛尔塔在布拉迪斯拉发的时装厂里又干了几年。

> 永远不要成为一名女裁缝。是的，当裁缝救了我的命，但这只不过是坐在那里，缝个不停。
>
> ——胡妮娅·福尔克曼，本姓施托尔希 [4]

德国的情况又如何呢？它会任由巴黎绽放出最耀眼的光芒吗？

从 20 世纪 20 年代末开始，直到整个 20 世纪 30 年代，胡妮娅·施托尔希一直在德国工作。她亲身见证了德国时尚业是如何抵御法国的影响，并进一步成为执行歧视性乃至毁灭性政策的工具的。

当胡妮娅长途跋涉，从凯日马罗克一路来到德国东部城市莱比锡时，她还只有 10 多岁。从布拉格出发的跨境快车驶过由整洁的城镇和藩篱围绕的田野，呈现在她眼中的是一片有序的景象，在塔特拉斯山脉的映衬下，一路都显得十分平坦。胡妮娅很快就在莱比锡有了宾至如归的感受。她热爱引人入胜的高档戏剧和轻歌剧、藏书丰富的书店，以及高档商店展示的时装。她卸下了从小镇带来的行头，自如地变成了一个都市女孩，和一群年轻友人一起享受生活。

胡妮娅在莱比锡的学徒生涯十分成功，此后她开始在父亲公寓的一个房间里自立门户。父亲从附近一所小型犹太教堂回家后，会为正在等候下单的女顾客们奉上甜柠檬茶，这是他为客户提供的小福利之一。反过来，客户也知道他是一名虔诚的犹太教徒，因此在和他打招呼时不会与他握手。[5]

胡妮娅的裁缝技艺非常出色，经过口口相传，客户群逐渐壮大了。扫一眼《时尚》、《优雅世界》(*Elegante Welt*) 以及《淑女》(*Die Dame*) 等杂志，无须任何工具，胡妮娅徒手就能绘制出制衣草图。胡妮娅的姐姐多拉·施托尔希也在莱比锡时，会帮胡妮娅做些收尾工作，如卷边和熨烫。人们一直觉得有朝一日胡妮娅会将缝纫技术传授给多拉，但不知为何，胡妮娅终究没有这样做。多拉对这些漂亮的衣服爱不释手，也十分钦慕妹妹的才华。当然还有一点也让姐姐非常高兴——无论样式如何，自己想穿哪件衣服就可以穿哪件。

虽然胡妮娅是紧跟潮流来制作精美服装的，但每一件衣服也都有着独特之处。自己拥有一家时装店的独立性让胡妮娅很满意，为每一笔订单注入想象力也令她大获成功。胡妮娅喜欢复杂的任务和接受挑战，如果几年后她会对裁缝工作感到厌倦，那么主要原因也在于作为裁缝的她所受的对待，而非裁缝工作本身。

身在德国，犹太人和捷克斯洛伐克人的双重身份给胡妮娅带来了巨大挑战。问题并不在于获得客户。几年来，她已经建立了忠实的客户群，为包括莱比锡首席大法官之妻在内的当地上流女性制作时装，这些客户既包括犹太人，也包括非犹太人。根本问题在于胡妮娅无法为自己的服装店打广告，因为她没有在德国合法工作的签证。1936 年后，胡妮娅决心改变这一状况。她不情愿地关闭了位于父亲公寓的时装店，开始为客户提供上门服务。除了谋生之外，她还定期寄钱回家，帮助留在凯日马罗克的家人。

在 1935 年的一张照片上，胡妮娅衣着时尚、意志坚定，但看起来有些心事重重。整洁、光滑的波浪发型覆盖在她的鸭蛋脸上。上装简约但很吸引人，似乎是一件针织短上衣，或者是一条带有钩针编织的前胸衬领的连衣裙，里面穿的是一条浅色衬裙，颈部系着精致的绸缎领结。

1935 年的胡妮娅·施托尔希

胡妮娅左手佩戴着一枚戒指，十分显眼。在莱比锡，胡妮娅爱上了英俊、自信、严肃、有教养的纳坦·福尔克曼（Nathan Volkmann）。纳坦的父母去世后，胡妮娅为他的姐妹制作了丧服，因而结识了这一家人。纳坦也深爱着胡妮娅，但两个人却无法结婚。纳坦是波兰人，胡妮娅是犹太人，纳粹官僚机构对这样的婚事施加了重重阻挠。胡妮娅如此失望，以至于一度返回了凯日马罗克，但地方小镇的生活令她窒息，于是她绞尽脑汁找到了一些法律漏洞，又返回了德国。

胡妮娅找到的解决之道似乎是"假结婚"。她的嫂子的兄弟雅各布·温克勒（Jakob Winkler）同意帮忙，成为她纸面上的丈夫。这固然不是理想的方法，但毕竟能让胡妮娅有权暂时留在德国，还获得了一本新的捷克护照，于是胡妮娅又回到了莱比锡。在订婚 4 年后，她终于嫁给了纳坦。

有一段时间，缝纫工作被放到了一边。只是出于兴趣，或是为了挣些外快，胡妮娅才会接几份订单。这时的她正沉浸在幸福之中。

回过头来看，表明大难将至的迹象已经比比皆是：对女性装扮所施加的限制只是更广泛政策的一部分，而这些政策的目的则是塑造民意，控制时尚业并剥夺犹太人的财产。

在两次世界大战之间，德国曾在时尚、女性主义和艺术自由方面迎来了一段短暂而美妙的黄金时期。然而，在严重的经济问题的毁灭性打击下，魏玛共和国肆意的自我表现戛然而止。希特勒的国家社会主义德国工人党（NSDAP，即纳粹党）似乎为解决大规模失业、恶性通货膨胀和民族认同危机等问题提供了答案。20 世纪 30 年代上台的纳粹政权声称，巴黎的时髦和好莱坞的妖艳会令德国女性堕落。舆论鼓励年轻女孩扔掉高跟鞋，穿上登山靴，通过户外劳动将皮肤晒黑，而不是用粉底将自己涂抹得苍白。

显得清新和有魅力只为了一个目的，就是吸引一名健康的雅利安男性，与之结合，生下后代。年长的女性要是生了一大堆孩子，便可以为此感到自豪，她们的着装也应该更加朴素。这可真合理、真体面啊。紧身衣应只限于供主妇塑形，而不应用于凸显臀部或令胸部具有挑逗力。在德国，到处都充斥着有关女性角色和形象的宣传。

《时尚与家园》（*Mode und Heim*）杂志封面，1940 年

1933 年，德国犹太记者贝拉·弗罗姆（Bella Fromm）在日记中写道，希特勒曾宣称："柏林女人必须成为欧洲穿得最漂亮的女人。受够巴黎模特了。"[6] 同年，第三帝国的启蒙与宣传部长约瑟夫·戈培尔开始亲自负责德国时尚局的工作，贝拉则将

这一机构称为"德国时装店"。戈培尔意识到了时尚业具有的塑造形象的力量，他明白这对于控制人们的行为而言至关重要。[7]

诸如《时尚》（Die Mode）和《女性视角》（Frauen Warte）等亲纳粹出版物立刻迎合了纳粹的想法。媒体宣传鼓励德国女性将自己与体现母亲和家庭主妇等女性基本角色的特征联系起来，她们的职业也最好能够体现温柔体贴等"女性特质"，局限于餐饮、养育和纺织等"女性行业"。[8]

将德国打造成时尚中心这一目标本身并不坏。在莱比锡，胡妮娅希望能够自由地创造其服装的自信风格，正如玛尔塔在布拉迪斯拉发梦想着创制具有捷克斯洛伐克风格的世界级时装一样。德国时尚局对于"只有巴黎才能规定每一季的镶边长度或是廓形样式"这种想法嗤之以鼻，这种态度或许是对的。

然而，除了看似无害的德国杂志上的那些令人愉悦的春季棉服和礼服网纱的文章外，还有多股势力在不停运转着。戈培尔不只希望规定女性如何展现自己——只能扮演配角，他还想要掌控服装业的力量。

这就意味着要赶走犹太人。

将犹太人从整个时尚产业和服装贸易中驱逐出去并非反犹主义的偶然性副产品，这本身就是一个目标，一个通过讹诈、威胁、制裁、抵制、勒索和强制清算来实现的目标。玛尔塔、胡妮娅、布拉查……这些年轻的犹太女孩无一参与过实现这一残忍目标的政府和组织，她们都是其受害者，并努力试图生存下去。

要想控制犹太人及其财产，最有力的策略之一就是利用原始的部落心态：对"外人"的不信任。为强调犹太人和非犹太人的差异，在民族主义术语中，非犹太人被重新命名为"雅利安人"（Aryans），纳粹蓄意炮制出了"我们"和"他们"之别。为强调凝聚力这一属于"我们"的元素，纳粹精明地利用了群体身穿统一制服时会油然而生的归属感。

无论是冲锋队队员、希特勒青年团团员，还是德国少女联盟成员，都可以通过各自的制服团结起来。半军事化的服装秀往往在盛大的剧场里上演，制服将不同阶层之间显而易见的差异隐藏起来，造成了种族内部一律平等的假象。

早在掌权之前，纳粹运动与服装就有了密切联系，活跃于街头的男性纳粹成员被称为"褐衫队"。记者贝拉在1932年就注意到，这些男人"如同孔雀一般趾高气昂地踱来踱去"，仿佛"沉醉在自己的伪装之中"。更险恶的是，制服还拥有一种精神力量，能够帮助穿上制服者符合这副形象。[9] 褐衫队日后将发挥重大作用，令针对服装行业的暴力行为愈加升级。不过，褐衫队的权势很快就会被身着更深色制服的纳粹党卫队所超越。

即使不是制服，红底黑字的纳粹万字符也足以将普通服装转变成该组织的宣言。除了领章和臂章，在袜子的脚踝处也可以精心织上一个万字符。仰慕希特勒的女性向他寄去了不计其数的自己缝制的礼物，其中就包括缝有万字符，有时还附带"永远忠诚"这一誓言的枕套。[10]

每一层面的缝纫工作都受到了政治的污染。1934年，一个年轻女孩的缝纫样本——展示缝纫初学者缝纫技术的作品，上面除了惯常的字母、姓名与日期外，还有一个红线绣成的万字符。[11]

民族服装也被用来强调"我们"与"他们"之别。传统民族服装被认为体现了德国丰富的文化遗产，因而受到民族主义媒体的大力赞扬和广泛宣传。当然，外国人是被排斥在外的，德国犹太人也不能穿着这种专属于雅利安人的服饰。[12] 向德国犹太人传递的信息显而易见：你们不属于"我们"。

纳粹还蓄意将"外国"时尚与犹太特性等同起来，进一步强调了"我们"与"他们"之别。对所谓堕落女性和巴黎时尚的抨击达到了双重效果，既激发了反法情绪，又煽动了反犹情绪。如果德国女人臣服于一时兴起的潮流，涂上了"风骚的"红色唇膏，人们就会认为这种过错是犹太人造成的。这种轻蔑之情既是厌女的，又是反犹的。它秉持的是这样一种想法：除非女人服从外部强加的着装标准和行为规范，否则她们就自动会被性欲化和妖魔化为"妓女"。

戈培尔强大的宣传攻势之所以能够如此轻易地将时尚业与犹太人联系起来，原因就在于服装业严重依赖于犹太人才、犹太关系网、犹太技艺与犹太资本。

欧洲纺织业在经济史中常常遭到忽视，尽管这一行业收入丰厚、员工众多，并且在国际贸易中占有举足轻重的地位。后一点对于在 20 世纪 30 年代正试图扩充外汇储备的纳粹德国来说尤其重要。

在两次世界大战之间，德国犹太人掌控着全德国约 80% 的百货商店和连锁商店，以及近乎半数的纺织品批发公司。设计、制作、运输和销售服装的工人中，也有很大一部分是犹太人。得益于犹太企业家的活力与才智，柏林在 100 年间发展成了饱受赞誉的女性成衣中心。

《冲锋者》（Der Stürmer）等流行的纳粹宣传杂志将犹太纺织工人刻画为行业里的寄生虫，引诱纯真的雅利安少女堕落的猎艳者和玷污德国雅利安人服装的家伙，但这还不够。纳粹将把言论升级为行动。

1933 年 4 月 1 日上午 10 点，德国雅利安人对德国犹太人发起了全国范围的商业抵制。纳粹精心策划了这一行动。希特勒于当年 1 月被任命为德国总理，而纳粹从 3 月起才开始全面掌权。显然，推行反犹措施就是新政府的当务之急。

"别买犹太佬的东西！"这句标语被印刷在海报上，涂抹在窗户上，潦草地写在堵住商店大门的牌子上——牌子上还用黄黑色粗糙地画着大卫之星。①

百货大楼外，身着准军事制服的男子站成一排，这无论是与橱窗另一侧身着优雅春季时装的石膏模特，还是与拥挤的围观行人乃至幸灾乐祸者，都形成了鲜明对比。这些男子的脸色说明了一切，他们神情严峻，还带有一丝正义感。围观者有的感到困惑，有的在凑热闹，有的随波逐流，还有的愤愤不平。

少数勇敢的人无视抵制行动，进入门可罗雀的犹太商店象征性地购物。还有些人则对抵制造成的不便感到恼火，他们决定不去听凭他人而改变自己的购物习惯。

"我想进商店，是因为我被惹火了。"一名女士说道。"我认识商店老板，也认识店里的人。我们向来都在这里买东西。"[13]

一名雅利安女裁缝在见证了由国家策划的这一迫害犹太人的行动后，成为纳粹政权的激烈反对者。她表示，犹太制衣工"从来都是最棒的"，"她们正派、勤奋"。她还说自己"从此只在犹太人的商店买东西了"。[14]

恐吓升级为暴力，柏林的犹太人经营的蒂茨（Tietz）高档百货商店，就被人用投掷物砸碎了玻璃，但警察却不介入。破碎的

---

① 大卫之星，也叫大卫星、大卫之盾，是犹太教和犹太文化的标志，具体形式是两个正三角形叠成的六角星。——编者注

玻璃成为犹太商人此时不安处境的象征。

在长达 24 小时的骚扰后，这场抵制行动终于结束了，但零星的暴力事件仍在继续。这表明在 1933 年，大多数非犹太德国人对于反犹行动并不热心。此外，这一事件还激怒了外国政府，各国纷纷对此提出抗议。外界的反应令纳粹领导层大为光火，他们辩称，骚扰的目标"只是"德国犹太人，不包括外国犹太人。纳粹政权还将针对此次抵制行动的不满之声贬斥为犹太人的邪恶宣传。纳粹解释称，如果说存在问题，那么犹太人也早已被告知，这些问题就是其自身造成的。[15]

尽管抵制行动结束了，但它却为纳粹向犹太产业施加更大压力奠定了基础，为政府通过更加精心策划的举措控制商业铺平了道路。接下来，包括在莱比锡的自家时装店里工作的胡妮娅在内，德国的无数犹太制衣工人的生计将因一项纳粹于 1933 年 5 月提出的动议而受到威胁。这项于抵制行动发生一个月之后提出的动议，其长期目标在于将犹太人从服装业的方方面面清理出去。

这项动议的名字是 ADEFA，是德语"德国雅利安服装业制造商联合会"（Arbeitsgemeinschaft deutsch-arischer Fabrikanten der Bekleidungsindustrie）的缩写。插入"雅利安"这一字眼正是为了突出"德国"一词的意义——犹太人除外。ADEFA 不过是一个专事霸凌的游说团体，目的就是将被视为竞争对手的犹太人彻底从市场上赶出去。ADEFA 在进行宣传时力图向包括服装业和公众在内的德国买家"保证"，制衣的每一个环节都不会被犹太人的手"玷污"。[16]

"纯正的"雅利安服装会被贴上 ADEFA 的标签，有时这几个字母会被设计成帝国之鹰的样子，有时会印上全名，再加上"德

20 世纪 30 年代一条印花丝绸裙子上的 ADEFA 标签

国制造"的字样，这样一来，就没有人会搞不清"雅利安"等同于"德国"这一关系了。[17] 从商业和艺术角度来看，ADEFA 是失败的。它们的服装并无特色，缺少犹太人才和关系网更是对服装设计和分销造成了负面影响。尽管 ADEFA 的时装展受到了大力宣传，包括在广告语之后甚至突兀地印上了"希特勒万岁"的字眼，上座率依然不佳。ADEFA 为纳粹主义做出的主要贡献在于，它为雅利安人可以从犹太人身上攫取利益这一观念提供了另一个层面的合法性。

ADEFA 于 1939 年 8 月解散，它完成了自己的使命。与 1938年 11 月残忍的暴力行为相比，ADEFA 采取的策略还算是相对温和的。

1938 年 11 月 10 日，星期四早晨，胡妮娅打开窗户，眺望自己居住的那条莱比锡的街道。她惊讶地发现人们匆匆走过，有的衣冠不整，有的慌慌张张地紧紧抓着一包包东西。

"发生什么了？"她向他们喊道。

她听到了一些零散的消息。犹太教堂被焚烧，住宅外墙被人涂鸦，窗户被砸碎，有犹太人被殴致死。

外出安全吗？莱比锡的犹太人是个多样化的族群，多数人都已融入当地，尽管也有犹太区，但并未形成"隔离区"。那犹太区会成为显而易见的袭击目标吗？

自1933年以来，在德国身居要职的犹太人纷纷被解职。此后，纳粹又于1935年9月推出了《纽伦堡法案》，在事实上剥夺了犹太人的德国公民权，甚至连与非犹太德国人结婚者也不能幸免。同样在1935年，犹太人被禁止进入公共室内游泳池，也不被欢迎进入公园和剧院，理由是所谓的"种族同志"不愿与犹太人共享这些空间。

就恶意反犹宣传及类似ADEFA发起的看上去更加文明的媒体宣传而言，与德国其他地方相比，莱比锡也不遑多让，当地的报纸就无耻地列出了纯种雅利安商店和工匠的推荐清单。[18]长期以来，国家社会主义德国工人党在这座城市的政治影响力一直在稳步增强。但谁又能够相信，这些莱比锡同胞竟会变得如此残暴呢？

那个星期四的早晨，胡妮娅和丈夫纳坦待在家里，静候事态发展。一群群暴徒流窜于整座城市，大叫着："滚出来，你们这些犹太猪！"突然胡妮娅听见了敲门声，她以为是冲锋队、盖世太保或者暴力的莱比锡市民找上了门。登门者却是她的父亲。他正在犹太教堂学习，一名非犹太邻居警告他，要他离开，因为"坏事即将发生"。几分钟之后，这座犹太教堂就遭到了破坏，犹太妥拉经卷也被点燃了。这是莱比锡3座被毁坏的犹太教堂之一。

与此类似，令人不安的一幕幕在德国和奥地利各地上演着。一起起针对犹太人的暴力事件看似是自发的，实际上却是纳粹官员精心策划的结果。这些人脱下制服，做寻常老百姓打扮。在他们的行为煽动下，其他暴徒纷纷效仿。

成千上万属于犹太人的处所遭到了冲击和破坏，其中犹太人拥有的百货商店成了极具吸引力的袭击目标。早在 1938 年 6 月，柏林的格林费尔德（Grünfeld）亚麻纺织品店就被涂上了描绘折磨犹太人内容的下流漫画。在 11 月 9 日和 10 日，其他百货商店也遭受了相同，乃至更糟的命运，而柏林几乎所有百货商店的老板都是犹太人。[19]

打砸抢分子砸碎商店橱窗，踩着碎玻璃一哄而入，看中了什么，就从货架上拿走。褐衫队将货物扔出窗外，在大街上践踏着各种服装。更糟糕的是，犹太人被从床上赶起，遭到了殴打、羞辱和拘押，其中许多人第一次尝到了被关进集中营的滋味。

鲁道夫·霍斯已于这一年晋升为纳粹党卫队队长，并举家迁往柏林以北的萨克森豪森集中营，在那里担任副官。包括一群来自莱比锡的犹太人在内，许多遭到迫害的犹太人都被送到了这个集中营。[20] 第二年，鲁道夫又晋升为萨克森豪森集中营的囚犯总管和该集中营的二把手。此后在奥斯维辛集中营任职时，他和妻子海德薇·霍斯学会了更加熟练地利用集中营里的囚犯这笔财富。

1938 年 11 月 10 日凌晨，莱比锡著名的班贝格尔（Bamberger）百货商店、赫茨（Hertz）百货商店和乌里（Ury）百货商店被纵火焚烧。当地消防部门赶到现场，却只是为了确保火势不蔓延至非犹太建筑。至于扑救百货大楼的火势，他们并无此意。

据估计，全德国共有 6 000~7 000 家犹太店铺遭到破坏和洗劫。[21] 这是受到政府许可的公然的、无耻的暴力行径。德国公众要么被吓坏了，不敢挺身而出；要么幸灾乐祸地想从中分得一杯羹。从布料店里偷窃的一卷卷布匹可以悄无声息地剪裁缝制成新衣服，人不知鬼不觉，不是吗？

造成巨大破坏的 11 月 9 日晚至 11 月 10 日凌晨这段时间后

来被称为"水晶之夜"，不那么美化的说法则是"碎玻璃之夜"，这一术语颇具现场感，却是从物而非人的角度出发来描述这一事件的。"破碎的玻璃"，而不是"破碎的生活"。帝国元帅赫尔曼·戈林就曾向戈培尔抱怨道："我宁愿你们杀掉了200个犹太人，而不是毁掉了这么多宝贝。"[22]

尽管"水晶之夜"向德国公众表明了犹太人悲惨的处境，但或许他们还可以这样自我安慰——受到这种对待的毕竟是另外一拨人，这些穿着睡衣被从床上赶起来的犹太人，必然是做错了什么，不然怎么会被如此对待呢？

在德国犹太人正为生计和家园担惊受怕之时，雅利安妇女仍能一边翻阅1938年的时装杂志，一边称赞某种新款式的帽子，考虑订上一艘游船或是来个城市游，梦想在自家后花园里打造一个游泳池，用窝露多除臭剂去除难闻的腋臭，在美容沙龙预约按摩与美容，挑选心仪的样式定制一件蕾丝衬衣，或是为冬季大衣挑选毛皮。一言以蔽之——沉浸在逃避主义之中。杂志上刊登着各种广告，蔻丹指甲油、排列成彩虹状的缝纫丝线、适于将雅利安人的头发染成棕色的施华蔻染发膏，以及可以清洗手上污渍的棕榄香皂。

《优雅世界》杂志在1938年的一篇文章中，热情洋溢地描述了最新潮流色彩，修身直筒形大衣和马拉布夹克。这篇文章还声称，在可见的范围内，"满是兴高采烈的氛围"。任何紧张情绪都会遭到文章作者的严正警告："所谓经济危机无非是一个民族坚不可摧的生存意志和乐观精神。"[23]

作为四年计划①的全权执行者，戈林肩负着启动德国战时经

---

① 四年计划的目的是将德国的经济、生产体系调整至战争状态，以配合纳粹党发动对外战争的战略进程。——编者注

济的职责。他显然将"水晶之夜"造成的破坏视为一场危机。戈林抱怨称，在自己厉行节约的同时，对犹太人的迫害却令德国经济蒙受了巨大损失，这样的做法毫无意义。[24]戈林对"水晶之夜"的破坏行径的回应厚颜无耻，他要求德国犹太人为破坏造成的损失支付天价账单。

戈林的妻子艾米·戈林是精美时装的狂热爱好者，总要在这上面花上一大笔钱。她在回忆录中承认对反犹抵制行为感到不安，说自己曾尽微薄之力，帮助几个犹太朋友避免了商店窗户被涂上"犹太佬"字样的命运。但她也承认走进犹太商店会让自己感到不自在，因为她担心这会对丈夫不利。

与此同时，戈培尔则在日记里沾沾自喜地写道，柏林人对于"水晶之夜"这场劫掠欣喜若狂。尤其是他强调了一个事实就是，服装和柔软的装饰品是最主要的战利品。他写道："一分钱不花，皮大衣、地毯和贵重的纺织物就都到手了。"[25]他那打扮得极为整洁的妻子玛格达·戈培尔是个时尚达人。她对"水晶之夜"的恶劣影响颇为不悦。某家犹太店铺被关令玛格达哀叹道："科嫩（Kohnen）关张了，这可太麻烦了……我们都知道，一旦没了犹太人，柏林也就失去了优雅。"[26]

艾米、玛格达和海德薇这些受到优厚待遇诱惑的党卫队太太团成员，亲眼看到了犹太人的悲惨命运。但她们认定，从不安情绪中走出来的最佳方式就是回避这些事。她们专注于扮演好纳粹女性这一角色，憧憬世界会按照她们的想法再度变得时尚起来，并能满足她们的要求。

胡妮娅的客户也包括莱比锡的上层女性。她为犹太人和非犹太人都制作过服装。她的作品或许同时穿在迫害犹太人的暴行旁观者和受害者身上。她是在睡眠中度过"水晶之夜"的，而此时她务必警觉地应对接踵而至的灾祸了。她要用尽一切力量逃离。

> 很高兴我们挺过了那一天，总算能勉力支撑下去。
> ——艾琳·赖兴贝格 [27]

回到布拉迪斯拉发，年轻的艾琳·赖兴贝格正手忙脚乱。自1938年3月起，数百名犹太难民为逃离纳粹的迫害，从德国及最近被德国吞并的奥地利来到了这座城市。随着捷克的领土被德国侵占，越来越多的难民逃往1938年10月开始自治的斯洛伐克。亲纳粹暴徒可以肆意在光天化日下袭击犹太商铺和犹太人。犹太慈善组织已在尽其所能地提供帮助，为需要者提供临时住所。犹太街上也时有骚乱和打斗发生。

艾琳无法说服父亲相信暴行不会停止，这绝非反犹情绪的又一次短暂发作，它不会完全消失。可即使艾琳足够清醒，意识到了面临着何种危险，他们又能怎么办？他们能去哪里？由于贫穷，她这辈子甚至连65公里外的维也纳都没去过。

想逃？没门儿。

"移居国外？任何要花钱的东西，我们都负担不起。这是不可能的，我们做不到。"她说道。[28]

与朋友布拉查一道，艾琳制订了一个别样的生存计划。这一计划涉及针、布料、线和缝纫别针。

第三章
排挤、盘剥、迫害，直到无处可逃

> 我们这几个班上的犹太女孩就站在那儿。我们站在大街上，不知道接下来会怎样，怎么办。
>
> ——艾琳·赖兴贝格[1]

1939年春。

时装杂志期待着更轻快的款式和更鲜艳的布料，如人造丝印花图案、雪纺丝巾以及带面纱的帽子。

但现实中的3月却要残酷得多。

1939年3月18日，希特勒身着一件双排扣长款军大衣造访了布拉格。行进中的德国国防军士兵、轻型坦克和重机枪构成了他绝佳的随从。透过鸭舌帽的帽檐，他视察着自己最新的战利品。乌云笼罩，大雨倾盆，天色阴沉。在波希米亚和摩拉维亚这块被占领土上，欢迎希特勒的老百姓纷纷伸直了戴着手套的手臂，向他行礼，帽檐下的某些面孔则带着迷惑的神情。4天前的3月14日，捷克斯洛伐克共和国解体了，斯洛伐克于同一天宣布独立。

在增添了新领土的"大德意志"地区，任何人只要有一台无线电收音机，就可以通过广播收听希特勒的讲话。一个年轻的捷克女孩还记得，当希特勒咆哮着"犹太佬滚蛋"时，收音机都在颤动，一家人不得不用手捂住耳朵。[2]

"犹太佬滚蛋！"国家社会主义德国工人党成立不久就将此作为信条，并精心策划了一步步行动：界定何为犹太人，迫使他们移居国外，将他们标记为"外人"，令他们无力反抗，逼迫他们陷入贫困。几乎每一块沦为第三帝国势力范围的土地都将复制上述策略。与此同时，还存在着以种种方式从犹太人身上攫取利益的巨大动力。这两种过程结合起来，最终催生了奥斯维辛时装厂这一怪胎。

在 1939 年春天，艾琳·赖兴贝格远远顾不上考虑时尚这件事。

自从艾琳的母亲于前一年不幸去世后，14 岁的妹妹埃迪特·赖兴贝格就承担起操持家务的重任。但此时的家已经不再是避风港了。在新成立的斯洛伐克共和国里，反犹暴力很快就成了合法行为。布拉迪斯拉发犹太区的窗户被砸碎，具有威胁性的涂

1938 年的勒妮·翁加尔，拍摄于斯洛伐克

鸦不断出现："犹太猪！""滚到巴勒斯坦去！"

艾琳的朋友勒妮·翁加尔不得不护送身为拉比的父亲穿越一条条街道，前往最近的犹太教堂，因为他独自一人外出已不再安全。信教的犹太男性尤其成了被骚扰的目标。

在一张拍摄于 1938 年的照片上，穿着合身夹克和深色长裙的勒妮显得很漂亮。如果穿着自信，那么在"通关"时就有机会被当作非犹太人，尽管这样的判断纯粹是主观的。

事实上，斯洛伐克政府已决定采取更严格的手段来区分犹太人和非犹太人，以便更加彻底地迫害和盘剥前者。从 1941 年 9 月 1 日起，所有犹太人都必须在外衣上缝上一颗醒目的黄色大卫之星。一旦脱掉了外套或者夹克，那么下一层衣物上也需要缝一颗大卫之星。犹太人不得不找出针线，完成这一带有侮辱性的任务。有些人故意将大卫之星缝得松些，以便在"通关"后能迅速将其扯掉。

就这样，服装遭到了国家强加的耻辱记号的玷污。缝上这颗黄星，勒妮的夹克就不再只是少女行头的一部分，而变成了一件令她成为他人眼中钉的衣服。

在实行视觉上的种族隔离政策的过程中，斯洛伐克政府不只是纵容这种行为，更是遵照第三帝国的政策，积极地将其加以落实。斯洛伐克人民党的头目是该国总统，激进的神父约瑟夫·蒂索（Josef Tiso），以及甚至更加极端的总理沃伊特赫·图卡（Vojtech Tuka）。他们受到了民族主义、反犹主义和利己主义的强力驱动。这些人不只是出于仇恨才对犹太人的生命和生计发起攻击，他们不知羞耻地想通过迫害犹太公民来中饱私囊。

1939 年 3 月，希特勒像端详战利品一样俯瞰着布拉格。此时，德国已经控制了原来属于捷克斯洛伐克共和国的重要工业基地，并获得了该国的许多其他资产。而随后很快将发生的劫掠行为不仅是瓜分赃物，更是为避免第三帝国陷入破产境地而采取的迫在眉睫的必要之举。[3] 第三帝国之所以不断扩张领土，既是为了壮大炫耀的资本，也是为了获得一笔笔收入。

斯洛伐克政府于 1940 年通过了一项法律，规定可以通过一切必要手段，将犹太人从该国的社会和经济生活中排挤出去，这项法律背后的动机正是贪婪。党卫队高级突击队领袖迪特尔·维斯利切尼（Dieter Wisliceny）作为阿道夫·艾希曼（Adolf Eichmann）的特使被派往斯洛伐克，表面上看他是担任犹太事务顾问，但实际上是为攫取犹太人的财富解决物流问题，主导着斯洛伐克政府与其之间持续会谈的动机也是贪婪。促使他们对犹太人的店铺采取直接行动的动机，还是贪婪。这种贪婪将对受害者造成毁灭性的打击，却令施害者赚得盆满钵满。

以战养战的想法并不新鲜。德国士兵和当地人都利用入侵导致的动荡来中饱私囊。这种行为完全违背了 1907 年海牙《陆战法规和惯例公约》。该公约明确规定，除非做出赔偿，否则入侵方军队不得没收私有财产。德国是该公约的签约方，但在纳粹掌权后，它将抹去一段又一段边界，陶醉在胜利之中。

德国国防军被大力怂恿着将一个接一个的征服当作一场又一场荣耀大采购，每个国家投降后都会上演一场消费主义的狂欢。赫尔曼·戈林尤其纵容德国国防军大肆掠夺皮草、丝绸和奢侈品。德军的采购是没有限度的，他们寄回国内的包裹数量也是不限的。

1940 年 10 月 1 日，波希米亚和摩拉维亚保护国与德国之间的海关边境被取消，随后士兵和来访的平民掀起了一股购物狂潮，皮草、香水、鞋子、手套……能够寄回家或是搬走的东西，全部被一扫而空。与此类似，巴黎沦陷后，占领当地的德国国防军大买特买，离开时被货物压驼了背，于是法国人给他们取了"土豆甲壳虫"的外号。

如果过度支付的帝国马克和期票会导致当地货币贬值，如果通货膨胀会导致本地人消费如同做噩梦一般，那又有什么要紧呢？关键在于，要让德国人——雅利安人高兴啊。第一次世界大战期间，希特勒切身体会了食品和其他生活必需品短缺所引发的后方民众的不满。他可不希望自己的臣民变得躁动不安，他要通过掠夺那些"弱小民族"来让这些人高兴。

德国向东扩张时，可顾不上礼貌地一手交钱一手交货。在乌克兰，强盗行径就为他们赢得了"鬣狗"的外号。犹太店铺由于最不受保护，也就不可避免地成为最容易遭到劫掠的目标，事实上，在德国占领下的波兰，当犹太商店的窗户被砸碎时，警察和德军只会袖手旁观，以便受到反犹和贪婪情绪驱使的当地人为他们带路，好抢上一场。[4]

而在德国，母亲、妻子、爱人和兄弟姐妹都惊喜地收到了家中男人从国外寄回的一个个包裹，礼物如此丰富，令他们开心不已。经由家庭这一渠道，他们也成为大发战争财的人。或许他们真的不知道，自己之所得正是他人之所失吧。[5]

到了圣诞节期间，为填满德国商店的橱窗，德军甚至还会及时地展开额外劫掠。其他为德国平民和德军攫取利益的手段，也将目标锁定为犹太人。1941年入侵苏联后，德军渐渐意识到，他们的后勤物资压根不适于冬季作战。于是希特勒和戈培尔呼吁德国爱国者为东线战场自愿捐献皮草和毛呢衣物。

对德国犹太人而言，这意味着不加补偿地强制征收皮草衣物。还装着皮大衣、皮披肩、皮套筒、皮手套和皮帽的犹太衣橱都会遭到搜查。就连皮领也不能幸免，要被拆下、交出。如果拒不服从，就会受到国家警察的严厉惩罚。[6] 这可不是有钱人放弃那些只是为了炫耀地位才穿的奢侈品这么简单。在冬天，出于御寒的需要，从廉价的兔皮到珍贵的貂皮，所有社会阶层都会穿戴某种皮毛制品。

在全国范围内搜刮来的冬装被标榜为德国人民送给东线的圣诞礼物，总共有数十万件。毫无疑问，德军对这份温暖深表感激。犹太人就只能在寒冬中瑟瑟发抖了，但这点遭遇又算得了什么呢？

> 犹太人必须交出所有皮草、珠宝、运动装备和其他
> 值钱的东西。赫林卡卫队看上了什么，就没收什么。
> ——卡特卡·费尔德鲍尔（Katka Feldbauer）[7]

要想让希特勒的战争机器维持运转，让德国人吃饱穿暖，光是海外大采购和皮草大搜刮还不够。德国统治的领土需要做到零犹太人，需要通过剥夺财产，遣送至集中营乃至大屠杀等一系列手段来实现"去犹太化"。在纳粹对犹太人的大屠杀中，剥夺财产是必不可少的一部分。

1938 年 11 月，纳粹党卫队报纸《黑衣军团》（*Das Schwarze Korps*）刊登了一篇文章，声称犹太人是"无法自食其力的寄生虫"。[8] 这显然只是宣传，然而，对犹太人财产和商铺的大肆劫掠，部分动机也在于坐实这种说辞，进而为迫害犹太人正名。从根本上来说，必须令犹太人陷入赤贫和绝望的处境，变得易于控制。对犹太人的劫掠会令另外一些人致富，这绝非巧合。

在纳粹占领的所有地方，犹太人成了各种偷窃和勒索行径的对象。为了免受骚扰，为了获取签证，为了不被列入遣送至劳动

营和隔都的名单，都需要行贿。德国树立了如何从迫害犹太人中致富的榜样，其他政权乐于学习其经验，其中也包括斯洛伐克。从低级别的人民党准军事组织赫林卡卫队到最高级别的官员，所有人都想分得一杯羹。

胡妮娅·施托尔希此时已是福尔克曼夫人。随着 1938 年 11 月的《从德国经济生活中清除犹太人法令》生效，她也感受到了被剥夺财产的滋味。该法令规定，自 1939 年 1 月 1 日起，犹太人的一切生意都必须关张。在这条法令出台前，对犹太人权利的剥夺和排挤已经持续了 6 年。

该法令导致胡妮娅被剥夺了一切财产，在进入奥斯维辛集中营时还被剥光了所有衣物，而所有她在奥斯维辛时装厂遇到的女孩，也有着类似的被剥夺财产的遭遇。最终，她们将仅仅拥有维持生活所需的最低限度的物资。这是一段漫长而屈辱的坠落之路，其起点正是国家许可的厚颜无耻的盗窃行为。

根据《从德国经济生活中清除犹太人法令》，犹太人的财产应被视作德国人的集体财产。"德国"则是"雅利安"的同义词。该法令并不只适用于珠宝、艺术品、住房、土地和轿车等贵重物品，就连自行车、收音机、家具、衣物和缝纫机也统统包括在内。

戈林主导了多项举措，以便利用犹太人的财富来扩充纳粹政权的预算。[9] 最为显眼的剥夺策略是贯穿 20 世纪 30 年代始终的所谓"雅利安化"过程，即由雅利安人或曰非犹太人，强制接管犹太人的生意。雅利安化的主要目标远不止令犹太人变得窘迫、困顿，对于施害者来说，其主要成果在于获得犹太人产业的所有权，并摧毁这些竞争对手。

根据新法令的规定，犹太人的产业将由一名"雅利安经理"

接管，代价通常只是一笔象征性的费用，甚至是免费的。当然，贿赂负责雅利安化计划的腐败官员的费用另说。这一强盗行径被伪装成了商业语言：产业的所有权将转交给一位受托人。任何希望以低廉的代价获得一份产业的非犹太人，或是受托方办公室想要犒赏的任何人，都可以成为这名受托人。

在时尚产业，纳粹迫不及待地利用这一机会建立起了自己的雅利安服装企业。玛格达·戈培尔甚至动用自己的影响力来帮助雅利安时装店主希尔达·罗马茨基（Hilda Romatski）。希尔达的时装店坐落在柏林一条著名的购物街上，她对于相隔不远的犹太时装店的"不公平竞争"颇多怨言。1937 年，玛格达用惊人的伪善口吻写信给德意志劳工阵线（German Labour Front），要求关闭希尔达的犹太竞争者的店铺。玛格达声称："就我个人而言，被怀疑可能穿上了一家犹太时装店制作的服装，是不愉快和无法忍受的。"[10]

与玛格达不同，海德薇·霍斯厚颜无耻地选择在奥斯维辛集中营开了一家时装厂。时装厂里的大多数女裁缝之所以遭到囚禁，只是因为身为犹太人。

> "雅利安化"这个喂食槽把一大群人喂得肥头大耳，肥得跟猪一样。
>
> ——拉迪斯拉夫·格罗斯曼，《大街上的商店》

仅在柏林，就有约 2 400 个纺织相关企业的老板是犹太人，这些企业随时可能被掠夺者盯上。而在胡妮娅身处的莱比锡，截至 1938 年 11 月，已有 1 600 家犹太企业在雅利安化过程中被强制出售，剩下的 1 300 家犹太企业也不会维持太久。[11] 胡妮娅辛勤打拼所挣得的一切，都可能被以合法的方式夺走。

　　胡妮娅的一个姑姑嫁给了一位姓格尔布（Gelb）的先生，他是莱比锡一家百货商店的老板。胡妮娅的姐姐多拉·施托尔希曾在这家百货商店工作过一段时间。格尔布一家请求胡妮娅和丈夫纳坦·福尔克曼帮忙应对雅利安化，这一计划已令他们全家焦头烂额。胡妮娅和纳坦尽其所能，但百货商店还是被卖给了一名非犹太德国人，价格低得可怜。

　　这是买家的天堂。雅利安经理们知道犹太人不得不将企业出售，而且是尽快出售。仅仅给出实际价值的40%甚至10%，他们就可以将犹太企业据为己有。如果赶上了出售企业之前的清仓销售，天真的购物者可能会开心地翻看打折价牌和库存布料篮，寻找便宜商品，但还有很多人并不天真，只是开心地竭力从犹太人的不幸中获利。

　　迫使犹太人抛售企业的不只有雅利安化的压力，他们还迫切地想要尽快逃离德国。胡妮娅也感受到了后一种压力。利用仅有的资源，她为父母办理好了签证，买好了逃往巴勒斯坦的票。与此同时，她每天都会前往多个外国领事馆，和其他焦急的申请者一起申请移民文件，得到的只是无数次面试和复杂的调查表。很少有国家敞开大门接受犹太移民，多数国家都对犹太人在欧洲的遭遇无动于衷。

　　胡妮娅并不走运，移民"第一志愿"巴勒斯坦和阿根廷的申请都失败了。她倒是获得了移民巴拉圭的入境许可并弄到了两张船票。然而，一想到要坐船跨越半个地球，去另一个大洲，融入另一种文化，面对的一切都将与塔特拉斯山区小镇庇护下的成长经历截然不同，胡妮娅就感到忐忑不安。不过如果她和纳坦能够就此逃离苦难，那一切辛苦也都是值得的。毕竟不管在哪里落脚，她的缝纫技艺总能派上用场。可惜最终未能如愿，巴拉圭驻德国领事馆在最后时刻取消了犹太人好不容易才获得的入境许可。胡妮娅被困在德国了。

在布拉迪斯拉发，艾琳也亲身体验了剥夺犹太人财产这一屈辱的过程。自 1940 年 9 月 2 日起，所有斯洛伐克犹太人都必须进行财产登记，艾琳的父亲什穆埃尔·赖兴贝格也老实地报告了自家鞋铺的详情。第二次世界大战爆发前，什穆埃尔和小女儿格蕾特·赖兴贝格一起拍了张照片。照片上的他看起来很平静，或许有点疲惫，但身上的衬衫、领带和夹克仍十分得体。什穆埃尔的生活围绕着工作、家庭和周日礼拜打转。和许多人一样，他也以为只要按照要求做并循规蹈矩，那么对犹太人的种种限制就可以忍耐下去。

什穆埃尔的鞋铺是布拉迪斯拉发超过 600 家犹太店铺中的一个，这 600 多家店铺中有很多家都与纺织业相关。如果说什穆埃尔对继续做生意还抱有一丝希望，那么事实证明，这纯粹是痴心妄想。根据自 1940 年 6 月 1 日生效的斯洛伐克首部雅利安化法案，什穆埃尔被吊销了营业执照。该法案实际上意味着犹太人不得独立经营任何业务。什穆埃尔回到了位于犹太街 18 号的小公寓。没有工作，就没有收入。没有收入，就只能忍饥挨饿，无家可归。

艾琳别无选择，只能适应。日甚一日的噩梦把她压垮了，只有布拉查·贝尔科维奇的忠贞友谊和针线有节奏的运动才能将其拯救。此时，她注视着父亲在公寓的窗户下摆上凳子，支起小桌子，放上劳动工具。整条犹太街的朋友和熟人给他提供了打零工的机会。他只要能弄到皮革和缝纫器物，就可以凭借自己的手艺完成这些工作。

　　但要以这种方式维系生活，实在是太艰难了。什穆埃尔现在是干黑活。但除此之外，他还能怎样挣钱呢？光是照料逃至斯洛伐克的数千名绝望的犹太难民，就已经使得犹太慈善机构不堪重负了。这些难民以为在这里会比在德国安全一些。

　　那些毫无道德的斯洛伐克人展开了一场优质犹太店铺争夺战，丝毫不顾及这些店铺真正的主人。于是，布拉查的父亲辛勤工作才建立起来的裁缝店也被一个无良竞争者窃取了——客户、库存、声誉、一切。

　　包括布拉查家的裁缝店在内，斯洛伐克政府的中央经济办公室在一年时间里把斯洛伐克超过 2 000 家犹太店铺转交给了雅利安人。通过雅利安化过程，觊觎犹太店铺的人很容易就能将其搞到手。有时候，店铺的原主人会作为雇员被留下来，当雅利安经理不知道该怎样经营店铺时尤其如此。有时候，原主人干脆被扫地出门。布拉查的父亲没得选，他被赶了出去。

　　在斯洛伐克的雅利安化过程中，最终有多达 10 000 家犹太店铺被变卖。由此获得的巨额利润被转交至由纳粹党卫队代表迪特尔掌管的一个特别账户中。在这上万家店铺中，有超过 1 000 家纺织品店。那些曾被商店骄傲地展示并受到购物者爱慕的布料，全都被处理掉了。雅利安经理们卖光了库存。买到这些布料的人或许永远也不会知道它们原本出自哪家店铺，他们或许压根就不在乎。[12]

　　遵循同一套隔离、登记和掠夺策略，在布拉格也发生了类似的强盗行为。在强制佩戴黄星之前，犹太人已经充分融入了布拉格社会。现在，任何价值超过 10 000 克朗的财产都会被没收并存入布拉格一个特别银行账户。财产所有者会及时获得收据，从而维持财产只是被暂时扣压的假象。随后，针对犹太店铺的雅利安化过程便开始了。从高端时装店到廉价的手工作坊，布拉格兴盛的时尚业成为这一过程的目标。

直到 1939 年，非犹太客户还在向其青睐的犹太时装店主保证，纳粹的反犹举动不会影响自己的忠诚。他们依旧热切地希望由犹太裁缝为自己制作那些灵感受到巴黎香奈儿启发，或者由本土的天才设计师设计的时装。然而，不管客户怀有怎样的愿望，一旦雅利安经理走进时装店，要求查看所有账目、库存和员工档案，就没有任何办法阻止店铺被接管了。有时候会由一名忠诚的员工接手店铺，前提是店主采取了未雨绸缪的行动。但要为店铺易主支付多少费用，或者说希望从中获取多大利益，就完全取决于新店主的心情了。

没有任何说明，时尚杂志上的犹太人店铺和业务广告就消失了。雅利安化结束后，店铺依旧如故，陈列着同样的服装和鞋子，只不过犹太店名和犹太服装品牌名称都被抹去了。

玛尔塔·富克斯这样的裁缝现在已经不再有合法经营服装业务的机会了。和身处莱比锡的胡妮娅一样，从 1938 年开始，玛尔塔也满脑子都是逃离欧洲的念头。玛尔塔机敏地意识到，当犹太人的财物成为觊觎的目标时，犹太人的生命却一文不值。她选择在布拉格著名的文塞斯拉斯广场上的尤利什酒店里栖身。在这条美丽的大道上，还坐落着国家博物馆、诸多现代化办公楼、巴塔鞋店，以及一座第一次世界大战前就已建成的购物中心。

不过，玛尔塔选择住在这里并非因为附近的这些建筑，而是因为她需要靠近交通枢纽和外国使馆。孤注一掷的她制订的计划是坐火车前往某个港口，然后通过海路前往拉丁美洲。玛尔塔在业余时间翻阅的不再是时尚杂志，而是西班牙语词典；排队也不再是为了抢购打折商品，而是为了申请签证。然而，当玛尔塔终于奇迹般地获得了厄瓜多尔签证时，为时已晚。德国人开始出台新的政策，不再试图威逼犹太人离开，而是想要困住他们。[13] 于是，玛尔塔不得不回到了布拉迪斯拉发。

1941 年秋天过后，"犹太佬滚蛋"的含义变成了将其驱逐出境。被德国人叫作特雷辛施塔特（Theresienstadt）的捷克小镇特雷津（Terezín）成为一个隔都。德国人称其为专供犹太人居住的"模范小镇"，但事实上，这只是一个通向更加黑暗的目的地的中转营。

> 我突然心血来潮，想要学点缝纫技能。
> ——艾琳·赖兴贝格 [14]

面对如此强大的压迫力量，年轻人能够做些什么呢？

玛尔塔、艾琳、勒妮和布拉查等数万人为他人的贪婪付出了人身代价。对他们而言，无情的反犹法律不只是严酷的白纸黑字，更是对权利和财产的剥夺。

被剥夺得越多，他们就越坚韧地团结在一起。

在欧洲乃至全世界，许多女性以干裁缝活为生。这被认为是一种很适合"女性"的职业，需要的设备也相对较少。在德国占领的领土上，女性不得不纷纷拾起针线，以挣取每日的面包。在日光下、灯光下或烛光下，在做家务和照顾家人的间歇，她们都在俯身劳作。做衣服、改衣服、重新编织开线的毛衣，以及绣出多姿多彩的图案。

在 20 世纪 30 年代末的布拉迪斯拉发，当丈夫的律师事务所显然难逃被关闭的命运后，一个名叫格蕾特·杜欣斯基（Grete Duchinsky）的犹太女性学起了缝纫。利用自家织成的布料，格蕾特为全家人量身定做了全套服装。[15] 在波希米亚和摩拉维亚保护国，17 岁的卡特卡·费尔德鲍尔是个尖子生。直到有一天，校长把她叫进了办公室，让她收拾书包，"犹太佬滚蛋吧"。深受刺激的卡特卡开始为一个女裁缝干活，这个女裁缝是一家犹太店铺的雅利安经理。卡特卡将微薄的报酬藏在了一间密室里。[16] 日后，格蕾特和卡特卡将与奥斯维辛集中营的其他女裁缝住在同一间宿舍里。

被逐出学校后，艾琳有了大把时间，而且她也需要学一门手艺。她选择了缝纫。她的姐姐，嫁给了英俊的莱奥·科恩的凯特·赖兴贝格已经接受完培训，成了一名裁缝。艾琳的朋友勒妮以及勒妮的一个姐妹也在秘密干着裁缝活。作为犹太人，艾琳不能上职业学校，也不能接受正规培训。好在她认识一个来自波兰，嫁给了布拉迪斯拉发犹太人的女裁缝。这个女裁缝的营业执照也被吊销了，但她愿意以每天仅五克朗的价格秘密授课。除艾琳外，布拉查也成了女裁缝的学生。

布拉查并没有从母亲那里学会缝纫，她对缝纫也并不热衷。在这一点上她与妹妹卡特卡·贝尔科维奇不同，卡特卡的手很巧，学起缝纫技术来也比布拉查更快，后来尤其擅长制作大衣。两姐妹都还要额外向父亲学习。她们的父亲对犹太人处境的恶化深感担忧，他不顾一切地尽力保护自己的子女。自从长子埃米尔·贝尔科维奇被迫中断了正规教育后，他便开始抽出时间也教埃米尔缝纫技术。

在一张拍摄于这一时期的合照上，你看不到一丝几乎已成为日常生活常态的艰难困苦的痕迹。布拉查拥抱着妹妹，明亮的双眸直视照相机，露出灿烂的笑容。卡特卡看上去更加矜持和害羞。两个人都有着顺滑的头发，编着可爱的长辫。

第二次世界大战前的布拉查·贝尔科维奇与卡特卡·贝尔科维奇姐妹

两姐妹和"地下缝纫学校"的另一个学徒成了朋友。这是一个名叫罗娜·伯西（Rona Böszi）的女孩。为逃离纳粹的迫害，罗娜从柏林逃难至此。她十分热情，当别人缝纫遇到问题时，她总是乐于施以援手。

物尽其用，不得浪费。[17]

在后方，在拮据的条件下物尽其用这一任务落到了德国女人身上。围裙成为家庭主妇的制服。尽管在样品册和女性杂志上，围裙被刻画成喜气洋洋、充满女人味的样子——哪怕取材自旧衬衣或桌布，但事实是无法回避的，围裙本质上是一种防护服装，而非时装。第二次世界大战时期留存下来的德国围裙均污迹斑斑，满是补丁，这表明了它们的使用频率。[18] 宣传掩盖不了生活艰辛和物资短缺的事实。

缝纫杂志《德国时尚》(*Deutches Moden Zeitung*) 刊登的围裙样式，1941 年

　　早在实行军事总动员之前，德国就已将财政和物资资源集中用于加速重整军备，这导致民用物资的供应严重短缺。劫掠犹太人财产的目的就在于弥补这方面的缺口。但即便如此，德国还是在 1939 年 8 月，也就是入侵波兰前不久，实行了食物配给制。两个多月后的 11 月 14 日，衣物配给制接踵而至。而早在 9 月 1 日，衣物票就已经投入使用了。普通市民在来年拥有 100 分的衣物票额度，但一件大衣或一套西装就要花费 60 分。这样一来，为衣橱补货的空间就不大了。纳粹妇女组织努力劝说家庭主妇多使用批量生产的人造纤维，以代替更珍贵的天然纤维。

　　为减轻工厂大规模生产服装的压力，让裁缝登门定制的做法受到了鼓励——当然，前提是裁缝不能是犹太人。许多妇女团体开设了传授重要技能的培训课程，缝纫也包括在内。女性还被建议改造已有的服装，或者尽可能自己做衣服，以减轻成衣行业的压力。每一寸布料都要节约使用，任何东西都不得浪费。缝纫丝线和棉线普遍短缺，这就需要抽出布料边缘的线，或是重复利用加固线。

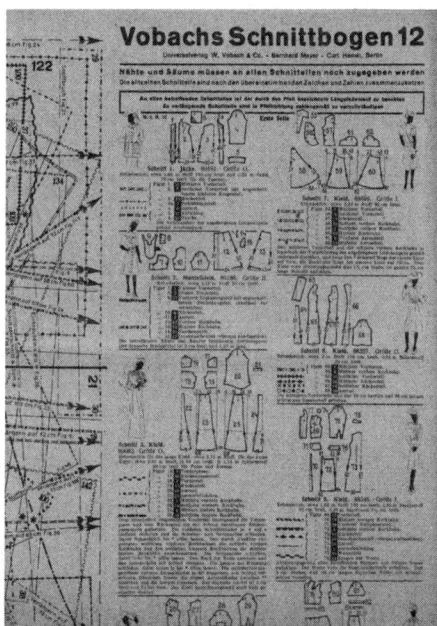

《德国时尚》刊登的服装样式细节，1941 年

服装杂志常常为自己制衣者提供免费的服装样式。随着战争的时间越拖越长，杂志的纸张质量也明显下降了。为了节约用纸，许多服装样式都被叠加印在一页上，要想破译这些图案，读者需要具备极佳的视力、出色的图形感，以及无尽的耐心。

当然，衣物短缺不会对所有人都造成同样的影响。纳粹上层女性就可以毫不内疚地违反配给制。1940 年 1 月，玛格达命令她的私人秘书就因买 3 双丝袜而从额度中扣除 16 分一事提出反对意见。玛格达的理由是，她需要这 3 双丝袜才能履行作为护士的职责。次月，宫廷御用制鞋大师威廉·布赖特施普雷歇尔（Wilhelm Breitsprecher）——他自称德国皇帝也曾是自己的客户，鼓足勇气给玛格达写了一封信，表示如果她不把必不可少的配给卡寄来，就无法开始制作她想要的鳄鱼皮鞋子。[19]

纳粹高级头目的妻子不仅觉得在事关配给制的问题上自己不必受法律约束，她们还在秘密地庇护某些犹太女裁缝。[20]这种特权感最终促使海德薇在其丈夫成为奥斯维辛集中营指挥官后，建立起了专属于自己的女裁缝队伍。她可不想让自己的着装品质下降。不管衣服是谁缝制的，只要穿上后显得光彩照人就好。在拍摄于1939年的一张家庭合影上，海德薇身穿浅色套装和鞋子，自信满满地和兄弟弗里茨·亨泽尔站在一起。在她的衣服上，没有补丁，也没有污渍。

"去犹太化"和雅利安化政策的一大讽刺之处在于，德国和纳粹所占领土上的各行各业不约而同地发现，自己缺少维持新获得企业正常运转所需的熟练劳动力。一切被认为应该实现"零犹太人"的行业都人手不足。雪上加霜的是，德军还贪得无厌地不断征召更多士兵前往多条战线作战。因此，在"合法"地将胡妮娅和玛尔塔这样的裁缝排挤出劳动力队伍后，裁缝数量不足的问题也摆在了纳粹面前。某些地区为非犹太人开设了缝纫速成培训班，但毕竟远水解不了近渴。

解决这一问题的方案简单而残酷：实行强制劳动和奴隶劳动。

传唤某人进行强制劳动的途径有时较为文明，即通过信件或是公开展示被征召者的姓名。但有时一个人会从街上或者家中被直接抓走，而其他家庭成员只能无助地看着一切发生。最初，被征召者是男人和男孩。

布拉查的弟弟埃米尔正在接受父亲的培训，想要成为一名裁缝。他收到了一则通知，要求他前往距离布拉迪斯拉发200公里远的小镇日利纳（Žilina），去犹太男子集中点报道并参加劳动。寥寥数语，少有其他信息。此后，家人再也没有见过埃米尔。他当时只有 18 岁，在离开家没过多久就去世了。埃米尔的埋葬地不为人所知，只有一座肃穆的纪念碑悼念着位于马伊达内克（Majdanek）的集中营的所有死难者。[21]

艾琳的父亲什穆埃尔和数千名犹太人一道，被送往布拉迪斯拉发东北部约一小时车程的小镇塞雷德（Sered'），在一座仓促建成的劳动营里劳动。斯洛伐克法西斯分子还在维赫内（Vyhne）和诺瓦基（Nováky）等地设立了劳动营。根据迪特尔和斯洛伐克政府出台的"犹太人法典"，各部只要愿意，可以征召任何在16~60 岁的犹太人为自己劳动。在赫林卡卫队的看守下，什穆埃尔在塞雷德劳动营从事制鞋和制靴工作。在塞雷德还有制作家具、服装和玩具的作坊。什穆埃尔制作的鞋靴质量极高，以至于劳动营守卫们将他当成了自己的私人免费鞋匠。他们为什穆埃尔提供设备和原料，然后穿上量身定做的鞋靴，在劳动营和小镇里趾高气扬地走来走去。

也有儿童被囚禁在劳动营里。他们有简陋的教室，偶尔也可以玩闹一阵子。艾琳最小的妹妹，年仅 14 岁且身有残疾的格蕾特得以和父亲一起待在塞雷德。由于什穆埃尔受到了保护，因此格蕾特在劳动营里也是安全的。考虑到残疾人大多成为纳粹安乐死计划的目标，格蕾特的待遇堪称奇迹。[22]

在记录斯洛伐克劳动营内裁缝作坊状况的照片上，男男女女身着整洁的服装，俯身在锃亮的缝纫机上劳动。他们脚踩踏板，手扶布料，心却肯定在思念着远方的爱人，并对未来感到恐惧。

艾琳与父亲和妹妹格蕾特于 1941 年分别，当时她不可能知道自己后来将凭借缝纫技能幸存，并且为更加显赫的客户服务。

纳坦·福尔克曼

与此同时，在德国，持有捷克护照的胡妮娅还自感相当安全，但她很担心丈夫纳坦可能会被带走。纳坦是波兰人，而波兰人也是德国人抓壮丁的目标之一。胡妮娅认为纳坦必须逃亡，并为他计划好了路线——穿越意大利前往瑞士，以偷渡的方式越过已对犹太人关闭的各道边界。胡妮娅痛苦地看着丈夫离开，但没多久纳坦又回到了家中，他实在无法抛下胡妮娅独自离去。

他们在一起又度过了6个星期。随着纳粹开始在犹太区抓壮丁，纳坦被带走了。士兵看守着被抓走的一队队男子，纳坦也在其列。哪个女人靠得太近，就会遭到棍棒伺候。男人们被关押在一座营房，任何人不得靠近。但勇敢的胡妮娅还是设法说服了守卫，让自己看纳坦一眼。见面后，她故作镇定，发现纳坦已经从一个干净帅气的男人变成了邋遢的囚犯。见面很短暂，情境令人心碎。胡妮娅无力改变法律或是砸碎营房，但有一件事还可以办到，她决心为丈夫弄到一双体面的鞋子。

这可不是为了满足对时尚的欲望。纳坦干着重活，一双结实的鞋子不可或缺。胡妮娅放下自尊，回到曾是姑父格尔布所有的百货商店，请求新店主帮帮忙。她低三下四、费尽口舌，又花了一大笔钱，终于说服新任雅利安经理同意卖给她几双鞋子。拿了鞋的胡妮娅立刻赶到营房，但只看到最后一群被剃了光头的男子被带领着走出小镇。纳坦穿着破旧不堪的鞋子走远了，胡妮娅呆在原地，手中拿着新鞋。[23]

不久之后，轮到了胡妮娅。

　　制作皮大衣堪称一门艺术，只有专业的皮草师傅才能胜任。不过有些皮草小物件，一般女裁缝就能搞定。
　　——《现代居家针线活图示指南》
（ *The Pictorial Guide to Modern Home Needlecraft* ）

在离家不太远的地方，胡妮娅迎来了强制劳动的第一次体验。纳粹将她赶出家门，和其他犹太人及所谓"混合婚姻"中的非犹太配偶一起，送往莱比锡的一处新"犹太区"，塞入拥挤的住所。胡妮娅在卡勒巴赫学校（Carlebach school）获得了一个单人间。这所学校在"水晶之夜"遭到部分焚毁。学校入口精美的石质台阶迎接的已不再是学者和老师——在未来数年内，这些人大多将遭受被驱逐和杀害的命运。[24]纳坦将写给胡妮娅的信寄到了这里，随着时间的流逝，信的内容变得越来越短，越来越悲观。纳坦于1939年10月26日被送到萨克森豪森集中营，但这里并不是他的终点。

胡妮娅在强制劳动营的首份工作是为向德军供应皮草的弗里德里希·罗德（Friedrich Rohde）皮毛工厂效劳。莱比锡的皮草贸易世界闻名，其中心区域名为布吕尔（Brühl）。通过皮草贸易，莱比锡与巴黎及伦敦建立起了格外紧密的联系。一项名为"大展"（Messe）的展销会每年都会在莱比锡举办，吸引着全世界的访客。布吕尔的仓库和作坊里堆满了通过竞拍大量买入的动物皮毛，这些皮毛会被洗净、染色、晒干、分级。处理完毕后，皮毛就会被捆成束，再被缝制成皮草服装。

皮草服装的制作对技艺要求极高，其专家绝大多数是犹太人。切割动物皮毛必须使用剃刀而非剪刀，缝制则必须使用一种非常锋利的三棱针。温度控制至关重要，这样才能保证皮毛既不会腐烂，也不会干枯。还必须警惕皮毛长虫。在晾晒和刷洗时，皮草服装会散发出性感魅力，且温暖十足。

《爱娃》杂志刊登的皮草时装，1940 年

这些构成了胡妮娅的新生活。从事与战争必需品相关的工作至少让她获得了离开犹太隔离区的自由。胡妮娅利用这一自由来帮助同住在卡勒巴赫学校的一户户家庭。她找寻那些仍愿意把食物卖给犹太配给券持有者的商店，然后偷偷把食物带回隔离区。

雅利安化过程与其他反犹行径是贪婪而残酷的，但胡妮娅发现，她的许多德国朋友仍慷慨地为犹太人提供援助，并对反犹罪行感到愤慨。胡妮娅还与其他工友以及弗里德里希·罗德工厂的德国经理建立了良好的关系。出人意料的是，这些经理都彬彬有礼。显然，不管纳粹政权出台了怎样的法律，对犹太人的态度还是因人而异。有人积极地侵害他们，有人被动地旁观暴行，也有人默默地伸出援手。

胡妮娅忠诚地对待那些身陷危难之人，也赢得了朋友的忠诚对待。纳粹一再低估了遭其迫害者的此种品质。

> 为那些要杀光我们所有人的男人缝制制服。
> ——克里斯蒂娜·奇格尔（Krystyna Chiger）[25]

莱比锡的弗里德里希·罗德皮毛工厂是纳粹统治下遍布所有地区的利用强制劳动力的数千家工厂之一。在纳粹占领下的波兰，著名的纺织业中心被彻底重组，以便最大限度地榨取被俘犹太人的劳动所得。这些犹太人被关押在一个个隔离区内，摆在他们面前的选择只有两个——要么从事血汗劳动，要么饿死。

像汉斯·比博（Hans Biebow）这样的德国人从包括前波兰领土在内的第三帝国总督区（General Government）的犹太隔离区工厂里赚得盆满钵满，他曾经是个咖啡商人。在被德国人称为利茨曼施塔特（Litzmannstadt）的罗兹（Łódz），比博在犹太人隔离区里作威作福。他和第三帝国各地的商人都建立了友好关系，并向他们大力推销犹太隔离区在大批量服装制造方面的潜力。

制服是强制劳动工厂生产的核心产品之一。胡妮娅逐渐对德军的皮毛制品需求熟悉起来。这些需求包括羊皮夹克、全皮大衣和兔皮紧身马甲。第三帝国军队的需求还包括黑色皮大衣、皮毛衬里飞行夹克、毛呢军大衣、迷彩装备、沙漠套装、花哨的"一号"制服，以及常规灰绿色战斗服。强制劳动者还需要编制稻草套鞋，供德军在东线的雪地里穿着。稻草套鞋或许可以帮助穿着者免生冻疮，但强制劳动者却会因每天摆弄干稻草长达 12 小时而双手鲜血淋漓。

属于"分离"部门的强制劳动者从事的则是处理德军旧制服这一令人生厌的工作。这些旧制服爬满了虱子，血迹斑斑，还可能带有弹孔。强制劳动者需要对旧制服进行分类，找到仍能使用的部分并加以翻修，将来供士兵穿着。[26]雨果博斯（Hugo Boss）公司曾不光彩地利用奴隶劳动来完成纳粹和党卫队的服装订单。还有些从德军订单中赚得盆满钵满的公司，如位于华沙犹太隔离区的特本斯和舒尔茨（Többens & Schulz）制衣公司，原本属于犹太人，后来被仓促地雅利安化了。

作为每天不间断工作 12 小时缝制制服的回报，裁缝们能得到一小碗汤，以及生存权。[27]"生存权"可不是个比喻的说法。随着战争的持续，获得劳动许可是避免被运往神秘目的地的一种方法。最初，这些目的地的名字并不为人所熟知，但很快就变成了大屠杀的同义词，如特雷布林卡（Treblinka）、切尔姆诺（Chelmno）、贝乌热茨（Bełżec）和索比博尔（Sobibór）。位于利沃夫（Lvov）不远处的雅诺夫斯卡（Janowska）集中营里的制服工厂的机工很清楚，如果不劳动，自己就会被杀掉。[28]

对于从制服生产中大发横财的行为，或许某些犹太隔离区的工厂老板会这样为之正名：这都是为了祖国，为了夺取最终的胜利。然而，比为德军供应廉价货更有利可图的是民用服装的批量订单，为商业街供应服装的利润率要高得多。许多柏林的大公司都明知故犯地使用犹太奴隶劳工，甚至童工。其中就包括家喻户晓的西雅衣家（C&A），以及第二次世界大战后更名为黛安芬（Triumph）的施皮斯霍费尔和布劳恩（Spiesshofer & Braun）内衣公司。1944 年，西雅衣家公司年利润的近四分之一都源自罗兹犹太隔离区生产的服装。[29]

罗兹犹太隔离区的工厂自豪地推销其为民用市场生产的海量产品。服装公司与犹太隔离区工厂老板之间的通信表明，双方都对这样的安排深感满意。犹太人被剥夺了生计，被从自家赶出来，为德国人缝制服装；而德国人则很可能为掌管着已去犹太人的百货商店，或是采购已去犹太人的时装而沾沾自喜。[30]

围裙、连衣裙、胸罩、紧身衣、童装、男装，从高级时装到功能性服装，没有一件衣服会带上与犹太隔离区，与弓着身子、用僵硬的双手在缝纫机上缝好一米又一米线的强制劳动者联系起来的标记。

强制劳动者的劳动环境拥挤、闷热、肮脏，设备是征用来的，纱线则是东拼西凑的。尽管如此，他们仍创造出了精美的产品，吸引了上流客户的注意。这些人乘坐着专车，穿过犹太隔离区里一幕幕悲惨的场景，只为了试穿优雅的定制服装。汉斯还鼓励罗兹犹太隔离区的工厂为出色的犹太裁缝提供优待。[31]

德国占领下波兰地区的总督汉斯·弗兰克（Hans Frank）的妻子布丽吉特·弗兰克（Brigitte Frank）甚至会带着小儿子尼克劳斯·弗兰克（Niklaus Frank）一起去犹太隔离区采购。尼克劳斯后来回忆称，透过梅赛德斯轿车的车窗，他看到了"一个个衣衫褴褛的皮包骨以及双目圆睁、盯着我看的儿童"。他问道："这些人怎么不笑啊？"布丽吉特用手画了个十字，然后回答道："你还不能明白。"随后指示司机将车停在街角等候，她则去采购皮草以及某些"相当棒的"紧身内衣。[32]

布丽吉特的小姑子莉莉·弗兰克（Lily Frank）则喜欢去克拉科夫（Kraków）附近的集中营采购。她对那里的犹太人说："我是总督的姐妹。如果你们能送我些宝贝，我就可以救你们的命。"[33]

可见，海德薇的奥斯维辛时装厂并非没有先例。

布丽吉特在采购皮草和试穿新紧身内衣，她的丈夫则主导着一个以压迫和剥削为专长的法西斯政权。所有在德国统治下的波兰人都被当作次等人，是残酷对待、抢劫和处决的合适目标，而波兰犹太人受到的迫害更为甚之。有时迫害来自当地民众中的反犹分子，无须任何怂恿，这些人就会砸碎犹太人的店铺和摊位，吓跑顾客。当犹太隔离区建立后，有些波兰人会同情犹太邻居的遭遇，另外一些人则会欣然接管其产业。[34]

留存下来的记录详细揭露了包括某些波兰警察在内的部分波兰人的罪行。这些警察加入了德国的"猎杀犹太人"行动，为其找出隐匿起来的犹太人。赏金可能是一小笔钱，更常见的则是，成功捕获犹太人者会得到这个被转交给德国人并被处决者的衣物。最令人发指的是，盗窃犹太人财物的方式还包括将被处决者遗体上的衣物扒个精光。一个农民奉命埋葬被枪杀的犹太人，作为对这件麻烦事的补偿，他从受害者身上拿走了一条连衣裙，一双鞋子和一条头巾。后来他抱怨道："直到事后我才发现，连衣裙背后被子弹打破了个洞。"[35]

这些还只是零星的谋杀。在东部各地，组织严密、装备精良的纳粹行刑队来到城镇、乡村和小村落，将一个个犹太人社群屠戮殆尽。数万名受害者先被强迫扒光衣服——没有理由让衣物废弃在埋尸坑里嘛。

这些暴行都是在汉斯眼皮底下发生的。随着鲁道夫·霍斯从柏林地区被调往总督区，掌管奥斯维辛的一座新集中营，弗兰克一家也将进入海德薇的社交圈。

布丽吉特只是在犹太隔离区购买紧身内衣。海德薇将比她更进一步，拥有专属的紧身内衣女裁缝，尽管在 20 世纪 40 年代初，这些女裁缝还并未意识到自己的命运。在犹太隔离区纷纷建成，缝纫机在那里的纺织工厂里嗡嗡作响时，两名日后将为海德薇量身定做紧身内衣的内衣专家，还相对安全地待在家中。

其中一人是玛尔塔的表亲赫塔·富克斯（Herta Fuchs）。这位漂亮姑娘来自斯洛伐克西部的特尔纳瓦（Trnava）。赫塔刚刚完成了内衣制作的专业培训，命运却令其走上了截然不同的道路，遇到了一群截然不同的客户。[36] 另一个是来自诺曼底的法国共产党人阿莉达·德拉萨尔。她于 1942 年 2 月因散发反纳粹传单被捕。被捕前，她正藏身在用于为客户缝制紧身内衣的粉色斜纹布料里。[37]

若不是因为战争爆发，纳粹迫害，以及海德薇渴望变得更加苗条，那么赫塔和阿莉达永远都不会相遇。来自第三帝国不同地方的列车让这两个女孩，也让布拉查、艾琳、玛尔塔、勒妮、胡妮娅，以及另外上百万茫然失措的俘虏会聚到了一起。他们被送到了一个全新而邪恶的"文明世界"——恐怖已被系统化的集中营。

> 有一天，我们收到了从罗马尼亚或乌克兰运来的带
> 有精美刺绣的儿童皮草。我们都哽咽了起来，许多人的
> 泪水滚落到了这些皮草上。
>
> ——赫塔·梅尔（Herta Mehl）[38]

在玛尔塔的表亲，内衣专家赫塔的家乡特尔纳瓦，犹太人于 1939 年被告知，他们不得与非犹太人在同一时间段购物，还必须

交出自己的珠宝和皮草。[39]

在德意志帝国，经由慈善捐赠和征收得来的皮草需要加以处理和改装，供德军使用。这是一项令人不快的工作，其中心之一是柏林以北约100公里处的位于拉文斯布吕克（Rawensbrück）的女子集中营。因"反纳粹罪行"、卖淫与暴力犯罪被捕的女性会被送往这里，犯人们表面上是接受再教育，实际上却是通过在德国武装党卫队开设的工厂里强制劳动来支撑德国经济以及德军供给。

拉文斯布吕克在某种程度上成为一个纺织业中心。原因在于，像党卫队将军奥斯瓦尔德·波尔（Oswald Pohl）这样的纳粹官员认为，纺织业是一个女性行业，而他是党卫队所有产业的总管。[40] 日后会成为奥斯维辛的霍斯家座上宾的奥斯瓦尔德对于使用奴隶劳动毫不在意。1941年，他曾吹嘘道："我们的文化目标促使我们的公司走上了纯粹的私人企业绝对不敢走上的道路。"[41]

1940至1941年间，党卫队在马伊达内克、斯图特霍夫

法国好商佳百货公司（Bon Marché）商品目录上刊登的皮大衣样式，1939年冬

（Stuthoff）以及奥斯维辛设立了各种工厂。

位于拉文斯布吕克集中营的皮草切割工厂满是灰尘，肮脏不堪。从扩张中的第三帝国各地搜刮来的皮草被重新加工成夹克、手套和衬里，供前线士兵穿戴。有些皮草抵达拉文斯布吕克时爬满了虫子，还有许多服装上带着欧洲乃至全世界最出色皮草加工商的标签。集中营的女人们拆开皮草上的线，以便回收利用狐狸皮、黑貂皮、水貂皮和麝鼠皮。她们还常常在衣服的夹层里发现珠宝和外国货币。这些财物会被交给另坐一桌的女党卫队员，最终则会进入一个专收劫掠所得的帝国银行专门账户。

为什么要将财富隐藏起来？因为纳粹渐渐不只是从仍属自由身的犹太人那里窃取皮草，还抢夺那些被有组织地遣送至集中营乃至灭绝营的犹太人。这些犹太人天真地以为，在抵达目的地后，财宝还有用武之地，于是便将其藏了起来。他们并未觉察到各级纳粹官僚所制订的计划，以为自己只是被安置到别处去参加劳动。

之所以要清空犹太隔离区，部分动机正在于劳动。海因里希·希姆莱于 1942 年春天视察了拉文斯布吕克集中营的各家工厂。他命令将武装党卫队制服生产线每班的工作时长从 8 小时增加到 11 小时。当第三帝国及总督区的纳粹头目抱怨清空犹太隔离区将导致生产停滞不前时，他们得到了保证：制衣、皮草加工和制鞋工厂将在集中营里重建。

> 几乎不可能生存下去。然而，更糟的情况还在后头。
>
> ——勒妮·翁加尔 [42]

对布拉迪斯拉发的年轻裁缝来说，有关集中营的不安流言正在流传。捷克犹太人被遣送到了罗兹、明斯克（Minsk）和里加

（Riga）等地的隔离区，以及较近的特雷津集中营。令人欣慰的是，听说特雷津有许多欣欣向荣的工厂，包括为德国生产大量廉价女装的制衣厂。特雷津集中营内某家工厂的老板曾是布拉格一家大型时装厂的老板。她可以从新抵达集中营的囚犯中挑选中意的女裁缝，为她们派针线活。[43]

劳动不只意味着有活干。集中营最终被赋予了一项更加野心勃勃和更加恐怖的使命。希特勒和少数经过精挑细选的党卫队成员进行了绝密会谈，为这一计划制订了总体框架。如 1942 年 1 月 20 日的万湖会议这样的会晤敲定了具体实施细节，确定了执行解决"犹太人问题"的"最终方案"的方式。欧洲大陆、英国和苏联都要彻底实现零犹太人，途径不只是从经济上排挤，在隔离区将其集中关押，以及迫使其移居海外，而是要一步一步地实行种族灭绝。劳动也就意味着暂时的生存权，谁要是被认为是"吃白饭的废物"，就会被彻底消灭。要想存活稍长一些时间，具有生产力是关键。[44]

无论关于犹太隔离区和集中营流传着怎样的流言，那些布拉迪斯拉发的年轻裁缝及其家人都很难信以为真。勒妮就以为："既然他们需要我们干活，就不会让我们饿死。"

有些人逃到了匈牙利，也有些人有点钱，能够暂时保命。但大多数人只能等待着命运的安排。1942 年 3 月，玛尔塔、布拉查、艾琳、勒妮以及其他斯洛伐克女性收到了召集令。

第四章

奥斯维辛：被遣送的终点

从 1941 年 9 月起，直到被遣送到集中营，我一直佩戴着大卫之星。

——赫塔·富克斯 [1]

在以色列犹太人大屠杀纪念馆内，有一份特殊的藏品：数百张印有斯洛伐克犹太人大屠杀遇难者面孔的身份证。为表示哀悼，这些面孔被印成了黑白色。有些是在摄影棚拍摄的肖像照，有中性背景和美颜效果的灯光。另外一些则是非正式的快照，地点就在街头、后院或是一面带窗的墙壁前。这些照片被剪裁成了正方形，许多还带有锯齿状、波浪起伏的边缘。

与当代时装杂志上描绘的理想着装不同，这些身份证捕捉到了日常生活中活生生的人，各种年纪、各种体型都有。服装细节和面孔反映出了不同女性的个性。整齐地钉着纽扣的衣领，扭曲打结的头巾，赏心悦目的格子呢方巾，漂亮的蓬蓬袖……此外还有波尔卡圆点、双色色块、皱褶、夹层、领结、阔领带与 V 形领；斜帽、毛衣、开衫、大衣、插在胸口口袋里的装饰性手帕。头发或者被遮盖起来，或者向后梳，或者按照蓬巴杜发型的样子堆在头顶，或者顺从地扎成卷状、波浪状和小包状。

似笑非笑，开怀大笑，若有所思。

尽管每张身份证都展现了一个独特的生命，但盖在角落上的印章却在提醒人们，在斯洛伐克法西斯政权眼中，他们不是普通公民，而是犹太人。其他斯洛伐克人持有的都是普通身份证，犹太人则被告知其身份文件已经失效，需要从布拉迪斯拉发犹太事务办公室处获取新证件。他们的身份证照片上印着"布拉迪斯拉发犹太人中心"的字样，以及"犹太人中心"的首字母缩写"ÚŽ"。

在一张身份证上，一个女孩开心地笑着，微微露出牙齿，头发浓密，连衣裙上带有一个钩针织成的白色衣领。在"持有者手写签名"的打印字样上方，小心翼翼地用自来水笔写着一个名字：艾琳·赖兴贝格。外表有时是会骗人的，这张留存下来的身份证上的手写签名看似属于鞋匠什穆埃尔·赖兴贝格的女儿艾琳，但照片上的人绝对不是她，而是另一个来自布拉迪斯拉发，与她同名同姓的女孩。可悲的是，这个女孩在犹太人大屠杀中遇难了。[2]

尽管心存疑虑，但家住犹太街 18 号的女裁缝艾琳·赖兴贝格还是老实地按照命令，去犹太人中心登了记。关于有人被遣送至各劳动营或特雷津犹太隔离区的流言已经在小镇上流传开来，甚至还有人提起过"奥斯维辛"这个地名。

"没有人确切知道那到底是什么，我们毫无头绪。"艾琳后来说。但已知的信息足以使人们对搜捕和失踪感到警觉，正因此，在第三帝国各地有许多试图通过秘密伪造文件来获取"安全"身份的地下运动。事实上，艾琳的姐姐凯特·赖兴贝格的丈夫，印刷工人莱奥·科恩就曾在第二次世界大战期间伪造过身份证。为躲避一次次搜捕，莱奥为自己、妻子以及兄弟古斯塔夫·科恩（Gustav Kohn）制作了假身份证——取新名字和伪造身份证是躲避搜捕和遣送的方法之一。莱奥将姓氏稍作改动，从"科恩"变成犹太味稍淡的"科胡特"——这个词在斯洛伐克语里是公鸡的意思。这一招在好几年里效果良好。在那段时期，他和一位名叫阿尔弗雷德·韦茨勒（Alfred Wetzler）的犹太小伙一道，为一个斯洛伐克犹太人地下共产主义小组工作。[3]

凯特·赖兴贝格

　　和其他许多被从布拉迪斯拉发其他地方强制逐出的犹太家庭一道，艾琳本人也公开生活在犹太区。不仅是姓名与住址已经在犹太人中心登记在案，从 1941 年 9 月起，通过在胸口左侧强制佩戴黄色大卫之星这种方式，艾琳的犹太人身份也将变得显而易见。少数人敢于自豪地佩戴黄星，其他人则将其视作羞辱。这成为将犹太人筛选出来，标记为"外人"的又一种途径。

在莱比锡，女裁缝胡妮娅·施托希尔将自己的黄星视作耻辱的标记。尽管隐藏黄星会遭致重罚，但她还是利用手提包将其遮盖起来。在作为"雅利安人"通关时，她必须记着在手边备好乘坐电车需要的零钱，从而不必移动手提包，以免暴露黄星。

胡妮娅之所以要将黄星遮盖起来，羞耻感只是部分原因。在她为弗里德里希·罗德皮毛工厂干活的数月里，胡妮娅还在做着一份地下工作。每当她来到工厂所在的小镇，就会施展魅力，促使各家小店店主为她小心翼翼积累起来的，属于违禁品的配额外食物添砖加瓦。当她返回犹太区后，再将这些食物分给朋友们。这些朋友中有两个处于绝望境地的10来岁犹太男孩，他们来自波兰克拉科夫，利用伪造的雅利安证件逃脱了被遣送的命运，但仍需跨越国界才能摆脱危险。令人惊叹的是，弗里德里希·罗德皮毛工厂的工长不仅给了胡妮娅一大笔钱，以帮助男孩们向边境守卫支付贿款，还为他们准备了伪装用的假身份证和德式制服。

胡妮娅还利用穿越城市之旅将犹太朋友的钞票、黄金、钻石与文件交到忠诚的德国友人手中。后者承诺将为前者保管这些财物直到战争结束，并将其物归原主。有一次，胡妮娅遭遇了惊魂一刻，她遭到盖世太保的跟踪和拦截。她刚把一包包会惹祸上身的贵重财物藏到住所的看门人处，就受到了盖世太保的质问："你为什么会随身携带好几百马克？"

胡妮娅不失冷静地答道："这是我诚实地挣来的。我在为士兵缝制军装的工厂工作。我的薪水很不错，也没什么花钱的地方。"

奇迹发生了。胡妮娅并没有被列入定期从莱比锡遣送出去的犹太人名单。但一则电报的到来，使得她刚刚松了一口气的心又沉了下来。胡妮娅与丈夫纳坦·福尔克曼已经分别三年半了。在此期间，他曾从一个名叫奥斯维辛-莫诺维茨的地方秘密地给她寄过一封信。现在，胡妮娅得知，心爱的纳坦已经死了。官方文件后来将纳坦的死亡信息列为：1943 年 3 月 4 日，卒于奥斯维辛集中营。奥斯维辛，对于这个地方，胡妮娅很快将再熟悉不过。[4]

接下来，胡妮娅又从她帮助逃亡的两个波兰男孩那里获得了新消息。他们在信中说自己没有衣服穿，于是胡妮娅将自己小心翼翼保管着的纳坦的衣物寄了些给他们。纳坦已不再需要这些衣物了。

> 人们离开公寓，花巨资购买假身份证。但这都是徒劳。
>
> ——艾琳·格林瓦尔德（Irene Grünwald）[5]

1942 年 2 月底，斯洛伐克街头的广告牌和报刊亭张贴出了巨幅海报，要求 16 岁以上未婚犹太女性前往指定集合点报道，随后到劳动营服务。3 月，赫林卡卫队开始挨家挨户地强制执行这一规定。女裁缝们都是该规定的目标。

要想逃脱被遣送至集中营的命运，最佳选项是什么？

是老老实实地照常过日子，即使还不知道"最糟"到底意味着什么，仍相信不管怎样，最糟的情况终究不会发生——或者是有可能搞到一张珍贵的"豁免"证书，宣布自己是有价值的犹太人？还是带着假证件踏上逃亡之旅，乃至穿越国界，前往一个还没被法西斯政策污染的国家？抑或完全放弃正常生活，藏到地窖里，地板下或墙壁后的密室里，完全依赖那些被说服无限期地帮助自己隐藏行踪者的善意——也可能是贪婪而活?

女裁缝和家人们面对的就是这些无可奈何的选择。

在斯洛伐克,有数千名犹太人躲了起来。在欧洲和苏联,这一数字达到数十万。帮助犹太人藏匿的人面临着两大难题:如何用有限供应的食物来养活额外的人口,如何避免被人发现。帮助犹太人躲藏面临着被逮捕或处死的严惩。这样的惩罚令有些人过于恐惧,以至于哪怕邻居向其苦苦哀求,他们也不愿或不能提供帮助。各国都有人热切盼望着通过告发藏匿犹太人的行为获得犒赏,还有人从犹太人那里索要贿赂来换取自己守口如瓶。有谁是可以信任的呢?

在首波遣送犹太人至集中营的浪潮过去后,随着有关大屠杀的消息流传得更加广泛也更为可信,对生命与自由深感忧虑的犹太人纷纷在绝望的驱使下做出了决定:躲藏起来,忍受极端的艰难困苦。除此之外,他们觉得别无选择。

凯特和丈夫莱奥一起躲了起来。而艾琳已婚的姐姐约莉·赖兴贝格与弗丽达·赖兴贝格还在希冀自己不会成为遣送对象,因为早期的搜捕只针对单身犹太女性。艾琳本人和1942年刚满18岁的妹妹埃迪特·赖兴贝格一起待在家里。艾琳的嫂子图鲁尔卡·富克斯预先为针对已婚犹太女性的搜捕做好了准备,她和丈夫拉齐一同逃到了布达佩斯,后来又逃到了斯洛伐克山区,加入了游击队。对于试图逃脱法西斯分子搜捕的犹太人来说,匈牙利是个受欢迎的目的地。在当时看来,这一选择是安全的。

1944至1945年冬天,胡妮娅的妹妹陶巴·施托尔希和孩子一起,在波兰与苏联边境的拉普尚卡·齐达尔(Lapšanka Zidar)村一个木制农场外屋里躲藏了6个月之久。胡妮娅的外甥,年仅

4 岁的西姆查·芬斯特（Simcha Fenster）被打扮成了小女孩，以避免有人检查他是否按犹太习俗接受过包皮环切术。陶巴不停地给孩子们讲故事，好让他们保持安静。

第二次世界大战结束之后许久，西姆查与家人踏上了前往拉普尚卡齐达尔村的"寻根之旅"。他们遇到了当年曾帮助自己一家偷偷进入这个村庄的西隆（Silom）一家。当西隆的孙辈意识到自己的祖父为拯救犹太人的生命做出过如此贡献时，无不动容。西隆本人则写道："斯洛伐克人里除了许多杀人犯之外，还是有些好人的。"

既然这么多面临危险的犹太人都躲了起来，那当艾琳和其他人收到将被遣送至集中营的召集令时，她们为何不抓住机会，也躲起来呢？

首先，是金钱问题。没钱就没有食物、住所，也没法支付贿赂。其次，那些收到遣送召集令的女性当真以为自己只是被送到劳动营。政府向其保证，她们只是外出劳动一段时间。最后也最重要的是，她们被告知，若不在指定时间到指定地点报道，她们的父母就会被带走，作为替代。赫塔·富克斯原本躲在一座农场里，直到心急如焚的母亲要求她回家，以避免全家都代替她遭到遣送。

这样的威胁过于严重，无法无视。

> 我们也没指望是去野餐，然而却发现，我们所经历的才只是纯粹恐怖的开始。
>
> ——丽夫卡·帕斯库斯（Rivka Paskus）[6]

赫林卡卫队敲响了犹太街 18 号的门。艾琳和埃迪特需要在 3 月 23 日早 8 点前到帕特龙卡（Partónka）报道。在布拉迪斯拉发犹太区，类似的征召到处都在发生，持续了一周时间。[7]

要打包些什么？要穿些什么？

这可不是随随便便的决定。打扮得漂亮些意味着该女子可能更加自信，到了工厂后甚至可能更受尊敬。有些女孩为此次出行穿上了最好的衣服，还新做了发型。

但也需要在漂亮与实用之间达成平衡。

"拿上最要紧的东西。"赫林卡卫队告诉艾琳。

既然她们是去干活的，最需要的就是实用、结实的行头。对她们的建议是，带上换洗的工装、耐磨的鞋子和暖和的毯子，总重量不超过 40 公斤。那是个严冬，下着大雪，直到 3 月还很冷，因此长大衣也是必要的。

1942 年流行的新款春季大衣，刊登于德国《时尚与内衣》(*Mode und Wäsche*) 时装杂志

1942 年的春季时装杂志上满是无忧无虑、笑容满面的女性形象，她们腰上系着带子，裙边张开，或是背后打着漂亮的"摇

摆式"衣褶，正昂首阔步。这幅画面与遭到遣送的斯洛伐克犹太人的现实处境形成了鲜明反差。这些惊恐不安的女人戴着毛呢帽子、头巾和手套，以备在恶劣天气下劳动。有些女孩还用额外的衣物将这些装备包裹起来，以便将其全部带走。

规定的行李限额已够用了，这些犹太女性在法西斯政权下早已十分困窘，其中许多人甚至没有备用衣物可以打包。

在换洗的内衣与丝袜之间，还塞满了来自家乡的纪念品和简单的私人物品，如梳子、镜子、肥皂和毛巾。那些还能存下点钱的姑娘，还会带上一个钱包。更有见识者会将纸币和硬币缝在衣服里，以增加贵重物品的安全系数。为了这趟远行，她们还用纸包好了一包包食物，并用线将其捆好。

然后，她们就迎来了离家前的最后几小时，全家一起度过的最后一个安息日，在实施宵禁前最后一次在静谧街道上的散步，在家的最后一餐饭，最后的道别、拥抱和亲吻。[8]

一大群女人挤在布拉迪斯拉发郊区拉马奇火车站附近原本空荡荡的帕特龙卡弹药厂，艾琳和埃迪特一直紧挨着，勒妮·翁加尔也身处人群中。工厂里每间狭小的宿舍要住 40 个人。有些人幸运一些，可以将塞满了东西的袋子当成床垫，另外一些人就只能睡在零散的稻草或光秃秃的地板上了。厕所的设施不卫生，显然不适合使用。

最初的几天，布拉迪斯拉发的一家慈善组织还能为这些女孩提供犹太食物，之后她们就只能给什么吃什么了。为了在一片混乱中建立某种秩序，赫林卡卫队在每间宿舍里挑选出一人，令其戴上宿舍长袖章。这种做法是日后集中营生活的小小预演，从囚犯中挑选出负责人，对集体生活加以管理。

较年轻的女性身体或许足够强健，能够适应这样的生存状态，但与家人分离令她们遭受了心理创伤。有些女孩会绝望地叫喊和哭号。赫林卡卫队则会殴打她们，以儆效尤。门、窗、工厂大门已全部封锁，根本不可能逃走。

年长些的女性则在努力适应种种不适。其中就包括奥尔加·科瓦奇。从帕特龙卡被遣送走时她已是 35 岁左右。奥尔加会和玛尔塔·富克斯一起走，她也是一名女裁缝。[9]

布拉查·贝尔科维奇或许本可以冒险在光天化日下"躲藏"起来，从而避免被遣送。她的长相被认为相当雅利安，因此她通常会被当成斯洛伐克天主教徒，而非犹太人，遣送犹太人时她也不在家。1942 年 3 月，布拉查的"家"实际上已与布拉迪斯拉发相去甚远。他们一家已经被强制迁徙到了斯洛伐克与波兰北部边境不远处的一个小镇，这里离奥斯维辛不到 160 公里。

为了给雅利安人腾地方，超过 11 000 名生活在布拉迪斯拉发的犹太人被逐出了家园，贝尔科维奇一家也在其中。被安置到米库拉什（Mikuláš）小镇后，全家都挤在阁楼的一个房间里，距离楼下的厕所有几层楼之遥。没有工作，只有少量劣质食物，且失去了所有积蓄的贝尔科维奇一家，陷入了不堪的处境。

3 月初，就在遭到遣送的两周前，贝尔科维奇一家拍摄了一张合影。尽管遭到了层层限制，蒙受了种种羞辱，照相机前的他们仍显得令人尊敬、富有才干且聪明睿智。萨洛蒙·贝尔科维奇为自己和两个儿子缝制的套装充分体现了他作为裁缝的出色技艺。他和妻子端坐着，幼子莫里茨·贝尔科维奇站在他们中间。这个聪明可爱的男孩热衷下国际象棋。诺福克夹克 ① 和斜戴的帽

---

① 诺福克夹克：一种宽松式、单排扣、加腰带的男士外套，起源于 19 世纪英国贵族绅士的秋冬狩猎活动，是 19 世纪后期休闲装的代表。——编者注

子让莫里茨看上去有些早熟。

一家的长子埃米尔·贝尔科维奇站在莫里茨身后。他后来被遣送到了强制劳动营。在短暂的余生中，他将不再需要衬衫、领带和剪裁了。幼女艾琳娜·贝尔科维奇的昵称是"萍皮"，她身体娇弱，曾差点被肺炎夺走性命。尽管体质虚弱，但萍皮头脑敏锐，成绩优秀。由于年纪太小，她和莫里茨躲过了斯洛伐克对犹太人的首轮搜捕，在当时看来，这一定令人感到幸运至极。萍皮和布拉查关系非常亲密。

盘着头的布拉查看上去非常自信和成熟，她亲热地用一只手搂着萍皮。她身上带有波尔卡圆点图案的衣领与套装形成了鲜明的对比。站在最左边的是次女卡特卡·贝尔科维奇。之前说过，身着朴素方格图案连衣裙的卡特卡也是一名很有天赋的裁缝。

这是贝尔科维奇家最后一张合影。

拍摄于 1942 年 3 月的贝尔科维奇家庭合影。右二站立者为布拉查·贝尔科维奇，左一站立者为卡特卡·贝尔科维奇

3月中旬，布拉查决定摘掉黄星，前往布拉迪斯拉发拜访艾琳。当她回到家，发现妹妹卡特卡已经被赫林卡卫队逮捕，并被送到了临近的波普拉德（Poprad）。布拉查全盘相信了卡特卡只是去劳动的说辞。为什么不信？毕竟德国和德国占领的其他地区的确需要大量劳动力啊。

但布拉查不愿让卡特卡一人独自面对未知的未来，便主动前往当地警察局，坦白了自己的犹太人身份。她立刻被值勤警察扭送到了波普拉德的集合点。

"可别跑，"那名警察半开玩笑道，"不然我会有麻烦的。"

布拉查很晚才赶到波普拉德，差点就错过了被遣送的出发时间。此时的波普拉德已经挤满了上百名犹太女性。同样面临遣送的还包括19岁的爱丽斯·施特劳斯（Alice Strauss）。在接下来的旅途中，布拉查将与她熟识。爱丽斯也是一名裁缝。[10]

光是将犹太青年掠为强制劳动力还不够，帕特龙卡的赫林卡卫队还要抢劫他们。勒妮就不禁感叹称，这些斯洛伐克纳粹"真是德国老师的好学生"。[11]犹太女性刚到达帕特龙卡，就被收去珠宝、手表、钢笔、钞票……甚至眼镜。她们精心收拾的背包和手提箱也被没收了，在帕特龙卡的院子里堆成一大摞。有些人还被迫在文件上签字，声明放弃对于自己财产的一切权利，并承诺永远不会要求将其归还。[12]

最终将与奥斯维辛女裁缝们生活在一起的丽夫卡·帕斯库斯机智地将手表当作贿赂，换取了向兄弟发出警告的机会："不惜一切代价逃走吧。"[13]一个叫米哈尔·卡巴奇（Michal Kabac）的赫林卡卫队成员后来毫无悔意地承认，他们可以从犹太女人的行李中拿走任何自己看中的衣物。他选中了几双鞋，将其包好，寄回了家。

此外，这些男人还不可避免地会利用自己的权力，性侵犹太女性。赫林卡卫队的一些成员与此时他们看守的一些女孩曾是同学，如今则在侵犯着后者。[14]

但是与斯洛伐克国家机器发动的从犹太人处攫取利益的行为相比，这些索贿和没收财物的行径就是小巫见大巫了。斯洛伐克政府先是对犹太人百般排斥，令其一贫如洗，现在又开始指责他们是寄生虫了。斯洛伐克政府还为自己制订了一套"双赢"方案：既可以满足德国人对劳动力的需求，同时又可以进一步剥夺犹太人的财产。于是，当德国在1942年2月要求斯洛伐克提供12万劳工时，斯洛伐克总统讨价还价地表示愿意提供2万个犹太人。德国人答应了。对犹太人的搜捕随即开始。

纳粹党卫队官员迪特尔·维斯利切尼是负责遣送斯洛伐克犹太人并剥夺其财产一事的中间人。在1942年3月前，迪特尔就得知了纳粹处理欧洲犹太人问题的最终计划。这一计划是当年1月在万湖湖畔一间别墅里举行的那场臭名昭著的会议上敲定的。迪特尔的上级阿道夫·艾希曼在布拉迪斯拉发与他会面，向其传达了希特勒的口头命令和海因里希·希姆莱的书面命令——均是关于解决犹太人问题的"最终方案"。希姆莱亲自签署的一份带有红边的文件给迪特尔留下了深刻印象，这份文件命令他全权处理相关事宜。迪特尔决定将2万犹太人分成两半，一半送往马伊达内克集中营，另一半则送往被称为"A集中营"的某地。[15]

万湖会议的会议纪要详细列出了被德国占领或觊觎的各个国家的犹太人口总估算数，其中就包括斯洛伐克的88 000名犹太人。会议纪要显示，斯洛伐克政府绝对无意拒绝与德国合作并执行新一阶段的遣送犹太人计划。[16]斯洛伐克总统约瑟夫·蒂索，总理沃伊特赫·图卡及其党羽都乐于为德国人效劳。他们甚至同意每遣送一名犹太人，就向德国支付 500 帝国马克。这笔钱名义上是为了支付犹太人的"职业培训费"，[17] 其实质是斯洛伐克政府将从犹太人那里搜刮来的财富转交给了德国人。关键之处在于，一旦犹太人被赶走，他们的家园和留下的财物就静待瓜分了。

在包括了数千名犹太女性的第一波遣送单身犹太人的浪潮过去后，蒂索又表示，剩下的犹太家庭若继续依靠国家支持过活就太堕落了，因此接下来就要遣送他们。但在离开前，被遣送者需要完成"财产申报"。实际上，他们需要列出自己拥有的一切东西，无论多么微不足道。德国统治下的所有地方都采取了同一套伎俩，这些政府甚至还出台了如何给钥匙贴标签以及最后一次离家时应将钥匙放在何处的规定。犹太人的财产变成了国有财产。

无论是艾琳、布拉查，还是被送到帕特龙卡或波普拉德的其他人，都没有想到自己的家人会遭到如此无情的背叛，家中的所有物品和所有成员都被安排得彻彻底底，任凭政府处置。在短短 4 个多月时间里，斯洛伐克政府就遣送了 53 000 名犹太人。[18] 年轻的女裁缝们是最先离开的。

纳粹及其党羽为遣送犹太人并剥夺其财产制定了各种策略，并且总是用委婉的语言粉饰这些行为，如"管理""处理""免除""征收"，而"抢""劫""偷"等字眼是绝不会出现的。犹太人的财物堆满了布拉格和布拉迪斯拉发的多个仓库、大厅甚至教堂。在每一个被纳粹的贪欲污染了的国家，都有类似的存放犹太人财物的建筑。这绝非心血来潮之举，希特勒为此专门成立了一个由阿尔弗雷德·罗森贝格（Alfred Rosenberg）领导的特别工作组（Einsatzstab Reichsleiter Rosenberg，简称 ERR）。

除了从占领区尽可能多地搜刮艺术品和黄金，ERR 的任务还包括清空被废弃的犹太人家园，瓜分其房产并从中大发一笔横财。[19] 德国安全部门甚至还被施压要求加快遣送犹太人的速度，以便攫取更多财物。有时候，还不等犹太人的家空出来，邻居就推着小车闯进去了，看中什么就拿走什么。当然，当局会对这种未经授权的行为感到不快，因为他们本希望独吞所有好东西。

在法国，负责为 ERR 清点劫掠战利品的是来自附近集中营的囚犯，这些人身着白色外套或围裙，战后发现的摆拍照片充分记录了这一过程。女性囚犯专门负责将纺织品捆成包。纳粹官员会挑走质量最好的布料、床罩、亚麻布和地毯。艺术品的优先选择权则归希特勒和赫尔曼·戈林。希特勒打算新建一个博物馆，在里面摆满最伟大的欧洲艺术瑰宝。戈林则只在乎为自己和家人掠夺奢侈品，他的各处住所都塞满了从犹太人那里抢来的财物，他的妻子艾米·戈林选择不去询问这些财物的来历。

战后在纽伦堡法庭接受审判时，戈林说："我断然否认我的行为是受到通过战争来征服、屠杀、劫掠、奴役外国民族这样一种欲望驱动的。"[20] 但无数证据证明，事实截然相反。希特勒曾亲自准许阿尔弗雷德将犹太人的财物瓜分给纳粹党徒和德军。[21] 而且从强盗行径中获利的也不只限于纳粹高官。

堆放掠夺所得的仓库宛如商店一般，只是没有价签。事实上，巴黎一个规模最大的劫掠品仓库就被昵称为"老佛爷百货"，仿效的正是那家著名的百货商店。购物者可以在这些仓库的过道里逛逛，对整齐陈列着的一段段破碎人生的残留印迹啧啧称奇。

法国好商佳百货公司商品目录上刊登的家具样式，仿效原有陈设方式的一套供新主人挑选的劫掠所得，1939 年冬

这边是一组组卧室家具或餐厅陈设，那边是海量的成套餐具。为了节省空间，四周塞满了婴儿车、玩具和钢琴。在一排排货架上摆满了各式银器、玻璃器皿、珠宝及装饰品，还有缝纫机、针线盒和其他缝纫用品。对于爱读书的人来说，这里既有不少书架，也有足以填满书架的大量书籍。[22]

其他仓库则如同更具光彩的二手店和旧货店，陈列着蛋杯、[①]板球棒和灯罩等日常用品。这些不怎么值钱的物品被称为“垃圾物件”，但这些生活中的零碎，这些在床头柜、抽屉后方或阁楼角落找到的物品，对于其原主人来说却绝非“垃圾”。巴黎的女装裁缝玛丽露·科隆班注意到，当劫掠开始后，法国人是多么“震惊和沮丧”。[23]

最能表明犹太人的存在已遭到彻底毁灭的，不是他们蒙受的经济和文化损失，而在于那些曾经安全的家庭生活已沦为一件件不带个人色彩的物件。被掠夺的财物比那些当初买下、制作或是珍视它们的人更具价值。

---

① 蛋杯：用来盛放水煮蛋的工具，其弧度正好可以竖放一个鸡蛋。起初多为木质，从 17 世纪开始，银质和瓷质的精美蛋杯日渐风行。——编者注

掠夺所得会被打好包，踏上一段旅程。它们的前犹太主人也会被送上火车，踏上另一段旅程。但前者获得的照料无疑会比后者悉心得多。

每星期都有数百辆满载劫掠所得的火车离开被占领地，驶回德国。火车车厢里装着一箱箱用稻草包裹的物品，贴着简略的标签：蕾丝窗帘、厚窗帘、枕头、床单……[24] 通过与第三帝国铁路运输总管戈林的沟通，ERR 安排了一列又一列火车，不断地从法国、荷兰、比利时、挪威、波希米亚和摩拉维亚、波兰以及其他国家将劫掠所得运回第三帝国的心脏。

非犹太平民非常乐意获得"新"家具、室内陈设、纺织品和衣物，有些物品被拍卖时并未刻意隐瞒其出处。欧洲各大城市的拍卖行与 ERR 官员密切合作，通过售卖赃物大赚了一笔。对古董家具、进口地毯和精美烛台感兴趣者尽可以前往拍卖行，一次买个痛快。犹太人的物品很快就进入新家，床单盖在了新床垫上，内衣包裹着新的身体，咖啡壶则为新主人奉上佳酿。

在莱比锡，胡妮娅会在海报和报纸广告上看到拍卖犹太人财物的信息。就连犹太医院、学校和孤儿院里的家具也会被拿走，拍卖给其他市政机构。[25]

已脱离国际红十字会，实际受纳粹掌控的德国红十字会对所有捐赠都来者不拒。事实上，德国红十字会还参与协调了大量赃物的分发，当然受益人只有雅利安人。一个因遭到轰炸而失去家园的家庭主妇可以收到窗帘、桌布、床具、毛巾、鞋子、衣物、餐具和厨具等福利品，从而开始新生活。德军同样是受益者，他们得到了手表和保暖衣物。

新衣橱、衬衫和碗碟是从布拉格或其他地方一路运至第三帝国的，但这一点对于物品的新主人来说有什么要紧？在德国人中流传着这样的窃窃私语：最好我们能取得战争的胜利，否则犹太人就会回来，要回他们的东西。[26]

首批遭遣送的斯洛伐克犹太人曾被告知，自己很快就能回家。随着越来越多的女性从斯洛伐克西部村镇被送到帕特龙卡，宿舍越发人满为患。对许多人来说，接到集合被运往他地的通知几乎是一种解脱。但艾琳没有这么乐观，她从宿舍窗户往下望去，发现守卫在院子里点燃篝火，正在焚烧某些文件。那是她们的身份证。和其他人的身份证一样，她那带有照片、签名和犹太人中心印章的身份证即将化为灰烬。

艾琳恍然大悟，即将踏上的并非返乡之旅，她们再不能指望回家了。

第二次世界大战期间，德国占领区的火车线路都在日夜不停地忙碌着。新兵加入战斗，伤员返回后方；劫掠品驶向新家，原主人则最后一次离家。

每次以集中营和灭绝营为终点的遣送都要按照精准到分的时刻表进行。沿线所有车站都有时刻表的备份，长长的货运火车司空见惯。有时从木栏之后会传出求救或求水的呼号声，有时从仅有的带有铁丝网的通气孔里会有手伸出来，有时纸条会被扔出车外，还有时候扔出的是尸体。

对于犹太人和纳粹政权的其他敌人而言，所有铁路线都会在不祥的终点站汇合。

帕特龙卡的犹太女性仍认为或说是希望，自己将被送往斯洛伐克的某地劳动。有传言提及一座为著名的巴塔制鞋公司效力的劳动营，公司的老板是企业家扬·安东宁·巴塔（Jan Antonin Bat'a）。[27]艾琳的父亲是个鞋匠，因此只要稍加训练，她一定干得来这份活。更加阴暗的传言则是她们将被送往东线，为德军

"提振士气"。这一幕简直不堪想象。

艾琳与妹妹埃迪特在接到集合通知等待离开帕特龙卡期间，一直待在一起。女人们被命令排成几队，步行到不远处由长满杂草的田野围绕着的拉马奇火车站。铁轨上等候她们的列车原本是用来运输牲口的，这一点相当直白地表明，尽管仍然身着自己最好的行头，还拿着几个背包和手提包，但她们已经沦落到了牲畜的地位。每节车厢被塞进40人。车厢内摆着两个空桶，但没有食物和水。随后车厢门被关闭并锁住，赫林卡卫队和斯洛伐克警察负责押送她们前往边境。火车头发动了，联轴器已拉紧，各节车厢已被拽动，列车行驶了起来。

艾琳和埃迪特属于第二批从帕特龙卡遣送出去的犹太女性，这一批共有798人，这些人将去往同一个目的地，但未必会迎来相同的命运。这些人中有许多人是艾琳的同学。[28] 她们并不知道将去往何处，没有任何人告诉她们任何信息。她们分享着随身携带的明信片，在昏暗的光线下为心爱之人写上几句话，然后将明信片扔到车外的雪地里，希望铁路工人会发现它们并将其寄出。[29]

和艾琳姐妹身处同一列火车，怀揣着同样的恐惧、忍受着同样的不适的，还有玛尔塔和奥尔加。

从被当作窗户的小孔望出去，是寒冷的田野，木质房屋和被白雪覆盖的山丘。艾琳猜测她们正在向北方驶去。这列火车经过了米库拉什小镇，布拉查一家曾生活在这里的一间阁楼里。随后在日利纳短暂地停了一会儿，之后抵达了距离波兰边境约40分钟车程的兹瓦尔东（Zwardon）镇。此时天色已黑，守卫也换了人，纳粹党卫队替代了赫林卡卫队。斯洛伐克人的任务到此为止，他们掉头回家，准备装下一车。

在这段大约400公里的旅程中，车上的女性渐渐明白了两个空桶的用处：车上没有厕所。从兹瓦尔东出发，列车又行驶了约80公里，进入了被纳粹占领的波兰。

布拉查和妹妹卡特卡一道，从波普拉德踏上了北上之旅。她们于1942年4月2日出发，是第四批被遣送的斯洛伐克犹太女性，这一批共有997人。从波普拉德出发的一些原本用来运输牲口的车厢里藏有粉笔。于是，车上的人一旦弄清了自己的终点站，就可以将地名写下来，以便将信息传回斯洛伐克。同样在波普拉德遭到遣送的还包括女裁缝博丽什卡·佐贝尔。博丽什卡是一个非常出色的纸样剪裁师。路上的旅伴之一是一个来自波兰的女孩，她设法推测出了行程信息。她说看上去她们将被运往奥斯维辛。这一判断是准确的。[30]

列车一趟接一趟地抵达。奥斯维辛女裁缝的命运渐渐汇聚到了一起。

1943年1月，来自法国的女裁缝阿莉达·德拉萨尔和玛丽露从法国被遣送至奥斯维辛。此时，奥斯维辛已不再只是传言。内衣专家阿莉达已在多所监狱里煎熬了数月时间，忍受了盖世太保的一次次审讯。她一再否认与抵抗运动有任何关联，即使在震惊地得知丈夫罗贝尔·德拉萨尔（Robert Delasalle）已被处决后依然如此。巴黎游击队战士玛丽露则于1942年12月16日被逮捕，此后一直被关押在监狱里。1月23日，阿莉达和玛丽露及其他法国女性政治犯一道，从法国被遣送至奥斯维辛。和纳粹保安总局安排的遣送不同，这些女性并非因为身为犹太人被逮捕。在230名女性中，有119人是共产党员或左翼人士，因此被认为对纳粹的右翼意识形态构成了政治威胁。对她们的监禁与遣送行动代号为"夜与雾"。也就是说，她们应该消失在模糊不清的黑暗中，从一所监狱转移到另一所监狱。

　　这些在冬季踏上遣送之旅的女性经历了好几天的严寒。在狱中曾收到过包裹的人尽可能穿得暖和些，有的人甚至把手边的所有衣服都穿上了。

　　阿莉达还在为丈夫之死伤痛不已。玛丽露也沉浸在丧子之痛中，她年幼的儿子不久前因患白喉去世了。她的丈夫也遭到了纳粹的逮捕，命运未知。这些法国女性于 1943 年 1 月 26 日抵达奥斯维辛，一路支撑着她们的完全是同志情谊。她们的列车在一条支线上停了一宿。次日早晨，一节节原本用于运输牲口的车厢在货运车站的木质站台上排成一排，门锁打开了。[31]

　　日后奥斯维辛女裁缝中最坚毅的人物之一——胡妮娅于 1943 年 6 月酷热的一天抵达奥斯维辛，她属于最后一批被逐出莱比锡的犹太人。1943 年 6 月 15 日清晨 5 点，警察在莱比锡犹太隔离区找到了胡妮娅，她原本有机会逃脱搜捕，有人愿意为她提供隐匿场所，要价 1 000 马克，她的雅利安朋友也愿意免费庇护她。但多年的紧张不安已令胡妮娅痛苦不堪，她决定和其他犹太人一道，接受被遣送的命运。她不愿成为莱比锡唯一幸存的犹太人。[32]

　　在莱比锡，对犹太人的搜捕起初十分暴力和混乱，排成长队的成年人和儿童被恐吓着赶上火车。但到了最后一轮搜捕时，犹太人已十分平静，几乎是听天由命。犹太隔离区已是空荡荡，房间在等待新的租户，一些丢弃的物件被当作垃圾扔在大街上。

　　胡妮娅和其他人被送往位于韦希特尔大街（Wächterstrasse）的一个集合点。最后一批被遣送者包括犹太医院的员工和犹太社区的其他雇员。和此时不得不蜷缩其上的肮脏地面相比，他们在犹太隔离区的昔日家园简直堪称豪华，集合点压根没有舒展身体或是睡觉的空间。胡妮娅在人群中认出了许多面孔。朋友们便聚在一起，聊聊天甚至开开玩笑，以打发时间。她相信自己足够坚毅，能够面对一切挑战。胡妮娅的精神力量极具感染力，这一点正是当时急需的。

经历了不安和惊恐的两天后，他们被赶到了莱比锡主火车站，遣送他们的列车已在此等候。胡妮娅不禁回想起初到这座城市的情境。当时她还是一个来自凯日马罗克的年轻姑娘，活力满满、雄心勃勃，决心学好手艺。而此时，火车站里看不到和平时期丰富多彩的服装，到处都是单调的制服。

在运输牲口的车厢里，胡妮娅和自己的朋友，牙医露特·林格尔（Ruth Ringer）及其丈夫汉斯·林格尔（Hans Ringer）找了个空位坐下，汉斯曾是一名医生。一时间，胡妮娅回想起了在游乐场乘坐幽灵火车的经历，那列火车会为乘客带去惊吓和惊喜。然而，此时踏上的绝不是游乐之旅。[33]

列车驶过了一公里又一公里。尽管车厢里酷热难当，但起初一切还是相当文明。胡妮娅要比大多数人幸运一些，在遭到逮捕不久，她原先工作的那家皮草工厂的一个学徒代表工厂经理给她送来了一篮食物。和食物一样令人感激不已的还有这份不期而至的善意。胡妮娅和大家分享了食物，还试图为大家打气，列车到站后她们无疑会无比悲伤，但至少她们还可以开心几小时啊。胡妮娅的善良品格冲淡了车厢里的苦涩情绪，人们几乎忘记了自己身在何处，将去往何地。

一次停站时，一群残疾人和老年人也被从护理院赶上了车。护工们只能无助地看着病患忍受病痛的折磨。一名护士绝望地试图自杀，幸好被两个男子拼命阻拦了下来。车上的情况越来越糟糕，死者被扔出车外，每当列车停下，被当作厕所的桶也要被倒空。

列车最后一次减速。路灯照亮了巨大的路牌：奥斯维辛。玩笑结束了，彬彬有礼的对话结束了，剩下的只有恐惧。最后一批被遣送者到站了，车上的数百名犹太人中只有两个人能够幸存至解放的那一天。

就在男人和女人被分开之前，汉斯医生转向妻子露特，说道："和胡妮娅待在一起，我预感她可以撑到底。"[34]

艾琳、布拉查、卡特卡、玛尔塔、爱丽斯、奥尔加、阿莉达、玛丽露、博丽什卡、胡妮娅……

无论乘哪趟列车前来，所有新抵达奥斯维辛者都会经历令人作呕的时刻，车厢门打开，刺耳的尖叫声响起："快滚出来！排队！"

第五章

活下去，撑过第一年

等待我们的是惯常的接待：不停的叫喊和殴打。

——胡妮娅·施托尔希 [1]

布拉查·贝尔科维奇在担心自己的行李。她将一个手提箱带上了火车，自波普拉德出发以来，一直小心看管。但此时守卫正冲她大叫着"快滚出来"，命令她从车厢跳下。她根本来不及拿手提箱，还要当心拥挤的人群、拴着链子且叫个不停的猎犬、身着纳粹党卫队制服的男人，还需要照看妹妹卡特卡·贝尔科维奇。

"别担心，"一名警卫队守卫喊道，"我们会替你们拿上所有东西！"

他们怎么可能把所有东西都盘点清楚呢？布拉查有些好奇。

从列车车厢到木质站台，需要高高跃下。这座约 500 米长的木质站台被称为"匝道"，一段木质台阶将其与主路连接起来。遣送至奥斯维辛的人被带到了一条铁路支线上。[2] 距离"匝道"

镜头里，被遣送前的布拉查·贝尔科维奇衣着入时、头发顺滑、笑容灿烂

不远处是为繁忙的铁路干线上的工作员工建造的房屋。这条穿越奥斯维辛的干线将奥地利的维也纳与波兰的克拉科夫连接了起来。

14 岁的博古斯瓦娃·格沃瓦茨卡（Bogusława Głowacka）就住在其中一间房屋里。她给一个党卫队成员当女仆。前往奥斯维辛的主营地跑腿时，她会遇到在制衣厂和鞋厂工作的囚犯。博古斯瓦娃说，错过列车"卸货"的时刻是不可能的。因为"每当列车到达时，总会爆发出一阵巨大的骚动，党卫队成员尖叫着，被'卸下'列车的人们啜泣和哀号着，猎犬狂吠着，还伴随着枪声"。[3]

新到者自由地站立了片刻，如同普通人一般。环顾四周，他们发现一些身穿条纹衣服的男人在田野里劳动。"我们以为他们是精神病人。"一个刚到奥斯维辛的女孩说道。她以为剃光头和穿条纹制服是精神病院患者的标志。[4]

尽管除了身上的衣物和口袋里来自母亲的珍贵的告别礼物——维生素片外再无一物，布拉查仍高昂着头。他们开始出发了，每走一步，就远离正常生活一分。被遣送者在铁丝网和守卫塔圈定的范围内走了没多久，转而向南，沿着一条两旁排列着砖木建筑的道路前行。

在这之后被遣送至奥斯维辛的包括整个家庭及老人，当他们看到印有红十字会标志的大卡车时，都会松一口气。"有红十字会的地方，终究不可能太糟。"一个于1942年7月抵达奥斯维辛的斯洛伐克女孩这样想。[5] 她并不知道，奥斯维辛集中营的主管奥斯瓦尔德·波尔同时也是德国红十字会主席。这造成了令人作呕的合作关系。而那些曾令新抵达者感到振奋的卡车，实际上是要径直将人们送进毒气室。7月时纳粹已开始采取措施，屠杀那些超出劳动力需求，被认为是多余的新来者了。从1942年7月起，被遣送至奥斯维辛的犹太人在站台上就会被分为两类：要么生，要么死。

在1942年三四月间被遣送至奥斯维辛的斯洛伐克犹太人还不会被挑选出来直接送进毒气室，这些女人是来劳动的。她们走过采石场、砖窑、废砖坑，来到奥斯维辛一号营地即主营地的大门前。这扇由奥斯维辛的囚犯铁匠扬·利瓦兹（Jan Liwaz）打造的大门原本是整个奥斯维辛集中营的入口。但在很早之前，奥斯维辛集中营就扩张得越来越大，远远超出起初的范围。女裁缝爱丽丝·施特劳斯走进大门时抬头看了一眼，发现大门上方刻有一行字：劳动使人自由（Arbeit Macht Frei）。[6]

4月3日那天，布拉查一行人到达奥斯维辛的时间过晚，所以没在站台上立即接受分检。她们穿过营地，来到了一排红砖营房前。这些建筑起初是为产业工人建造的，因此临近当地的铁路枢纽，随后被波兰军队征用了。从1940年起，在新来的奥斯维辛指挥官鲁道夫·霍斯的命令下，每座营房又加盖了第二层和阁楼。这样一来，能容纳的囚犯又多了好几百人。全部30座营房中的 10 座分给了首批被遣送至奥斯维辛的犹太女性。布拉查、卡特卡和其他人被赶进了其中的一座。

在这 10 座营房的一侧，高耸着一堵新建的混凝土屏障，将营地的女子区与男子区隔开。另一侧的一堵砖墙则将这些女人与外界隔开，这堵墙后就是鲁道夫那位于莱吉奥诺夫街（Legiónow Street）的舒适住宅。这所住宅建造于第二次世界大战爆发前不久的 1937 年，原主人是一个叫塞尔让·索亚（Sergeant Soja）的波兰士兵。1940 年 7 月 8 日，接到仓促的通知后，在全副武装的纳粹党卫队注视下，塞尔让被赶出了自己家。整个街区都需要被清空，以供德国占领者享用。

霍斯夫妇以及人数越来越多的一家子便在塞尔让的住宅里安了家。霍斯家的访客留言簿于 1942 年启用，访客可以摘下钢笔帽，在留言簿上写下对主人家盛情款待的感激之情。

被送入奥斯维辛集中营的人就不会受到盛情款待了。恰恰相反，这些斯洛伐克女性发现自己要听命于另外一些被称为"老大"或曰"小组头目"的囚犯。这些人主要是德国非犹太女性，作为刑事犯或"国家公敌"曾被囚禁在拉文斯布吕克集中营，她们先于首批斯洛伐克人一步来到奥斯维辛。对于如何在集中营体制内生存下去，她们经验丰富。她们也知道，狱中头目的身份能够为自己谋利。对于许多集中营里的囚犯以及战后社会里的人来说，"老大"都成了残暴的代名词。幸存者的证词清晰地揭露了那些因性情或不堪忍受的环境而堕落的"老大"，在身为受害者的同时，也成了加害者。尽管如此，也并非所有被迫扮演"老大"的人都会滥用权势。例如，当玛尔塔·富克斯最终被选为"高级缝纫工作室"的"老大"后，她就利用自己的特殊地位为工作室的其他女孩争取到了相对的安全与尊严。

但在刚抵达奥斯维辛时，玛尔塔只是被推入恶意满满的新环境，茫然不知所措的众多囚犯中的一个。

布拉查和卡特卡发现自己身处的是一座空空如也的建筑，地面上铺着稻草。不知怎的，一则消息流传开来：藏好你的东西，不然它们就会被夺走。布拉查、卡特卡和其他女孩站成一排，以接力的方式将梳子、肥皂和纸巾等私人物品藏到了营房的屋檐下。令人难以置信的是，在这一过程中，布拉查意识到站在自己身旁的竟是一个党卫队女性成员。拉文斯布吕克集中营的党卫队守卫与首批女性囚犯同一时间也被调到了奥斯维辛。布拉查开始和她讨价还价："要是你帮我，我就给你一些维生素片。"

这堪称超现实的一幕。但布拉查很快就发现，这段经历中的一切都很离奇。有个斯洛伐克女性不知用什么方法将一听沙丁鱼罐头带进了营房。"老大"立刻没收了这听罐头，打开就狼吞虎咽起来。布拉查目瞪口呆地看着，她不明白为什么有人会对一听鱼罐头如此激动。她会明白的。

抵达奥斯维辛的第一晚，营房里有地方洗漱，厕所也能用。但盥洗室很脏，厕所也很快就不堪重负了——住在这里的人实在太多了。她们甚至还获得了一点食物：一碗浓稠的荞麦粥。布拉查没吃完，便把剩下的粥放到了窗台上。不久之后粥不见了，偷粥这种行为令布拉查再一次感到了古怪。

次日早晨，喝了一杯浑浊的温水后，布拉查从窗户向外望，看向紧挨着的营房。一个身着苏军制服的身影向她招手，还对着自己的脑袋做出奇怪的手势，如同精神病人一般。此人的面孔好像有些熟悉啊！令人难以置信的事情再次发生了，布拉查发现此人竟是她最好的朋友艾琳·赖兴贝格。

艾琳于 3 月 28 日从布拉迪斯拉发被遣送至奥斯维辛，比布拉查稍早几天。此时，她正试着向布拉查解释自己为何有如此奇怪的表现，她用手在头上比画出剪刀的模样，你的头发要被剃掉了……[7]

保持安静！保持幽默！

——埃迪塔·马利亚罗娃（Edita Maliarová）给刚从布拉迪斯拉发被遣送至奥斯维辛集中营的朋友的话[8]

1942 年 3 月 26 日至 4 月 29 日，共有超过 6 000 名犹太女性分成 9 批从斯洛伐克被遣送至奥斯维辛集中营。布拉查也是其中的一个。这是纳粹保安总局组织的首批专门针对犹太人，以奥斯维辛为目的地的遣送行动。与从拉文斯布吕克集中营转送来的 1 000 人一起，她们成为奥斯维辛的首批女性因犯。经过分检，她们被归入"劳动"一类。分检过程被故意设计得既要让这些劳动者变得俯首帖耳，又要在身体和心理上对其加以残酷的羞辱。

第二次世界大战结束后，当被问及"你们为什么不反抗"时，曾经历分检过程的幸存者只能表示，当时她们几乎无法相信发生了什么。正如布拉查的一个同伴日后所言："敌人有枪，我们则被扒了个精光，而且一切都发生得太快了。"[9] 是啊，当这些斯洛伐克女孩被带进盥洗室，被命令脱光衣服时，她们又能做些什么呢？

第一反应肯定是不知所措。"老大"和党卫队守卫就在一旁，用叫喊和殴打维持着秩序——"快！赶紧！"。首饰也必须摘下。卡特卡未能足够迅速地摘掉一只耳环，一个党卫队守卫便狠狠给了她一耳光，把耳环都打断了。后来在分检时，不耐烦的党卫队守卫干脆狠狠拽下卡在不停颤抖的手指上的戒指，任凭手指折断、流血。[10]

然后，一层层衣服被脱掉。在集中营里，生命的证据被消除了，个性的标记被夺走了。价格不菲且受到珍视的冬大衣，已被解了下来，扔到一旁。毛衣和羊毛开衫，通常是自家织的，在手臂与身体摩擦处带有补丁，被脱了下来。随后动作就有些犹豫了。上衣胸前的纽扣、裙子侧面的拉链，一路走来已满是皱褶，可能还带有汗渍，也慢慢解开了。[11] 鞋子和靴子被脱掉，出于习惯仍摆放在一起。鞋底轻柔地弯曲着，与主人的脚型相吻合。主人走过那么多的路，鞋跟已有所磨损。袜子有的是新的，有的打着补丁，也都被脱掉了。丝袜从束腰带和吊袜带上解下来，大腿光着了。双脚踩在了冰冷的水泥地上。

此时，人们不禁将目光投向她人，想要确认这一切是真实发生的，确认她们真的被迫在众目睽睽下脱光衣服。

脱衣服的动作通常都是在卧室或是医生诊室这样的私密场所进行的，也可能发生在游泳池的小隔间或是商店挂有帘子的试衣间里。被遣送至奥斯维辛集中营的女孩与未婚女性，除非需要与姐妹共享一间卧室者，几乎都不曾有过在他人注视下脱光衣服的经历。在奥斯维辛，脱衣服这一过程不只剥夺了她们的身份，还剥夺了她们的尊严。

在20世纪中期的欧洲，公共场合与私人场合的服饰有着严格的区分。西装、漂亮连衣裙、外套、手提包、帽子和校服都属于街头装束。居家服饰则可以稍微随便一些，如软拖鞋、针织衫、围裙和家居服。内衣则绝对只能出现于卧室这一最为私密也最为亲密的空间，而不是集中营冰冷的大厅里。

尽管所有被遣送至集中营者在接受分检时都会因被迫脱光衣服而感到羞耻，但女性的耻辱感更甚。尽管总会有些偶像人物炫耀自己的性感，也总会有些女性选择不拘一格的着装，但对于女性而言，"端庄"依旧是一项重要的社会价值观。"好女孩"应该装扮得体：裙摆不应短至大腿处，领口不应是低胸的，只有在酷热难耐时才能露肩。要遵守一套精细复杂的社会规范，以确保服饰具有吸引力又不至于太具诱惑力。对于正统犹太女性而言，袖子需要遮盖住手肘乃至手腕，锁骨和膝盖都不得裸露在外。

着装总是处于他人的审视之下。来自周围人的压力会令人明白，自己的着装究竟是乏味还是时尚的。较年长的女性会批评某些服装，认为其具有挑逗意味，而非好看；男人则会根据着装判断一个女人是可以追求的，还是最好敬而远之。现实生活中，女性如果着装不得体，很快就会受到指责。而在奥斯维辛，女人们却因为衣服脱得不够快，遭到了守卫的厉声训斥。

一切发生得太快了。最后一层衣物——内衣，也被脱掉了。

在男人面前解开胸罩，试探性地将肩带褪下肩膀，这通常会被认为是表演脱衣舞动作，极具诱惑力，当然毫不端庄。但在奥斯维辛，这种脱衣服的过程却是对诱惑和端庄这二者的变态扭曲。女人们别无选择，胸罩必须摘掉。在命令下，内衣扣也被解开了。

少女们或许仍对发育后的体型感到不自在，将凹凸有致或者自认为不够凹凸有致的身体暴露出来，令她们痛苦不已。未婚女孩对性的感受可能同样懵懂。赤裸的身体属于亲密关系的一个方面，只能与丈夫分享，即使那时也可能还有床单和睡衣作为掩护。而较年长的女性还面临另一个问题，脱去胸衣将暴露因多年生儿育女，辛勤劳作乃至放纵享乐对体型造成的改变。

最后一件衣服，最后一丝受到保护的幻觉，也是最难脱去的。轮到内裤了。有法国督政府时期风格的内裤，带有牢靠的松紧带，长度接近膝盖；有连裤紧身内衣，用小纽扣在衬料处扣紧；还有法式内裤，带有蕾丝花边和刺绣。这些内裤有白的、粉的、蓝的、黄的；有旧的、新的、漂亮的、实用的；有崭新的，也有带补丁的。所有这些内裤都必须脱下，和其他还带着体温的衣物堆放在一起。这些衣物是如今已被弃置到一旁的生活的最后一点痕迹。

有些女人用内裤这最后一件衣物遮住自己的私处，绝望地想要保留一丝体面。着装会影响到男人对待你的态度，这样的观念已深深刻入了她们的内心。正派的着装能够保护你在公共场合免遭起哄和性骚扰，也能避免性侵、强奸等未明言的恐怖情况的发生。[12]

当这一批从波普拉德被遣送至奥斯维辛的女人光着身子挤在一起时，一个党卫队守卫窃笑着说道："天啊，她们肯定是从女修道院来的。她们全都是处女！"

他怎么知道的？因为守卫在搜查她们身体内是否藏有财物时，用手性侵了她们。

新抵达奥斯维辛的女人们就是在这样的情形下被迫脱光衣服的，纳粹党卫队守卫在一旁咒骂着，称她们为妓女和猪。还有一种额外的羞辱：在公共场合来月经。20 世纪 40 年代，卫生巾和卫生棉要么是缝在内裤里和内裤一道穿上的，要么是系在能够调节松紧的腰带上的。不管怎样，卫生巾或卫生棉都严禁展示给他人，就更别提展示给一群人了。不得不脱去用过的卫生巾，任由经血流个不停，与此同时还会因"不干净"而遭受责骂，这就是集中营里所有女性在经期必须忍受的磨难，直到焦虑、饥饿（据说她们的食物中还被掺入了药粉）导致月经彻底停止。在进入集中营的那一天，经血会和粗暴的体内搜查导致的其他出血一道，沿着赤裸的大腿流淌下来。

自始至终，纳粹党卫队的男女守卫就在一旁围观着，带着恨意，带着冷漠，带着邪恶的快感。就像在市场上检查牲口一样，党卫队医生会对这些赤裸的女子进行检查，看她们是否足够强壮、健康、是否能干活。这些女人聚拢起来，寻求朋友和姐妹的安慰，尽管每个裸体的形象都宛如其他裸体形象的镜像一般。即使经历了创伤，但仍有人对此保持轻蔑，仍有人能够坚毅地战胜这次打击，仍有人能将同情心传递给那些试图跑向电篱笆寻死的绝望者。

一个来自喀尔巴阡山区的 21 岁的姑娘面对围观的党卫队守卫作出了自己的回应。她说道："我决定不要感到羞耻、堕落。不要感到不再被当成女人，不再被当成人。我决定对他们视而不见。"[13]

> 短短几分钟之内，我便被剥去了一切尊严，变得和周围的所有人毫无区别。
>
> ——阿妮塔·拉斯克-瓦尔菲施
> （Anita Lasker-Wallfisch）[14]

16 岁那年，布拉查决定剪掉两条长长的辫子。她对自己的新造型很满意，其他人则对此有些遗憾。从外形上来看，这是从女孩到更加成熟的年轻女人的转变。

头发被认为是"女性特质"的最重要标志之一。男人往往会剪短头发，抹上头油，女人则可以保留更多发量。通过头绳、发夹和热钳子，在家里就可以打理发型，只需注意在使用热钳子时别把头发烤焦了。利用外形如同"橡胶美杜莎"一般的电动烫发机，发廊还能创造出更加复杂的效果。电影明星的时髦发型会被纷纷仿效，并用丝带、亮片和花朵加以点缀。

出于对空袭的嘲弄，德国女性给一种发型取了个"警报解除"的名字。通过染发对灰白头发加以掩饰，虽不精妙，却很流行。染发还能将"犹太人的"深色头发变为"雅利安人的"金发。希望躲过搜捕的犹太人常常采取这种有些绝望的做法。

为了好玩，人们还会佩戴假发。商店会出售缝在发带上的小鬈发，或是带着卷曲假发的发夹。假发还可能成为正统犹太女性的一项重要装扮，因为根据传统，已婚女性需要将头发剃光，用特别的假发取而代之。有些犹太教传说认为女人的头发对于男人极具吸引力，因此已婚女性需要用头巾遮盖头部，或是干脆剃光头发，来避免诱惑丈夫以外的其他男人。整头假发既可以在商店买到，也可以用结婚前自己的头发乃至女儿剪下的辫子制成。

抵达奥斯维辛之后，无论头发是真是假，发色是深是浅，是鬈发还是直发，是否做过发型，都必须剃掉。

艾琳站在营房的窗口，将手指捏成剪刀状，向布拉查比画着示意将要发生什么。剃发用的刀片和剪刀很快就会变钝。集中营里的理发师——他们都是男性，会抓住这些裸体女子的一大把头发，将其全部剪下，只留下一撮撮乱发在头皮上乱长。艾琳刚抵达奥斯维辛时，看到第一批被遣送到奥斯维辛的女孩已经被剃掉了头发。她不禁惊叹道："我的天啊，她们究竟犯了什么罪？她们怎么成了这个样子？他们对她们都做了些什么？"[15]

更糟糕的还在后头。"把你们的腿分开！"守卫叫喊道。阴毛被剃掉时，许多女性开始忍不住啜泣起来，这是十足的凌辱。这些女性被剥夺了身份、尊严和体面。一个经历过这种磨难的幸存者曾试着画出当时的情景。简略的草图上画着一个个被剃光了毛发的裸体女性，外加几行困惑不解的句子："这是你吗？你有漂亮的身材啊！你在哪里啊？"[16]

姐妹和朋友擦肩而过，却无法认出对方，可见头发具有能够赋予人身份的强大力量。有些人忍不住大笑了起来，因为大家看上去太滑稽了，她们打趣道，现在自己看上去就和兄弟很像了。有些人因为大家都在共同经受这场磨难而感到一丝安慰。还有几个人站在那里，手中紧紧握着被毁掉的头发，仿佛是要牢牢抓住作为人的最后一丝印记。

当布拉查在16岁那年剪掉辫子后，她将其卖了一笔钱。剪掉的头发是商品，值某个价格。但集中营和灭绝营里的女人被强迫剃掉头发，却主要是出于卫生考虑，避免头上长虱子。不过，剪掉的头发也不会浪费。

早在1940年，海因里希·希姆莱的一个名叫里夏德·格吕克斯（Richard Glücks）的下属便下令，要将集中营里剪下的头发按性别分开并加以利用。[17]男性头发较短，可以纺成线。女性头发较长，可以织成供潜水艇水兵和德国铁路工人穿着的袜子，还可以用来制作短筒女靴，或是将其制品覆盖在鱼雷弹头上，起到防水作用。

剪下的头发会被洗净，悬挂在集中营火葬场上方的阁楼里。焚尸炉的热气会将头发烘干，一群群"梳发工"再将其打理妥当。这些行为真是令人毛骨悚然。[18]毛发梳理公司为每公斤头发支付50芬尼。这些头发会在集中营里被分成不同等级，然后装进袋子，等待运走。奥斯维辛集中营的管理层从这些头发中大赚了一笔。每个月的第五天是结算日。[19]

德国纺织行业早就是纺织技术革新的佼佼者了。在第二次世界大战期间，他们将来自法国的头发与其他原料混合起来，加工成一种新的面料，用来制作拖鞋、手套和手提包。[20]在11个月的时间里，特雷布林卡、索比博尔和贝乌热茨等灭绝营的管理层共向柏林交付了 25 卡车的女性头发。

这还不是最糟糕的人体循环利用方式。1946 年，曾被关押在达豪集中营的捷克医生弗朗茨·布拉哈（Franz Blaha）在宣誓后做证，描述了将人体皮肤鞣制成皮革，用于制作马裤、手套、拖鞋和提包的令人作呕的行为。[21] 据说，希姆莱的情妇海德薇·波特哈斯特（Hedwig Potthast）还藏有一本人皮装帧的《我的奋斗》。[22]

塑造着艾琳和布拉查刚刚进入的这个世界的心理状态，就是如此。

　　一切都显得如此不真实，以至于我完全无法理解……对于正在发生些什么及即将发生些什么，没人给我们任何解释。

　　　　　　　　　　　　　　——布拉查·贝尔科维奇

到了清洗时间。

数百个裸体女子跳进了一个约 1.5 米深的正方形浴池。没有肥皂，也没有毛巾。艾琳觉得这段经历糟糕透顶，布拉查则全然不知所措。在集中营里，DDT① 粉末被当作爽身粉使用，用来去除虱子。

1943 年，当胡妮娅·施托尔希从莱比锡被遣送至奥斯维辛时，淋浴已取代了浴池。胡妮娅被送进位于奥斯维辛二号营地比克瑙（Birkenau）的一个新建造的叫作"桑拿房"的肮脏盥洗室。

---

① DDT 也叫滴滴涕，化学名为双对氯苯基三氯乙烷，是有效的杀虫剂，但对人体有害。——编者注

初来乍到的女囚犯们赤身裸体，被分成了两组：一组是年龄较长或健康状况显然不佳者；另一组是较年轻，较健壮者。胡妮娅领会到了如此分组的意义，这两组女人将一组生，一组死。胡妮娅尽管按照命令将衣物叠了起来，但仍违背指令将靴子穿进了淋浴间，想着这样能保护它们不被偷走。胡妮娅站在喷头下，等待着洗澡水流出。

但毫无动静。

在纳粹灭绝营里，看似淋浴间，实为毒气室——这一点如今已广为人知，这或许是纳粹工业化大屠杀行动中最为臭名昭著的元素。不过，从移动的行刑队一个个枪杀受害者，到采用现代化的屠杀系统，这样的"进化"需要时间。而这　过程与服装和脱衣有着非常重要且阴暗的关联。

纳粹渐渐感到在战壕或弹坑旁枪杀平民，太过浪费子弹和人力。于是，他们考虑采用更有效率，对杀人者创伤也较轻的杀戮手段。起初，纳粹试图通过注射实施安乐死，随后又改用毒气车，即将囚犯困在上了锁的卡车内，用致命的废气将其毒死。但这两种方法都无法满足种族灭绝的需要。这方面的突破出现在奥斯维辛集中营，并且与处理衣物有着部分干系。

问题出在虱子上。或者更确切地说，是因为虱子会传播一种致命疾病——斑疹伤寒。虱子会在温暖、肮脏、人群密集的环境里大量滋生。那些在 1942 年三四月间被遣送至奥斯维辛的人们发现，营房里到处都是虱子和臭虫，它们曾尽情享用此前被关押者的血液。之所以在这些女人来到奥斯维辛之初就剃掉她们的头发和毛发，原因之一就是为了控制虱子的滋生。虱子喜欢皮肤或衣服上的皱褶，会在衣领下、口袋深处、衣服缝和褶边里大量繁殖。虱子会对人的健康构成严重威胁，以至于有些奥斯维辛地下抵抗组织的成员将能传染斑疹伤寒的虱子藏在衬衫和夹克的领子下，试图将其用作行刺纳粹党卫队的武器。[23]

奥斯维辛集中营指挥官鲁道夫正确地关注到斑疹伤寒疫情可能暴发的危险。这其实十分荒唐，集中营里之所以如此污秽和危险，一方面是因为没有足够的清洁设施，另一方面也是因为被关押在此的因犯本身就被认为是"害虫"，是不配在像样的环境中生活的。不过，尽管党卫队认为因犯只配在如此污秽的环境中生存，他们却不愿自己因此染上恶疾。

生活在奥斯维辛集中营外的海德薇·霍斯及其他党卫队家属可以尽情享用热水和肥皂，来自临近城镇的仆人还会为他们洗熨好衣物与亚麻织品，但被遣送至集中营的女人们就享受不到这样的奢华生活了。当布拉查、艾琳和其他人从冰冷肮脏的浴池里爬出后，发现自己的衣物不见了。原来，她们的衣服被送去处理了。而处理衣物的过程最终将演变成毒气室这一屠杀机器。

为了党卫队田园诗般的家庭生活免遭虱子破坏，集中营里经常进行隔离和除虱，在主营地的三号营房里还设立了一间专门的蒸汽室。1940年，鲁道夫成为奥斯维辛集中营指挥官之后，一个名叫安杰伊·拉布林（Andrzej Rablin）的因犯被安排在这间蒸汽室工作。

这间屋子里堆满了因犯的衣物，衣物上则爬满了虱子。商品名为"齐克隆B"（Zyklon B）的剧毒物氢氰酸的晶体被投入屋内，随后房门被锁上。等待24小时后，安杰伊和助手会戴着防毒面具，手持抽风机走进蒸汽室。后来这一过程得到了进一步优化，使用了更好的加热和通风设备，在蒸汽消散15分钟后，衣物就可以安全穿着了。负责蒸汽和消毒工作的是营地官员卡尔·弗里奇（Karl Fritsch）。正是他提议将"齐克隆 B"用在苏军战俘等"人形害虫"身上。集中营指挥官让他放手去干。[24]

与此同时，一个名叫艾米利亚·泽拉兹尼（Emilia Zelazny）的波兰少女正在被迫为卡尔的妻子刷洗衣物，以防虱子滋生。[25]

经验让卡尔及其手下明白，从尸体身上很难脱下衣服，因此更具效率的做法就是迫使受害者在死亡前先脱光衣服。如何让他们顺从地脱掉衣服而不反抗乃至暴动呢？答案就是，让他们以为自己要去洗澡。就这样，处心积虑的欺骗与杀戮机器终于问世了。

1942 年底，党卫队少尉马克西米利安·格拉布纳（Maximilian Grabner）站在比克瑙营地一处新火葬场的屋顶上，向被遣送来的犹太人喊道："你们现在要去洗澡和消毒，我们可不希望营地里暴发传染病！"他命令这些听众将衣服脱下，叠整齐，将鞋袜一双双摆好，"这样一来你们洗完澡就能找到衣物了"。[26]

在奥斯维辛附近的布热津卡（Brzezinka）——德语名为比克瑙，纳粹从波兰人那里征收来的两座建筑被改装成了毒气室。"小红屋"于 1942 年 3 月投入使用，"白色农舍"则于当年 6 月准备就绪。纳粹还为更加雄心勃勃的计划绘制了蓝图：再建造四座最先进的专用死亡中心。布拉查和艾琳后来对这几座死亡中心再熟悉不过，她们成为被迫修建这些建筑的劳动力之一。党卫队少校卡尔·比朔夫（Karl Bischoff）负责毒气室和火葬场的建造，党卫队高级小队长奥托·莫尔（Otto Moll）则负责确保囚犯有序地脱掉衣服。[27]

卡尔和奥托的妻子很可能也是海德薇即将建立的奥斯维辛时装厂的客户。海德薇家的别墅与奥斯维辛主营地的老火葬场只有一墙之隔。这座种满了鲜花、绿草和小树的建筑令人舒适，毫无危险的迹象。隔壁，遇难者们将在靠外的一间大厅里脱去衣物，每 10 人一批被杀死。

在比克瑙新建的专用毒气室里，前厅被狡猾地设计成了更衣室的样子，就仿佛囚犯真的是来洗澡的。两间更衣室能够同时容纳 4 000 人。指示牌上用多种语言写着"通往浴室和消毒室"或"清洁带来自由"，以让囚犯们安心。更衣室四周还安放了带编号的衣物挂钩。

毒气室里安装着假的淋浴喷头。为了将戏演足，还会给部分遇难者递上毛巾和肥皂。毒气是从屋顶注入室内的，而不是从淋浴喷头里。在遇难者等待永远不会流出的洗澡水时，毒气会四散开来。而在毒气室厚重的水泥墙外，专门负责收拾衣物的小组正在将遇难者的衣物收走。

> 发给了我们集中营制服，木屐取代了原来的漂亮鞋子。
>
> ——胡妮娅·福尔克曼[28]

胡妮娅站在一个干巴巴的淋浴喷头下。实际上，她是奥斯维辛-比克瑙集中营里少数被选中能活着并劳动下去的幸运儿之一。她身处的是真正的淋浴间，不是毒气室。之所以没有水流出，是因为当天淋浴喷头刚好坏了。胡妮娅用一块潮湿的抹布擦了擦身子。随后，除了脚上的靴子外一丝不挂的她走了出去，领取集中营制服。

讽刺的是，尽管纳粹大费周章地试图用蒸汽室来杀光虱子，但当衣物被交给囚犯时，那上面仍爬满了这种害虫。

当第一批犹太人于 1942 年春天被遣送至奥斯维辛时，集中营并未为女性囚犯准备制服，发放给艾琳、布拉查、玛尔塔及其同伴的是军装。有些人领到的是深绿色毛呢冬装，其他人领到的则是黄褐色棉质夏装。艾琳注意到，她领到的夹克纽扣上印着镰刀和锤子，这原来是苏军制服。发放给囚犯的军装仍带有前主人留下的痕迹：弹孔，干涸的血迹，粪便污迹。这些衣物或许被蒸汽熏过，但并未清洗过。

早在 1940 年，纺织品短缺便已导致集中营囚犯的衣物配额无法兑现了。于是，只有少数女性囚犯领到了集中营标志性的蓝灰色条纹制服。而领到制服的人会发现，这些粗糙的帆布服装穿起来并不舒服。与男式条纹制服不同，女式制服只有连衣裙，没有裤子，因此既遮不住腿又没有口袋。这些制服是由集中营里缝纫店的囚犯缝制的。

1943 年 1 月，当女裁缝阿莉达·德拉萨尔和玛丽露·科隆班与第一批法国政治犯一道被遣送至奥斯维辛时，他们领到了一整套行头。从条纹连衣裙到无袖背心，从灰色及膝女式裤子到灰色粗袜。她们领到什么就得穿什么。壮硕的女人只能挤进过紧的衣服里，娇小的女人则会被完全罩住。作为非犹太人，阿莉达和玛丽露"幸运地"领到了整套行头，而犹太女囚犯通常是不被允许穿内衣的。

在第一批犹太人被遣送至奥斯维辛集中营后的数月乃至数年内，新囚犯被源源不断地遣送到这里。服装供不应求。1943年 7 月，当胡妮娅被遣送至此时，先期抵达者的衣物已投入循环利用了。但指挥官鲁道夫仍不禁感叹道："即使对已被消灭的犹太人的衣物和鞋袜加以重新利用，也不足以有效改善衣物短缺的状况。"[29]

发放衣物的过程混乱甚至令人绝望。在叫喊声、辱骂声、口哨声和鞭笞声中，女囚犯们沿着一条长桌奔跑着。守卫会朝每人扔去一件衣服和两只鞋。有时候，守卫如同山羊一样端坐在堆积如山的衣服上，随机挑出一件扔出去。习惯了穿着讲究乃至雅致的那些女性此时只能将就了。她们领到的或许只是一件丝质上衣，或丝绸晚礼服，抑或儿童夹克。她们可能在酷暑中领到厚重的毛呢外套，也可能在寒冬中领到夏日连衣裙。

羞辱还不止于此。鞋子和靴子也是被随机扔出的，常常不成对。有缎面拖鞋、粗革皮鞋、凉鞋、高跟鞋。有的过长，有的过短；有的过宽，有的过窄。穿上这样五花八门，丝毫不顾及尺码、风格和实用性的行头后，女囚犯们看上去就如同超现实主义戏剧的演员一般。

无论身着苏军制服、条纹制服还是褴褛的衣物，所有女人的衣服背后都会被涂上一条红色或白色的线，作为囚犯的标记。

真正不走运的要数那些只领到笨重的木屐的女人。布拉查、艾琳等最先被遣送至奥斯维辛者就是如此。她们会跌跌撞撞地摔倒在雪地里，赤裸的双脚皮开肉绽，冻得冰凉。

1943年7月，胡妮娅换上了全套的集中营行头，但她还想保住原来那双漂亮的靴子。一名资格更老的囚犯注意到了这双靴子并提出了要求："把你的鞋给我，我要你的鞋！"

胡妮娅不肯退让："不行，我干活需要它们。"

"干活？"对方嘲讽地回应道，"你还能活5天，然后身子就入土了！"

胡妮娅顿时火冒三丈，不再压低声音，就用德语和意第绪语咒骂道，"但愿你连5天都活不到，身子就入了土！"

周围的囚犯都向胡妮娅投来了惊愕的目光，从来没有人像她这样具有反抗精神。可惜的是，这自信即使令人敬佩，仍不足以保住胡妮娅脚上的靴子，她被迫把靴子换成了木屐。不过胡妮娅并没有被吓倒，她又询问一名年轻的守卫，什么时候才能去解手。在奥斯维辛，即使是如此简单的提问也会招致粗暴的惩罚，但令人感到意外的是，这名守卫并没有当即发作，而是试图打个圆场。

守卫向另一名级别更高的官员说道："她还没学会该怎样尊重那些管事的人呢。"胡妮娅再次燃起了怒火："你怎么能教我该如何尊重人？你岁数比我小多了。你应该从长辈那里学习该如何尊重人！"[30]

神奇的是，年轻的守卫让步了，这些话想必对她有所触动。胡妮娅便领着大家去了卫生间。当时的场面十分糟糕，以至于胡妮娅都有些后悔提出这一要求了。事后，在没有守卫在场的安全环境中，这段滑稽的插曲成为其他囚犯打趣的对象。大家的笑声既是因为长舒了一口气，也是对胡妮娅的胆魄的赞赏。

一件闻所未闻的宝物，比金子还要珍贵，一根针！
这根针拯救了我们。
——兹登卡·范特洛娃（Zdenka Fantlová）[31]

在正常的环境中，那个夺走了胡妮娅的靴子的女囚犯可能永远不会堕落到偷窃和恐吓的地步，但礼貌和道德在奥斯维辛常常没有立足之地。囚犯们你争我夺，只是为了活下去。正如胡妮娅已经觉察到的那样，一双好鞋是生存的必要条件，光着脚的囚犯有被殴打甚至被处决的风险。有些人睡觉时干脆把鞋子当作枕头，以确保在睡梦中它们不会被人偷走。

偷其他囚犯的东西会遭到鄙视，但偷党卫队的东西在囚犯眼中并不是罪行。在集中营俚语中，有个词语专指这种行为——

"安排"。"安排"并不一定是为了自己的私利，有时还可以惠及更多囚犯。许多女囚犯具有合作的本能。在这个充满敌意，试图将人贬低到仅听凭最基本的本能行事的环境里，"安排"还有助于加深囚犯间的友谊，使其缔结更广泛的联系。

在集中营里，表示善意和慷慨的微小举动具有重大意义。在如此糟糕的物资匮乏的环境中，善举会绽放出更加耀眼的光芒。集中营里有个少年从垃圾桶中捡来了一些手帕、头巾和手套，并用它们换到了额外的食物。她随后与其他囚犯分享了这些食物。而换得手帕、头巾和手套的人也对得到这些宝贝感到开心。[32] 有个医生获得了两块抹布。在集中营里，抹布价值连城。医生将一块抹布当作手帕，另一块用来清洁牙齿。[33] 还有那些冬季在拆迁队劳动的女囚犯，大家会轮流佩戴一副毛呢连指手套。[34]

有一个捷克女囚犯捡到了一双又厚又暖的长筒袜。原来是当地一个波兰农妇看到了集中营外的女囚犯在零下 20℃ 的冰天雪地里干活的景象，便故意留下了这双长筒袜。捷克女囚犯和朋友们决定，每个人每天轮流穿上长筒袜一段时间。"我真想拥抱她，亲吻她的手啊。"捷克女孩回忆道，"这真是一份美妙的礼物，如此出人意料。我们简直难以从惊喜中缓过来。"[35]

那些已经过惯了节俭日子的女囚犯，开始用自己的聪明才智改良身上糟糕透顶的行头。用粗糙布料制成的制服上很快就会留下新主人的印记。沉重的建筑活会令衣服破损，清理沼泽地会将其泡烂，干泥会令其开裂，汗水和痢疾会留下难闻的气味，创口流脓会留下污渍，血渍会令衣服色泽黯淡。但囚犯们总能排除万难，想方设法地保持自尊。

如果谁神奇地找到了一根针——囚犯是绝对禁止拥有此类

物品的，这根针就会慷慨地被拿来与朋友们共用。光是通过将衣服改装得更合身，缝纫这门手艺就能大大增强囚犯的自尊感。给肥大的裙子收腰，将裙边放低一厘米，将过于宽松的女装收紧，等等。

由于偷窃盛行，只要可能，女囚犯们就会"安排"一只旧袜子或一顶旧帽子，将其改装成时尚的棉布袋。这些遭到禁止的便携式口袋被称为"小粉袋"或"乞丐包"。囚犯把它们缝在腰部，藏在衣服里，大小刚好能放入一两片面包。足够"富有的"囚犯还可以在包里藏上一把缺齿的梳子。

对还有足够精力在接下来几个月里考虑此事的人来说，当务之急莫过于为自己"安排"内衣。不戴胸罩干重活是极其难受的，尤其是穿着粗布衣服时。囚犯将衬衫的残余部分，小块抹布或毯子改装成胸罩。如果她们找不到钢针，就会用一根坚硬的稻草缝纫。[36]

这些行为不只是要让自己稍稍舒适一点。与污秽不堪、穿着破烂的囚犯相比，整洁干净的囚犯具有显而易见的优势，这表明后者具有为自己"安排"物件的主动性，有在极为恶劣的环境中洗漱干净的意志力，以及不屈的自尊心。对于那些通过外表展现出内在自信的囚犯，就连纳粹党卫队也会给予更积极的回应。

> 服装是人性的标记。
> ——茨韦坦·托多罗夫（Tzvetan Todorov）[37]

胡妮娅的金句之一是"衣服成就人，破烂成就虱子"。用不那么生动形象的一句话来说，大概就是："人靠衣装。"痛苦的经历让胡妮娅明白，服装与尊严是紧密相连的，穿着如何能够表明地位如何，或者有无地位。"破烂成就虱子"这句话则既意味着虱子会在污秽的环境中大量孳生，也意味着衣衫褴褛的人会被当作虱子。

集中营以扭曲的方式呈现出时尚与阶级关系的缩影。享有特权的"老大"可以获得像样的鞋袜、最好的制服和围裙、长筒袜、丝巾与内衣等"奢侈品"。其下级往往只能穿着糟糕的衣物。等级秩序的最低一级则是裸体，这意味着弱势、屈辱、侵犯，直至死亡。

党卫队守卫位居等级秩序的顶端，他们的着装相当于集中营里的高档时装。对这些人而言，由奴隶劳工缝制的党卫队制服是其优越地位的象征。有些奥斯维辛集中营的女守卫，早在是德国青年运动的分支——德国少女联盟（Bund Deutscher Mädel）的成员时，就已习惯了身着某种制服。

尽管在由男性主导的纳粹世界里，女性守卫只不过是附庸，也不像男性成员那样可以佩戴引人注目的徽章与穗带，但对新入队者而言，穿上真正的党卫队制服依然是一项重大激励。穿上军装样式的制服昂首阔步，会令他们感到自己颇为强大。此外，无论男女，守卫们一旦脱下平民服装，也就可以将良心弃置一旁了。身着制服的他们只不过是在"服从命令"。

饥饿憔悴的囚犯不可避免地会对那些衣着气派、令人生畏、身体健康、与自己相比宛如超人一般的党卫队守卫心生羡慕。这种心态反过来又促使守卫的优越感爆棚，令他们更加心安理得地将囚犯当作"劣等人"。守卫虐待起那些看上去没有人样，外表就如同"害虫""渣滓""猪"等呵斥字眼一般的囚犯，也格外容易。至关重要的一点是，守卫不应在囚犯身上发现与自己的相同之处。守卫与囚犯之间的差异越大，前者虐待乃至屠杀起后者来也就越心安理得，就仿佛他们只是在消灭寄生虫而已。

一旦脱光衣服，守卫与囚犯也就别无二致了。但这一点并不重要。衣着带来差别，这种差别具有戏剧表演般的力量。加害者身穿黑绿色制服昂首阔步，"观众"则宛如瘦小干瘪、了无生气的剪影。囚犯在漫长的点名过程中瑟瑟发抖，此时女守卫却身着厚厚的长大衣和黑色防水连帽斗篷。囚犯忍受着冻疮之苦，守卫却有皮靴、毛呢长筒袜和手套可穿戴。囚犯身上满是泥浆、粪便、血污和虱子，陷入绝望，守卫却享受着梳刷、洗烫、抛光和擦拭等各项服务。

外表就是一切。

囚犯小头目一些招摇的行为，例如，享有优待的"老大"那手工缝制的时髦刺绣围裙会受到党卫队守卫的容忍，但过多的越界之举就会令他们感到不安了。惩罚囚犯的方式之一便是没收其衣物。有一次，在奥斯维辛集中营一所弹药工厂里劳动的囚犯在自己的制服上缝上了漂亮的粉蓝色领子。一名女守卫粗暴地将这些领子撕了下来。这些囚犯又缝制了新的领子，并以匈牙利革命诗人之名将其命名为"裴多菲"。[38]

早在奥斯维辛集中营建立之初，当第一批犹太人抵达时，布拉查的外形令一名守卫感到有些困惑："你看上去一点也不像犹太人。你为什么不说自己是雅利安人呢？"这可能意味着稍好的待遇，因为犹太人身处集中营等级秩序的最底端。但布拉查拒绝这样做，无论发生什么，她都决心与妹妹卡特卡以及艾琳等朋友同呼吸、共命运。

来到奥斯维辛后，布拉查干的第一份与服装相关的活儿倒不是修补或改装那件不合身的苏军制服。和其他新来者一样，她也领到了两块印有四位数字的布片。布拉查需要将其中一块粘贴在外套的左前方，另外一块备用，等待检查身份或领取食物时亮出。

纳粹先是夺走了囚犯们外形上的身份，现在又用一串数字取而代之。

艾琳早就注意到，从拉文斯布吕克集中营转移至奥斯维辛的那一批囚犯的号码下方，还有一个倒三角的图案。她后来了解到，红色三角表明是政治犯，绿色三角表明是刑事犯，黑色三角则表明是"社会渣滓"，这些人大多是从事性交易者。三角形上的字母则代表囚犯的国籍，例如"P"就代表波兰。艾琳也领到了自己的号码，2786。接下来就是她的妹妹埃迪特·赖兴贝格，2787。同一批领到号码的女裁缝还包括 2043 号玛尔塔和 2622 号奥尔加·科瓦奇。

布拉查和妹妹卡特卡属于第四批被遣送至奥斯维辛集中营的斯洛伐克犹太人，她们的号码分别是 4245 和 4246。赫塔·富克斯属于第五批被遣送者，她的号码是 4787。法国人阿莉达和玛丽露的号码分别是 31659 和 31853，这表明到了 1943 年 1 月，奥斯维辛集中营的囚犯数量已经大大增加了。到了胡妮娅于当年 7 月被遣送至此时，奥斯维辛已人满为患。胡妮娅成为 46351 号囚犯。最终，1944 年 5 月，囚犯从 1 开始重新编号，并加上了"A"或"B"作为前缀，以掩盖集中营人口变动的实际情况。那些在抵达奥斯维辛时就被选出处死的囚犯不会领到编号，只是得到有序列队的指令，准备前往脱衣区。

1942 年 6 月，也就是首批被遣送至奥斯维辛的犹太人来到集中营 3 个月后，党卫队守卫开始在囚犯的皮肤上刺上其囚犯编号。这样做的原因在于，守卫发现，随着囚犯死亡数量越来越多，记录下死者身份变得越来越难，将编号刺在囚犯的皮肤上，登记起来就容易多了，哪怕囚犯已变成了一具尸体。

那些到 1942 年 6 月仍然幸存的囚犯在两名斯洛伐克男孩前排成队，等待在左臂上刺上囚犯编号。第 2282 号海伦·斯特恩（Helen Stern）请求为自己刺青的名叫拉莱·索科洛夫（Lale Sokolov）的男孩动作慢一些，因为她想借此机会向他打听其亲属在男性营地里的境况。结果就是，她的号码比其他人都要大一些。[39] 布拉查的左臂上也刺上了大号的号码，这是因为为她刺青的人想向她打听其亲属在女性营地里的境况。

这些号码记录在一套由党卫队成员和一些囚犯管理的复杂的档案系统里。从拉文斯布吕克集中营转移至奥斯维辛的共产党人安娜·宾德（Anna Binder）被指定负责登录囚犯的详细信息。她一个接一个地在资料表里填上囚犯的姓名、出生日期、职业等信息。在难以计数的新来者中，她还录入了玛尔塔的信息。这是她们的首次接触，但并非最后一次。

1942 年冬末的最后几天，雪花飞舞，数千名曾生气勃勃、身体健康的女孩已变成了无法辨识、颤颤巍巍的生物，几乎分辨不出年龄和性别。她们每 5 人排成一排，被脱光衣服，被暴力侵犯，被剃光头发，被编成号码，套上废旧军装，吃力地缓慢移动着。

她们不再是大学生、家庭主妇、女装裁缝、秘书、爱人、店员、女儿、歌手、农妇、体操运动员、教师、护士……她们只是"新来的"，是被鄙视、被编号、没有姓名的物体。

艾琳和妹妹埃迪特以及来自布拉迪斯拉发的朋友站在一起。她说道："就这样，我们要去干活了。"[40]

只有当她们撑过第一年后，干活才会成为她们的救赎，而非梦魇。

第六章

劳动是集中营里唯一的活路

当身边人的手成了世上你唯一能够倚靠的东西，所有人都会感受到那种五味杂陈的感觉。与此同时，即使你的朋友被选中处死，你也仍想活下去。

——胡妮娅·施托尔希 [1]

布拉查·贝尔科维奇是个乐观的人。

即使经受了好几个月的折磨，她仍不断告诉朋友们要坚持下去。她说："等着瞧吧，战争结束后我们会一起喝咖啡、吃点心的。"

艾琳·赖兴贝格对这样疯狂的念头感到好笑。"想要离开这个地方，唯一的可能就是从烟囱飘出去。"她苦涩地答复道。

就在她们所处的主营地营房外，黑烟正从火葬场喷出，她们都看到了这一幕。有时候烟雾会飘到位于集中营厨房前的点名广场上——无论天气如何，她们都得在这里一排排站上几个小时，直到号码和人数都能对得上。还有些时候，烟雾会轻轻地将一些灰尘带进奥斯维辛集中营指挥官家的花园里，落在树叶、草坪和玫瑰花蕾上。

至于咖啡和点心，这些梦想只属于那个早已消失的世界。在布拉迪斯拉发，新艺术风格的卡尔顿咖啡店是最光鲜的聚会场所之一，这里有优雅的顾客、富丽堂皇的勃艮第式陈设和镀金家具。那里与当下的现实相去甚远。对奥斯维辛的囚犯来说，清早的"咖啡"无非是一杯用菊苣、橡子或其他难以辨识的原料泡成的深色液体罢了。午饭则是被称为"汤"的萝卜水。在为时半小时的劳动间歇，"汤"会被装在一个大锅里端上来。如果你没有碗，那就没法盛自己的那一份，就这么简单。

在到奥斯维辛集中营的最初几天，艾琳拒绝喝这种"汤"。"臭死了！"她厌恶地说道。尽管出身贫寒，生日那天得到一整个鸡蛋都算是特殊优待，但艾琳吃的一贯是精心烹制的可口食物，而不是这种如同泔水一般的东西。在看上去永无休止的点名结束后，就到了发放每日定额面包的时间，200克。面包又粗糙、又坚硬，难以消化。菜单里还包括劣质果酱或人造黄油，偶尔会有几块香肠。

艾琳听说香肠是马肉制成的，这绝不符合犹太教规。由于焦虑和恶心，艾琳彻底没了胃口。但渐渐地，饥饿感还是占据了上风。事实上，所有囚犯都被饥饿感逼疯了。勒妮·翁加尔在吃晚饭时曾惊愕地目睹，其他女囚犯在一片漆黑中为了多抢到一两块面包而大打出手。强壮者会欺负弱小者，夺走其食物，令其忍饥挨饿。勒妮不赞成，也没有参与如此野蛮的行为。但她完全理解这种行为背后的原始驱动力是什么。

随着时间的流逝，女囚犯们失去了光彩、曲线和健康。随之而来的长期腹泻既让人虚弱不堪，又令人倍感羞辱。

与此同时，刚刚抵达奥斯维辛的党卫队医生约翰·克雷默（Johan Kremer）却在日记中对在火车站附近的党卫队俱乐部吃的第一餐赞赏有加。这顿饭包括鸭肝、酿西红柿和色拉。约翰医生注意到，"水被污染了，所以我们喝的是免费供应的矿泉水"。两天后，医生拉肚子了。他给自己开的处方是燕麦粥、柠檬茶和炭粒。囚犯显然得不到这样的治疗。[2]

指挥官一家吃的则是自家花园栽种的蔬菜和上等肉类。海德薇·霍斯还向在她家中当仆人的集中营囚犯施压，令其将集中营商店里的食物偷运到她家的橱柜里。

有一天，布拉查在集中营的主路上遇到一个形容枯槁的女孩。她认出此人就是自己的朋友兼同学汉娜（Hanna）。汉娜家境优渥，很有教养。第二次世界大战爆发前，汉娜的母亲常常抱怨，希望丰腴的女儿能够瘦成时尚界钟爱的苗条身材。"要是能减掉 10 公斤或是更多体重，她就会是个美人了。"[3] 汉娜的母亲倘若看到女儿此时已宛如皮包骨，恐怕会惊恐不已。

勒妮既目睹了为争夺食物而打斗的场景，又感受到了饥肠辘辘的痛苦。她感慨道："对于因饥饿而犯下罪行的人，我已无力评判了。"[4]

畅想着有朝一日朋友们能够自由自在地坐在咖啡馆里，尽情享受咖啡和点心，而不必为了食物大打出手——布拉查究竟是幼稚呢，还是坚毅？或者说二者兼而有之？

布拉查还记得母亲炖鸡肉或是在馅饼上撒葡萄干的场景，但这也只能是回忆了。她无法再享用这些美味，正如她无法再拥抱那位烹制美味的女人一样。最初几个月艰苦的集中营生活是完全无法令人怀有希望的，入营过程就已经夺走了这些犹太女人的衣物、尊严、身份和幻想。

尽管如此，布拉查仍未死心。她会想："我们什么时候回家？"面对纳粹无休无止的剥削和消灭犹太人的政策，她仍保持着求生欲。除此之外，她还决心照顾好妹妹和最好的朋友艾琳。而艾琳也将自己的妹妹紧紧搂在身边。

少数强硬派会选择独来独往，自己照顾自己。但从许多女性囚犯的角度来说，结成布拉查等人那样相互支持的小团体，对于生存下去是至关重要的，也是这段经历中闪耀着人性光辉的一大要素。当然，在如此极端的环境里，做出上述两种选择中的哪一种都是可以理解的。朋友和亲人会分享床铺和毯子。凌晨 3 点起床时，她们会一同去抢占卫生间。在漫长的点名时间，她们会肩并肩站在一起，谁昏倒了就将她扶起来，谁遭到了殴打就低声为她送上鼓励。清晨，她们一同穿过刻有"劳动使人自由"字样的大门。在令人筋疲力尽的一日劳作结束后，她们会找到彼此，分享少得可怜的面包皮和人造黄油片。

1942 年 7 月 17 日，她们在营地主路上排成一排，一同等待接受海因里希·希姆莱的视察。这位集中营的贵宾客人是来视察自己的财产的。希姆莱和鲁道夫·霍斯乘坐一辆黑色梅赛德斯敞篷轿车，穿过了集中营大门。多台摄像机已各就各位，准备记录下他们视察营地和交谈的场景。集中营管弦乐队则演奏了威尔第的歌剧《阿依达》（*Aida*）选段《胜利进行曲》（*Triumphal March*）。囚犯已被要求拾掇好自己，穿上干净的衣服和木屐。党卫队官员纷纷在黑色制服上别上了各种勋章、穗带和徽章。

党卫队是此次视察的明星演员，囚犯则和带刺的铁丝网一样，只不过是背景。

他们注意到了那些身着邋遢的苏军制服、立正站着的囚犯吗？就算注意到了，他们也不会将这些囚犯当成人类。囚犯只是劳动力，就这么明确和简单。

从这一排排女人中，一名囚犯被推了出来。她是布拉查的朋友，女裁缝曼齐·比恩鲍姆（Manci Birnbaum）。尽管食物定额少得可怜，但曼齐身上还算有点肉。于是，她被推到希姆莱面前，被剥光了衣服，作为健康能干的劳动力加以展示。毕竟，奥斯维辛的首要功能是一座产业园。这座附有多个卫星集中营的庞大的利益区，本来的目的就是为党卫队创造丰厚的利润，并为希姆莱争权夺利的勃勃野心提供支持。[5]艾琳、布拉查和曼齐等犹太奴隶劳动力是奥斯维辛产业园的重要元素，能够创造出产品和利润。

纳粹希望在全欧洲范围内实现零犹太人，希姆莱如何才能将经济发展需求与这样一个宏大的计划结合起来？他的解决之道是，加大将犹太人遣送至奥斯维辛集中营的力度，并在不人道的环境中，尽可能长久地榨取其劳动力，直到他们死亡，或是因无法再干活而遭到杀害。希姆莱对集中营指挥官鲁道夫下的命令是，消灭那些无法再干活的犹太人，为其他人腾位置。[6]希姆莱看到赤身裸体的曼齐后有何反应，摄像机并未记录。结束了此次视察后，他便去和霍斯夫妇及其他纳粹要员共进晚餐了。

在希姆莱视察奥斯维辛集中营的同一个月，鲁道夫与阿道夫·艾希曼在斯洛伐克的特使迪特尔·维斯利切尼见了面。他们讨论了斯洛伐克犹太人问题。鲁道夫称其为经过精挑细选的，自己手下最为专业的劳动力。[7]鲁道夫声称自己恰当地执行了政策，确保根据囚犯的职业背景和劳动技能将其安排到了适合的岗位上。他还挑选出了那些具有"重要且罕见职业背景"的囚犯，如钻石切割工、磨镜片工、工具制造者和钟表匠，并称其为"在任何时候都需要加以保护的历史财富"。[8]其他受到重视的职业还包括建筑工、砖瓦匠、电工、木匠和锁匠。

传统上，这些都是男性从事的职业。那么被遣送至此的女人能干些什么？她们的性别成了一项不利因素。在这个由沙砾、砖瓦和水泥构成的世界里，母亲和女帽制造者有何用武之地？习惯了缝纫、打字、挤奶、揉面和包扎伤口的双手，现在要用尽全力去干那些通常被认为属于男人的体力活了。

> 发给了我一支镐。我不知道怎么用它，甚至很难举起它。来自枪托的狠狠一击教会了我如何使用它。
>
> ——克洛黛特·拉斐尔（Claudette Raphael）[9]

布拉查的乐观畅想要想变成现实，女人们就需要克服在最为残酷的环境中劳动带来的生理和心理挑战。而她们劳动的目的，只是为党卫队实现其工业和农业美梦。希特勒夸夸其谈许下的"千年帝国"这一诺言，其根基在于奴隶劳动。在为纪念希姆莱视察奥斯维辛集中营拍摄的照片背景上，能看到某些奴隶的身影。在这些黑白图像上，她们是身着不成形衣物的无名形体。在她们心中，自己是女人。而在旁观者看来，她们是为实现某种目的所使用的工具。

早晨7点钟点名结束，女囚犯们就要等待被分入某个劳动队里。

从前的女裁缝现在要干的不是缝纫活，而是疏浚堵塞的池塘、挖排水沟、加固河岸及排干沼泽。早在身为"农夫联盟"成员时，希姆莱和鲁道夫就曾讨论过通过殖民和农业开发使"纯种"德国人在东方扎根这一雄心勃勃的计划。如今，他们的农业美梦就要实现了，不过干脏活累活的是"劣等"犹太人，而不是在"农夫联盟"体系中生机勃勃的雅利安人。

一群半裸的女人赤脚蹚过脏污的淤泥，奋力将水生植物连根拔起。这个除草队的半数成员都将因疟疾去世。还有许多人筋疲力尽，倒地不起，最终溺亡。一个管理沼泽队的党卫队低级小队长吹嘘过有多少人在干这份活时死去。"只穿着内裤哦！"他边回味这段记忆，边咧着嘴笑着。[10]

守卫不只是被动的旁观者。一个来自特兰西瓦尼亚（Transylvania）的犹太女裁缝曾目睹一个党卫队女守卫演示如何在小水坑里淹死囚犯。

"老大"往往也会参与施暴。卡特卡·贝尔科维奇平日里就算不上健壮，在干活时腿上受了伤，很快就感染了。当进度不可避免地放慢后，遭到毒打也不可避免。姐姐布拉查看在眼里，疼在心里。但这一幕并未动摇她的信念——这种事不会发生在我身上。

和沼泽队同样危险的还有拆迁队。女人们需要徒手拆除被勒令离开奥斯维辛利益区的波兰前主人仓促遗弃的一栋栋房屋。管理拆迁队的是党卫队女守卫伦格（Runge）。她将自己的狗训练得能够奉命展开攻击。通常情况下，光是威胁就足以驱使囚犯努力干活了。要是威胁还不够，那么她就会放狗攻击，造成令人痛苦乃至致命的后果。

房屋需要用镐拆除。挥舞这种工具令艾琳步履蹒跚。墙体的灰泥都被敲掉后，砖块会被拆下，装入一辆没有马的马车。艾琳和其他 19 名工友被套在马车上，拖着它到一处建筑工地。砖和其他二手材料将被用于建造新的监狱。艾琳还干过筑路的活计，将营地的不同区域连接起来。这些活都是在盛夏阳光的炙烤下干完的。另外一些囚犯则在巨大的沙坑里挣扎着挖沙子，再将沙子铲到卡车里。装满沙子的卡车随后会被徒手推出采沙场。

女囚犯们光是为了生存下去，就已经身心俱疲了，这导致很少有人考虑反叛或是抵抗。但这并不意味着令人满足的破坏行为不会偶尔发生。例如，有个被守卫泼了一身粪的波兰女孩，就故意挖了陷阱，等到守卫一站上去就会塌陷。[11]

每天，返回营地的女囚犯数量都在减少。集中营文员将囚犯的死因记录为"试图逃跑时被击毙"，这显然是谎言。党卫队守卫会故意引诱囚犯朝围栏的方向移动，例如，常常将衣物扔到那里，再让囚犯捡回。囚犯一旦照做了，就会遭到射杀。[12]勒妮说，显然纳粹根本不关心囚犯们究竟在干些什么，重要的是这些劳动力最终是要被消灭的。[13]

女囚犯们行进的道路将一处处农田、渔场、温室、畜栏和鸟舍连接了起来。而这些地方原本是村庄，已被纳粹夷为平地。鲁道夫和海德薇在恋爱和结婚之初怀揣过的打造农业天堂的梦想，此时已经实现了。

其中一条道路通向比克瑙的旧址。女囚犯们将渐渐熟悉沿路的风景。从 1942 年 8 月 10 日起，她们从奥斯维辛主营地被转移到了比克瑙的营区，这片新营地 5 天前刚刚开放。在女囚离开后，纳粹用"齐克隆 B"对奥斯维辛主营地的营房进行了消毒。尚能行走的女囚徒步约 40 分钟，进入了一处新的地狱。

比克瑙营地的营房由厚砖砌成，窗户锁死，既肮脏又粗劣，呈现出一片荒凉的景象。建造这些营房的苏军战俘早已死去。被分配至 9 号营房的艾琳凝视着砖和水泥砌成的三层床位。其中每张床都要挤下 6 个人。6 个人真能挤在这不足两米宽的狭小空间睡觉吗？问都不必问，因为别无选择。将近一年后，胡妮娅·施托尔希也被遣送到了同一座营房。此时，一张床上已经需要挤下多达 15 个人了。这些原本只计划容纳 100 人的简陋建筑，此时已经容纳了 1 000 个女囚犯。

"比克瑙"在德语里是"白桦林"的意思，这片区域周边有大片由这种银白色树木构成的优美树林。在白桦林的阴凉处，藏着两座废弃的建筑。其中一座是看上去很安宁的红色农舍，被重命名为"1 号掩体"。另外一座白色农舍被重命名为"2 号掩体"。1942 年 7 月，有个在附近田野里割干草的斯洛伐克女人窥探了其中一座小屋。她发现，在一间大房间的墙壁和天花板上铺着许多管道，管道的终端看上去像是淋浴喷头。当天晚些时候，她弄明白了，这是间毒气室。她在附近发现了为掩埋尸体而挖的坑。[14]

首批在这些改装成毒气室的建筑里遇害的是被认为"无力干活"的犹太人。所有被装上卡车，从奥斯维辛主营地运送至此的年轻女性都包括在内，她们乘车踏上了死亡之旅。到 1942 年夏天，纳粹已开始直接将犹太人遣送至奥斯维辛加以消灭，并欺骗他们，称其将在那里过上农耕生活。

包括奥斯维辛女裁缝在内，囚犯们的任务是扩建比克瑙副营地。希姆莱曾下令，比克瑙需容纳 20 万名囚犯。囚犯与党卫队之间的地位差别也在营地建筑上明白无误地体现了出来。在设计和装备毒气室方面投入的人力物力，远多于建设下水系统或洗漱设施。卡特卡虚弱且受了伤，但她还得徒手在专门建造的火葬场干活。每天完工后，她只能找个小水坑清洗，不然就只能推推搡搡着争夺水龙头。每 12 000 名囚犯只配备了一个水龙头。但为了确保供水充足，火葬场却配备了现代化的水泵。[15]

囚犯们最终筑好了一条将维也纳—克拉科夫主铁路线与比克瑙营地连接起来的铁路支线。她们为两段铁轨铺设了枕木和碎石。这样一来，比克瑙就可以同时接待两列火车了：一列进站，一列卸货。[16]

在奥斯维辛，条条道路都通向死亡。如果疾病和饥饿还不足以致死，那么残酷的劳动环境终将要命。既然如此，艾琳认为离开奥斯维辛的唯一可能是"从烟囱飘出去"，又有什么奇怪的呢？

女囚犯们站成一排等待分派。卡特卡心情沉重，她似乎总是会被派去干最糟糕的活儿。布拉查知道这种情况不能一直持续下去，但问题在于，何时以及通过何种方式，她们才能被派去干稍微轻松些的活儿？她们的缝纫技能还有可能派上用场吗？有传言提及一些不那么艰辛的劳动队。还有流言称，自 1942 年 8 月 22 日起，有些劳动队的囚犯被安置到了一个条件还算差强人意的地方。这个地方就是党卫队行政大楼。被安置在这里的除了在集中营登记处干活以及被选中充当党卫队家仆的女囚犯外，还包括在一个名为"高级缝纫工作室"的特别劳动队里干活的囚犯。

在比克瑙营地入口的砖质拱门附近，有一座木质建筑：3 号营房。这是一间服装厂的所在地，但丝毫不像"高级缝纫工作室"听上去那样高端。女裁缝玛丽露·科隆班于 1943 年被押送至此，与奥斯维辛第二缝纫队一起工作了一个月。押送她穿越广阔的比克瑙营地的是生气勃勃、精力充沛的比利时囚犯玛拉·齐梅特鲍姆（Mala Zimetbaum）。玛拉在集中营里干着为党卫队跑腿的活儿，在广阔且杂乱的营地里往来穿梭，这表明玛拉多少受到了党卫队的信任。所有奥斯维辛女裁缝都认识了这个劲头十足的玛拉。[17]

玛丽露在服装厂里负责缝制德军制服。这是一间不透气的小屋，空气里弥漫着布料和绒毛的气味。约 30 个女囚犯分成白班和夜班，她们需要修补德军的衣物，给党卫队的袜子打补丁，在囚犯的衣服上缝上标记，以及缝制内衣。有些内衣经过了循环利用。有个犹太女孩领到了一条由精美布料制成的、边缘处带有深色条纹的内裤。能领到内裤，对于犹太人来说可是罕见的意外之喜，但这个女孩却对此深感厌恶，原来这条内裤是用犹太人的裤告围巾制成的。这个事例再一次表明，纳粹是如何利用服装侮辱犹太人的。[18]

服装厂的"老大"之一是女裁缝博埃日卡（Boežka），缝纫技能令她免遭被送入毒气室的厄运。博埃日卡尽自己所能地帮助缝纫队的其他因犯，必要时还允许她们偷偷地为自己缝补衣物。[19]党卫队成员弗里德里希·明克尔（Friedrich Münkel）负责比克瑙的服装产业。他本人从不殴打因犯，有时还会给她们递烟。[20]而据某个上夜班的女囚犯表示，就连看管缝纫队的党卫队女守卫也算不上残忍，最多只是蠢。[21]最好的一点还在于，缝纫队是在室内干活，既不用头顶灼热的日光，也不用脚踏刺骨的冰雪。而且她们可以坐着干活，有时候"老大"还允许她们唱唱歌。

然而，缝纫队仍不过是死亡之旅途中的一站。12 小时的劳动令人筋疲力尽，在昏暗的光线下眯着眼盯着近距离的活计更是如此。饥饿难耐的人会从缝纫机旁猛地跌落。斑疹伤寒一旦发作，歌声也就戛然而止了。倘若未能完成每日劳动定额，残忍的党卫队长官就会暴怒，将裁缝们毒打一顿。夜班期间，工作间会被火葬场烟囱的火光照亮。卡车轰隆隆地驶过，将尸体送进焚尸炉。一排排活人则从入口处的拱门下经过，走向毒气室。

"我们最终都会被送进毒气室。"胡妮娅的一个同伴说道。她呼应了艾琳"从烟囱飘出去"的悲观情绪。

乐观主义者胡妮娅在畅想离开奥斯维辛集中营之后的生活，悲观主义者却没时间做这种白日梦。"打个赌吧，"胡妮娅说道，"假如我们真的要排队进入毒气室，那么你就可以抽我一巴掌。但假如我们活着离开了这里，那么我就要抽你一巴掌。"[22]

胡妮娅的反抗精神常常令她遇到麻烦，即使有时并非有意为之。例如有一次，她只是因为太累了，当着守卫的面没有从口袋里把手拿出来，结果被狠狠打了一耳光。幸运的是，反抗精神也为胡妮娅赢得了一些仰慕者，因此她并不缺少盟友。这些盟友帮她获得了一个干室内活的机会。虽然不是正经的裁缝活，但总算是在与纺织品打交道了，胡妮娅要加入编织队。

党卫队女守卫韦尼格（Weniger）"欢迎"来小屋上工者的方式是用一根橡胶警棍敲打其脑袋。接受完韦尼格的"问候"后，胡妮娅在一间整洁的屋子里找了个位置坐下。干活的约有 100 个女囚犯，她们要将破布撕成约 3 厘米宽的带子。由于剪刀很少，她们就用牙齿撕扯这些粗糙的布料。有些长带子被编成了约 5 厘米粗、1 米长的绳子，据说是用于投掷手榴弹的。还有些破布和碎布被编织成了坦克垫子和潜水艇上用来堵住缝隙的填缝物。

胡妮娅负责编鞭子。她的手指跟随着远处传来的比克瑙女子乐队演奏的节拍，这些囚犯正被迫为新入营者演奏小夜曲。集中营守卫可以随意取用这些亚麻或玻璃纸鞭子。到 1944 年时，编织队的规模已达到 3 000 人。一旦无法继续干活，囚犯就会被送进毒气室，再从比克瑙充裕的囚犯储备中调人来接替。[23]

贿赂或者结识囚犯中的"显贵"是得到干所谓"特权活"机会的一条途径，这些"显贵"负责为纳粹确定各个劳动队的人数定额。即使是一直魅力四射的布拉查，其影响力和关系也不足以为她谋到一份缝纫队或编织队的差事，就更别提"高级缝纫工作室"了。

每天早晨等待派活时，女囚犯们都会好奇今天将要干些什么活。有一天，布拉查被选中要去 10 号营房干一件神秘的活儿。

这座建筑物内很干净。医生和护士身穿白大褂，令人感到舒适。女人们躺在真正的床上，一床一人，有的人甚至能独处一室。这些人需要经受一些医学流程，但一开始没有任何令人不安的事情。随后，一个还有良心的人将布拉查拉到一边，说道："如果你待在这儿，你能感到暖和，但你将永远生不了孩子。"

10 号营房就是臭名昭著的医学实验室所在地。在这里，女囚犯被以最令人惊骇、最反科学的手段绝育。幸运的是，布拉查此后再也没有被派到这里。尽管生性乐观，但她也难免感到疑惑，难道一切都取决于运气？无论是好运，还是噩运？自己又将迎来怎样的运气？她能够把握自己的命运吗？

在来到奥斯维辛 9 个多月后，布拉查的运气转好了。她被选中为"加拿大队"干活。

"'加拿大'是什么？"她问道。

是啊，"加拿大"是什么？

"加拿大"是一块梦幻之地，这里的财宝会不断更新。

这是欧洲最大的黑市。

这还是失去希望的停尸房。

根据集中营里流传的说法，纳粹劫掠所得的诸多存放场所之所以被取名为"加拿大"，是因为这些场所是富饶的象征，正如加拿大这个国家被认为是富饶的象征一样。在"加拿大"，布拉查发现了一些与自己乐观畅想过的咖啡与点心、橄榄与柠檬汽水相近的东西。

回到 1942 年 4 月初，当布拉查慌慌张张地跳下停靠在奥斯维辛集中营附近铁路支线上的车厢时，守卫曾向她保证，会照看好她的手提箱。事实上，这并非一句谎言。被遣送者的行李要比当初打包并携带这些行李的人更具价值，党卫队也的确好好照看着这些行李，以便从中大赚一笔。奥斯维辛集中营内建起了大片库房，纳粹还调动了大量人力，目的只有一个，清理和瓜分被遣送者的行李、被送入毒气室者手持的物件，以及赤身裸体走向死亡者刚脱下的仍带有体温的衣物。

日复一日，被一列列火车运到奥斯维辛集中营的茫然不知所措的人们所携带的所有财富，都汇聚到了一处——"加拿大"。

处理被遣送者行李的整个流程经过了精心的安排。首先，铁路线上的车站会打来一通电话，提醒集中营有一批被遣送者即将到达。随后，"扫除队"的囚犯会被一名骑着摩托车的党卫队守卫从营房里匆匆叫出，走向火车站。在火车站，每列火车有 2~3 小时的周转时间。每列火车有 20~60 节车厢，每节车厢容纳约 100 人。随着时间的流逝，被遣送者入营的流程也日臻完善。从气势上压制，令囚犯不知所措，"照看"其财物，对人员加以挑选。最初几批被遣送至奥斯维辛的犹太人都是女性，随后几批都是劳动力，没过多久，遭到遣送的就轮到了整个家庭，整个村庄。

男人和女人被分开，没时间相互告别。囚犯们沿着列车站成一排排，一个党卫队医生对每人的身体状况做出评估，然后伸出一只手指，命其走到左边或是右边。无法走路？没问题。患病、残疾或是年迈的被遣送者会被扶上一段可移动的木质阶梯，由此进入卡车后部。他们将乘车开始"愉快的"入营之旅。其他人则需要步行。

已知的唯一一批记录被遣送者入营景象的照片来自 1944 年 5 月的一部摄影集。此时正值消灭匈牙利犹太人的高峰时期。照片上的场景并非摆拍，但仍带有审查过的痕迹，因为没有出现下列镜头：猎犬狂吠，狗链被拉紧；党卫队守卫殴打不知所措的平民；儿童因失去了至亲而尖叫；尸体被拽下列车。

有一组照片题为"抵达营地的女人们"，其主角是佩戴着黄星、来自喀尔巴阡山区的犹太女人。她们身上的衣服与"扫除队"身穿的条纹制服形成了鲜明对比。这些衣服还能令人回想起现实世界，印花裙子、针织围巾、带纽扣的鞋子、围裙、水手领、开襟毛衣、定制大衣、靴子、帽子、皱巴巴的袜子……

这部摄影集的照片生动尖锐地展现了个人沦为囚犯的过程，其中大多是无名和无助者。摄影集经过审查的另一证据还在于，照片里不曾出现脱衣间里可怕的狂乱场景，也不曾出现毒气室内惊恐幽闭的景象。通常情况下，每批被遣送者中只有10%~20%能被选中活下来干活。其中的某些人日后将被分派至"加拿大队"。[24]

在整个分检过程中，"扫除队"的男囚犯负责将被遣送者的行李从车厢扔出去，然后堆成垛。分检行李花的时间要比分检人更多。与此同时，列车司机会在附近闲逛，找些可供修补的机器零件，顺便也为自己偷点东西。显然，在铁路上工作的人都知道自己运输的这批人最终命运将会如何。党卫队守卫则早已手持武器，站在四周，开始倒计时，等着领取额外的福利，每运来一批囚犯，可以获得0.2升伏特加。

莫里茨·梅德勒牌（Moritz Mädler）行李箱广告，刊登于《贵妇》（*Die Dame*）杂志，1939年。被遣送至奥斯维辛者随身带着各种各样的行李

提包、盒子、木箱、旅行箱、提箱、轮椅、手杖、婴儿车……"扫除队"将所有这些都装进手推车和卡车里,再清洗掉车厢内的臭味,好让列车能重新开回铁路主线,启动活塞、冒出蒸汽,去运输新一批受害者。

上述一切行为都完成后,就只剩下垃圾需要打扫了,四处飘扬的报纸、空荡荡的食品罐头,以及被落下的玩具。[25] 各种残骸被扔进了篝火堆,祈祷书、抹布,还有家庭照片。

"扫除队"人员最多时达两三百人。其中包括一个名叫瓦尔特·罗森贝格(Walter Rosenberg)的斯洛伐克小伙,不过他被历史所记住的是他的别名鲁道夫·弗尔巴(Rudolf Vrba)。瓦尔特力气很大,他负责将劫掠所得拖拽到奥斯维辛主营地附近的"加拿大一区"。在这里,赃物会被倾倒在一个被建筑物和带刺铁丝网围绕的庭院里,庭院的四角都矗立着瞭望塔。这里是名为"D.A.W."①的党卫队军工厂的一部分。瓦尔特则称其为"盗尸者的库房"。

箱子、提包和包裹被打开后,里面的东西会经过粗略的分类,然后放置到毯子上,再被拖到附近的营房里进行下一步清点。瓦尔特先是在匝道上干活,后来被提拔成了"加拿大"的搬运工。在新的岗位上,他瞥见了一群斯洛伐克女孩的身影,这令他欣喜不已。他说,看见她们,"就仿佛是我生命中的几缕阳光"。[26] 在"加拿大"的这片区域干活的这些女孩被称作"小红帽",因为她们头上戴着红色头巾。

布拉查最初加入的"加拿大队"正是"小红帽"。步行往返于比克瑙营房和"加拿大一区"之间,路程超过3公里。卡特卡、艾琳、玛尔塔·富克斯、赫塔·富克斯及其他许多斯洛伐克犹太

---

① D.A.W 是 German Armaments Works Ltd.(德国军工用品有限公司)的缩写。

女孩随后也被分派进了这一劳动队。布拉查和妹妹卡特卡分属不同班次，她每天早上回到营房后会找到卡特卡，随后卡特卡就要去"加拿大一区"上白班了。"小红帽"必须夜以继日地干活，因为被遣送者源源不断地到来，行李则不断地堆积。[27]

在德语里，称呼这些斯洛伐克女孩的"小红帽"和童话故事里的"小红帽"是同一个词。"小红帽"的工作与童话故事也的确有相似之处。"加拿大"就如同童话里恶魔的秘密宝藏所在之地。这笔由小物件构成的宝藏充满了魔力，令囚犯梦寐以求。负责掌管"加拿大一区"的党卫队小队长里夏德·维格勒布（Richard Wiegleb）是个 30 来岁的金发大个子，他就是现实中的恶魔。如果囚犯从行李里偷东西被他发现，他就会狠狠打"小偷"25 棍。尽管如此，在行李里的食物被送至主营地厨房附近的营房供党卫队享用之前，囚犯仍能想方设法偷偷藏下少许。

瓦尔特就躲过了里夏德的橡胶警棍，将柠檬、巧克力、沙丁鱼罐头等包在毯子里，偷偷送给了"小红帽"。艾琳是从瓦尔特那里得到面包和巧克力的幸运儿之一，两个人渐渐成了好朋友。有一次，艾琳打开毯子，竟发现瓦尔特在里面藏了一瓶科隆香水，这可真是奢侈品啊！艾琳将香水擦满了全身。后来，"小红帽"也对瓦尔特投桃报李，在他因身患斑疹伤寒而有可能被送进毒气室时，"小红帽"将他藏在了堆积成山的劫掠所得的顶部，还给他送去了药片和柠檬汽水，直到他恢复健康，能够重新干活。

在"加拿大一区"，布拉查有理由害怕里夏德。她曾目睹里夏德如何强迫男囚犯在院子里痛苦地"健身"，并变态地以此为乐，如强迫他们不停地做俯卧撑和深蹲，直到支撑不住、轰然倒地。还有一次，在外面上完厕所的里夏德在穿过院子时，毫无理由地用橡胶警棍狠狠地打了布拉查的脑袋。布拉查顿时眼冒金星、疼痛万分、怒火中烧。但她只能强压怒火，尽自己所能地寻求一些安慰。1943年初，在"加拿大一区"清理衣物时，布拉查在一件衣服的口袋里发现了什么。她本以为是梅子，塞进嘴里嚼了嚼才惊讶地发现，竟然是橄榄。这是她首次尝到这种果子的味道——是希腊的囚犯带来的。

和所有童话故事一样，"加拿大一区"里也不乏浪漫情节。随着在这里干活的囚犯的体能和健康状况日益改善，就更是如此了。21岁的布拉查仍认为交男朋友为时尚早，其他女囚犯则开始选择中意的恋人——集中营里的俚语称之为"kochany"。有些人只限于嬉戏般的幽会，有些人则确立了更加认真的恋爱关系。瓦尔特甚至在一个名叫布鲁诺（Bruno）的男性"老大"和漂亮的维也纳姑娘、"小红帽"的"老大"赫敏（Hermione）之间当起了"红娘"。布鲁诺为追求赫敏，向她赠送了香皂、科隆香水和法国香水。赫敏则很享受自己选中的精美衣物，通常身穿昂贵的上衣和裙子，脚踏锃亮的黑色靴子。

笼罩着爱情这缕阳光的，是无时不在的性暴力的阴影。瓦尔特尊重女囚犯，他曾说过："女性的温暖令集中营的苦涩多少消融了一些。"但其他男人——既包括守卫，也包括"老大"，在狼吞虎咽着偷来的食物与酒精的同时，却将女人视为猎物，在开放的卫生间里骚扰她们，在堆积成山的衣物、箱子和被褥间追赶她们。被强奸是女囚犯在集中营里需要忍受的又一场噩梦。

> 纳粹将衣物堆成山，骑着自行车绕着它们转圈，手里拿着鞭子，猎犬在其身前吠个不停。
>
> ——马塞琳·洛里丹-埃文斯
> （Marceline Loridan-Ivens）[28]

在搬运工们将一包包赃物拖到"加拿大一区"之后，布拉查要负责对其加以清点。艾琳也是如此，她需要爬上物品堆积成的小山，将衣物挑出并分门别类，如内衣、像样的衣服、破烂的衣服。足够小心的话，囚犯还能为自己搞到能穿或是换洗的内衣。艾琳就深深感到了穿上内衣对自尊的提振作用。

有时候布拉查还可以偷偷带走几根香烟，并与朋友们分享。朋友们则用香烟来交换其他物品。在"加拿大"诞生了一种疯狂的经济现象：清水可以交换到钻石，奎宁药片则可以交换到丝袜。

在囚犯看来，私藏或是为其他囚犯"安排"些东西，绝对不算偷窃。党卫队希望煽起自私与野蛮之风，但与朋友分享东西却有助于鼓励慷慨行为，遏制不良风气。对囚犯来说，在口袋或钱包中找到的日常用品宛如珍宝。手帕、香皂和牙膏尤为珍贵，而药品比黄金价更高。

有一天，布拉查发现了一块老式怀表。这一诱惑实在大得令人无法抗拒。拥有一块表，就能重拾时间感，不必听守卫的叫喊就可以知道何时起床、点名和开饭了。

然而，在"加拿大队"干活的囚犯下班时经常会被搜身。一个德国"老大"发现了布拉查的新收获，她狠狠打了布拉查一拳，给她留下了一个黑眼圈。[29] 但没被重新派去干户外活，甚至没被处死，布拉查已经够幸运的了。"加拿大队"的囚犯可并不是一定能通过行贿来免除被送入毒气室的命运。

既然风险如此之大，女囚犯们要想偷偷将东西带走，就格外需要勇气和创造力。有人将物品缝在袖子、头巾或"小粉袋"里。有人甚至在从党卫队检查员身旁经过时，将食品罐头紧紧夹在两腿之间。党卫队会抽样进行检查，将东西藏在身上的囚犯会因此被抓住。

不过，其实还有一招能够轻松地躲过检查，是将顺来的衣物穿在身上，胡妮娅就成为这一招的受益人。自从那双漂亮的靴子被人抢走后，胡妮娅就只能穿着不合脚的木屐跟跟跄跄地干活。她的双脚因此肿胀、开裂并感染了。"加拿大队"的一个工友、总是叽叽喳喳说个不停的可爱女孩卡托·恩格尔（Kato Engel）决心施以援手，因为她俩是来自凯日马罗克的老乡。于是，有一天卡托便光着脚去"加拿大一区"上工，再穿上一双鞋返回营房，并把这双鞋子送给了胡妮娅。这份大礼对胡妮娅来说弥足珍贵，她不禁将卡托称为"天使"。①

至于奥斯维辛集中营里数十万双已经失去了主人的鞋子，那些尚有修补价值的，会被送去修鞋店，修好后再提供给第三帝国的老百姓——他们仍然能够自由自在地在家乡的街头行走，去拜访友人，或是去咖啡馆喝喝咖啡、吃吃点心。第二次世界大战期间，有个因犯被派往柏林的萨拉曼德（Salamander）制鞋厂修补失去了主人的鞋子。不知何故，她意识到了自己修补的这些不带标签的鞋子代表着一个"无尽痛苦的世界"。[30]

有一天，布拉查正在清理一件女式开襟毛衣，她注意到衣服上的五枚纽扣鼓得出奇，好奇心便油然而生。经过仔细查看，她发现每枚纽扣里都藏有一块小小的珠宝手表。这是衣服原主人藏匿的随身财物。这一次，布拉查连一块手表也不敢偷偷留下了。

事实上，有专门的劳动队负责在堆积如山的衣物和鞋子里搜寻钻石、黄金和现金等被藏匿起来的财宝。这些珍宝可能被塞入了垫肩，可能滑进了衣缝，可能被放进了紧身衣里，还可能落到

---

① "恩格尔"在德语中正是"天使"的意思。——译者注

好商佳百货公司商品目录上的手表，1939 年冬

了裙边处。一旦被发现，这些珍宝就会被党卫队放进专门的箱子里。一箱箱珍宝随后会被拖进党卫队行政大楼的地下室，接受清点，再发往柏林。

一个名叫布鲁诺·梅尔默（Bruno Melmer）的党卫队官员负责存放所有灭绝营的赃物。现金之外的财物要么被交给帝国银行——该银行行长瓦尔特·丰克（Walter Funk）完全听命于纳粹，要么被卖给柏林市典当行。[31] 集中营指挥官鲁道夫对奥斯维辛作为黑暗商业中心完全知情。在第二次世界大战结束后接受审判时，他承认曾拔下死难者的金牙，将其熔化后运送至柏林。[32]

只要有可能，在"加拿大队"干活的囚犯就会将珍宝掩埋起来，以免其落入纳粹手中。此外，纸币还能完美地充当厕纸。凭借着充分的技巧与运气，囚犯有时还能将珍宝偷偷运出。党卫队不知道的是，包括贝尔纳德·希维尔奇纳（Bernard Swierczyna）

在内，"加拿大队"的数个"老大"都是奥斯维辛地下抵抗组织的成员。从"加拿大"偷偷运出的珍宝，将成为多次逃亡尝试以及 1944 年秋那次非凡的集中营起义的资金来源。

党卫队觊觎的不只是显而易见的财宝。搜刮来的纺织品同样极具价值，可以解决德国公民的穿戴问题，可以节省工厂空间用于军备，还可以提振后方的士气。卡特卡等人就负责将清点出来的衣物根据类型和品质分成不同等级，再将其打包。卡特卡专门负责打包大衣，考虑到颇具才华的父亲传授给她的大衣制作才能，这件事倒是很适合她。挑选出来的衣物首先要用"齐克隆 B"熏蒸，然后每 10 包装成一个大包裹。货运列车每天都会将最具穿戴价值的衣物及带有签名的物品清单运回德国。

鲁道夫提到，每天可能有多达 20 列火车的物品被运出奥斯维辛。但他并不承认这些是赃物。恰恰相反，他收到一则命令，称集中营管理层是死去囚犯财产的合法主人。[33] 有时候，通过"二手物品处理办公室"，衣物还会被运送至其他集中营。

里夏德负责组织这些衣物的运输。可能星期一运输顶级男式衬衫，星期二运输皮草，星期三运输儿童内衣，等等。[34] 正如在犹太人家乡对其财产的赤裸裸剥夺，食腐动物一般的纳粹此时又在利用犹太人残留的最后一丝财产——从他们身上剥下的衣物，来大发横财了。

无法穿戴的纺织物会被归类为"破布"。具有反抗精神的"加拿大队"囚犯，一面警惕地提防着党卫队，一面偷偷地撕毁或破坏衣物，以尽可能地损坏纳粹的战利品。[35] 纳粹什么都不浪费，包括破布在内。破布会被撕成一条条，成为"编织队"的原料。干编鞭子的活儿时，因为反复揉搓这些布料，胡妮娅的手指变得粗糙不堪。破布还可以被运至梅梅尔（Memel）的纺织工厂，磨成纸浆，用来造纸。此外，还可以把破布交给克拉科夫附近的普拉绍夫集中营，由那里的囚犯加工成毯子。

普拉绍夫集中营里一个编织毯子的囚犯不禁产生了疑惑，自己正在将破布加工成地毯，而这些破衣服的原主人遭受了怎样的命运？[36] 在德国格林贝格（Grünberg）一座工厂的纺纱大厅里劳动的囚犯则对被撕成细条并重新织成毯子的旧衣服知根知底。他们知道，每天运来的这些衣物都来自奥斯维辛。他们还知道，一旦自己因生病或体力不支而无法继续干活，身上的衣服也会遭受同样的命运。[37]

依旧呈现着原主人脚型的鞋子，量身定制的套装，绣着姓名和装饰图案的婴儿服装……在"加拿大一区"清点出来的每一件物品，都是大屠杀的证物。布拉查、艾琳、卡特卡等人对此心知肚明，但也只能这样继续活下去。当又一处"加拿大"区域于 1943 年在比克

比克瑙营地的部分"加拿大"营房看上去异常有序，有上千名囚犯在此劳动

瑙营地开放后，这些囚犯成了毒气室运转流程的直接见证人。

比克瑙营地的这片"加拿大"新区被称为"加拿大二区"。它起初只是 3 号火葬场和 4 号火葬场之间的一个大库房，随后，其范围先是扩充至五座营房，之后又扩充至令人瞠目结舌的 30 座营房。每座营房长 55 米，排列在一条宽度足以令卡车队通过的大道两侧。在这家新开张的赃物大卖场四周，点缀着翠绿的草坪和精心打理的花坛。

在夏日短暂的午饭时间，年轻的女囚犯会在这里晒晒太阳。她们身着干净的白色上衣和整洁的便裤。1944 年，党卫队摄影师为正在清点一包包、一箱箱劫掠所得的她们拍了张照片。照片上的她们看上去很健康，甚至可以说是正常。"微笑。"摄影师说道。她们只得照做。这都是纳粹编织的谎言的一部分，目的在于愚弄新入营者或红十字会监察员，令其误以为这里并无恶行上演。[38]

这些健壮的姑娘被称为"小白帽"。她们的任务是清点直接从毒气室脱衣间运来的衣物和随身行李。从一间间小屋外的草地上，她们能清晰地看见一排排即将进入毒气室的囚犯。布拉查被派至"加拿大二区"干了几个月的活儿。在此期间，来自布拉迪斯拉发犹太正统小学的几乎所有同班同学都出现在了毒气室门口的队列中，这些女孩曾和布拉查一样，留着整齐的短发，痴迷于飞翼式衣领。而此时布拉查只能眼睁睁看着一切的发生。

"小白帽"们注意到，每当有囚犯要被送入毒气室，就会有一个党卫队守卫爬上火葬场房顶，将一小罐晶体倒入某个开口处，晶体就是"齐克隆 B"。至此，布拉查已经目睹过太多疾病和暴力导致的死亡，以至于她不再留心尸体了。她只是继续清点衣物。

对物主无比珍贵，对纳粹却毫无价值。照片、信件和其他私人纪念品被作为垃圾焚烧了。在这张拍摄于 1937 年的贝尔科维奇家庭合影上，布拉查·贝尔科维奇的父母分坐两侧，祖父母坐在中间，叔叔站在后排。除一人幸存外，照片上的其他人都惨遭纳粹毒手

　　发现那件大衣的是卡特卡，布拉查的妹妹，大衣制作专家。

　　卡特卡立刻就认出来了，这件大衣她再熟悉不过。在被搜捕、遣送期间，她将自己的这件大衣留在了家里。卡特卡拿出大衣，按照囚犯着装的规矩，在后背处涂上红色条纹，然后再次将其穿在身上。在这一堆需要清点的衣物中，还有一件曾属于布拉查的大衣。这也是前奥斯维辛时代残留的纪念品。

　　卡特卡非常清楚，发现这两件大衣意味着什么——她们的父母已不在人世。卡罗丽娜·贝尔科维奇和萨洛蒙·贝尔科维奇很可能在等待遣送时，将女儿们的大衣也装进了包裹，打算在抵达目的地后将其交给她们。然而，他们在 1942 年 6 月被遣送到了卢布林（Lublin）不久之后就遭到杀害，遇难地可能是马伊达内克灭绝营。再之后，他们的行李被运至奥斯维辛，接受清点。

　　然而，卡特卡没时间消化发现这两件大衣所带来的悲伤。衣

物堆成的小山越积越高。日后再找时间哀悼,想象亲爱的父母是如何度过生命最后时刻的吧。失聪失语的萨洛蒙很可能深陷于痛苦的死寂之中,无法交流,也得不到妻子的引导与安慰。卡罗丽娜则很可能颤抖着脱去衣物,害怕死前再也无法见到女儿们。他们化作烟、化作灰、化作回忆,从火葬场的烟囱飘了出去。

玛尔塔的表亲赫塔在毒气室附近发现了属于她的姐妹爱丽斯·富克斯(Alice Fuchs)的裙子和鞋子。这无言地表明,又一个鲜活的生命逝去了。

艾琳的朋友勒妮得知她的家人于 1942 年 6 月被遣送到了奥斯维辛。她在"加拿大"发现了他们的衣物,就这样和他们最后一次道别。

艾琳本人的心情更加绝望。她的姐姐弗丽达·赖兴贝格于 1942 年 7 月被杀害,艾琳发现了姐姐的衣物。弗丽达已婚,并带着一个小孩。带小孩的母亲一进入奥斯维辛,总是会被选中处死。[39]

还有可能坚持下去吗?还有可能像布拉查那样保持乐观吗?

至少,艾琳与另一个已婚姐妹约莉·赖兴贝格在奥斯维辛重逢了,而且妹妹埃迪特·赖兴贝格也依然待在她身边。因此,尽管生活充满了各种恐怖,但或许还存在某些坚持下去的理由吧。

然而,约莉和埃迪特都生病了。

斑疹伤寒。

比克瑙营房里的虱子甚至比奥斯维辛主营地里还要多。被囚犯当作枕头的稻草包令艾琳阵阵作呕。稻草包几乎会随着上边爬满的虱群一起移动。虱子很快就会钻进人的头发、皮肤褶皱和衣服里。艾琳在奥斯维辛度过的第一个夏天,营地里便暴发了斑疹伤寒疫情,每天都有数百人被夺去生命。营房的水龙头每天供水时间十分短暂。当干完了户外活的女囚犯满身污垢地返回营房，早已没有精力为争夺那涓涓细流的片刻使用权而拼命搏斗了。

无论太脏的囚犯，还是试图洗干净自己的囚犯，都会招致厉声叱骂。手持大棒的"老大"，对人肉虎视眈眈的猎犬又导致情况雪上加霜、更加混乱。有一次，赫塔想要弄点水，清洗一下裤子。但此举被一名德国守卫发现了，便在她裸露的臀部上狠狠抽了 25 鞭，将她踢出了卫生间。在这种环境里，囚犯怎么可能摆脱虱子的叮咬？

发烧和营养不良削弱了囚犯的免疫系统，令其无力对抗疾病。有一次，艾琳惊恐地发现一个自己认识的女孩正在从一个肮脏的小水坑里舀水喝。这个女孩就是从柏林逃至布拉迪斯拉发避难，曾与艾琳一同接受秘密缝纫培训的罗娜·伯西。斑疹伤寒折磨得她实在口渴难耐。这也是艾琳最后一次见到罗娜。

1942 年 12 月初，由于害怕党卫队也会染上斑疹伤寒，纳粹在集中营里开展了大规模的除虱行动。这是数次类似行动的第一次。党卫队医生下令进行全面消毒，比克瑙营地被封锁起来并停了工。不得干活，不得进出营房。整个营地焚烧了稻草包，熏蒸了建筑物。

女囚犯被迫在户外脱光衣服，将衣物扔进篮子里。随后，戴着防毒面具的洗衣工为这些衣物除虱，再将它们摊在屋顶上或是挂在一排排晾衣绳上晾干——就好像在 0℃ 以下的温度里真能晾干衣服似的。囚犯被成群结队地投入冷水中，被剃光头发，头发楂上被喷洒了刺鼻的消毒剂。与此同时，还有 2 000 名女囚犯被选中，送入了毒气室。

胡妮娅经历了稍后的一次除虱行动。她赤身裸体，被剃光了头发，蒙受着羞辱，在容纳了3万人的所谓"晾晒场"上踉踉跄跄、步履蹒跚。她几乎失去了知觉，感受不到阳光的温度。有些囚犯会一把抓起看上去比原先那套行头好上不少的新衣服。但包括胡妮娅在内的多数人，还是竭力找寻虽然破烂但毕竟熟悉的旧衣服。当胡妮娅终于找到旧衣服时，她如释重负，泣不成声。

在冬天的除虱行动期间，挂在晾衣绳上的衣服数量要比等待穿衣的人数更多，体弱者在重新穿上衣服前，早已因低温死去了。

仅仅过了几天，虱子就重新出现了。艾琳的姐妹约莉与埃迪特都被送进了一处名为"鲁尔"的营房。这座营房接收的都是重病囚犯，人们怀着善良的愿望将其称为"医院"。在这里干医护活的囚犯请求病人们不要抱怨虱子太多，否则党卫队就会清空整栋建筑，并将他们所有人都送去接受"齐克隆B"的致命熏蒸。艾琳告诉姐妹们，她每晚都会从"加拿大"给她们捎些东西，可能是一小块面包，也可能是她能够偷偷带出的任何东西。有一天，下工后的她发现约莉已经在紧挨着埃迪特的病床上死去了。[40]

与此同时，布拉查的妹妹卡特卡因为腿伤久久不愈，也被送进了"鲁尔"营房。一个曾是医科学生的朋友曼齐·施瓦尔博娃（Manci Schwalbová）竭尽全力为卡特卡治伤，艾琳则手持一根蜡烛为其照明。每天晚上曼齐都会为卡特卡切开伤口放脓，但次日肿胀和伤痛又会再度发作。药物很少，只有纸质绷带可用。她们为了彼此都已尽其所能，即使无法给予充分的医治，忠贞的友情仍弥足珍贵。

一天晚上，身处营房的布拉查醒来时发现卡特卡正偷偷爬上床铺。

"你在这里做什么？"布拉查问道。见到妹妹，她松了一口气，但又有些困惑。"你应该待在医院里。"

"我有种不祥的预感，"卡特卡回答道，"就从窗户溜了出来。"

"埃迪特和你一起吗？"

"她想待在那里休息……"

第二天，"鲁尔"营房的患病囚犯被抬了出去，放在地上。进行"挑选"的时候到了。艾琳和其他"适于干活"的囚犯站在一起，接受点名。她看见一大群士兵牵着猎犬进了营地。党卫队女队长伊丽莎白·德雷施勒（Elisabeth Dreschler）把守着营地出口，等待劳动队的囚犯一个个经过，她用手指指向左边或右边。挑选的结果是，艾琳通过了。

脱离了语境的话，"挑选"这个词再纯真不过了。在欢乐的日子里，人们可以为缝一块布料挑选合适的线，也可以为一套行头挑选匹配的帽子，还可以从咖啡馆的菜单上挑选一款蛋糕。但在集中营里，"挑选"却是个会引发恐惧的沉重词语。它意味着在死亡线上走钢丝，结果常常是跌落。新入营者要在匝道上接受挑选，向左或是向右，也就是去死或是多活一段时间。囚犯还要赤身裸体着接受党卫队医生的挑选，任何一丝生病或受伤的迹象都意味着他们只能被剥光衣服送进毒气室。为了进行"大扫除"，在"鲁尔"营房同样会进行挑选。

希姆莱给集中营指挥官鲁道夫下了命令，要求奥斯维辛接收从德国遣送出来的所有犹太人，以便正式宣布"德意志祖国"已实现了零犹太人。鲁道夫反对说集中营里空间不够了。"那就腾地儿！"希姆莱说道。

有时候，纳粹会在极端天气条件下进行挑选，耗时长达数小时。健康壮硕的女囚犯会被选出，送往火葬场处死。有时候，挑选还会被伪装成体能测试。疲惫饥饿的囚犯被要求沿着营地的主路冲刺，沿路则有一排党卫队女守卫手持大棒伺候。停下脚步或是放弃奔跑的囚犯会被拖到路边。或许他们还没意识到，自己是在为了生命而奔跑；又或许他们已经精疲力竭，压根顾不上那么多了。[41]

还有一种残酷的挑选方式，是将所有无法跳过与比克瑙营地主路平行的一条排水沟的囚犯处死。这条臭名昭著的排水沟被称为"国王沟"，党卫队经常在这里殴打和杀害囚犯。心脏衰弱，腿部肿胀感染的卡特卡根本无法跳跃，但幸运的是，布拉查和其他女孩托着她，一起跳了过去。

"喂！你们跳的时候干吗凑那么近？"一名守卫叫道。

一向反应神速的布拉查立刻答道："哦，我们只是想整齐地并成一排……"

守卫放过了她们。

有时候挑选更具有针对性，例如，将被当作"医院"的那些营房里的病人清空。党卫队医生约翰在日记中描绘了这样的场景：1942 年 9 月 5 日，从比克瑙囚犯"医院"里挑选出来的女人们在室外被剥光了衣服，推入卡车中，带到了 25 号营房，即死亡营房。"她们哀求党卫队守卫让自己活下去，她们泣不成声。"约翰在战后接受审判时说道。

在同一天的日记中，约翰医生还记录下了自己享用的一顿精美的周日晚餐：番茄汤、土豆炖鸡肉、紫甘蓝以及"棒极了的冰淇淋"。[42]

在那个糟糕的秋日，"鲁尔"营房的病人被赶到了户外，艾琳则作为"适于干活者"被放了出去。当天晚上，艾琳下工后回到"鲁尔"营房，却发现这里已遭到废弃。营房外堆放着一大堆被扔下的鞋子，18 岁的埃迪特的也在其中。艾琳知道这些空鞋子意味着什么，她的妹妹已经不在人世了。艾琳跌倒在地，发出悲痛的哀号。她的心完全碎了。

　　我不想再活了。

　　　　　　　　　　　　　　　　　　——艾琳·赖兴贝格

　　艾琳躺在营房的上铺，被当作床垫的稻草包上满是虱子，咬得她浑身疼。她不想爬下床铺，她不打算去干活，她哭泣着。此时，布拉查下工回来了。

　　"有人偷走了我的毯子。"艾琳哭着说道。然而，她并没有抢回毯子的意愿。

　　但布拉查有。她坚持说："你不能一直待在这里！你得爬起来，去干活！"

　　营房里的另外一个老友则对艾琳咕哝道："干吗不冲向铁丝网呢？"

　　带刺铁丝网将集中营的不同区域分隔开。沿途分布着哨岗，守卫牵着狗来回巡逻。铁丝网通着高压电。一个名叫亨里克·波雷布斯基（Henryk Porebski）的电工囚犯负责维护带电铁丝网，他会定期沿着数公里长的铁丝网进行检查。"冲向铁丝网"不是为了逃走，而是为了自杀。

　　绝望的囚犯会穿越带电铁丝网前方的"死亡区域"。倘若没被哨兵开枪打死，他们也会触电身亡。然后，他们的尸体会在铁丝网上悬挂一段时间，宛如怪诞的装饰品。对其他囚犯而言，这像是警告，但也可能是一种诱惑。在专门的劳动队用带钩木棒将尸体取下之前，党卫队政治处的调查人员会从各个角度为尸体拍照。夜间，身着蓝色工作服，充任警察角色的女囚犯会沿着铁丝网巡逻，将试图自杀者驱赶开。对于身陷奥斯维辛集中营的不幸者来说，就连这种形式的自决权也会遭到剥夺。

艾琳目睹过囚犯如何撞上铁丝网，尸体如何冒烟。

"我不要冲向铁丝网。"她说道。

这些天来，这个来自斯洛伐克的老友回到营房后，都会劝艾琳："冲向铁丝网吧……"

"这么做你会死的！"布拉查嚷道，"你这样做只会帮法西斯分子的忙。你必须生存下去，不能去死。你必须活下去！"布拉查已决心要在奥斯维辛生存下去，要回到布拉迪斯拉发喝咖啡、吃蛋糕，要向后人讲述自己的故事。

艾琳有些犹豫，但仍难以摆脱绝望的情绪。"没人能幸存下来，"她想道，"我又凭什么可以？"

艾琳并非唯一一个向绝望屈服的人。在集中营里，这种情况司空见惯。经受着肉体上和情绪上的折磨，身体和心灵都会渐渐崩溃，直至彻底麻木。无法洗漱，无法吃饱，无法振作，这些破碎之人宛如行尸走肉。在被党卫队处决之前，他们其实已经死了。

在时来运转之前，情况还会变得更糟。几天之后，艾琳发起了高烧。她也生病了。这似乎构成了彻底放弃，然后从烟囱飘出去的完美理由。

但布拉查绝不这么想。"你不能待在这里！快跟我走！"她命令道，并拽着艾琳去干活了。就在她们离开营房后不久，一辆辆卡车驶入，带走了留在营房里的所有人。卡车随后驶向了火葬场。

日复一日，布拉查都逼着艾琳去"加拿大"干活。在"加拿大"，有一个"老大"也是艾琳的朋友。艾琳乞求她给自己一些奎宁，称自己病得十分严重，需要奎宁来退烧。布拉查也在待清点的箱包里四处搜寻药物。当天晚上，布拉查为艾琳带去了满满一手掌的药片。艾琳并不清楚这些究竟是什么药，但还是感谢布拉查弄到的这份大礼。当布拉查入睡后，艾琳决定将这些药片全部吞下，不在乎自己是否会因为服药过量再也无法醒来。果真如此，将是一种解脱。

第二天早晨，艾琳没有醒来。

艾琳整整昏睡了三天三夜。在此期间，布拉查尽自己所能地照顾着她。然后，奇迹发生了。艾琳睁开了眼睛。她神情恍惚、颤颤巍巍，但退烧了。[43]

可是，艾琳的绝望情绪依旧。痊愈并未改善她的处境，姐妹们不可能死而复生，她下定了最后的决心。艾琳要想方设法被转送至 25 号营房，即臭名昭著的死亡营房。在那里，受害者会被一直关押，直到轮到他们被送入毒气室。

25 号营房的"老大"是一个名叫齐尔卡（Cylka）的女孩。被遣送至奥斯维辛时，她将满 16 岁，还系着女学生的围裙。齐尔卡在党卫队的熏陶下可怕地堕落了，在脱下昔日衣物的同时，也将昔日的生活抛到了一边。她外表看似天使，却令几乎所有因犯感到畏惧。她脱掉了普通囚犯的破旧衣服，换上了雨衣、彩色头巾和防水靴子。

当另一个比克瑙囚犯问齐尔卡，她怎能如此残忍地对待 25 号营房里那些等着被处死的可怜女人时，齐尔卡答道："你大概知道吧，我亲手把我妈推上了进毒气室的手推车。你应该明白，对我而言，已经没有做不出的坏事了。这个世界坏透了，这正是我报复它的方式。"[44]

艾琳已下定决心，在等候被处死时接受齐尔卡的关押。

"你想干什么？"斜靠在 25 号营房墙上的一个女人问道。

"我想进去。"艾琳说。

"你首先需要从你所在的营房销号，然后带上你的身份卡过来，我们才能让你进去。"

艾琳回去了。集中营里顽固的官僚程序让她感到挫败。这意味着只有在文件准备就绪之后，她才能被如愿杀害。

"我不能把你的身份卡给你。"艾琳所在营房的"老大"坚决地表示。在年仅20岁的艾琳眼中，这个30多岁的来自日利纳的女囚犯看上去如同一名老妇。"从我这里你什么都拿不到。走着瞧吧，有朝一日你会沿着布拉迪斯拉发的大街散步的。"她的这番话就宛如布拉查许下的喝咖啡、吃点心的诺言一般。

若不绝望，乐观又何妨？

一张由爱和忠贞友谊织就的网，帮助艾琳打消了自杀的念头。对艾琳、布拉查、卡特卡和胡妮娅而言，当聪明的时装剪裁师玛尔塔在某个党卫队小队长陪同下出现在"加拿大一区"的那一刻，终于时来运转了。玛尔塔平静而自信，她此行是来从堆积如山的衣物中挑选布料的。

玛尔塔有了一个新客户。

第七章

被奴役的劳动者，作威作福的纳粹

　　来自布拉迪斯拉发的杰出女裁缝玛尔塔·富克斯坐在奥斯维辛集中营指挥官别墅花园里的秋千上。

　　在她周围，篱笆上爬着玫瑰花，花坛里蜜蜂嗡嗡地围着一簇簇花朵鲜艳的植物飞舞，在蜂巢里酿蜜。小树已散开枝叶，但还没有长得太高，因此从花园的高墙望出去，营房屋顶仍清晰可见。海德薇·霍斯的艺术家兄弟弗里茨·亨泽尔喜欢早起来到户外，为晨光中绽放的花朵作画。

　　坐在秋千上的玛尔塔和她被关押在集中营里的朋友，和海德薇及弗里茨处在同一片天空下。倘若他们抬起头，就会看见同样的云朵和太阳。但实际上，他们身处两个截然不同的世界。

　　海德薇称呼自家花园为"天堂"。

　　沿着碎石铺就的小路进入花园，一圈花架在地上投下了长长的影子。花架围绕着一个装饰性的池塘，附近有一间极佳的温室，前方则是一座阴凉的石亭。石亭里摆放着两把绿色毛绒沙发，橡木地板上铺着一块地毯，有需要时还会放上一个温暖的火炉。[1] 在难得的休假日，集中营指挥官鲁道夫·霍斯会来此放松，与家人围坐在雅致的野餐桌旁，享用一顿户外午餐。餐椅与餐桌搭配得当，覆盖着可爱的蓝色椅布。

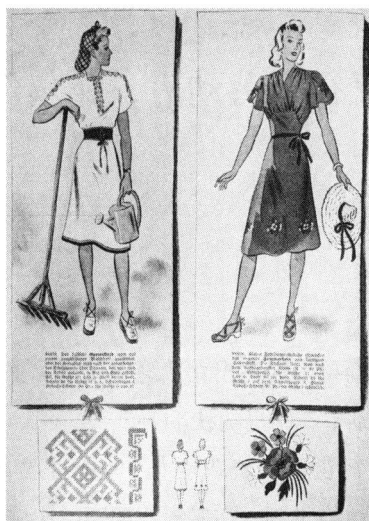

20 世纪 40 年代早期，刊登于《时尚与内衣》杂志上的园艺服饰与装备

据说在花园采摘水果时，海德薇会提醒孩子们"好好洗草莓，因为上面有灰"。[2] 毕竟，奥斯维辛 1 号火葬场与花园只有一墙之隔。

就在几年前，年轻的海德薇和鲁道夫还憧憬过，通过"农夫联盟"的项目，在乡间过上家庭生活。海因里希·希姆莱也曾做过相同的乡村梦。如今，霍斯夫妇已梦想成真，不仅别墅花园里有菜圃，更重要的是，还在奥斯维辛利益区里建立了大量农业领地，其中就包括被纳粹占领的赖斯科（Rajsko）村。

为霍斯夫妇实现美梦的是奴隶劳动力。无论是海德薇的"花园"，还是霍斯的农业领地，本质上都是奴隶种植园。"农夫联盟"体系所鼓吹的"血统与土地、诚实与苦干"精神，其践行者是被奴役的劳动者。此外，一种令人作呕的生物学上的共生关系将主人与受害者联系了起来——赖斯科村种植蔬菜所施肥料正是遇难者的骨灰，这些骨灰里还残留着未焚尽的尸骸。[3]

与奥斯维辛主营地毗邻的霍斯别墅乐园，其设计者、建造者和看护者都是集中营囚犯。1941 至 1942 年间，即鲁道夫入主奥斯维辛的初期，一个由 150 名囚犯组成的劳动队将花园翻修一新。海德薇钟爱的"天堂"就此诞生。

渴望获得一处绿色庇护所的党卫队家庭可不止霍斯夫妇。从当地波兰人那里征收的地产都需要改造得更具田园风情，以供鸠占鹊巢的党卫队首脑居住。在"割草队"劳动的女囚犯莉迪亚·瓦尔戈（Lidia Vargo）不得不从营地周边割下一块块草皮，然后用独轮手推车将其运至党卫队住所，铺成草坪。但她指出，犹太人是没有权利"看看绿草的"。在"园艺队"干活的洛特·弗兰克尔（Lotte Frankl）则要赤脚穿着木屐，一边唱着德语进行曲，一边在党卫队首脑住所的花园里挖土。[4]

夏洛特·德尔博（Charlotte Delbo）是和女裁缝玛丽露·科隆班以及阿莉达·德拉萨尔一道被遣送至奥斯维辛的，她曾描述过这样的场景，为了给党卫队翻修花园，她在围裙里装满了泥土，一路狂奔。[5]"粪便队"囚犯的排泄物则被用作菜园的肥料。来自意大利的集中营囚犯普里莫·莱维（Primo Levi）也曾表示，囚犯的骨灰被用来铺就党卫队所在村庄周围的道路。

在玛尔塔被遣送至奥斯维辛的同时，第 6059 号囚犯斯坦尼斯瓦夫·杜别尔（Stanisław Dubiel）于 1942 年 4 月加入了为霍斯别墅服务的园艺队。和他一起的还包括第 32635 号囚犯，来自罗马尼亚的弗朗茨·达尼曼（Franz Danimann）。在照看霍斯家的蔬菜水果期间，弗朗茨与玛尔塔成了好朋友，曾长期在奥地利参与共产主义运动的弗朗茨被纳粹关押已久。斯坦尼斯瓦夫则是接替被纳粹处决的前任园丁、波兰生物学家及大学教授布罗尼斯瓦夫·雅龙（Bronisław Jarón）。海德薇似乎一直对斯坦尼斯瓦夫的努力并不满意，她不断派人去赖斯科村索要更多罐子、种子和植物，就好像那里是她的后花园一样。当然，所有东西都是免费的。

在冬天，海德薇甚至还会挪用集中营的焦炭为自己的温室供暖。温室里的植物舒适地生长着，与此同时，仅仅数米之外，囚犯们只能摩擦着生了冻疮的双脚，在冰冷的营房里蜷缩成一团。每年圣诞节，这间温室出产的花卉都会被制作成花篮，作为献给希特勒及其情妇爱娃·布劳恩的礼物，寄往贝希特斯加登（Berchtesgaden）。[6]

和所有种植园的情况一样，奴隶主都满心以为，奴隶顺从的外表也意味着顺从的内心。但事实绝非如此。无论是集中营囚犯，还是当地的波兰仆役，都利用自己相对自由这一优势，为奥斯维辛地下抵抗组织的活动提供支持。园艺队的弗朗茨是"奥斯维辛战斗小组"这一秘密组织的关键成员。[7] 有一次，囚犯想要讨好党卫队医生爱德华·维尔茨（Eduard Wirths），他是集中营指挥官的亲信，但对干医护活的囚犯稍有同情。"奥斯维辛战斗小组"成员兼爱德华的秘书赫尔曼·朗拜因（Hermann Langbein）便策划了一次行动，从海德薇的温室里偷走粉色玫瑰花，将其送给维尔茨夫人作为生日礼物。倒霉的是，海德薇受邀参加了维尔茨夫人的生日派对。当她认出自己的玫瑰花时，据说当时"屋里满是尴尬的气氛"。[8]

在锄地、栽种、割草的过程中，斯坦尼斯瓦夫也成为花园景致的一部分。园丁轻而易举就能偷听对话，再将信息分享给地下组织。1943 年，在希姆莱第二次造访奥斯维辛集中营期间，斯坦尼斯瓦夫无意中听到鲁道夫宣称，他确信自己通过对集中营的管理，为德意志祖国出了大力。[9]

显然，不管鲁道夫觉得自己的工作多么不愉快，他的行为也是出于顺从，而不是被迫。他参与了种族灭绝，这或许会被认为是在"服从命令"，但鲁道夫一直坚定地支持着发布、执行并纵容此类命令的政权。认为鲁道夫是服从命令才屠杀了上万条无辜的生命，这种观点在逻辑上是说不通的。而且没有现存证据能够证明，此举违背了他的核心信念，即在欧洲，"劣等人"需要被优越的日耳曼人取而代之。

在斯坦尼斯瓦夫和弗朗茨看管的花园里，女裁缝玛尔塔正坐在秋千上。她遭到了遣送和侮辱，换上了囚犯的行头，但并未被打败。海德薇要求玛尔塔满足自己奢侈的生活需求。玛尔塔将利用这一地位挽救生命。

"你要是愿意的话，可以荡秋千。"霍斯家的小女孩对玛尔塔说道。

"我们会盯着你，确保你不逃跑。"[10]

8 岁的英厄-布丽吉特·霍斯，昵称"皮皮"，对家里和花园里的囚犯已是见怪不怪。"他们总是很开心，愿意和我们玩游戏。"数十年后她这样表示。[11]昵称是"金迪"的海德特劳特·霍斯年长 16 个月。两姐妹常常穿着相似的衣服。她们的大哥是克劳斯·霍斯，1942 年时 12 岁。还有个弟弟叫汉斯-于尔根·霍斯，是个喜欢吃甜食的 5 岁胖男孩。我们可以猜猜，他们的童装是谁缝制的。

对霍斯家的小孩来说，花园就是个游乐场。夏天，他们在带有滑梯的小游泳池里泼水，和达尔马提亚宠物犬在草坪上玩耍，在沙坑里散步。冬天，他们外出玩雪橇，回家后迎接他们的是拥抱和热可可。他们的玩具是囚犯制作的。克劳斯有一架巨大的带机动螺旋桨的木质飞机。汉斯-于尔根有一辆能驾驶的模型车，他驾着模型车兜风，就如同党卫队官员开着奥斯维辛车库里的轿车一般。

玛尔塔被派到霍斯家，原本是干勤杂女工的活儿，做做家务、照看孩子。霍斯家的小孩喜欢和来自高墙之外的访客待在一起，反过来囚犯也喜欢这些快乐的孩子，有时候双方的关系还会比较亲密。曾发生过感伤的一幕，一个深受喜爱的囚犯园丁来向霍斯家的小孩告别，海德薇并未告诉孩子们，园丁将被带到11号营房附近的"死亡之墙"前射杀。[12]

汉斯-于尔根、金迪和皮皮都喜欢天性友善的玛尔塔，他们并不介意她去花园里荡会儿秋千。但玛尔塔知道，她必须当心最年长的克劳斯。希特勒青年团成员克劳斯是个恶少。鲁道夫的司机莱奥·黑格（Leo Heger）说，克劳斯曾用弹弓向囚犯射击。为霍斯家的孩子们擦鞋并在厨房打下手的波兰本地少女达努塔·伦佩尔（Danuta Rzempeil）也还记得，克劳斯是个恶意满满的男孩，喜欢殴打和鞭笞囚犯。[13] 被孩子们亲切地称为"海尼叔叔"的希姆莱曾亲自送给克劳斯一件迷你版党卫队制服。众所周知的一点是，克劳斯还会说那些他认为应该受到惩罚的囚犯的坏话。

当鲁道夫从集中营回家后，海德薇也会告知他类似的情况。脱去制服的鲁道夫不再是集中营指挥官。皮皮日后将他刻画为"全世界最好的人"。[14]

当然，孩子们对于父亲的工作究竟有多恐怖一无所知。他们还太过年幼，不应为此负责。他们是无辜的，和集中营里根据鲁道夫的命令惨遭杀害的所有婴儿与孩童一样，而其中就包括了布拉查·贝尔科维奇、艾琳·赖兴贝格及其朋友们年幼的亲人。

有一天，海德薇宣布，急需一个人将她的皮草料重新加工成一件大衣。

"我可以！"玛尔塔说道。

这份改造升级的活儿干得十分成功。玛尔塔成为霍斯别墅里的一个全职女裁缝。不过她的新工作间并非某个精致的时装店。海德薇将阁楼分隔出了数个房间。在霍斯家进行全国性劳动义务的德国雅利安女性在此住宿，其中包括孩子们的家庭女教师埃尔弗丽达（Elfryda）和管家阿格涅拉·贝德纳斯卡（Agniela Bednarska）。

埃尔弗丽达喜欢看囚犯们遭到殴打，但阿格涅拉却悄悄地为囚犯传递情报，还偷偷从霍斯家满满当当的食物储藏室里拿走食物。阿格涅拉承认，霍斯对仆役与园丁很和善，特殊场合下甚至还会为干室外活的男仆从带去一篮篮食物和一瓶瓶啤酒。两个德国仆人最终因"太懒"被海德薇赶走了，替代她们的是被遣送至集中营的两个耶和华见证会信徒。

海德薇认为，耶和华见证会信徒是最好的仆人，因为他们从不偷盗。还有些许好处是不必为他们付钱，尽管按照规定，将女囚用作仆役的党卫队家庭应向集中营管理者支付 25 帝国马克。

雅致的锻铁大门将花园与宅邸连接起来。一段台阶通往后门，推门就能进入厨房，每天的烹饪大多由海德薇亲自完成。热爱艺术的玛尔塔会对四处悬挂的画作感兴趣，部分画作的陈列出自被关押在集中营的著名波兰艺术家梅奇斯瓦夫·科谢尔尼亚克（Mieczysław Koscielniak）之手。另外一些是海德薇的兄弟弗里茨的作品，大多是取材于奥斯维辛地区以及横跨霍斯家门前道路的索拉河的风景画。

一幅以花卉为主题的大型油画在主卧室里占据着显眼的位置。海德薇的衣服挂满了四栏衣橱。光滑的衣橱门映出两张单人床的影像。海德薇的内衣抽屉里装着从遭到杀害的被遣送者那里搜刮来的内衣。她甚至将发放给仆人的内衣据为己有，只发给她们废旧内衣。[15]

一个名叫威廉·克马克（Wilhelm Kmak）的波兰囚犯常常到霍斯家干装饰活，去除孩子们的乱写乱画。他请求居住在霍斯家的女裁缝们不要阻止孩子们在墙上乱写乱画，因为这是他接触文明世界的唯一机会。[16]

鲁道夫的书房是个非常私密的场所，里面摆满了书籍、香烟和伏特加。其中有一本关于奥斯维辛附近鸟类的书，写作于鲁道夫在此居住期间。鲁道夫与孩子们的老师凯特·汤姆森（Käthe Thomsen）及其丈夫、热爱鸟类的党卫队成员赖因哈特·汤姆森（Reinhardt Thomsen）是朋友，赖因哈特还是奥斯维辛的农学家。受到赖因哈特的影响，鲁道夫规定集中营区域的所有鸟类都不得射杀。射杀囚犯就不受限制了。

在集中营四周，一群群喜鹊在高高的白杨树上搭起了窝。这幅画面可谓再应景不过，占据这里的那些人，不正是看中什么就偷走什么吗？

书房和餐厅里的胡桃木家具都是囚犯在集中营的工厂里制作的，楼上儿童室里颜色鲜艳的喷漆家具同样如此。事实上，霍斯一家与为其采购这些家具的曾经的职业罪犯埃里希·格伦克（Erich Grönke）非常熟悉，汉斯-于尔根甚至说过，除非埃里希前来道晚安，否则自己就无法入眠。

埃里希是集中营里一家前身为皮革厂的服装厂的经理。他每天都会造访霍斯家，为其带去真皮座椅、公文包、手提包、手提箱、鞋子以及亮闪闪的枝形吊灯。他还会为孩子们准备玩具。对于埃里希带来的现成的劫掠所得，如桌布、毛巾、小礼服和一件穿过的灰色毛呢马甲，海德薇会打下欠条。这件马甲是送给汉斯—于尔根的。[17]

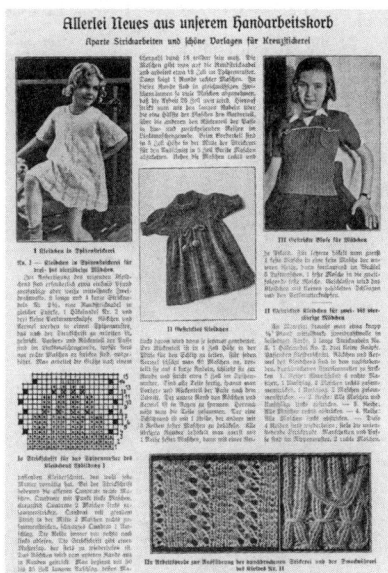

德国童装编织图案。在犹太理发师的劝说下，海德薇决定找一个囚犯为孩子们编织衣物。于是，又一个女囚犯得以身处被保护的地位

海德薇从奥斯维辛的赃物中得到的服装会被送到阁楼的缝纫间里加以改装。按照这家人的习惯，海德薇会将这些衣服上的纽扣全部拆掉并换上新的，因为他们不愿意犹太人触碰过的扣子弄脏自己的手。[18]

玛尔塔既不是第一个，也不是唯一一个为海德薇干活的女裁缝。不过，她最终成为举足轻重且坚持时间最长的一个。

米娅·魏泽博恩（Mia Weiseborn）是海德薇的密友之一。她的丈夫是一个集中营守卫。米娅是个颇具天赋的裁缝，还为海德薇制作了不少精美的镶金刺绣品，包括紫色丝绸质地的霍斯家族纹章。海德薇还雇用了 32 岁的波兰本地裁缝雅妮娜·什丘雷克（Janina Szczurek）做日常针线活。雅妮娜别无选择，只能前往霍斯家报到。对于这些纳粹占领者，雅妮娜心怀畏惧。于是，为了壮胆，她带上了一个学徒一同前往。

缝纫杂志《人人时尚》（Mode Für Alles）上刊登的女式校服样式，1944 年

海德薇可不是个慷慨的雇主。雅妮娜的工钱仅为 3 马克外加一碗炖菜，于是她便辞职了。情急之下，海德薇将报价提高到了 10 马克，才把雅妮娜重新招了回来。雅妮娜和霍斯家的管家阿格涅拉一道，只要有需要，就为囚犯偷运药品和通风报信。她还以需要修缝纫机为借口，与男囚犯交谈，并告知其最新的战事进展。

阿格涅拉也会偷偷送给雅妮娜一包包食物，将其藏在从霍斯家的花园摘下的鲜花里——海德薇倒是大度地允许雅妮娜从花园里摘些花儿。[19]

有一天，霍斯家的孩子们跑向雅妮娜，请求她为他们正在玩的游戏缝制些道具，雅妮娜尽职尽责地照做了。当鲁道夫回到家，发现克劳斯戴着一块新缝制的"老大"臂章，其他孩子衣服上都缝了个彩色三角形，扮成集中营囚犯在花园里跑来跑去。鲁道夫扯掉了这些道具，并禁止孩子们再玩类似的游戏。当雅妮娜终于能离开霍斯家时，她想必会为不用再经历这样的风波而高兴。海德薇找了个犹太囚犯代替雅妮娜，由此也省下了一笔工钱。

海德薇绝非利用集中营充裕的囚犯资源为自己谋利的唯一一个。尽管没有完整的囚犯仆役名单留存，但奥斯维辛管理部门的一份档案列出了所有用耶和华见证会信徒充当家中仆役的党卫队家庭的名单。女囚仆役中约有90%都和"裁缝队""洗衣队"等一同住宿在党卫队行政大楼里。1943年5月，党卫队请求将更多耶和华见证会信徒遣送至奥斯维辛，以满足多子女家庭的需求。[20]

每个党卫队家庭都有伪善地利用囚犯劳动的劣迹。来自奥斯维辛卫生研究所的医生汉斯·明希（Hans Münch）的话可谓一语中的，他说"每个人的手杖都不干净"。他解释说："这早就是定论了，所有人，只要有可能，就会找个囚犯裁缝坐在角落里，为自己缝制服或别的东西。"[21]

证明党卫队此类劣迹的事例不胜枚举。弹药厂的一个党卫队守卫要求囚犯为自己的儿子缝制一个有帽子和裤子的泰迪熊。[22] 还有一个党卫队女守卫要求一个女裁缝缝制一个精巧的娃娃，作为圣诞礼物。她要求用人的头发制作娃娃的金色鬈发。当事女裁缝勇敢地表示不愿使用人发，而是要用绣花丝线代替。[23]

党卫队女看守厄玛·格雷斯（Irma Grese）将自己的特权运用到了极致。她找了一个专门给自己的宠物缝制衣物的裁缝，还勒令其在集中营里四处为自己跑腿。厄玛在拉文布吕克接受完训练后被派至奥斯维辛时年仅19岁。她有着惊人的美貌，被囚犯们称为"金发天使"。在厄玛量身定做的套装和毫无瑕疵的发型对照下，形容枯槁的囚犯们难免自惭形秽。

囚犯女裁缝格蕾特（Grete）夫人的确有理由对厄玛感到恐惧。厄玛是个纯粹的施虐狂，只要未能满足她那些不可能实现的要求，她就会大发雷霆。格蕾特夫人在维也纳曾拥有自己的时装店，如今却只能为了几块面包缝缝补补，而厄玛的衣柜里则堆满了来自巴黎、维也纳、布拉格和布加勒斯特的高档时装，充满了掠夺来的香水的芳香。[24]

作为集中营指挥官的妻子，海德薇利用囚犯为自己谋利的机会只会更多。渐渐地，海德薇已对纳粹主义的优越性习以为常，充满自得。这很适合用来为自己谋取最大利益。

> 在这个毁灭之地，只有少数党卫队成员没有中饱
私囊。
>
> ——赫尔曼·朗拜因[25]

为庆祝小女儿安妮格蕾特的诞生，霍斯一家在1943年11月拍摄了一张合影。在安妮格蕾特的出生证明上，"出生地"一栏写着"奥斯维辛"。在这张照片上，鲁道夫与克劳斯身着党卫队制服，皮皮和金迪穿着款式相同的带泡泡袖的罩衫。海德薇身着一件带有白色圆点和绲边的时髦连衣裙。如果通过纳粹体系的滤镜观看，这一家子无疑是雅利安家庭的范本。

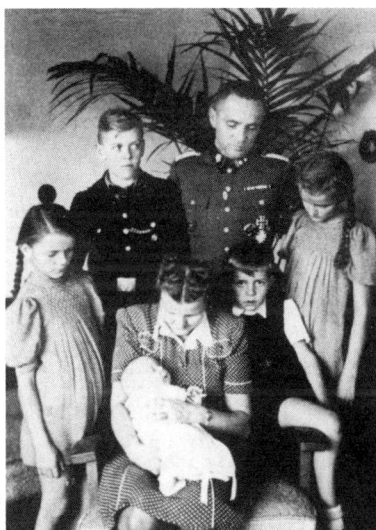

1943 年的霍斯一家合影

　　拍摄这张合影的相机是"海尼叔叔"送给霍斯家的礼物。党卫队制服是囚犯缝制的。便服则很可能是由党卫队窃取的布料制成的，或是由已惨遭杀害的被遣送者的衣物改装而成的。

　　玛尔塔为霍斯一家缝制的衣物与这个日耳曼家庭范本的形象完美契合。在室内或是花园里玩耍时，霍斯家的女孩们扎着辫子，穿着搭配得体的连衣裙，看上去十分甜美，男孩们则身着衬衣和短裤。当然，所有衣服在穿之前都清洗过，这一点和囚犯的衣服完全不同。

　　霍斯家的孩子们对身上衣服的来历一无所知，海德薇却心知肚明。她不仅派仆人去格伦克的服装厂里采购，还派玛尔塔去"加拿大"库房里"扫货"。

　　也正是在这里，布拉查第一次遇见了玛尔塔。

　　在"加拿大"，布拉查姐妹已经被选中为党卫队干缝纫活了。里夏德·维格勒布选中了布拉查和一对来自斯洛伐克南方的姐妹。她们坐在"加拿大一区"一处二楼的室内阳台里干活。阳台上还摆着一排排宽大的架子,上面摆满了布料、服装和缝纫用品。此外,布拉查使用的缝纫机也放在这里。所有这些都是劫掠所得,有些来自被遣送者的行李,有些则来自被雅利安化的犹太商店。

玛尔塔走了进来。她用匈牙利语告诉布拉查,要从架子上拿些什么东西。许多斯洛伐克人都能在多种语言之间自如切换。布拉查跳了起来,在架子上寻找,抽出了一匹匹布料。

"这些是你想要的吗?"

"可能吧……或者换种颜色?"玛尔塔说道。两个人继续交流。

堆放的物品如此之多,以至于根本没必要实行库存控制,当然就更没必要为此支付货款了。

党卫队成员在奥斯维辛库房里随意取用任何东西。在一个区域,各色物品摆了一地,就如同百货商店的陈列台一样,香水、内衣、手帕、毛刷等。将这些赃物占为己有绝非只是女性才会犯下的恶行,恰恰相反,男性党卫队官员偷走了大量钱财、钢笔和手表。党卫队医生约翰·克雷默就会定期将一包包好东西寄给待在德国的朋友。

"囚犯们让我拿走了许多此类物品,如香皂、牙膏、针线,等等。"约翰在战后接受审判时辩解道。他还补充说这些都是"日用必需品"。[26] 囚犯则不能保有此类"必需品",即使是自己带到集中营的也不行。

被迫为党卫队家庭服务的波兰当地仆役也表示,从亚麻织物到珠宝,原本属于犹太人的物品在日常生活中随处可见,此外还有满载财物的一辆辆卡车不断驶回德国。海德薇也经常从奥斯维辛寄东西给待在"德意志祖国"的亲戚。

洗劫行为不仅厚颜无耻，还是完全非法的。奥斯维辛集中营所有工作人员都需要签署一份声明："我了解这一事实，并因此于今日收到指令，如果我染指犹太人财物的话，将被判处死刑。"[27]

平民出身的护士玛丽亚·施特龙贝格尔（Maria Stromberger）拒绝在这份声明上签字，她愤怒地表示："我不是贼！"[28] 她日后成了玛尔塔在奥斯维辛地下抵抗组织的盟友之一。希姆莱对于犹太人的财物在纳粹金库中占有多么重的分量自是心知肚明，就连他在赞扬刚在东欧和被占领的苏联领土上屠杀了数万犹太人的党卫队"品行端正"的同时，也发表了一番反对偷窃的言论："为了我国人民，我们有道德权利和义务摧毁想要摧毁我们的那些人。但我们无权中饱私囊，拿走一件皮草、一块手表、一马克、一根香烟或是别的什么东西。"[29]

当然，之所以要告诫党卫队下层不得偷窃，是因为这种行为会损耗集中在国家手里的资源。柏林的纳粹权贵们希望为自己捞取更多好处。

党卫队的偷窃行为如此猖獗，以至于纳粹不得不向奥斯维辛派去了调查委员会。法律官员罗伯特·穆尔卡（Robert Mulka）下令对党卫队女守卫搜身，结果发现了从"加拿大"偷走的珠宝与内衣。这些女守卫被判处2~3年有期徒刑。相较之下，未经授权的杀戮以及施虐狂式的酷刑折磨是不会受到调查的。在奥斯维辛，这些行为都是家常便饭。

有些党卫队成员在奥斯维辛被解放很久之后仍难逃法网，原因就在于其劫掠行为。

其中一个受审者是党卫队少尉、施虐狂与杀人狂马克西米利安·格拉布纳。格伦克工厂的"老大"给他送去了掠夺的财物，马克西米利安将其寄给了维也纳的家人。他还曾命令他的勤务兵射杀几只狐狸，以便为妻子制作一件新的狐皮大衣。第二次世界大战结束后，一个前奥斯维辛囚犯听说，在维也纳有个姓格拉布纳的家庭经常收到从奥斯维辛集中营所在的上西里西亚地区寄来的包裹，便报了警。随后，这名遭到通缉的战犯被逮捕，并于1947年12月被处决。一包包赃物导致了他的垮台与死亡。[30]

导致党卫队小队长汉斯·安哈尔特（Hans Anhalt）被捕的原因也是贪婪。他从"加拿大"窃取了许多财物。第二次世界大战结束后，为了套现，他将部分财物抵押给了当铺，但直到1964年他才引起怀疑。在住所遭到搜查后，包括高档皮包和手套在内的剩余的"加拿大"赃物曝光了，汉斯被判处终身监禁。

最晚受到审判的奥斯维辛党卫队成员之一是奥斯卡·格勒宁（Oskar Gröning），他曾负责清点新入营者的财物。2015年，他被判处"促成大屠杀"罪名成立。奥斯卡辩称，盗窃行为"在奥斯维辛绝对是司空见惯的"。[31]

对于那些在战后希望能够逃脱惩罚的党卫队成员而言，誓死效忠于"领袖"和第三帝国这一诺言成了常用的借口，即以"我只是在服从命令"为由试图脱罪。但显而易见，奥斯维辛集中营里的党卫队只是在服从自己乐于服从的命令，并未服从那些可以置之不理的命令。

> 只有纳粹高层的妻子才受到了邀请。她们中的许多人令人无比厌恶，另外一些人则很优雅。我们制作的时装要为她们增光添彩。
>
> ——柏林时装设计师盖德·施特贝（Gerd Staebe），他曾在赫尔曼·戈林的住所为党卫队太太们展示过时装 [32]

一个党卫队高等法官注意到，奥斯维辛集中营的党卫队高层并未因偷窃嫌疑遭到搜查，因违反规定被惩处的都是些小人物。鲁道夫也曾表示反对黑市交易，但他从未追查过自己家里的精美陈设和花园里的充裕物资来自何处。毫无疑问，他也是窃取财物的共犯，并且为采购财物的党卫队成员提供了保护。一个党卫队成员在为集中营管理层采购物资时，就专门为鲁道夫挑选了精美的"雅利安化"布料。[33] 级别越高，特权越大。

在第三帝国，为巩固权力结构，必须强调不同级别的等级差异。海德薇招待过许多具有影响力或享有声望的客人，如党卫队产业总管奥斯瓦尔德·波尔将军。1942 年 9 月，奥斯瓦尔德在霍斯家享用了一顿包括烤猪肉、现磨咖啡和清爽啤酒的丰盛晚餐。[34] 海德薇不仅要求玛尔塔制作符合自己品味的服装，还希望自己的衣橱能体现出集中营指挥官妻子的地位。海德薇不像艾米·戈林那样珠光宝气，也不像玛格达·戈培尔那样极度奢华，但她也要经常招待上层显贵、工业大亨及其夫人们。

男性主宰着第三帝国的政界和军界。海德薇的角色与纳粹体系一致，任务则是操持家务。她身居幕后，裹着围裙，驱使囚犯们从集中营黑市上搞到各种物资，包括糖、可可、肉桂、人造黄油来填满她的橱柜。囚犯干如此高风险的活儿，回报则是几根香烟。海德薇还会身穿优雅的晚礼服，在晚餐桌旁招待客人享用精美的盛宴，没有一丝战时配给制或食物配给券的痕迹。对于海德薇的盛情款待，她的亲兄弟弗里茨曾感慨道："在奥斯维辛我感到舒服极了。应有尽有，唾手可得。"[35]

就在不远处，布拉查、艾琳和其他囚犯正喝着萝卜汤，啃着硬面包。鲁道夫有一次带领弗里茨环游集中营时，曾称奥斯维辛–比克瑙为"另一个星球"。^[36] 的确如此。

当希姆莱于 1943 年 1 月第二次造访奥斯维辛集中营时，海德薇为他准备了一顿非常丰盛的早餐，以至于随后视察毒气室运转情况的行程都被推迟了。在等待希姆莱期间，被选中的受害者只能在上了锁，装着假淋浴喷头的水泥大厅里默默忍受。在严寒中巡视完集中营后，希姆莱还可以在装备了现代化中央供暖系统的霍斯别墅里暖暖身子。阿道夫·艾希曼造访奥斯维辛时则称赞海德薇的领地"棒极了，令人宾至如归"。^[37]

霍斯别墅的访客留言簿上满是恭维之词："感谢海德薇妈妈""祝您健康快乐、称心如意""我和老朋友一起，度过了好几个小时的轻松时光"……^[38]

纳粹党徒妻子的职责就是相夫教子，做贤妻良母。在这方面，海德薇做得十分成功。她邀请老朋友和集中营同事来访，这样集中营指挥官在结束一天辛苦的种族灭绝工作后就可以回家放松放松了。他们会在附近的河畔骑马、野餐，甚至还会远足前往周边一处名为"索拉小屋"的党卫队度假村。在那里，党卫队官员和家属们可以在晒台上放松，在手风琴的伴奏下唱歌，在草地上散步，以及采摘新鲜蓝莓。^[39]

党卫队成员可以享受各种消遣，看戏、听歌剧、五音不全地合唱、看电影、逛赌场、泡图书馆。附近小镇上还有许多家餐厅可供选择。

作为奥斯维辛最重要的人物，鲁道夫和海德薇看任何演出都可以坐在前排。他们也会穿着与自己的地位相匹配的服饰。对党卫队来说，音乐是集中营生活的一大亮点。每周日，一支由男囚组成的乐队都会在位于霍斯别墅和火葬场之间的广场上进行演奏。

比克瑙营地则有一支完全由女囚犯组成的乐队。在夏日特别音乐会上，她们演奏了维也纳华尔兹和李斯特的《匈牙利狂想曲》。有一个党卫队高级成员的妻子曾携家人出席夏日音乐会。她穿着一件硕大的紧身连衣裙。她的儿子则在脖子上挂了块牌子，说明自己是集中营队长之子，以免被误认作犹太小孩并被送进毒气室。[40]

在晚间音乐会上，独奏者会得到一件来自"加拿大"的红色低胸晚礼服，主乐队则身穿比克瑙服装厂缝制的统一服装。匈牙利女裁缝伊洛娜·霍赫费尔德（Ilona Hochfelder）还记得，自己为乐队缝制过搭配黑色或海军蓝色裙子的红白衬衫。她的报酬是一块方糖和一个苹果。伊洛娜原本是巴黎时尚名牌香奈儿的裁缝，听完演奏她非常感动，于是忍不住去找指挥攀谈了一番。[41]

尽管胡妮娅·施托尔希在莱比锡时就爱听音乐会，但她对于集中营乐队就没有这么美好的回忆了。当囚犯上下工时，奥斯维辛和比克瑙的音乐家们都被迫为其演奏欢快的乐曲。胡妮娅觉得这种违和的仪式令人毛骨悚然，并将这些音乐家想象为"来自另一个世界的幽灵"。[42]

海德薇的另一个职责是扮演集中营女守卫的母亲。女守卫平均年龄 26 岁，有些只有 10 来岁。虽然接受了灭绝人性的训练，但她们毕竟还是人，既放任自己作恶，内心深处也仍隐藏着善。她们向海德薇倾诉自己的烦恼，告诉她不得不做的残忍工作如何令自己痛苦不已。海德薇给她们的唯一"安慰"是，一旦战争结束，她们的烦恼也就结束了——届时犹太人将全部死亡。[43]

如果鲁道夫和海德薇打算出门远足，他们可以叫党卫队女队长玛丽亚·曼德尔（Maria Mandl）来帮忙看孩子。死硬、凶残的反犹分子玛丽亚是集中营女子乐队的赞助人，她还很喜欢小孩。

在霍斯一家影集的一张照片中，玛丽亚穿着艳丽的泳装，站在索拉河畔的游泳码头上，准备和霍斯家的女孩们一同扎入水中。护士玛丽亚则将这个同名女人称为"恶魔的化身"。[44]

一天晚上，鲁道夫和海德薇要去党卫队官员餐厅里的赌场玩个通宵。就如同女裁缝雅妮娜曾讲述过的那则逸事的变种，霍斯家的孩子们又要玩囚犯扮演游戏，海德薇的密友、刺绣能手米娅缝制了臂章和徽章，这样一来，每个人都可以扮演"老大"揍囚犯了。不过这一次，被揍的对象正是现实中的囚犯，即霍斯家的厨子索菲·施蒂佩尔（Sophie Stipel）。在这场"游戏"中，索菲被绑在椅子上，其他人则用像肥皂一样重的毛巾殴打她。当鲁道夫和海德薇回家后，对这一幕显然无动于衷。[45]

对于因无休止的杀戮行为而精神极度不安的党卫队男性成员来说，家无疑是个避风港。奥托·莫尔的妻子曾告诉海德薇，她的丈夫在睡梦中常常发出哭号。这段对话无意间被霍斯家的一个女裁缝听到了。奥托的妻子是否知道，在奥托犯下的种种暴行中，竟包括亲手将活着的婴儿扔进熊熊燃烧的火焰里？玛丽安娜·博格尔（Marianne Boger）嫁给了集中营里最残忍的守卫之一。她表示丈夫回家吃饭时常显得筋疲力尽，因此对其精神状况深感担忧。[46]

女式内衣和睡衣能起到抚慰党卫队男人的作用，因为夫妻间的性事被认可为党卫队男人一项重要的放松活动。党卫队医生汉斯·德尔莫特（Hans Delmotte）对于大规模处决颇感不安，于是他的妻子克拉拉·德尔莫特（Klara Delmotte）作为能够让他平静下来的出口，被带到了奥斯维辛。[47]克拉拉是个怪女人，为了与宠物大丹犬看上去更搭，她就穿着黑白两色的衣服。

鲁道夫喜怒不形于色，并且常常因集中营管理工作承受沉重压力。据说他发泄性欲的对象是一个负责清点"加拿大"财物的非犹太囚犯，绰号"钻石"的诺拉·霍迪斯（Nora Hodys）。诺拉之所以能结识鲁道夫，要归功于海德薇对精美室内陈设的热爱。为修补一块印花地毯，诺拉被带进了霍斯别墅。擅长针线活的她不仅补好了这块地毯，还为海德薇新制了两块挂毯、丝质枕头、床前地毯和床罩。她还把"加拿大"库房里的珠宝送给了指挥官。

1942 年 8 月，诺拉受邀前往霍斯家，庆祝海德薇的 40 岁生日。在一张保存下来的霍斯家的合影中留有诺拉的影像。照片上，汉斯-于尔根坐在她膝头，一旁则是皮皮。诺拉留着蓬松的香肠状鬈发，用一条彩色头巾固定。她身穿一件前排系扣的连衣裙，整洁而朴素。尽管鲁道夫严厉禁止低级别守卫与囚犯发生性行为，但这并不会阻止他自己打诺拉的主意。

园丁斯坦尼斯瓦夫瞥见了鲁道夫和诺拉拥抱的场景，他还声称无意间曾听到海德薇与鲁道夫因"那个女人"发生争吵。鲁道夫刚离开家，海德薇就把诺拉赶了出去。据诺拉所言，当她被关押在集中营监狱时，鲁道夫曾来找她，要与她发生性关系。这一要求当然没有商量的余地。她还声称，此事过后不久，她就不得不堕了一次胎。在霍斯家中，诺拉的名字是绝对不能提起的。海德薇日后曾在一篇讲述诺拉事件的文章上乱涂乱画道："这是一段炮制出来的，没人知道实情的艳史。"[48]

至于海德薇自己，尽管有流言称她曾在凉亭里拥抱过附近切尔梅克一家制鞋厂的餐厅经理，但总体而言，她仍维持着纳粹标准下完美妻子与母亲的形象。鲁道夫声称，自从海德薇发现奥斯维辛实际上是一座灭绝营之后，两个人就不常有性行为了。值得一问的是，党卫队成员的妻子们对于愈演愈烈的种族灭绝究竟知道多少？更重要的问题或许是，她们对此又究竟有多在意呢？

鲁道夫曾向希姆莱保证，对犹太人的种族灭绝将被严格保密。希姆莱本人则称，这将是"我们历史上未写下，也永远不会被写下的光荣一页"。[49]希姆莱在巡视东欧各地的屠杀场时，会定期向妻子玛加·希姆莱（Marga Himmler）及女儿古德伦·希姆莱（Gudrun Himmler）写信，告诉她们自己的健康状况和繁重的工作。他还会抓住一切机会将一包包物品寄回家，白兰地和书、香皂和洗发水、巧克力、曲奇和炼乳、布料、刺绣、连衣裙和皮草。

尽管玛加也是"农夫联盟"及纳粹体系的坚定信奉者，称犹太人为"贱民"，并希望"将他们关起来，强迫他们劳动，直到死亡"，但希姆莱在信中对自己下令执行并亲眼见证的种族灭绝还是只字不提。虽然玛加早就在驱使达豪集中营的囚犯为自己劳作，但还是要对她加以保护，不能让她得知丑恶的现实。[50]

不过，海德薇却在一次社交活动中对此产生了疑心。奥斯维辛所属的上西里西亚地区地方长官弗里茨·布拉赫特（Fritz Bracht）组织了那次活动。布拉赫特一家居住在邻近奥斯维辛的卡托维兹（Katowice）。1942年7月，在希姆莱巡视奥斯维辛利益区期间，弗里茨招待了他。在希姆莱的特别要求下，海德薇也受到了邀请。按照惯例，正式宴会期间女士需要"退席"，以便男士们谈论政治和商业问题。但弗里茨当着海德薇的面，过于直白地谈起了灭绝营的真实情况。后来海德薇询问鲁道夫，弗里茨的说法是否属实。鲁道夫承认，的确如此。[51]

海德薇对于纳粹的仇恨言论毫不陌生。她曾主动吸收了"农夫联盟"的种族主义信条。她曾在达豪和萨克森豪森"再教育营"周边抚养子女。她居住的房子是从其合法主人那里夺来的，穿的衣服是从死难者身上剥下的，服侍她的是失去了自己的生活及家庭的被关押在集中营里的囚犯。既然如此，得知反犹宣传的毒药已逐渐升级为被投入密室的"齐克隆 B"晶体，真的还会令她感到惊讶吗？

既然在霍斯家阁楼里干缝纫活的玛尔塔只要向集中营方向望去，就能看见狱友们是怎样被对待的，那么海德薇又怎么可能看不见这些场景呢？既然波兰本地人都明白火葬场柴堆冒出的火焰和烟囱里飘出的烟尘意味着什么，都能觉察到许多人来到奥斯维辛后就消失了，那么海德薇又怎么可能对此一无所知呢？或许，海德薇只看见了她希望看见的东西吧，她那精美的花园，她收藏的画作，她的地毯，她的衣服。

其他党卫队太太则心安理得地避免了解其丈夫犯下的罪行。当她们的丈夫下班回家后，自有女仆擦拭掉靴子上的秽物，洗净制服上的血迹。至于从集中营带回的气味？"那只不过是香肠厂的大蒜味。"埃尔弗丽德·基特（Elfriede Kitt）说道。她的丈夫是集中营里的一个医生，在囚犯身上进行过许多罪恶的实验。埃尔弗丽德还是丈夫工作中的助手，在业余时间，她则沉醉在从集中营偷来的纺织品和香水中。[52]

约瑟夫·门格勒（Josef Mengele）医生的新婚妻子则更加直率地向丈夫提出了质问。

"臭味是哪来的？"

"别问我。"约瑟夫医生答道。

妻子识相地避开了这一话题，但对于丈夫医疗工作的内容以及他在挑选将被处死的囚犯这一过程中的作用已有所了解。她甚至还因为身患白喉，在火葬场对面的党卫队医院里接受过治疗。[53]

"我听说你们在把女人和小孩送进毒气室。希望你和这档子事没任何关系。"弗丽达·克莱尔（Frieda Klehr）对丈夫说道。

"我不杀人，我只治病。"丈夫向妻子保证。[54]

但弗丽达的医生丈夫曾身着白大褂或粉色橡胶围裙，手戴橡胶手套，通过将苯酚注射进心脏的方式，亲手杀害了数千名囚犯。自 1943 年起，他便成为"消毒队"的主管，负责用"齐克隆 B"为衣物和营房除虱，以及用毒气杀死囚犯。

漂亮的埃丽卡·菲舍尔（Eryka Fischer）享用着天鹅绒床单和印有自己姓名图案的内衣等奢侈品。她的丈夫霍斯特·菲舍尔（Horst Fischer）医生负责比克瑙营地的挑选工作。埃丽卡曾让波兰女仆穿上自己的华服，玩化装游戏。她在党卫队医院住院期间，比克瑙的"吉卜赛营地"被清空了。她的丈夫对这一行动直言不讳地说道，吉卜赛人已"化作烟尘飘走了"。[55]

就算这些妻子对于大规模消灭犹太人、波兰人、战俘、吉卜赛人、辛提人和许多其他人的行为心知肚明，那么可以把她们列为共犯吗？她们是旁观者？还是说因为与加害者的关系如此密切，以至于她们也沾染了同样的罪责？尽管在纳粹政权中，女性被绝对排除在军政要职之外，但她们支持着那些制定和执行各种政策的男人。更重要的是，在第三帝国，这些行为根本不构成犯罪。或许更应该这样提问，这些女人对于遭到自己丈夫处决的那些人的命运，真的在意吗？

当一个犹太囚犯乞求奥斯维辛红十字会主席福斯特（Faust）太太施舍给些面包时，她却尖叫着喊来了警察。

布拉查在"加拿大"为之干缝纫活的党卫队小队长里夏德的妻子会给来自己家里或花园里干活的囚犯一些蛋糕。

帕利奇（Palitzsch）夫人的丈夫被奥斯维辛地下组织称为"集中营里最可恶的浑蛋"。她的波兰女仆称帕利奇夫人拥有一颗温柔的心，但当她抱怨某个囚犯在她家干活马马虎虎后，这个囚犯就遭到了酷刑折磨。[56]

奥斯维辛一个守卫的妻子格蕾塔·席尔德（Greta Schild）在圣诞节时曾送给波兰女仆钱、甜点和围裙。当格蕾塔的母亲前来帮忙照料她的新生婴儿时，格蕾塔站在窗边，看到了囚犯在碎石坑里干活的场景。她不禁哭着一遍遍说道："不应该是这个样子，不应该是这个样子。"[57]

爱打扮的凯特·罗德（Käthe Rohde）曾慷慨地送给波兰女仆许多物件和布料。她热爱派对和精美的物品。1944 年夏天，当听说将有大批匈牙利犹太人被遣送至奥斯维辛时，凯特简直喜不自胜，因为这些犹太人将带来"整座山整座山的宝藏"。[58]

再就是海德薇。

> 我祖母是个恶毒、贪婪的女人。她无耻地利用自己
> 作为集中营指挥官妻子的地位牟利。
>
> ——赖纳·霍斯（Rainer Höss）[59]

据说海德薇一向善待在她家里和花园里干活的囚犯。她会送给他们食物、香烟和鲜花。据说，她和丈夫还曾为阻止遣送、惩罚乃至处决等行为说情。玛尔塔得以保住自己的性命，就要归功于霍斯夫妇。海德薇还曾三次救了园丁斯坦尼斯瓦夫的命。不过斯坦尼斯瓦夫曾听到海德薇将自己的丈夫称为"在欧洲灭绝犹太人的全权特使"。海德薇还曾声称，"等到时机成熟，甚至会轮到英国犹太人"。[60]

数百批犹太人被遣送至奥斯维辛，要么被立即杀害，要么在承受了无法想象的苦难后劳累至死，但与此同时，鲁道夫与海德

薇又曾挽救过自家奴隶劳动力的性命。他们这样做，或许只是为了自己的便利。

在为海德薇干缝纫活期间，玛尔塔必须在两项使命之间保持平衡：表面上为其效劳，暗地里"要些花招"。一方面，她的工作受到海德薇的重视，她也成为霍斯家的一个熟人；另一方面，苦痛的经历让玛尔塔明白，集中营里的囚犯承受着怎样的苦难，因此她决心利用自己受保护的地位去帮助他人。玛尔塔成功地促成了第二个犹太女裁缝加入霍斯家阁楼里的这间缝纫工作室，由此帮助另一个女性逃脱了比克瑙这片苦海。[61]

有一天，海德薇爬上阁楼，坐下观看两个女囚犯干缝纫活。她突然开口说道："你们缝得又快又好。这怎么可能呢？毕竟犹太人都是寄生虫和骗子啊。犹太人什么也不干，游手好闲，成天只是在咖啡馆里闲坐。你们是从哪里学会这样干活的？"

海德薇的钦佩之词里满是反犹偏见。她究竟是将玛尔塔当成一个犹太人，还是当成一个人？

欣赏玛尔塔缝纫技艺的不止海德薇一人。其他党卫队太太开始对玛尔塔为海德薇提供的私人服务感到嫉妒了。她们也希望利用犹太人的才干来升级自己的衣橱。凭什么让霍斯夫人专美？海德薇则发现了扩大阁楼里这间缝纫工作室的机会。她寻思着要在奥斯维辛集中营里开一家专门面向纳粹上层的精品时装店。

无论是旁观者、共谋者，还是囚犯的同情者，奥斯维辛的党卫队太太们都将成为玛尔塔未来的客户，许多囚犯的命运都将取决于她们对时装的兴致。奥斯维辛这个压榨系统本是用来将囚犯贬为贱民并彻底摧毁的，玛尔塔却想利用它来挽救囚犯的生命。

第八章 | 奥斯维辛里开了一家"高级缝纫工作室"

在比克瑙的 10 000 个女囚犯中，至少有 500 个出色的裁缝。但如果她们不认识人，就不会被好运眷顾。

——布拉查·贝尔科维奇

"点到你的号了。"这句话在日常对话中经常出现。

对于被关押在集中营里的囚犯来说，自己的号被点到，或许就意味着到了终点。1943 年初夏的一天，艾琳·赖兴贝格的号码被点到了，第 2786 号。

囚犯最好不要引起党卫队守卫的注意，要是被叫出人群，那么被找碴儿修理一顿就是最好的命运了。然而，艾琳一听到自己的号码就立刻站了出去，等待着最糟糕的结局。毕竟，她还有什么好在乎的呢？三个姐妹的死仍令她伤痛不已。她仍在想着一死了之。

艾琳被带到后来声名狼藉的集中营入口附近的管理部门办公室里。她被剥光衣服，接受医生的检查，然后被问道："你的职业是什么？"

"女装裁缝。"艾琳答道。

这个简短的答复挽救了她的生命，也挽救了她的理智。

海德薇·霍斯在奥斯维辛开设了一家时装店。艾琳被选中了，和其他经过精挑细选的女裁缝一道，将为其干活。这家时装店的名字是"高级缝纫工作室"。艾琳之所以被选中，不是因为她的缝纫技艺最精湛，也不是因为她经验最丰富，而是因为她与时装店的"老大"，人品极佳的玛尔塔·富克斯是姻亲——艾琳的大哥拉齐·赖兴贝格娶了玛尔塔的姐妹图鲁尔卡·富克斯。玛尔塔向负责管理时装店的党卫队女队长伊丽莎白·鲁珀特（Elisabeth Ruppert）提出，订单实在太多了，人手不够用。

《人人时尚》杂志上展示的秋季时装，1944 年

"你心中有中意的人选吗？"伊丽莎白想知道。

"是的，她姓赖兴贝格，名叫艾琳，是第 2786 号。"

在时装店里安定下来后，艾琳立刻开始缠着玛尔塔。她说道："听着，我有个好朋友，她姓贝尔科维奇，名叫布拉查，是第 4245 号。她可棒极了。你能申请把她也调来吗？"

对玛尔塔来说，无须多劝。在艾琳被调来的两个月后，布拉查也来到了时装店。她立刻叫道："我有一个妹妹……"

又过了两周，第 4246 号囚犯卡特卡·贝尔科维奇也受到征召，成为时装店里的大衣及套装制作专家。

截至 1943 年秋天，"高级缝纫工作室"女裁缝队伍的规模已从 2 人扩大至 15 人，而这还不是终点。

党卫队挑选人是为了将其处死，玛尔塔挑选助手却是为了让她们拥有更大的生存机会。不可避免的是，玛尔塔最先挑选的都是自己认识的人。在集中营里，所谓"优待"莫过于此，关系网或曰"保护网"是至关重要的。玛尔塔召集奥斯维辛女裁缝的事例表明，对于犹太人和被关押在集中营里的其他群体来说，一家人或是一国同胞之间的纽带有多么紧密。当家庭被拆散，痛苦之情自然会令人感到绝望，就如同艾琳的经历那样。要想在心理上坚持下去，某种形式的联系与合作是必不可少的。而这股情感上的力量反过来又会促使囚犯的身体更具韧性。

奥斯维辛集中营指挥官鲁道夫·霍斯对犹太家庭成员间的紧密关系不屑一顾，他写道："他们抱成一团，就像水蛭一样。"但接下来他又自相矛盾地认为犹太人不够团结，并对此大加谴责："考虑到他们的处境，你或许认为他们会保护彼此。但事实恰恰相反。"[1]

鲁道夫常常吹嘘自己了解囚犯的心理状态，但正是他一手促成了囚犯所处的局面，进而引发了内斗或是团结等反应，可鲁道夫不仅推卸了自己因此应负的责任，还从不对奥斯维辛囚犯忍受的错综复杂的情感冲突表示任何同情。毕竟，承认囚犯具有爱、忠诚和自我保护等基本的人类本能，不就等于承认囚犯也是人吗？

而这正是鲁道夫想要极力避免的。如果囚犯也是人，那么他对待囚犯的方式就只能被认为是非人的。对鲁道夫来说，将对犹太人的偏见作为心理上的保护屏障，比承认自己是个恶魔——他表面上可是个充满爱意的顾家男人，会在睡前给孩子们读童话故事，要惬意得多。

鲁道夫已注意到，享有一定特权的囚犯会偏袒自己的熟人。但他选择无视这一事实，他和他效忠的政权，要为集中营里充满敌意的环境负责。在这样的环境里，太多人争夺着太少的资源。

对于那些争夺好差事的女囚，他指责道："差事越安全，就越令人向往，争夺也就越激烈。没人顾及其他人，这是生死攸关的战斗。人们用尽一切手段，无论多么下作，就是为了让这样的差事空出来，或是将其搞到手。在大多数情况下，赢家都是最下流无耻之人。"[2]

除了因种族、宗教信仰、政治立场、性取向或所属文化遭到逮捕的平民外，奥斯维辛的确还关押着大量真正的刑事犯，包括杀人犯和强奸犯。无论背景如何，集中营里的生存专家无疑都是通过激烈争夺才赢得了相对的地位和权力。集中营里的资深囚犯都在绝境中生存了数月乃至数年，他们会受到尊重，还常常使人畏惧。

最先到达奥斯维辛的囚犯被刺上的号码数字最小。在集中营中忍受了最长时间的囚犯被称为"小数字"。作为奥斯维辛集中营里的"老资格","小数字"斯洛伐克犹太人，即第一批被遣送至奥斯维辛的女囚，当然知道如何抓住一切时机，将局面变得对自己有利。这些人获得了众人觊觎的差事，其中有些人利用自己的地位为少数受青睐者提供支持，结成一个紧密的、带有犯罪团伙性质的小团体；另外一些人则在合作与慷慨精神的激励下，建立了更具教养的团体。而这种崇高的精神是鲁道夫看不见或不愿承认的。

鲁道夫观察奥斯维辛因犯，就仿佛他们是被关在一座野蛮动物园的笼子里的其他物种，而不是被他所在的组织贬低到仅仅为了生存而不得不施展浑身解数的人类。考虑到鲁道夫在大屠杀中的超然权威地位，他那句冷酷的"没人顾及其他人"的谴责就更加令人不寒而栗了。此外，"老大"玛尔塔的事迹也证明了这句话绝不正确。

简而言之，玛尔塔利用自己的特权帮助了他人。新成立的这家时装店将成为一座避风港，帮助尽可能多的女囚犯逃离比克瑙集中营。

正如缝纫这门传统的女性手艺将令部分女囚犯得救一样，通常由女性从事的秘书差事也将为女囚犯之间的相互帮助提供便利，因为在党卫队的管理体系中，负责打字、填表和记录囚犯劳动情况的，都是犹太女囚。她们都在党卫队行政大楼里干活和住宿。

捷克籍犹太囚犯卡蒂娅·辛格（Katya Singer）在奥斯维辛集中营管理部门做记录囚犯每日劳动情况的工作已有两年。毫无疑问，她会利用自己的关系网来争取优待。当某个党卫队官员问她，为何缠着自己不放，非要帮助几名特定囚犯时，她直言不讳地回答道："因为她们都是我的人。"

在党卫队行政大楼里干秘书活的囚犯们还学会了利用集中营复杂的归档系统来开展抵抗运动。卡蒂娅负责维护的劳动日志就成为分析囚犯劳动数据的重要工具。工作登记处记载着能从事各种职业的囚犯数量。工作分配部则负责为需要劳动力的部门供应囚犯。

每个月，能从事各种职业的囚犯数量要上报给经济总部 DII 局。各劳动队的"老大"每周要向集中营管理部门就所需囚犯的数量与技能提出申请，干调度活的囚犯负责推荐适合的人选。他们既可以为朋友谋得一份好差事，也可以报复自己不喜欢的囚犯，把讨厌鬼打发去干脏活累活。

正是因为上述种种安排，玛尔塔才能查阅编制得一丝不苟的索引卡片，看看哪些朋友被关押在集中营里，以及自己能够征召哪些"号码"。

与此同时，深陷于比克瑙地狱之中的囚犯们也在竭尽全力打造关系网。这不仅因为他们希望稍微改善下自己的境遇，更是因为关系网事关生死。艾琳的老朋友勒妮·翁加尔曾干过一段时间的办公室差事，但在 1942 年 10 月，她又被踢回了一般劳动力队伍中。身患伤寒和疟疾的她身体虚弱，知道自己不可能坚持多长时间，于是每日每夜都在琢磨如何才能拯救自己。勒妮在囚犯间散播消息，说自己可以干秘书活和缝纫活。终于，就在勒妮看上去已无法继续坚持之时，她被征召进了"高级缝纫工作室"。

勒妮坦承自己十分幸运。她知道，比克瑙集中营里还关押着一些来自法国的高档女装裁缝，而她自己甚至连专业裁缝都不是。不过玛尔塔让勒妮放心，说她可以边干边学。尽管自己的处境已相对安全，但勒妮仍无法放下其他成百上千正在被集中营毁灭的女孩，她的许多朋友也在其中。

在"加拿大"干活时,斯洛伐克囚犯瓦尔特·罗森贝格对艾琳十分友善。他意识到,"小数字"斯洛伐克女囚犯享受的优待,不是没有代价的。他感叹道:"如果说如今她们享受了一些优待,那么此前她们承受过多么深重的苦难啊。"[3]

1942年被遣送至奥斯维辛的首批犹太人里,超过90%都没能撑过头4个月,而在所有被遣送的10 000名斯洛伐克犹太女性中,最终只有约200人返回了家乡。[4]

胡妮娅·福尔克曼天性自尊且坚韧,但当她的号码46351被叫出时,她也近乎绝望了。她不具备"小数字"囚犯的种种优势。"编织队"繁重的劳作令她精疲力竭,高烧使她神志不清,脓疮感染引发的剧痛令她更加虚弱。不得以,胡妮娅只能申请作为病人进入"医院"。"鲁尔"营房的条件令她大为惊骇。床上满是粪便;没有铺盖,无法洗漱;虱子在她赤裸的身体上爬来爬去。病友很快变成了一具具尸体。

忠诚与友情救了胡妮娅的命,尽管纳粹全力施暴,也无法令这两种品质绝迹。在"鲁尔"营房,照顾胡妮娅的是一个来自莱比锡犹太医院的老友奥蒂·伊齐克松(Otti Itzikson)。虽然在医疗方面无法提供太大帮助,但当有一天所有犹太病人都要被挑选出来处死时,奥蒂把胡妮娅藏到了非犹太人待的区域里。第46351号囚犯得以幸免,未被推入满载活死人驶向毒气室的卡车里。

在鬼门关前待了近一个月,胡妮娅终于出院了。她步履蹒跚地回到原来的营房,朋友们却纷纷向她表示祝贺,告诉了她一个难以置信的消息,她被征召去党卫队行政大楼这个传说中的地方干活了。然而,当时胡妮娅正待在"鲁尔"营房,因此错过了这次机会。患病者是不能接近党卫队的。

"别难过,"朋友们安慰她道,"他们还会来征召你的,肯定的。"

胡妮娅之所以会受到征召，关键其实在于"加拿大"。有几个来自胡妮娅老家凯日马罗克的女孩在那里清点行李中的文件。她们发现了胡妮娅的护照，便立即通知了她的一个叫玛丽什卡（Mariska）的表亲。玛丽什卡在党卫队行政大楼里为一个党卫队高官干秘书活，在与玛尔塔商量之后，便发出了征召令。[5]

胡妮娅不敢奢望还能获得第二次机会。而当第二次机会到来时，她更加紧张了，因为她首先要被送去 10 号营房。集中营里流传的有关 10 号营房的所有恐怖传说都是真的，这是一个纳粹用医学手段折磨囚犯的地方，以约瑟夫·门格勒为首的党卫队医生在囚犯身上进行着各种人体实验。

和其他几个女裁缝职位的候选人一道，胡妮娅等待着接受医生检查。任何在接近党卫队的环境里干活的囚犯，都需要获得身体健康、无传染病的证明。胡妮娅身上的伤口已经在愈合了，但烧还没完全退，因此她很可能无法通过体检。但再一次地，幸运与人情眷顾了胡妮娅，10 号营房的一个护士是胡妮娅家的熟人。护士为胡妮娅量完体温后立刻将体温读数摇了下去，以免医生发现胡妮娅体温过高。

随后，胡妮娅再度接受了除虱。但党卫队医生仍不愿靠近她，只是坐在座位上，命令她转向这边，再转向那边，然后看都不看胡妮娅一眼，便做出了裁决。对他来说，这不过是又一具身体而已，但对胡妮娅来说，这一裁决将改变她的人生。

到了等待结果的煎熬时刻，终于，胡妮娅听到了自己的名字。她通过了体检。

又紧张又兴奋，胡妮娅立刻奔赴下一站——面试。其他候选人已经在展示缝纫技能了。这些囚犯一个接一个地被叫到面试官面前。最终，候选人中只有两个人被选中，其中之一就是胡妮娅。第 46351 号囚犯正式调入了党卫队行政大楼。

　　我们彻底离开了地狱。

　　　　　　　　　　　　　　　　——卡特卡·贝尔科维奇 [6]

　　沿着铁路支线走上大约两公里，摆脱比克瑙污浊的空气，穿越周边的小镇，直到步入奥斯维辛主营地，这是一种幸福。胡妮娅的目的地是位于马克西米利安娜科尔贝戈大街（Maksymiliana Kolbego Street）8 号的党卫队行政大楼。这栋建筑比集中营里大多数建筑都要高大，共有 5 层，有完美对称的人字屋顶。当年德国人为筹建集中营，抢占了大量土地与房产，这栋优美的建筑就是从波兰烟草公司手中夺走的。这幢可追溯至第一次世界大战时期的大楼，如今被改造成了奥斯维辛官僚系统的心脏。

　　海因里希·希姆莱希望将奥斯维辛利益区建成一个工农业中心，一方面为纳粹的战争行为提供支持，另一方面帮助党卫队扩张权势。集中营里的大量工厂需要数以千计的员工以及相应的管理人员，党卫队行政大楼是这一产业复合体的枢纽。鲁道夫嘲讽说"一大群犹太女囚在此蠕动"，尽管他本人也在榨取她们的无偿劳动。这里还住着党卫队女守卫，为党卫队家庭担任仆役的囚犯，以及多个负责洗熨和缝补衣物的劳动队。此外，党卫队行政大楼里还有弹药库、为守卫服务的美容院和发廊、容纳着 300 名劳动囚犯的地下室宿舍，以及海德薇的时装店。

　　海德薇家舒适的别墅距离奥斯维辛主营地的围墙只有 10 分钟的步行路程。走上这么一段距离去试衣服，也算不上太远。玛尔塔对这段路非常熟悉，因为除了担任"高级缝纫工作室"的

"老大"外，她仍需要回到霍斯家别墅里干活。

来到党卫队行政大楼前，胡妮娅无暇顾及周围那修剪得整整齐齐的花园、带电铁丝网和哨塔。胡妮娅并不知道，她刚刚穿越的院子就是奥斯维辛集中营历史上首次点名的发生地。她也不知道，自己即将进入的这栋建筑，曾是奥斯维辛集中营首批囚犯的容身之所。她更不可能预见到，在数十年后，这里会被改造成一所通风良好的招收波兰本地学生的职业学校。当她来到这里时，满脑子想的都是——自己一定是在做梦。

押送胡妮娅和另一个新任女裁缝的守卫将她们带到一间地下室的门前，嚷道："最新一批货到了！"

屋里传出了洗衣服的拍打声，厨房里飘出了食物的香味，简单的陈设，令人不禁回想起寻常生活。

一个漂亮的年轻女孩跑了出来，盯着胡妮娅看了看，先是皱起眉头，随后她变得快活起来，欢呼道："原来是你！"

胡妮娅意识到，自己正穿着宛如麻袋的连衣裙，长筒袜要用线绑缚在腿上，骨瘦如柴，头发花白。她不由得苦笑着答道："你还指望什么呢？指望我看上去还和在凯日马罗克时一个样？"

她们在第二次世界大战爆发前就已认识，但在比克瑙集中营的摧残下，胡妮娅已变得几乎认不出来了。那个女孩为自己的失言一再道歉，然后邀请胡妮娅稍加洗漱后与其他人见面。女裁缝们都在位于党卫队行政大楼最底层地下室的缝补间里。

对于胡妮娅来说，能够逃离比克瑙这片苦海，受到如此温暖、快乐的同伴欢迎，完全像是超现实一般。每个人见到她都十分开心，久别重逢的动静稍微大了一些，引起了负责维持秩序、清洁及分发食物的"老大"的注意。

党卫队行政大楼里的这个"老大"名叫玛丽亚·毛尔（Maria

Maul），是来自德国的政治犯。由于怀有炽热的共产主义理想，自从纳粹于1933年掌权以来，她已屡次被投入监狱和集中营。[7] 既公正不阿，又通情达理，她赢得了其他囚犯的尊重。但即便如此，她仍要求其他人向其汇报，这阵喧哗事出何故。

"胡妮娅来了，"女孩们开心地回答道，"我们好多年没见过她了！"

胡妮娅感到一只手搭上了自己的肩膀。回头一看，原来是"高级缝纫工作室"的"老大"玛尔塔。玛尔塔微笑着进行了自我介绍。

"你想去楼上的缝纫工作室吗？"

数月以来，胡妮娅一直是发号施令和各种暴力的对象。现在突然有人征求自己的意见，不禁令她大吃一惊。胡妮娅感到重拾了部分自尊。

"其实吧，"她说道，"既然现在天色已晚，我想我还是明天一早再开始干活吧。"

对于独立性已遭到彻底剥夺的人来说，如此委婉的一句话已足以有力地表明，她正在找回自我。

只是在玛尔塔离开后，其他女孩才提醒胡妮娅，需要注意说话的语气，因为换了任何一个"老大"，这样的答复都会招致严厉的惩罚。

> 党卫队要求与自己有接触的囚犯得保持清洁，衣服也得让他们挑不出毛病！
>
> ——埃丽卡·库尼奥（Erika Kounio）[8]

与集中营里的其他地方相比，党卫队行政大楼里的生活宛如天堂，不过宿舍的窗户仍是封死的。此外，大楼里一处显眼的标语可谓是对在这里干活的囚犯所处的暧昧地位的总结："出现一只虱子，你们就死定了！"

一方面，党卫队害怕暴发斑疹伤寒或是其他传染病疫情，因此囚犯也能用上自来水、淋浴头和抽水马桶。但另一方面，囚犯若出现传染病的一丝症状，都可能被逐出党卫队行政大楼，而被赶回比克瑙营地几乎意味着必死无疑。党卫队行政大楼里的条件太好了，一定不能失去。

由于地下室大宿舍里的床位不够，女囚犯们就轮流睡觉。至少，她们还可以一个人睡一张床。在上白班的囚犯起床去干活后，下了夜班的囚犯就可以爬上仍然暖和的床铺了。胡妮娅需要与一个干洗熨活的女囚犯共享一张床铺。整夜清洗肮脏的党卫队亚麻制服总是令这个女囚犯筋疲力尽。按照一般标准，这些木质上下铺十分粗糙，寝具也很寒酸，只有一条床单盖在塞满了稻草的床垫上，外加一条盖在身上的毯子。但按照奥斯维辛的标准，这已经是五星级的奢华享受了。后来，胡妮娅还为自己"安排"上了一床被子。

在来到党卫队行政大楼的最初几天，全新待遇令胡妮娅感到奢侈不已，每天早晨竟都有时间洗漱和打扮。起床时间是早上 5 点，点名时间则是早上 7 点。点名的地点是地下室宽阔的走廊，而不是烈日灼身或雨雪交加的户外。点名持续的时间也很短，结束后大家就可以去干活了。胡妮娅看着女孩们在走廊上跑来跑去，头巾随风摆动，开心极了。"她们就像一群刚钻出水面，摇晃着尾巴的小鹅。"[9]

囚犯们有机会利用地下室里洗熨队的设施，偷偷给自己洗衣服。党卫队行政大楼里的文秘人员身穿条纹连衣裙，头戴白色头巾。女裁缝们身穿灰色棉质连衣裙、白色围裙和棕色工装。起初，为党卫队清洗制服的工作都是手工完成的。直到1944年，集中营的扩建区域才安装了洗衣机，有100个女囚犯分成白班和夜班在此劳作。有的洗衣桶装着冷水，用来浸泡脏衣服，另外一些洗衣桶则用来烫洗衣服，此外还有搓衣板和熨平机。洗净的衣物会在阁楼里晾干。

烫衣间里有40个女囚犯，分成白班和夜班，汗流浃背地干活。集中营指挥官鲁道夫希望自己的衬衣被洗熨得如同全新衬衣那样干净、清爽。胡妮娅的一个室友，来自慕尼黑的索菲·勒文施泰因（Sophie Löwenstein）"有幸"为约瑟夫医生、监工厄玛·格雷斯和集中营官员约瑟夫·克拉默（Josef Kramer）清洗内衣。这三个人全都是施虐狂。[10]

和所有囚犯的待遇一样，党卫队行政大楼也只提供难以下咽的食物。菜单包括冒牌咖啡和茶水、偶尔带几块土豆皮的萝卜汤、搭配人造黄油的面包和香肠。这些食物来自一街之隔的奥斯维辛主营地厨房。有时候厨师还会在面包上多涂些脂肪。经过比克瑙营地糟糕饭菜的摧残，胡妮娅的胃已变得过于敏感，"无福消受"行政大楼的劣质饲料了。和所有女囚犯一样，她也深受营养不良之苦。

不过，和在比克瑙营地吃饭时的野蛮情景相比，境况毕竟有了大幅改善，胡妮娅再也不必为了一餐饭拼个你死我活了。食物会盛在真正的陶瓷餐具里，就餐地点则是地下室走廊或自己的床边。"高级缝纫工作室"甚至还有个煤气炉，午餐时可以给汤加热。出于感谢，也可能出于愧疚，党卫队女守卫有时还会给女裁缝们带几块糖或巧克力。

更妙的是，党卫队行政大楼里的女囚犯每年还能收到4批来自邮局的包裹。这些包裹原本是寄给其他囚犯的，但党卫队从未将其交到收件人手中。当包裹被重新分发给女囚犯时，里面的食物大多已经变质，因为质量最好的物品早就被党卫队偷走了。不过，这些女囚犯偶尔也会交好运。无论她们得到了什么，都会与同伴分享。

尤为值得一提的是，党卫队行政大楼里的女囚犯偶尔还能寄信与收信，或是通过秘密渠道与外界交流。幸存下来的明信片上的信息表明，她们曾收到家乡友人寄来的包裹。玛尔塔在党卫队行政大楼里的密友之一，快活的小姑娘埃拉·诺伊格鲍尔（Ella Neugebauer）就曾寄明信片给住在布拉迪斯拉发的德齐德·诺伊曼（Dezider Neumann），感谢对方寄来两块奶酪、巧克力、培根、香肠、番茄、泡菜、奶油和杏仁。真是一场盛宴啊！[11]

玛尔塔本人也曾寄明信片给藏匿起来的家人，感谢他们寄来食物，尤其是培根和柠檬。她还表示，要献给心爱的人们"数百万个吻"。[12] 当然，明信片上邮票的主角正是希特勒。

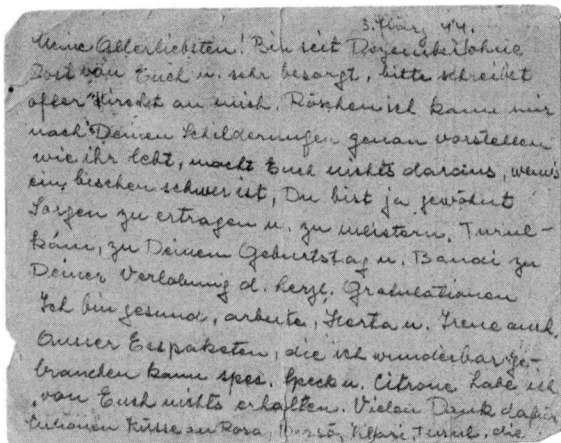

玛尔塔·富克斯于 1944 年 3 月 3 日寄出的一张明信片

对于党卫队行政大楼里的女囚犯与比克瑙囚犯之间最为显而易见的差别，胡妮娅有着切身体验——她们的外表。脱下褴褛的衣装，换上更好的行头，令所有足够幸运而被调入党卫队行政大楼的女囚犯都精神为之一振。然而，这对早已确立的"守卫看上去威风凛凛、囚犯看上去贱如蝼蚁"这一套纳粹中意的舞台效果构成了干扰。为了维持"高等人"和"劣等人"之间的差别，行政大楼里的女囚犯还是只能留板寸。与此同时，有 4 名美容师和一家理发店负责将党卫队女守卫打扮得光鲜靓丽，彰显她们的特权地位。

穿着干净体面的衣服，帮助女囚犯们找回了做人的感觉。在党卫队行政大楼里，对囚犯身着"非统一服装"的容忍度要比集中营其他地方高得多。布拉查的朋友，来自希腊的埃丽卡·库尼奥就从"加拿大"为自己"安排"了一件粉色上衣。她把这件上衣穿在条纹连衣裙里，甚至还敢在脖子处露出一丝粉色。这真是纯粹的奢侈啊！到了 1944 年夏天，党卫队与行政大楼囚犯之间的交往已如此常态化，以至于他们下令要为囚犯们分发时尚些的连衣裙。当然，纳粹不可能为这些华服拨发经费。新服装的来源只能是"加拿大"。

当时波尔卡圆点正流行，这一点从 1944 年夏天被遣送至比克瑙的犹太人接受分检时拍摄的照片就能发现。因此，在从行李里搜刮出或是从被遣送者身体上剥下的衣服中，有大量带有圆点图案的衣服可供选择。蓝灰色制服换成了带白点的蓝色连衣裙，尽管这条柔顺雅致的新连衣裙令埃丽卡兴奋不已，但她仍牵挂着衣服原主人的不幸命运。最终她告诉自己，要狠狠心穿上这条裙子，并把在党卫队行政大楼的所见所闻都牢记在心中。[13]

除了干净体面的服装带来个性与尊严外，还有一个因素也不容忽视，就是在行政大楼里与党卫队有接触的囚犯中包含某些极具才能与智慧的人物。党卫队也不得不在一定程度上承认，囚犯和自己一样都是人。例如，在农业实验室里从事科研活动的法国囚犯们，就几乎被奥斯维辛农场主任兼党卫队一级突击队队长约阿希姆·凯撒（Joachim Caesar）当作同事对待。

这些宽容的举动无不遭到鲁道夫的严厉斥责。"竟然很难将文职雇员与囚犯区分开来。"他抱怨道。更糟糕的是，在他看来，女性囚犯看上去越像人，党卫队守卫与这些囚犯之间的接触就越危险，"要是党卫队士兵强硬地挡住了她们的路，她们就会用漂亮的眼睛盯着他看，直到她们达到自己的目的为止。"[14]

鲁道夫希望保持党卫队与奴隶劳动力之间的差别。海德薇及其他党卫队太太则希望保持自己身为衣着光鲜的上层女性的地位，在党卫队行政大楼里，以玛尔塔为首的女裁缝队伍将为她们效劳。

> 我们干的是有意义的事。
>
> ——艾琳·赖兴贝格 [15]

对胡妮娅来说，虽然在入队后的第二天就开始干活了，但在党卫队行政大楼里度过的最初几周还是如同度假一般。胡妮娅干活的第一天恰好是安息日，但纳粹故意无视奴隶劳动力的宗教戒律。在集中营里，犹太生活的任何痕迹都不得出现，劳动比一切事情都重要。

在鲁道夫看来，劳动令囚犯的生活变得更能忍受了，因为这有助于分散囚犯对于"集中营里令人不快的日常生活"的注意力。要求在奥斯维辛主营地拱形大门上方刻上那句臭名昭著的标语"劳动使人自由"的，正是鲁道夫。这句标语最早出现于纳粹的第一座集中营——达豪集中营，鲁道夫相当重视这句标语。20世纪20年代，鲁道夫曾因参与一起暴力谋杀案入狱，他亲身感受到，被迫过上无所事事的生活，会令人丧失自尊和动力。在监禁期间，他曾被要求干裁缝活。

鲁道夫在回忆录中曾长篇累牍地宣扬劳动的价值。他声称劳动能够实实在在地为人带去自由。诚然，早年间，由于盖世太保或党卫队一时心血来潮，集中营里的确有囚犯被释放了。但没有证据显示，在他们的劳动与被释放之间存在任何联系。第二次世界大战期间，集中营里的绝大多数囚犯都要无休止地干活，为纳粹的军工产业提供支持。对他们来说，只有死亡才能自由。不过，鲁道夫的某个观点倒是可能与"高级缝纫工作室"的女裁缝们产生共鸣。他认为，如果一个囚犯"干上了自己擅长的或是适合自己的活儿，他就会形成一种即使是非常恶劣的环境也无法动摇的心态"。[16]

在奥斯维辛政务区干秘书活的囚犯需要亲历审讯和酷刑折磨，速记下过程。与之相比，缝纫工作室的这份差事就好得多了。与比克瑙营地的繁重劳动相比，胡妮娅将"高级缝纫工作室"称为"天堂"。心生受保护感的绝不止她一人，讽刺的是，在集中营外的世界，女裁缝在男性主宰的时装业里地位很低。而此时，她们却升级成了享有特权的劳动者。

干活的第一天，玛尔塔把胡妮娅介绍给了在"高级缝纫工作室"工作的另外20名女孩。包括艾琳、勒妮、卡特卡和布拉查在内，这些集中营里的"老资格"都立刻友善地对胡妮娅表示欢迎。这些女裁缝大多都是犹太人。

她们中有来自斯洛伐克莱沃查（Levoca）的咪咪·赫夫利希及其姐妹。咪咪的金色鬈发从头巾里溜了出来。她擅长缝制衬衣和内衣。

来自斯洛伐克北部的曼齐·比恩鲍姆，她是个优秀的裁缝。曼齐的姐妹赫达·比恩鲍姆（Heda Birnbaum），赫达曾在"加拿大"干活，负责登记从犹太人行李中搜刮出来的财物。1942 年 7 月，希姆莱视察奥斯维辛集中营时，曾有一个女囚犯被迫赤身裸体在其面前展示自己。那就是曼齐。

来自匈牙利的奥尔加·科瓦奇。与其他女孩相比，30 多岁的她更具主妇范儿。她不慌不忙、稳重、值得信赖。她曾目睹自己的姐妹被送入毒气室。对她来说，奥斯维辛毫无疑问是个地狱。

形影不离、亲如姐妹的斯洛伐克姑娘露露·格林贝格和芭芭·泰希纳。露露与芭芭的兄弟订了婚。在两个人中，露露更娇小妩媚。她有一双淘气的眼睛，总是渴望能大吃一顿土豆饺子配炖泡菜。她的口头禅是："在我死之前，请让我吃一顿土豆饺子配炖泡菜吧！"朋友们也喜欢用这句话打趣她。芭芭更加壮实，尽管她的绰号其实是"娃娃"的意思。芭芭是第一批被遣送至奥斯维辛的斯洛伐克犹太人。

来自斯洛伐克的莎丽（Šari）。她是从附近的法本公司（I.G. Farben）工厂被调来的。年轻的莎丽总是抱怨个不停，但并非总是毫无道理。[17]

来自科希策（Košice）的美女卡特卡（Katka）。卡特卡压根不会干缝纫活，但还是获得了保护，或许是得益于她的美貌吧。其他人给她取了个"金发美人卡托"的绰号，以免与布拉查的妹妹卡特卡混淆。

这支队伍中缝纫才华最低的一位或许也正是年龄最低的一

位，14 岁的萝济卡·魏斯（Rózsika Weiss）。萝济卡的昵称是"小母鸡"。她的姑姑帮助玛尔塔建立了"高级缝纫工作室"，却在不久之后去世了。玛尔塔发誓要照顾好"小母鸡"并将其招为学徒，让她干些捡拾缝纫别针的轻松活。萝济卡若只身一人，绝不可能生存太长时间。她是玛尔塔拯救的又一条生命。

来自斯洛伐克特尔纳瓦的赫塔·富克斯也并非一流裁缝，但她是玛尔塔的表亲。总是笑容可掬、和蔼可亲的她是工作室里的宠儿。

其他女裁缝还包括两名波兰女孩埃斯特尔（Ester）和齐莉（Cili）、埃拉·布劳恩（Ella Braun）、爱丽斯·施特劳斯、伦齐·瓦尔曼（Lenci Warman）以及海伦娜·考夫曼（Hélène Kaufman），可能还有一个名叫露特（Ruth）的德国女囚犯。令人遗憾的是，她们生平的细节仍不完整。

还有非犹太囚犯、法国共产党人阿莉达·德拉萨尔和玛丽露·科隆班。对于年轻的姑娘们来说，较年长的阿莉达扮演了类似母亲的角色。当玛丽露灰心沮丧时，阿莉达总会为同胞打气。

阿莉达·德拉萨尔，拍摄于 1943 年 1 月，被遣送至奥斯维辛集中营并接受分检之后。"Pol.F."的意思是"政治犯，法国人"。从 1943 年晚些时候起，由于囚犯数量过多，就不再为其照相了。在纳粹撤离奥斯维辛期间，许多照片被毁，约有 30 000 张幸存了下来

这支队伍中级别最高的两个囚犯无疑也是最具才华的裁缝，两个人都是剪裁师：一个是来自斯洛伐克北部城市波普拉德的博丽什卡·佐贝尔，她在缝纫方面极具天赋，并且非常聪明；另一位当然就是博丽什卡的密友，"高级缝纫工作室"的老大玛尔塔。

1943 年，玛尔塔年仅 25 岁，但无论是作为一名女装裁缝，还是作为集中营里的一个"老大"，她都备受尊敬。她绝不是一朵娇嫩的花朵。玛尔塔的决心和能量完全是建立在同情心基础上的，正因如此，她才能做到既公正又慷慨。

> 缝纫间生产的不仅有漂亮的日常服装，还有党卫队太太们在最疯狂的梦境中也不可能想象出来的雅致的晚礼服。
>
> ——胡妮娅·福尔克曼 [18]

无论起初的缝纫水平是专家还是学徒，经过玛尔塔的指导，"高级缝纫工作室"的女裁缝们都赢得了顶级行家的声誉。考虑到她们所处的工作环境，其专业成就就更加令人赞赏了。

工作室位于党卫队行政大楼的半地下室。当海德薇和其他党卫队高级客户来到这里，就会看见干净整洁的女裁缝们正围坐在一条长长的工作桌旁，在从两扇窗户洒入的日光或是电灯照射下，干着手工针线活。如同在一家寻常的时装店里完成一次再普通不过的时装定制一样，她们会与玛尔塔展开磋商。

通常来说，在 20 世纪 30 至 40 年代，客户定制时装的灵感都来自观看时装展，或是浏览《贵妇》或《德国时装日报》（Deutsches Moden Zeitung）等时尚刊物上展示的样式。

对于居家工作的女装裁缝来说，那些流行的"家庭主妇"

类杂志每期都会免费附赠时装纸样。还有好几种巧妙的服装样式制图法可供她们采用,如需要精确计算能力的"黄金法则"制图法。随着第二次世界大战愈演愈烈,在第三帝国各地,纸张供应都变得捉襟见肘了。于是,在薄薄一张纸的正反两面便印满了相互覆盖着的多份服装样式。裁缝们则只能试着破译这样的谜团。

由于无力维持经营,《贵妇》杂志于 1943 年 3 月宣布破产。和《时尚芭莎》一样,《贵妇》是德国历史最为悠久的时装杂志之一。它的破产凸显了战争对时尚业造成的打击有多么沉重。

对于奥斯维辛的这家时装店来说,就不存在维持经营的问题了。这里有大量时装杂志可供潜在的客户翻阅,连衣裙、大衣、晚礼服、睡衣、内衣、童装……杂志上各类服饰,应有尽有。此外还有一个装着精选服装样式的文件夹。像胡妮娅这样目光锐利的女裁缝,只需要看上一眼实物,甚至只需要看上一眼照片,就能将服装复制出来。玛尔塔则是个才华出众的艺术家,她可以随手画出服装纸样,甚至不需要工具辅助。她和博丽什卡首先绘制出二维的时装纸样或模板卡片,布料会在此基础上被剪裁成一片片,再缝制成三维的服装。接下来,在客户选好布料和辅料后,玛尔塔就可以去"采购"了。

负责管理时装店的党卫队女队长伊丽莎白会护送玛尔塔前往"加拿大"采购。在管理时装店期间,面有菜色,沉默寡言的伊丽莎白表现得出人意料的友善。她在党卫队行政大楼里的行为提醒我们注意到这一点:不应将党卫队视作同质的,由邪恶的自动人偶组成的一个群体。党卫队成员也是人,也既有善、又有恶。也正因为如此,他们需要对自己在集中营里的所作所为负责,无论是善举,还是恶行。

《天下顾客》（*Les Patrons Universels*）杂志展示的雅致连衣裙，1943 年

　　尽管伊丽莎白大体上仍遵守着党卫队的规矩，但善待女裁缝其实也符合她自己的利益，因为裁缝们也会顺便为她免费干些缝纫活。伊丽莎白的房间就紧挨着时装店。她会将需要缝补的衣物交给女裁缝们，并从不找她们的麻烦。其他党卫队女守卫渐渐开始议论伊丽莎白，说她太过友善，职位太过舒适。终于，伊丽莎白被调去了比克瑙营地。

　　党卫队行政大楼里的女囚犯请求伊丽莎白不要离开，因为她似乎还有一颗善良的心。而到了比克瑙之后，伊丽莎白的表现就被糟糕的环境同化了，匈牙利籍幸存者称她是一个霸道残忍的守卫。接替伊丽莎白管理时装店的是一个身形敦实，举止缓慢的波兰籍德裔女守卫。女裁缝们没有为她干过缝纫活。

　　和在自家干针线活的人不同，"高级缝纫工作室"的女裁缝们不必面对经济拮据带来的压力，这种压力是饱受战争之苦的全世界老百姓都需要忍受的。她们不必将旧布袋、旧袜子或降落伞改装成衣服，也不必因缺少线而重复利用加固线。"加拿大"可以为她们提供一匹匹布料和所有种类的缝纫用品：纽扣、绣花丝线、剪刀、拉链、子母扣、垫肩以及卷尺。每样东西都曾属于另一个裁缝。

在"加拿大"甚至还有从囚犯那里没收的各个品牌的缝纫机。奥斯维辛的工厂如此之多，五花八门，以至于由安联（Allianz）和维多利亚（Viktoria）等德国保险公司组成的财团为其投了保。对于此举是在间接地支持集中营剥削囚犯，强制其劳动，这些公司显然毫不在意。[19]

另一个名叫雷齐娜·阿普费尔鲍姆（Rezina Apfelbaum）的犹太女裁缝也佐证了这一事实，"高级缝纫工作室"配备了全套现代化缝纫设备。

第二次世界大战爆发前身穿自制服装的雷齐娜·阿普费尔鲍姆

1944 年 5 月底，来自特兰西瓦尼亚北部的雷齐娜被遣送到奥斯维辛。她被刺上了"A18151"的号码，并被派去干沉重的体力活。雷齐娜对"高级缝纫工作室"的观察有些"偷偷摸摸"。实际上，她是在夜间被一个德国守卫偷偷带进党卫队行政大楼的。这个姓名不详的守卫看中了美貌的金发匈牙利囚犯莉莉（Lilly），并将她纳为情妇。莉莉对这个守卫有何种感情不得而知，但她别无选择。为了生存，她做了自己必须做的一切。

这个党卫队守卫希望自己的"女友"穿着光鲜。于是，在干了一天的室外活之后，雷齐娜在晚上还得为莉莉量身定做服装。她为莉莉剪裁并缝制了一整套行头，从上衣、连衣裙，到厚重的长大衣，全部都是在"高级缝纫工作室"里偷偷完成的。作为报答，这名守卫把她带到党卫队的厨房，送给她额外的食物。

随后，雷齐娜与 12 个亲人分享了食物。在比克瑙营房里，包括她的母亲、姑姑和两个姐妹在内的亲人们和她挤在一张木床上。雷齐娜帮助亲人们免于忍饥挨饿。缝纫再一次拯救了生命。雷齐娜的故事格外令人辛酸，因为她是经过抗争才受训成为一名职业裁缝的。她的家人认为，对于她这样出身的女孩而言，这个行当不够受人尊重。[20]

玛尔塔察觉到夜间溜进来的雷齐娜了吗？即使察觉到了，她也从未提及此事。她正全神贯注于白天的定制事宜。订单一笔又一笔，源源不断。制衣的过程包括先设计样式，然后裁剪纸样，接着选择布料，用印花棉布制作样品，再完成成品，最后是试穿并进行相应改动。

第二次世界大战期间流行的服装样式包括刚刚过膝的连衣裙、带蕾丝的短袖针织衫、凸显身体曲线的斜裁内衣，以及被称为"戏服"的雅致的两件式套装。女式睡衣和晚礼服都很长。晚

《天下顾客》杂志展示的女式睡衣与内衣样式，1943 年

间，党卫队太太们即使身着轻薄的低胸装，也不必担心保暖问题，因为她们已经为自己弄到了皮草披肩与大衣。

除了定制服装外，胡妮娅、艾琳、布拉查及其他人还需要修改从"加拿大"的一堆堆物品中挑出的高级服装，令它们符合新主人的身材。关于哪些国际高端品牌服装曾在"加拿大"库房里出现过，并无具体记录。其中有香奈儿、朗雯、沃斯、慕尼丽丝……第二次世界大战爆发前，这些都是时尚界响当当的名字。此外，还有每个遭到纳粹入侵的国家的众多本土知名品牌。

20 世纪 30 至 40 年代，甚至中产阶级也会让自家裁缝将成衣改装得更加合体。但普通女性很难接触到高端时装，更不可能像奥斯维辛的党卫队太太们那样随心所欲地挑选款式。

玛尔塔和博丽什卡负责为女裁缝们派活，安排哪些人从事哪些工作。每个女裁缝的核心任务是每周至少完成两件定制服装。

大多数工作都是手工完成的,"收尾"这道工序尤其如此。女裁缝们接触到的不再是粗糙不堪、边缘磨损、满是污渍与虱子的粗麻布,而是丝绸、缎子、软棉布和清爽的亚麻布等美妙的布料。纫缝、卷边、缝合……她们制作了一件件既具功能性,又具吸引力的华服。这些带有刺绣、褶裥、绲边和辫线的新衣服,是为了让穿着者更加光彩照人,而不是令其自惭形秽或遭到残忍对待的。在满是污秽的集中营里,这些衣服宛如异乎寻常的绚丽花朵。

最为引人注目的是,身为"老大"的玛尔塔还收到了来自集中营以外的遥远地方——第三帝国的心脏地带的订单。胡妮娅也留意到,在一本隐秘的小册子上记录着订单的详细信息,其中"纳粹德国头面人物的名字也赫然在列"。[21] 这本订单簿上究竟有哪些名字,这些人究竟知不知道完成订单的是被关押在奥斯维辛集中营的一群犹太囚犯,我们可以好好猜测一番。如今,奥斯维辛-比克瑙国家博物馆的丰富馆藏中并未包含任何时装订单簿。为清除奥斯维辛集中营官僚系统留下的所有证据,纳粹于1945年1月仓皇地销毁了可能暴露其罪行的各类文件,订单簿也很可能在此期间被毁。

无论那些来自柏林的显赫客户究竟是谁,都常常需要等上6个月的时间。因为奥斯维辛的党卫队太太们享有优先权,她们的订单需要立即完成,其中优先权最高的则是海德薇。

布拉查曾目睹海德薇走进时装店试穿衣服。在一个裁缝的眼中,海德薇看上去很普通。身为人母且人到中年的她已有些发福。出人意料的是,布拉查并不憎恨海德薇或是其他党卫队太太,她认为她们和自己一样,身陷战争环境中无法自拔。布拉查主要关注的是工作和保证自己的安全。

在党卫队守卫的密切注视下,玛尔塔监督着整个试衣流程,

"小母鸡"萝济卡则在一旁打下手。在衣服彻底完工前，可能还需要进行几处改动。到了周六中午，党卫队权贵们就会前来取走妻子定制的衣服。这些男人的名字都是残暴、专横和屠杀的代名词。

在进入党卫队行政大楼的初期，胡妮娅曾为转危为安而欣喜若狂。但渐渐她意识到，在高压下完成如此繁重的劳动，尤其令较年轻的姑娘们不堪重负。女裁缝们都接受过这一行当的训练，但为党卫队守卫和党卫队太太们干缝纫活，焦虑感是无时不在的。她们一刻也无法忘记，自己是在为敌人制作服装。

女裁缝与客户之间的互动过程格外私密。裁缝会拿着卷尺在半裸的身体上量来量去，对方身体上的任何缺陷都逃不过她的眼睛。她或许还能感到客户的不安，并且必须迎合客户的虚荣心。试衣的过程通常应该是说说笑笑，气氛友好的，客户和裁缝会就衣服展开交流。但对于奥斯维辛女裁缝而言，这些对话却令人无比紧张。

党卫队不遗余力地要在物理意义上和象征意义上都拉大自己与囚犯这样的"劣等人"之间的距离。然而此刻，有几个犹太囚犯却将手放在了纳粹上层女性的身上，别住裙边、检查衣褶、抚平衣缝。客户随时可能对囚犯竟与自己如此亲近感到恼怒，进而惩罚她，或是将其从这份令人艳羡的差事上赶走。此外，女裁缝与客户之间的互动还意味着，党卫队不得不承认囚犯也是人，而这一点与他们接受过的全部训练和灌输都是背道而驰的。

在"高级缝纫工作室"里，就发生过一次惊险的交流。当时，身穿套装、脚踏皮靴的党卫队女守卫伊丽莎白正在一排排女裁缝间昂首阔步。胡妮娅则正在俯身做着针线活。她看似十分顺从，但距离在比克瑙被剥光衣服，遭到殴打和侮辱的日子已经过去很久了。

伊丽莎白停了下来，欣赏着胡妮娅的手艺，不禁说道："等战争结束了，我想在柏林开一家大型时装店，你也来给我干活吧。我从不知道犹太女人竟然也会干活，更别提干得这么出色！"

"绝对不可能！"胡妮娅用匈牙利语小声说道。

"你说什么？"伊丽莎白厉声问道。

"那真是太好了！"胡妮娅又用德语更加顺从地答复。[22]

"等战争结束了……"党卫队守卫大可以做做白日梦，畅想着开一家时装店，让顺从的犹太人为自己干活。但囚犯们却很有可能压根活不到战争结束的那一天。虽然"高级缝纫工作室"里的氛围较为轻松，但在这座避风港之外，集中营依旧在残忍地将健康人变为一具具可怕的骷髅，将活人变为轻烟、变为飞灰、变为残骸。

布拉查的妹妹卡特卡就清醒地认识到，在这家时装店里干活，仍要面对种种风险。她听说有一个党卫队女守卫通过行贿，获得了订单的优先处理权。而正是这个守卫，在卡特卡入营那天所经历的恐怖的脱衣程序中下手如此之狠，以至于卡特卡还没来得及摘下的耳环都被其打碎了。

此时，双方的地位发生了变化，因为这个守卫有求于拥有独家技能的卡特卡——守卫要量身定做一件新大衣。尽管如此，卡特卡对于客户与囚犯的关系仍有着清醒的认识，她说："对她们来说，我们不是人。我们只是狗，她们则是主人。"[23]

尽管女裁缝们干活没有工钱，但她们的产品质量却极其出色，玛尔塔的质量控制工作保证了这一点。就连胡妮娅，经过多年历练也精进了自己的技艺。当女裁缝们的劳动成果远远超出定额之外时，客户们偶尔还会额外奖励她们些许食物，如一块面包，或一片香肠。除了基本的住宿、膳食以及这些额外奖励之外，女裁缝们获得的唯一报酬就是再活一天的权利。

> 我们成了一个紧密的大家庭。命运让我们走到了一
> 起，共享欢乐与忧愁。
>
> ——胡妮娅·福尔克曼 [24]

有一天，"高级缝纫工作室"里传出了欢快的笑声，"我看你们的日子过得太滋润了吧！"一个党卫队守卫咆哮着冲了进去。[25]

为完成劳动定额，女裁缝们每天要辛苦地干上 10~12 小时的活。但与此同时，在她们之间也形成了坚不可摧、相互支持的纽带。白天，她们生气勃勃地交谈，回忆起在家乡的日子和心爱的人。晚上，她们低声开着"卧谈会"，享受着与党卫队行政大楼里的朋友共度的时光。

同志般的友情，享受着庇护，干着有意义的活儿，这些因素帮助艾琳找回了自信。得益于"高级缝纫工作室"较为文明的环境，艾琳不再感到自己只是地位低贱，没有姓名的一个数字了。她依旧为三个姐妹的去世感到悲痛，但她此时有了新的朋友、新的家人。她不再想着自杀，不再想着"冲向铁丝网"了。她摆脱了绝望情绪，变得坚韧起来。

坚韧的人会产生反抗精神。女裁缝们不再是遭受恐吓、没有姓名的受害者了，她们重新感到自己是人。

有一天，海德薇带着幼子汉斯-于尔根·霍斯前来时装店试衣服。这个 6 岁的小男孩看上去很喜欢光顾这家时装店。女裁缝们无疑也乐于在他母亲专注于试衣时，和孩子玩耍一会儿。他或许令她们想起了被杀害的兄弟姐妹，或是她们有朝一日渴望拥有的子女。

当天，紧张的情绪令露露有些不堪重负了。就在海德薇在玛尔塔陪同下试衣服时，她突然跳了起来，用卷尺缠住了汉斯-于尔根的脖子，用匈牙利语对他低声说道："你们全家很快就要被绞死了，你爸爸、你妈妈，还有所有其他人！"

第二天，海德薇又前来试另一件衣服。她困惑道："也不知道我的孩子怎么了。今天他说什么也不愿意和我一起过来！"[26]

露露的大胆举动可能招致严厉的惩罚，但幸好她平安逃过了一劫，这绝不是她最后一次展现出反抗精神。

玛尔塔同样具有反抗精神，此外，她还深具同情心。这两种品质结合起来，会产生强有力的效果，并促使她走进了奥斯维辛地下抵抗运动这个危险的世界。

第九章

被迫劳动下是暗流汹涌的反抗

> 我们在日常生活中专注于为那些遭受更多苦难的人
> 提供团结与支持的力量。
>
> ——阿莉达·德拉萨尔 [1]

玛尔塔·富克斯制订了一项计划。

针线在布料上往来穿梭。"高级缝纫工作室"的女裁缝们正干着缝纫活。

有人来找玛尔塔，也是一个囚犯。女裁缝们不知道他的名字，也没看到他的号码。他与玛尔塔低声交谈了几句便离开了，前往下一个接头地点。

针线在布料上往来穿梭。一周又一周，一个月又一个月过去。

在奥斯维辛利益区的各个地方，囚犯和平民建立了多个以反抗纳粹统治为目的的秘密网络。对于绝大多数抵抗行为来说，保密都是至关重要的，因此有关抵抗运动的信息难免少之又少。保存有关抵抗运动的文字记录近乎于不可能，因为抵抗运动参与者往往命悬一线。即使在第二次世界大战结束后，地下抵抗运动参与者也常常不愿谈论这方面的情况。玛尔塔就将许多秘密带进了坟墓。

然而事实上，在玛尔塔的庇护下，这家奥斯维辛时装店成为一个避难所，拯救了女裁缝以及其他人的性命。玛尔塔对于抵抗运动的更广泛参与，则如同一条银色丝线，贯穿于奥斯维辛集中营里的日常生活这一阴暗浑浊的布料始终。

在集中营世界里，任何形式的抵抗都需要勇气。一旦被发现，后果常常是处死。抵抗还可以采取多种形式，从自发的暴动，到默默地展现出慷慨与团结，不一而足。特别的是，服装在抵抗方面常常发挥重要作用，衣服既可以提供拯救生命的温度，又可以作为温暖人心的礼物；既可以成为藏身之所，又可以提供伪装。

有一天，一个身穿泳装的女孩出现在了"鲁尔"营房里，她的身子因为恐惧而颤抖个不停。根据这个女孩惊慌失措的叙述，她属于从巴黎被遣送至奥斯维辛的一批犹太人。由于酷热难耐，这批被遣送者都穿着泳装。当其中的一个舞者被要求脱光衣服时，其拒不服从。勇敢的舞者从一个党卫队守卫那里抢过一把左轮手枪，先开枪打死了他，随后饮弹自尽。令人难以置信的是，一个德国士兵竟然将目睹了此次事件的这个女孩偷偷带出了脱衣间。布拉查·贝尔科维奇的朋友，在"鲁尔"营房干医护活的曼齐·施瓦尔博娃冷静地将自己仅有的一件毛衣送给了这个女孩，为她暖暖身子。[2]

有组织的抵抗行为面临着重重障碍，其中之一在于，关押者的心思变动不居，令人难以捉摸。有一天，布拉查和其他女裁缝从宿舍走到楼上的工作间，却发现了一个陌生人，一个犹太女孩。

"你是怎么进来的？"她们问道。

"我光着身子，藏在了一个党卫队小队长的摩托车后面。"她回答道。

这个女孩随后讲述了自己的经历。她刚被遣送至奥斯维辛，便被选中并被剥光了衣服，即将进入毒气室。反抗的念头突然在她的心中闪现。她用德语对负责关押自己的一个党卫队小队长说道："听着，我既年轻，又有劲儿，就这么把我杀了，是你们的损失。帮我逃走吧。"

这个党卫队小队长看了看她丰满的身姿，回答道："行，跟我走吧。"

这个女孩便藏到了党卫队小队长的摩托车后面。他们沿着主路，一路从比克瑙营地骑行到了党卫队行政大楼。党卫队小队长叫醒了行政大楼的"老大"玛丽亚·毛尔，告诉她楼里来了个新人。玛丽亚随后将这个光着身子的女孩带到时装店，交给了玛尔塔。玛尔塔又给她找了几件衣服穿上。这个女孩此后一直干着行政活，与女裁缝们住在同一间宿舍。她撑到了第二次世界大战结束。[3]

在数十万同样无辜者惨遭杀害的同时，党卫队小队长却拯救了这个女孩。天晓得他的动机何在。在集中营里曾上演过许多超现实的场景，一个女孩光着身子藏在一辆摩托车上，这不过是其中的一幕而已。奥斯维辛是个诡异的世界，在这里，生命是被终结、被毁灭，还是被挽救，很可能只在一念之间。

在从比克瑙营地被调往党卫队行政大楼前，布拉查曾目睹一辆满载犹太女囚犯的卡车向毒气室驶去。其中一名女囚犯是捷克斯洛伐克共和国国父兼首任总统之妻的至交。她尖叫着："我不想死！我不想死！"然而，无论是布拉查，还是其他被选中的受害者，对此根本无能为力。[4]

党卫队看上去权势滔天，无所不能，但在逆境中，奥斯维辛的一座座营地仍孕育出了一个个具有坚定意志和反抗精神的抵抗网络。这些抵抗网络涵盖了各种宗教信仰、政治背景和国籍。

每个女裁缝都在用自己的方式抵抗党卫队的压迫，抵抗奥斯维辛对其人性的折磨。与绝大多数囚犯相比，她们是幸运的，更有可能找回自尊感和身份感。而这一点是具有感染力的，微小的举动也可能产生积极的影响。

1944 年的一天，包括胡妮娅·施托尔希在内的"老资格"囚犯看到一群新人被送进了党卫队行政大楼。其中一个新人对胡妮娅推推搡搡，还粗鲁地向胡妮娅索要勺子。天性和气的胡妮娅当真把自己的勺子递给了她，尽管在集中营生活中，勺子和碗可谓最基本的宝贝。这个女囚犯突然道起歉来，表示在比克瑙的种种经历让她已不再指望还会被当成普通人对待了。胡妮娅为此次相遇带去了人性的光辉，也极大地改变了这个原本充满敌意的女囚犯。后来，她成了胡妮娅的好友。[5]

以党卫队行政大楼为中心，形成了一个令种族主义、反犹主义和任何其他政治分歧皆无处藏身的跨国友谊枢纽，女裁缝们正是这一枢纽的一部分。这一枢纽里既有犹太人，又有非犹太人；既有信仰宗教者，又有无神论者；既有工匠，又有知识分子。得益于相对受到优待的地位，住在地下室宿舍里的女囚犯们还结成了一个个晚间学习小组。她们分享着各自的知识以及对艺术的热爱。艾琳·赖兴贝格和勒妮·翁加尔决心学习法语，另外一些人学起了德语，或是从才华出众的狱友拉娅·卡甘（Raya Kagan）那里学习俄语与俄国文化。许多女孩发现，她们的求知欲远远超出了在家乡所受的教育。

喜欢安静阅读文学或是钻研科学的人常遭到对此不屑一顾者

的嘲讽，认为这些人是生活在月球上，生活在与现实无关的一片幻想之地。但或许文学与科学的魅力也正在于此。这些学习小组至少证明了思想是不会被铁丝网控制的。

玛尔塔的好友之一安娜·宾德就因科学和哲学讨论而振奋不已。此外，她还喜欢创作辛辣的讽刺诗。有一次，安娜写的讽刺诗被纳粹发现，她因此被关了禁闭。一个党卫队女守卫感慨道："别看安娜很安静，她可无礼着呢。"[6]

对于党卫队行政大楼里的正统犹太人来说，抵抗的方式还包括绘制被纳粹禁止的祈祷书和犹太历，以及偷偷将逾越节节庆用品和庆祝光明节使用的蜡烛运进来。她们没法继续过安息日，但有些女囚犯只要有可能，还是会坚持斋戒。另外一些女囚犯则在遣送之前或是在关押期间丧失了宗教信仰。被关押在奥斯维辛集中营期间，布拉查就从未祈祷过。

相较之下，纳粹极为重视圣诞节庆祝活动。有一年12月，党卫队行政大楼的女囚犯们在晾衣间上演了一场圣诞演出，节目包括唱歌、跳舞和讽刺小品。对胡妮娅来说，音乐的旋律可谓喜忧参半，因为她不禁回想起了过去在莱比锡与挚友和丈夫纳坦·福尔克曼听过的那一场场音乐会。

指挥官鲁道夫·霍斯为这场演出开了绿灯，他还坚持要求党卫队家庭受邀在前排欣赏这次演出的重演。当然，届时他们身着的将是以玛尔塔为首的女裁缝队伍缝制的服装。

> 我们这些女裁缝能偷什么，就偷什么，以便将这些东西交给最需要的人。
>
> ——阿莉达·德拉萨尔 [7]

同志般的友情使得文化抵抗成为可能。一些女囚犯之间的感情纽带与党卫队在集中营里宣扬的那套"适者生存"的教条形成了鲜明的反差。作为奥斯维辛时装店的"老大",兼具自信心与同情心的玛尔塔是周围人的好榜样,互帮互助这一天然本能也在她的鼓励下得到了充分发扬。玛尔塔不知从哪里得知,艾琳生活在布拉迪斯拉发犹太街时,得到过一整个鸡蛋作为生日礼物。于是她克服种种困难,"安排"了一个鸡蛋,在集中营里为艾琳过了生日。这枚鸡蛋不仅营养丰富,还充满了无微不至的爱意,令艾琳仿佛又回到了快乐的旧日时光。[8]

党卫队行政大楼里的女囚犯有机会从赖斯科村的田地里偷偷拿些水果和蔬菜,藏在宽大的灯笼裤里,再与同伴们分享。她们还会将废纸篓翻个底朝天,希望找到囚犯禁止拥有的铅笔头。她们还会如饥似渴地寻找另一件违禁品——书籍。如同非正式的图书馆一样,她们会将图书借给同伴,或是大声地朗读给朋友听。梳子、镜子碎片、缝纫器材……再微不足道的物件也要当成宝贝一般对待,小心翼翼地藏在床垫里,或是塞进衣服内的"小粉袋"里。

尽管长时间地为党卫队干活已经令自己精疲力竭,但女裁缝们还是会运用自己的技艺,为朋友们干些针线活。有一天,为某个党卫队高官干秘书活的女囚犯莉娜(Lina)找到胡妮娅,塞给她一块白布,请求她为自己做一条睡裤——这又是一种违禁的奢侈品。胡妮娅乐于听命。这块布料显然来自行政大楼里一家商店出售的床上用品,但胡妮娅并未道破。一周之后,行政大楼的"老大"把胡妮娅叫了过去,对她进行了盘问。

"你为一个女孩做了条睡裤?你用的布料是什么样的?是枕头套形状的吗?"

胡妮娅保持着冷静。她说道："不，绝对不是。那是块非常普通的布料……我没有问布料来自哪里。"

不知怎的，胡妮娅并未受到刁难。但莉娜遭到了严厉的惩罚。至于那条由床上用品改造成的白布睡裤的命运，则无从得知了。[9]

当一个女裁缝生病时，友谊之网就变得更加重要了。来自法国的胸衣裁缝阿莉达·德拉萨尔曾 5 次住院，患上的疾病包括痢疾、斑疹伤寒和血液中毒，还曾在遭到殴打后心脏病发作。艾琳有一次因眼部感染动了手术，术后创口流脓不止，每日都需要排脓。她的免疫系统已如此衰弱，根本无力对抗感染，整整 9 个星期，艾琳都因病无法工作。布拉查的慢性维生素缺乏症极为严重，以至于不得不被送去奥斯维辛主营地动了手术。卡特卡·贝尔科维奇经常需要包扎伤腿。就连玛尔塔也曾患上危险的斑疹伤寒。

帮助患病的女裁缝康复的，总是人性中的善与忠贞的友情。为玛尔塔偷偷带去一个柠檬；同情卡特卡遭遇的党卫队护士送她几个苹果；"洗熨队"每晚为艾琳烫洗睡衣与绷带；阿莉达的法国同胞为其"安排"一杯杯牛奶。

布拉查术后受到了充满爱意的关怀，这令她大为宽慰。尽管有病在身，布拉查仍美美地睡上了一觉，并且梦到了孩提时代在肺结核疗养院里曾见过的那棵漂亮的圣诞树。

有一次，胡妮娅因维生素缺乏症昏了过去，随后在鬼门关徘徊了 9 个星期。和其他囚犯一样，她的免疫系统也过于衰弱，无力与疾病作战了。拯救胡妮娅生命的不仅仅是干医护活的囚犯对她的照料、偷偷带进医院的黑市食品，以及她保有的一件干净睡衣。最关键的是，胡妮娅获得的一切帮助都带有爱意和团结之情。人性的善、改善饮食以及卧床休息，共同推动了胡妮娅的康复。

所有提供帮助者的善意之举，都冒着遭受殴打乃至被处死的风险。

胡妮娅、布拉查、艾琳、阿莉达以及其他女裁缝是幸运的，在身处"鲁尔"营房或是党卫队行政大楼里收容患病囚犯的狭小医护间时，她们能获得同伴的支持。但不难理解，尽管那些干医护活的善良囚犯付出了最大的努力，奥斯维辛的医院仍令绝大多数囚犯感到恐惧，视其为党卫队医生进行邪恶的人类活体解剖的场所，或是通往毒气室的前厅。

不过，集中营里的医院也可能成为有组织抵抗活动的枢纽。尽管面临巨大的危险，但许多医生和护士都是地下运动的忠实成员。有些抵抗活动本就是医疗性质的，如为患病囚犯提供帮助。甚至还有生活在奥斯维辛周边地区的同情囚犯遭遇的波兰人为其提供食品和药品，这些东西也被偷偷带进了集中营。[10]

昵称为"扬卡"的女囚犯雅妮娜·科修什科娃（Janina Kosciuezkowa）在党卫队行政大楼里仅有 9 个床位的小型医护间里担任医生。这个医护间是用来收治患有轻症的囚犯的。雅妮娜身材壮硕、心地宽厚，她用偷偷运进集中营的药品为女囚犯治病，还故意伪造诊断结果，以免患上传染病的囚犯被扔回比克瑙等死。然而，当这些行为被发现后，她本人却被送去了比克瑙营地。党卫队行政大楼里对她心存感激的女裁缝们送给她一大包改装自一条毯子的灯笼裤，作为告别的礼物。

这位曾拯救过多条生命的医生表示，灯笼裤救了自己的命。她说道："我感到自己快要冻死了。穿上这些灯笼裤后，我又活了过来。我又觉得自己是一个医生，而不是奄奄一息的囚犯了。"[11]

胡妮娅住院期间，为其护理的是杰出的护士玛丽亚·施特龙贝格尔。玛丽亚并非因犯，而是一名专业护士，也是虔诚的天主教徒，朋友们称她为"玛丽亚护士"。听说有关东方战场上暴行的传闻后，她便自愿前往奥斯维辛集中营工作。时年44岁的玛丽亚于1942年10月来到奥斯维辛，刚刚抵达，她便被告知："和奥斯维辛相比，前线就相当于是小孩子在闹着玩。"她被派去党卫队医院当护士，对正在发生的"犹太人大清洗"心知肚明。[12]当时，党卫队医院和奥斯维辛政务区位于同一栋建筑内，玛丽亚常常听到因犯在接受审讯时发出的痛苦惨叫。这种叫声有个外号："奥斯维辛警笛"。

"玛丽亚护士"是玛尔塔在奥斯维辛集中营地下抵抗组织的联系人之一。她将尽可能地帮助包括犹太人在内的囚犯视为自己肩负的一项人道主义使命。玛丽亚专门挑不会受到党卫队打扰的时间段造访行政大楼，这样一来，她就可以自由自在地和玛尔塔交谈，并向后者传递各种违禁品与新闻了。有时候她还会将药品、巧克力、水果和香槟等取自党卫队商店的奢侈品交给玛尔塔。[13]也正是从"玛丽亚护士"这里，玛尔塔得知了盟军于1944年6月胜利完成诺曼底登陆的消息，并立刻将这则令人满怀希望的新闻分享给了其他同伴。

"缝补间"位于"高级缝纫工作室"的楼下。当温和的党卫队守卫入睡后，在"缝补间"里上夜班的女裁缝们偶尔可以将收音机调到英国广播公司新闻频道。此外，通过由行政办公室偷带进宿舍的报纸上，也可以得知战事的最新进展。不过，偷带报纸的举动十分危险。有一次，党卫队行政大楼里的一个地下组织成员便遭遇了惊魂一刻。她被一名党卫队女守卫拦了下来，并遭到了搜身。她很清楚，藏在连衣裙内的报纸会为自己招来祸事。幸运的是，女守卫只是搜了搜她的口袋，就没有再继续了。原因在于那几天她患上了重伤风，口袋里满是擦过鼻涕的、湿漉漉的纸巾。[14]

我收到了您于 4 月 28 日寄来的明信片，真是开心极了。您在明信片中详细地将我心爱之人的情况告诉了我们。没有言语能够表达我对您的感激之情……亲吻您千次，永远想念您。

——玛尔塔·富克斯于 1943 年 6 月 5 日
寄出的一张明信片[15]

牢记在集中营的铁丝网之外还存在着另外一个世界，能让囚犯们感到自己并非孤立无援。得知纳粹节节败退的消息，就更能达到这种效果了。战况对德国人不利的报道令天性本就乐观的布拉查更受鼓舞，她始终期待着有朝一日能重获自由。

与此同时，囚犯们还见证了另一奇迹，她们与老家的朋友及家人取得了联系。不只是勇敢的"玛丽亚护士"，有些党卫队成员也为此提供了便利。

有一次，布拉查在集中营里撞见了一个第二次世界大战爆发前她就在布拉迪斯拉发认识的年轻男子。此人先是加入了斯洛伐克军队，后来又被德国人强行征召为其效力。孩提时的纽带超越了守卫与囚犯之别，他答应替布拉查传消息给生活在匈牙利的布拉查的祖父母。接下来，这个男子趁休假的机会，将布拉查的一封信带给了她在"青年卫士"团里结识的犹太朋友恩斯特·赖夫（Ernst Reif）。布拉查在信中表示自己身体健康，正在和卡特卡一起干活："我来到这里已经 14 个月了，但我的心永远牵挂着家乡……我多想再回到过去啊……"[16]

由于恩斯特已经躲了起来，他的姐妹便代他回了信，并匆匆将萨拉米香肠、巧克力和其他小物件打成包，一并寄给布拉查。那个斯洛伐克守卫将这些东西带回了集中营，这令布拉查兴奋不已。

这个男子并非唯一一名帮助过囚犯的守卫。艾琳有一个朋友在集中营行政部门干活，她用"安排"来的布料做了一件衬衣，又在一封信里描述了奥斯维辛的真实情况，并将信缝在了衬衣领子里。来自布拉迪斯拉发的一个党卫队守卫偷偷将这件衬衣带出了集中营。[17] 在一个名叫鲁达施（Rudasch）的党卫队守卫的帮助下，莉莉·科佩茨基（Lilli Kopecky）和埃拉·诺伊格鲍尔等囚犯还收到了家人寄来的信件乃至照片。鲁达施曾就毒气室和挑选过程等集中营里的情况向尚且拥有人身自由的布拉迪斯拉发犹太人提出警告，但他们却并不相信。或许真相过于毛骨悚然，令人难以接受吧。[18]

出人意料的是，在短暂的一段时间内，纳粹竟允许被关押在奥斯维辛集中营的犹太囚犯给家里写信，甚至还给他们发放了官方明信片。

玛尔塔和其他女裁缝都抓住了这一机会。

玛尔塔写信打听其姐妹图鲁尔卡·富克斯的丈夫，也就是艾琳的大哥拉齐·赖兴贝格的消息，赖兴贝格夫妻二人都是抵抗纳粹的游击队战士。女裁缝曼齐·比恩鲍姆则在寄给住在布拉迪斯拉发犹太街的埃迪特·施瓦茨（Edit Schwartz）的信中写道："您无法想象，当我收到您的来信后，有多么开心，简直难以形容……"然而，对自己在集中营里经受的苦难，她却只字未提。[19]

是啊，明信片上的寥寥几行铅笔字又怎么可能将奥斯维辛这样一个地方说清楚呢？在这里，有女囚犯被藏在摩托车后偷偷运出，而她们正在为党卫队太太们缝制着时装。即使纳粹允许囚犯在从集中营寄出的信息里提及真相，那么，要说尽每个人的痛苦和纳粹罄竹难书的罪行，也需要无数张明信片才行。

之所以允许有限度的通信，绝不是因为纳粹突然发了善心。纳粹会追踪这些寄出的明信片，以找出仍在躲藏中的犹太人。尽管回信地址均是"比克瑙劳动营"，但所有回信都会被寄往柏林加以分析。此外，只有正面的消息才能通过纳粹审查，以便促使收信的犹太人相信，被遣送者正在完全正常的劳动营里过着生气勃勃的日子。

囚犯们深知奥斯维辛-比克瑙集中营的真正用途就是进行大屠杀，于是他们努力通过信件发出隐晦的警告。1943 年元旦，玛尔塔就在写给亲人的信中建议他们邀请"维贾兹夫人"（Mrs Vigyáz）来访。她写道："应该让她时刻和你们待在一起，她在家里非常有用。"在匈牙利语里，"维贾兹"一词是"当心"或"警惕"的意思。[20]

不过，这些用铅笔写就的，从奥斯维辛寄出的明信片，终归还是要传递出家人去世的消息。要想通过审查，必须使用暗语。艾琳就在寄给父亲的明信片中写道，她的 3 个姐妹和母亲待在一起，经过了一个名为普林切基（Plynčeky）的小镇。其实，艾琳的母亲在 1938 年就已经去世了，而"普林"一词在斯洛伐克语中的意思是"气"。这些信息通过了审查，收信人则一读就懂。鞋匠什穆埃尔·赖兴贝格已经明白，自己的女儿弗丽达·赖兴贝格、埃迪特·赖兴贝格和约莉·赖兴贝格已经去世，但至少艾琳还活着，并且还有玛尔塔照顾她。

在玛尔塔从奥斯维辛集中营寄出的一张明信片的正面，正对着印有希特勒头像的邮票，在 1944 年 4 月 6 日盖上的 "柏林"
邮戳的下方，玛尔塔的表亲赫塔·富克斯草草写下了一句话："来
自赫塔的温暖的祝福与亲吻！您和我们的亲戚还有联系吗？"

　　赫塔的家人在第二次世界大战中无一幸免。

玛尔塔·富克斯于 1944 年 3 月 3 日寄出的一张明信片，邮戳盖于 4 月 6 日，上
有赫塔·富克斯用铅笔写下的一句话

　　囚犯们在集中营里收到的回信都没有留存下来。这些信息不
能像来自亲人的纪念品那样受到珍藏。在集中营里，所有违禁的
纸张都必须撕碎，用水冲走或是烧毁。

　　胡妮娅无法与已经逃亡至巴勒斯坦的父母联系上。她也不可
能知道，每周一和周四，她的父母都会斋戒，并且为 "身陷麻烦
之中的女儿" 献上特别的祈祷。[21]

　　我们确信自己永远无法逃离这座地狱了，我们希望
有朝一日世界能够得知这里发生的一切。

　　　　　　——薇拉·福尔蒂诺娃（Vera Foltýnová）[22]

　　第二次世界大战结束后，"玛丽亚护士"曾在做证时表示，自己对囚犯的帮助是微不足道的。但事实上，对于受到帮助的囚犯来说，这些举动就意味着全世界。玛丽亚曾两度因为涉嫌参与抵抗运动而遭到斥责，第二次她甚至引起了指挥官鲁道夫的注意。玛丽亚两次都声称自己绝对清白，两次都仅仅受到了警告便全身而退，两次都不曾暴露自己的共谋者的姓名——包括玛尔塔·富克斯。

　　1943 年 9 月，海德薇·霍斯生产小女儿时曾经遇险，当时帮助她摆脱险境的护士正是玛丽亚，但这一点并不会损害玛丽亚的形象。

　　代号为"S"的玛丽亚在集中营外拥有行动自由。对于地下抵抗运动来说，这一点堪称无价之宝。玛丽亚冒着巨大的危险，将信息和包裹偷偷带出集中营，敏感信息则被她藏在一把衣服刷的隐秘空洞里。当玛丽亚在火车站或街角等着与集中营外的联系人接头，向其低声传递暗号时，她那浆洗过的白色制服能在某种程度上为其提供保护。

　　"玛丽亚护士"传递过各种信息，其中就包括相片底片——她并不认识其主人公，还包括集中营医院的医疗记录。她还是一个格外英勇的抵抗组织的一员。这些人冒着生命危险，为波兰抵抗运动提供了有关奥斯维辛暴行的种种证据。这些证据比女裁缝在寄回家的明信片里小心翼翼地暗示家人去世的信息重大得多。

　　在党卫队行政大楼和党卫队中央建设局干秘书活的女囚犯偷

偷复印了比克瑙毒气室和火葬场的设计图。这些复印件被藏在罐子里，埋在营房卫生间的水泥地下，最终被缝在一条皮带内，偷偷带出集中营，交给了波兰家乡军。[23]

地下抵抗运动还为后世记录下了更为有力的证据。为了拍下"特别劳动队"处理被杀害囚犯尸体的场景，一台照相机和胶卷被偷偷运进了集中营。囚犯阿尔贝托·埃拉拉（Alberto Errara）在 5 号火葬场的西门外匆匆拍下了多张照片。后来，在尝试逃出集中营失败后，阿尔贝托遭到了酷刑折磨并被处死。但在 1944 年 9 月，通过抵抗运动成员特蕾莎·拉索茨卡（Teresa Lasocka），相机和底片被成功地交给了身在克拉科夫的波兰摄影师佩拉贾·贝德纳尔斯卡（Pelagia Bednarska），特蕾莎也是玛丽亚的联络人之一。[24]

佩拉贾从这批在最紧张状况下拍摄的底片中只抢救出了 3 张照片。这是已知的仅有的 3 张反映奥斯维辛真实灭绝场景的照片。照片上的女囚犯在 5 号火葬场附近的树林里被剥光了衣服，随后遭到杀害，变成了一具具赤裸的尸体。由于焚尸炉已在满负荷运转，这些尸体便被扔在坑里，就地焚烧。[25]

针线在布料上往来穿梭。奥斯维辛女裁缝们仍在为党卫队太太们干着针线活。而这些太太的丈夫，正是那 3 张秘密照片所揭露的恐怖罪行的组织者或监督者。玛尔塔依旧需要前往"加拿大"采购布料，而这些布料很多都来自纳粹受害者满怀恐惧或困惑脱下的衣物。

"加拿大"库房不仅是死难者财物的存放地点，还是地下抵抗运动的一处重要枢纽。为海德薇执行采购任务，恰好为玛尔塔与同伴分享情报、制订计划提供了完美的掩护。

来自克拉科夫的贝尔纳德·希维尔奇纳是"加拿大"的一个

"老大"，这个勇敢的男子在抵抗运动中的代号是"贝内克"。早在 1940 年 7 月，他就被关进了奥斯维辛集中营，是个实打实的"小数字"。"加拿大"库房里的这份差事无疑有助于他在集中营里幸存如此长的时间。在他的保护下，在服装店干活的囚犯缝制了耳罩、毛衣和手套。这些物品被偷偷运出集中营，供在艰苦条件下坚持作战的波兰家乡军的战士们穿戴。尽管身陷囹圄，但能够为他人出一把力，令囚犯们倍感振奋。[26]

除了秘密协助分发信息、衣物、食品和药品，贝尔纳德还知道，"加拿大"能够提供最为重要的资源：逃亡所需的贿赂、文件与伪装。玛尔塔也能弄到这些资源。[27]

逃亡不只关系到拯救自己的生命。破译与"最终方案"有关的秘密代码，以及揭露奥斯维辛集中营的真实情况，已成为迫在眉睫的当务之急。诚然，囚犯通过明信片向亲友发出了警告，信使也向外界传递了有关集中营暴行的惊人证据，但犹太人仍在源源不断地被遣送至奥斯维辛，而全世界似乎仍对此无动于衷。

1944 年，情况已变得更为紧急。德国国防军占领了本就是自己盟友的匈牙利。接管匈牙利后，纳粹迅速开始迫害犹太人，既包括匈牙利公民，也包括从第三帝国其他地方逃至匈牙利避难的犹太人。布拉查深爱的祖父母和玛尔塔的匈牙利籍亲友，此时都大祸临头了。将匈牙利犹太人遣送至奥斯维辛处死的行动代号正是"鲁道夫·霍斯"。在 1944 年 5 月前往匈牙利出差期间，集中营指挥官给家里寄回了许多箱葡萄酒，供自己回家后享用。这些葡萄酒是对他辛勤工作，为每天消灭 10 000 万人做好准备的犒赏。

比克瑙营地的囚犯对于纳粹为更大规模的种族灭绝所做的准备工作一清二楚，他们正在距离火葬场不远的地方铺设一条将主干线与集中营连接起来的铁路支线。奥斯维辛地下抵抗运动的成员明白，要想说服外界相信，囚犯就必须亲身逃出集中营并做证。犹太平民不应再被诱骗上将其遣送至奥斯维辛的火车，还满以为自己将去某个劳动营开始新生活。

逃出集中营十分困难，但并非不可能。共有超过 800 次逃出奥斯维辛利益区的尝试，但成功逃脱者数量要少得多，成功逃出的女囚犯人数就更少了。[28] 玛尔塔决心成为她们中的一员。

要想突破重重阻碍，成功逃出集中营，玛尔塔需要进行周密的筹划，获得充分的支持，以及得到好运的眷顾。白天，有大批全副武装的党卫队哨兵看守着干活的各个劳动队。晚上，所有囚犯都会被投向高压带电铁丝网的弧光灯照亮。瞭望塔里有手持机关枪的哨兵，此外还有定点巡逻的守卫。比克瑙营地更是被一条又深又宽的水沟环绕着。必要时，党卫队还可以纠集 3 000 个守卫和 2 000 条猎犬。

早在行动之前，试图逃亡者就可能遭到其他囚犯的出卖。集中营里到处都是线人。他们或是出于怨恨，或是希望获得犒赏，或是害怕每当警笛响起，显示有囚犯试图逃走后所出现的大规模的报复与株连。玛尔塔受人爱戴且备受尊敬，但倘若她的核心圈子之外的某人觉得出卖她能令自己获益，那么这些品质将一钱不值。

假如玛尔塔克服了这些障碍，成功逃出集中营，那么她仍只能在纳粹占领的地盘上游荡。她遇到的陌生人或许会出于同情向她伸出援手，但害怕遭到纳粹报复者对她表现出敌意或是将她出卖也并非不可能。犹太囚犯面临着格外高的风险，他们有可能在定期搜捕犹太人的行动中再次被抓。党卫队还为阻止逃亡企图者提供了重赏，海量的伏特加再加上去党卫队娱乐中心"索拉小屋"愉快地度一天假。

玛尔塔知道如果被抓住将面临何种惩罚。在酷刑审讯结束后，负责秘书工作的囚犯需要将审讯记录打印出来，而这些人都是玛尔塔的朋友。她还曾和党卫队行政大楼里的其他女囚犯肩并肩，被迫观看未能成功逃脱者遭处决的场景。

有一次，女囚犯们被迫观看 3 个男囚犯和 1 个女囚犯被处以绞刑的场景。胡妮娅因旁观者的无能为力以及 4 个受害者的悲惨命运而痛苦万分。然而，这 4 个受害者却昂首挺胸地走向了绞刑架。胡妮娅将如此大义凛然的姿态解读为："鼓起勇气去尝试吧！我们失败了，但你们会成功的！"[29]

> 当心生命危险！
> ——奥斯维辛利益区四周沿铁丝网悬挂的标语

外表在逃亡尝试中会发挥重要作用。身形憔悴、肤色斑驳、剃着光头、手臂上文着数字，这些都是奥斯维辛囚犯的显著特征。按照纳粹那一套区分标准，要想被当成"人"而不是"劣等人"，那么一套合适的行头是至关重要的。奥斯维辛当局充分意识到，带有条纹或其他标记的囚服会令逃亡者十分显眼。于是，他们多次试图通过各种专门的手段来禁止平民为囚犯提供衣物，以及提醒党卫队成员时刻看好自己的制服。

有些尝试逃亡者选择借助德国制服的力量。他们潜入党卫队商店，取走自己需要的物品。有 2 个男囚犯采用这种方法，开着一辆偷来的卡车，成功逃出了集中营。另外 2 个男囚犯穿着党卫队制服乘坐火车，一路直达布拉格。还有 4 个男囚犯开着一辆经典款民用轿车，冷静地驶出了奥斯维辛，离开时守卫还纷纷向他们敬礼。在政务区干行政活的女囚犯齐拉·齐布尔斯卡（Cyla Cybulska）也成功地逃了出去。她的爱人，同为囚犯的耶日·别莱茨基（Jerzy Bielecki）身穿党卫队官员的制服，将齐拉领出了大楼，就仿佛是要带她去接受审讯。[30]

1944 年 4 月，2 个男囚犯为制止遣送匈牙利犹太人的行动，开始启动逃离奥斯维辛的计划。假如他们失败了，玛尔塔就会挺身而出，继续他们的事业。

进行此次英勇尝试并完成了奥斯维辛历史上最著名的逃亡行动的其中一人，就是艾琳在"加拿大"的老相识，第 44070 号囚犯瓦尔特·罗森贝格。逃出集中营后，他更名为鲁道夫·弗尔巴。

瓦尔特首次搭乘飞机是为了逃脱被遣送的命运。他的母亲十分机敏，将一张 10 英镑的钞票缝进了他裤子的前裆开口里，作为他前往英国避难的路费。当时是 1942 年春天，艾琳、布拉查、玛尔塔和其他斯洛伐克女裁缝正在集中营里忍受煎熬。瓦尔特把随身携带的衣服都穿在了身上，但此举是个败招。他被拦了下来并遭到了逮捕，因为在大热天还穿着两双袜子，这实在是太可疑了。此后瓦尔特又多次试图逃走，但均未成功。最终，他被送进了奥斯维辛。

惨痛的经历让瓦尔特明白了"逃亡之人需要衣服"。[31] 他为 1944 年 4 月的逃亡准备的行头来自"加拿大"。他和斯洛伐克同胞，第 29162 号囚犯阿尔弗雷德·韦茨勒准备了暖和的长大衣、毛呢马裤、厚靴子以及整洁的荷兰式套装，阿尔弗雷德曾和艾琳的姐夫莱奥·科恩一起秘密伪造过身份证。此外，瓦尔特深深仰慕，但因逃亡失败而惨遭处决的一个狱友还送给了他一件白毛衣和一条皮带，足以进一步振奋他的士气。

瓦尔特和阿尔弗雷德在比克瑙一处建筑工地的废旧家具堆下躲了起来，直到 3 天后搜索警戒线被撤除，才爬了出去。他们于 4 月 10 日晚成功逃出集中营，并于 4 月 25 日抵达日利纳。一路上，他们险些中枪和被抓获。有好心的波兰人为他们提供庇护，其中一个人还送给瓦尔特一双旧拖鞋，因为他的靴子已在逃亡中磨损得破旧不堪了。

犹太社区的权威人士分别询问了瓦尔特和阿尔弗雷德。他们就大屠杀的过程以及匈牙利犹太人面临的迫在眉睫的威胁提供了明确、扼要的信息。瓦尔特穿着来自阿姆斯特丹的定制套装，显得相当精神，这也增加了他们的证词的可信度。外套的原主人将它从荷兰穿到了奥斯维辛。但即便这个可怜人还活着，也无从得知这件衣服竟在世界级事件中发挥过些许作用。

两个逃亡者汇报内容的副本从日利纳传遍了全世界。[32] 外界现在终于掌握了奥斯维辛大屠杀的证据，但是否会或者是否能够据此采取行动，尚不得而知。总体而言，同盟国对这些内容的回应难以令人满意。英国首相丘吉尔承认，对匈牙利犹太人的迫害"或许是整个世界历史上最严重、最恐怖的一桩罪行"。[33]

时任教皇给匈牙利当权者写了一封了无生气的信。其他国家也为制止遣送行为施加了外交压力，但犹太人还是日夜不停地被送进奥斯维辛。当匈牙利当局终于同意叫停遣送犹太人的行动时，已有超过 40 万犹太人从匈牙利被遣送到了奥斯维辛。这 40 万人中，至少有 80% 被径直送进了毒气室。

瓦尔特和阿尔弗雷德成功地引发了国际社会对奥斯维辛的关注。没有人能否认存在大量证明奥斯维辛上演着大屠杀的证据了。在遣送行动被叫停后，至少尚待在匈牙利的犹太人获得了一线生机。

烟从火葬场高耸的烟囱里飘出，但女裁缝们还得继续干针线活。她们知道比克瑙营地里正一刻不停地进行着种族灭绝吗？

"我们什么都知道。"卡特卡表示。[34]

勒妮则感叹道："1944 年的夏天充满了血腥。"[35]

当玛尔塔再度前往"加拿大"为客户的订单采购布料时，她发现湿漉漉的，正在腐烂的衣物堆积成了一座座小山，来自匈牙利的赃物已经多得清点不过来了。

> 抵抗总是值得的，被动就意味着死亡。
>
> ——赫塔·梅尔[36]

1944 年 5 月 22 日，党卫队行政大楼里的女囚犯从波兰烟草垄断公司的旧建筑搬进了距离奥斯维辛主营地工厂不远处新建的营房，这些营房都是囚犯建造的。对许多女裁缝来说，这次搬迁是她们数月以来第一次外出，她们终于有机会再看看蓝天了。她们住进了这片集中营扩展区域的 6 号营房里。这里一共有 20 座营房，分成 4 排，每排 5 座。

营房附近有一座鹅卵石铺就的庭院，庭院旁边的马厩被改造成了工作间，洗衣队、熨烫队和缝补队要搬到这里干活。女裁缝们则继续待在党卫队行政大楼里的"高级缝纫工作室"为客户效劳，她们比从前更忙碌了。玛尔塔征召了几个新人，以取代在 1944 年 8 月被转移至拉文斯布吕克女子集中营的阿莉达和玛丽露·科隆班。

尽管外观丑陋，但按照奥斯维辛的标准，这片新的生活区堪称极度奢华。这里有带桌子和椅子的餐厅，甚至在一处升高的平台上还摆了架钢琴，这令音乐爱好者玛尔塔和胡妮娅开心不已。地板上摆着编织成的垫子，有铺着瓷砖的淋浴间，床铺上还有羽绒被。这些象征着文明的物品显然不是为了囚犯的福祉——这片集中营扩展区域要被当成样板，迎接国际红十字会的视察，以

"证明"奥斯维辛并非一座恐怖的集中营。

窗户并未被封死，但一道铁丝网仍将因犯与外界隔离开来。营房外的大广场是执行处决的场所，这令人清醒地意识到，僭越行为会招致何种惩罚，以及大多数尝试逃亡者会遭受何种命运。玛尔塔非常清楚，倘若自己尝试逃亡却被抓获，就会被送到这片广场处决。

9月里雾霭缭绕的一天，女裁缝们排着队，目睹她们的朋友玛拉·齐梅特鲍姆被押送到摆动的套索下。玛拉通常会身穿带有白色领子的整洁的运动装，她是集中营里的熟面孔。她性格阳光、真诚友善，就连党卫队女守卫玛丽亚·曼德尔都信任她。作为党卫队的信使，玛拉可以自由地往来穿梭于集中营各地。她利用这样的自由为地下抵抗组织传递信息和违禁物品。

玛拉在奥斯维辛认识了一个名叫埃德克·加林斯基（Edek Galinski）的波兰因犯，两个人深深地相爱了。1944年6月，埃德克身穿一件党卫队制服，和玛拉一同逃出了集中营。有人说玛拉逃亡时穿着男装，还有些人说她当时身披一件党卫队雨衣。

玛拉的朋友都热切地期望这对恋人能够安全脱身。

两周之后，从在奥斯维辛主营地臭名昭著的11号营房干洗熨活的女囚犯那里传出了玛拉和埃德克被抓的消息，11号营房是专门用于惩罚囚犯的。胡妮娅的朋友、在政务区干秘书活的拉娅被迫在党卫队酷刑折磨玛拉和埃德克的过程中担任翻译，党卫军对两个人的折磨旷日持久、极度残忍。[37]

但玛拉的精神从未崩溃。

埃德克首先被绞死。轮到玛拉走上绞刑架了，她不再整洁、活力四射，而是伤痕累累、衣衫褴褛。但直到最后一刻，玛拉仍怀有反抗精神，她用抵抗组织带给她的一把剃刀割开了自己的手腕，又用鲜血淋漓的双手扭住了附近的一个党卫队官员。她遭到了殴打，被扔进了手推车里。玛拉的尸体被党卫队示众，以儆效尤。

然而，处决玛拉并没有吓倒党卫队行政大楼里的女囚犯，她们反而更加坚定地决心抵抗迫害，坚持到战争结束的那一天，为揭露纳粹的罪行做证。玛拉的遗言令布拉查深感震撼："逃走吧，你们或许会比我更加幸运，能够成功……"[38]

1944 年 9 月，随着炸弹开始从天空落下，机会似乎来了。

比克瑙营地"加拿大"区域的 30 座房屋以及 4 号、5 号火葬场。这张照片拍摄于 1944 年 8 月 23 日上午 11 点，藏于英国基尔大学（Keele University）空中侦察档案馆

自当年 5 月起，同盟国便开始派飞机在奥斯维辛地区上空执行侦察任务，拍摄奥斯维辛-莫诺维茨附近的法本公司的工厂照片。盟军的目标是摧毁德国的军备生产能力，他们并未将集中营里的毒气室与通往集中营的铁路线列为特定目标。不过，侦察机在对莫诺维茨地区拍照时，不经意间拍下了奥斯维辛-比克瑙集中营的画面。

在从高空拍摄的照片上，集中营区域宛如微缩模型，一排排建筑和星星点点的树木就如同立体玩具模块。1944 年 5 月 31 日拍摄的照片清晰地显示出一群群囚犯步行进入脱衣间的场景。1944 年 8 月 23 日上午 11 点拍摄的一张照片则拍下了比克瑙营地 4 号火葬场附近"加拿大二区"的 30 座房屋，从焚尸坑升起的浓浓白烟同样清晰可见。

在集中营上空执行侦察任务的盟军飞机安全地返回了基地。仍身陷集中营的囚犯们就享受不到这种自由了。女裁缝们仍目不转睛地盯着针裆、褶皱和扣眼，针线依旧在布料上往来穿梭。突然，警报声鸣响了。

盟军飞机在 9 月 13 日这天执行的不再是侦察任务。此时，空中照相机将拍下炸弹无差别地落到法本公司这一打击目标周围的画面，共有 1 000 枚炸弹被从 7 000 米的高空投下。空袭警报鸣响后，时装店里的女裁缝们立即放下手里的针线活，在毫无遮挡的情况下，一路奔跑至营地扩展区域，躲在营房的地下室里避难。

地下室里一片混乱。囚犯们哭泣着，"老大"们咆哮着，朋友们则叫喊着彼此的名字。在莱比锡的日子里，胡妮娅就养成了处变不惊的习惯，其他人也向她聚拢过来，在这片波涛汹涌的惊慌之海中，形成了一个宁静的小岛。突然，传来了一阵震耳欲聋的爆炸声，地下室里的人都站不稳了，一枚炸弹直接命中了 6 号营房。墙壁在晃动，空气中满是灰尘，令人窒息。

所有人此时的第一个念头都是"赶紧出去！"，否则就可能惨遭活埋。

奋力爬出营房的人们发现，周围的电网已经被切断，囚犯突然获得了行动自由，甚至可以逃出去了。

但布拉查看了看破损的铁丝网，却停住了脚步。"我们能去哪儿？"她问道。[39]

> 被压迫者总会奋起反抗。
> ——以色列·古特曼（Israel Gutman）[40]

9 月 13 日的空袭共导致 40 名在附近工厂里干活的囚犯死亡。玛尔塔麾下的一个女裁缝也因那枚击中 6 号营房的炸弹受了伤。伤者正是露露·格林贝格，她进了医院，朋友们则用尽办法凑齐了原料，为露露做了一顿梦寐以求的土豆饺子。"在我死之前，请让我吃一顿土豆饺子吧！"她常常这样打趣。幸运的是，露露最终康复了，逃离纳粹控制的决心也变得越发坚定。

9 月 13 日的空袭还造成 15 个党卫队成员在居住的营房内丧生，另有 28 人重伤。此外，炸弹爆炸还造成了许多较为轻微的破坏，例如一罐果酱就被炸得溅满厄玛·格雷斯家的窗帘。看到党卫队突然间变得脆弱不堪是最令囚犯开心的事，在炸弹面前，党卫队的制服和棍棒起不到任何保护作用。当死神来袭，他们再也不是不可一世的上等人了。

发现这一点之后，党卫队行政大楼里的囚犯们便开始酝酿反抗乃至秘密的破坏行动，如用线头和碎布堵塞厕所的下水系统。

既然订单多到就算一辈子缝个不停也干不完，那么何不把一点活儿扔进下水道里呢？[41]

即使这样做意味着要在晚间点名时立正站上 5 个小时，听营房监督员训话，也是值得的。营房监督员厉声叫道："我努力改善你们的生活，你们就这样回报我？就这样吧！我再也不会帮忙了，哪怕一点小忙也不帮了！"在女囚犯的破坏下，营房里的厕所都堵得溢了出来。"告诉我，是谁这么大胆，这是谁干的……"

囚犯们一言不发。她们表面上战战兢兢，内心里却笑个不停。

在党卫队行政大楼的女囚犯中，只有一人因 9 月 13 日击中 6 号营房的那枚炸弹死亡。这名遇难者是在政务区干活的海迪·温特（Hedi Winter）。大家都知道她经常为身为"老大"的姐妹埃迪特·温特（Edith Winter）通风报信。那枚炸弹震碎了海迪的眼镜，碎玻璃飞进她的头部，导致了她的死亡。

不幸的是，集中营里充满了间谍与线人，这使得抵抗行为更加危机四伏。玛尔塔只向自己完全信任的人吐露抵抗行动的相关情况，如她的朋友，共产党人安娜。玛尔塔信任的都是对的人，但其他人就没这么幸运了。有 4 个女囚犯曾参与了奥斯维辛历史上最可歌可泣的起义，可悲的是，某个伪装成忠诚男友的线人导致她们被捕并惨遭酷刑折磨。

玛尔塔、胡妮娅、布拉查等人认识许多在附近的魏舍尔金属联盟公司（Weischellmetal Union Werke）弹药厂干活的女囚犯，她们被称为"联盟队"。1944 年夏，与火药和引线打交道的女囚犯们换上了带有白色波尔卡圆点的海军蓝连衣裙，还穿戴着白色头巾与白色围裙。在集中营里，这真是一道亮丽的风景。但只有共谋者才知道，有一群女囚犯正在偷偷将少量火药带出工厂。她们用纸将火药包起来，藏在衣服里、头发里，绑在腋窝下，或是塞进汤碗的假底座里。这些女囚犯中最年轻的只有 16 岁。

这项偷运火药行动的关键人物是在"加拿大队"干活的波兰犹太女囚犯，热情似火的萝扎·罗博塔（Róza Robota）。和布拉查一样，萝扎也曾是"青年卫士"团的一员。她将"加拿大"作为基地，与集中营抵抗运动建立了联系。储存在"加拿大"的赃物是重要的行贿品，既可以换得违禁物资，也可以用来说服腐败的党卫队对抵抗行为睁一只眼闭一只眼。

萝扎全家都惨遭纳粹杀害，为了复仇，她情愿付出生命的代价。她先是自己建立了一个地下小组，接着又受到了一些男囚犯的招募。这些男囚犯与负责处理被害囚犯尸体的"特别劳动队"有联系。"特别劳动队"的成员会被定期杀死和取代，于是他们开始秘密地酝酿一项暴动计划。要想取得成功，他们需要获得爆炸物，这正需要在弹药厂干活的女囚犯发挥作用。

萝扎告诉男囚犯们："我会试着做些什么。"

萝扎招募了一批意志同样坚定的抵抗分子。雅致的波兰女孩阿拉·格特纳（Ala Gertner）敢于在囚服上装点上自制丝带或是配上皮带、帽子。她在"加拿大"结识了萝扎，后来被调去"联盟队"。阿拉在"联盟队"里又招募了另外几人，她们是同样全家惨遭纳粹杀害的雷吉娜·萨菲尔施泰因（Regina Safirsztayn）、从华沙犹太人隔都被遣送至此的埃丝特尔·瓦伊斯布卢姆（Ester Wajsblum）与哈娜·瓦伊斯布卢姆（Hana Wajsblum）姐妹。

但这场起义注定是要失败的。哪怕"特别劳动队"里 600 个绝望的男囚犯一齐动手，面对荷枪实弹的党卫队守卫，又能做些什么呢？但即便如此，1944 年 10 月 7 日传出的阵阵爆炸声，还是令囚犯欣喜若狂，令纳粹惊慌失措——就如同盟军投下的炸弹一样。"加拿大二区"附近的 4 号火葬场被炸毁了。囚犯们四散开来，逃到了原野上，躲进了赖斯科村农田的谷仓里。在"加拿大队"女囚犯的帮助下，有些人还试图藏进一堆堆衣物里。尽管所有参与者都遭到了逮捕和处决，但这次振奋人心的暴动充分体现了犹太人的勇气和战斗精神。

在萝扎及"联盟队"的共谋者遭到告密者出卖后，在政务区干秘书活的囚犯忠实地记录了审讯经过。指挥官鲁道夫抱怨称，附近酷刑折磨引发的噪声打扰了他的午休。[42] 后来，有人看到萝扎正等待接受又一轮审讯。她坐在政务区走廊的一把椅子上，只穿着粗棉布裤子和一件胸罩，身上血迹斑斑的伤口和淤青一览无余。尽管被毒打到无法行走的地步，萝扎还是想方设法偷偷递出了一张纸条，表示自己毫不后悔。"请保持坚强和友善。"她写道。[43]

阿拉、萝扎、埃丝特尔和雷吉娜——这 4 个偷运火药的女囚犯被送上了绞刑架。党卫队行政大楼里的所有女囚犯都被召集起来观看行刑过程。1945 年 1 月 5 日晚，阿拉和雷吉娜先被处死，出卖她们 4 人的正是阿拉的心上人。次日早晨，相同的命运降临到了萝扎和埃丝特尔身上。

"我们不愿观看这一幕。"卡特卡说道，她正与姐姐布拉查以及其他女裁缝一同站在广场上。[44] 即便如此，她们还是忍痛看完了全程。胡妮娅感受到了紧张的氛围，数百颗心骄傲地跳动着，见证了这 4 个女囚犯如此平静，如此有尊严地走到生命的终点。

一直到 1945 年 1 月初，炸弹都在不停地落下。

那是一个寒冷、严酷的冬天。胡妮娅的手已经冻僵，几乎无法干活了。针线仍在布料上往来穿梭，突然，女裁缝们抬起了头。远处传来了苏军炮击的声音，他们已进入克拉科夫，距离奥斯维辛只有 60 多公里的距离。

　　玛尔塔将卡特卡叫到一边，请求她和布拉查照顾好服装店里年纪最小的萝济卡·魏斯。玛尔塔的逃跑计划已准备就绪。[45]

第十章

逃离魔窟，重获新生

空气闻上去就好像是纸，而不是肉体在燃烧。

——雷娜·科恩赖希（Rena Kornreich）[1]

女裁缝们仍在干着针线活，但党卫队行政大楼的其他地方已陷入了一片混乱。

干行政活的女囚犯抱着一本本、一箱箱文件，冲向行政大楼的走廊。名单、索引、登记信息……根据鲁道夫·霍斯的命令，与处决相关的任何一丝证据都需要销毁。鲁道夫本人则是收到海因里希·希姆莱的命令，要求他确保一切与大屠杀相关的证据都不复存在。所有精心编制的记录——姓名、号码、日期、死难者都需要被投入火焰之中，就如同一具具被记录者的尸体那样。

需要销毁的文件数量太多，以至于行政大楼办公室里的壁炉很快就被填满了，于是囚犯们便在行政楼外支起了篝火堆。

在整个集中营区域的周围，点起了一堆又一堆篝火，劳动记录、医疗记录、赃物记录，都被投入其中，仿佛只要将这些记录焚毁，那些罪行就从未发生过一般。一片混乱中，"高级缝纫工作室"的秘密订单簿消失了。可能是被焚毁了，也可能是淹没在了海量档案之中，总之再也没有人见过这份订单簿。如今没有人知道它所记录的客户身份，玛尔塔·富克斯也从未透露这些信息。

在一片混乱之中，集中营的官僚系统仍试图正常运转。1945年1月8日，位于行政大楼里的党卫队中央行政部门收到通知称，在前一年11月对衣物供应及分配进行检查后发现，集中营的衣物管理存在严重缺陷。[2]

与仍然活着的囚犯（做到这一点殊为不易）相关的文件则被装进卡车，送往西边，远离了苏军枪炮的轰隆声。那么，囚犯的命运又将如何呢？

1945年1月17日，星期三，女裁缝们被平静地告知，这将是她们的最后一个工作日。此外别无其他信息。大家的心思立刻激荡起来。她们将针线活扔到一边，反正这些时装永远不会完工，也永远不会被试穿了，开始讨论起可能发生的种种情况。

有传言称，盟军计划轰炸整片集中营区域，或者射杀剩下的囚犯，又或者两样都做。此外，向西边转送囚犯的频次也越来越高了。想到自己不必再日复一日地为党卫队客户效劳，不禁令女裁缝们深感振奋。然而，离开这家时装店，也就意味着离开拯救了她们生命的劳动队。接下来又会怎样呢？

女裁缝们达成的共识是，不管接下来几天事态会如何发展，最好还是让自己穿得暖和些。她们决心做到这一点，尽管纳粹专门发布了命令，规定除了发放给囚犯的一套服装之外，严禁她们

拥有其他衣物。[3] 但玛尔塔与"加拿大"的良好关系保证了她们
都可以为自己"安排"上内衣、舒适的鞋子和大衣。此外，党卫
队还额外给她们发了一件条纹夹克。

玛尔塔还有一个塞得满满当当的小背包。1944 年 11 月，她
在党卫队医院里的联系人，护士玛丽亚·施特龙贝格尔偷偷为女
裁缝们带去了一种葡萄糖。布拉查·贝尔科维奇和卡特卡·贝尔
科维奇将自己的那份省了下来，缝成一个个小球，再串成一串，
像项链一样。这样一来，在紧急情况下，她们只要捏碎一个小球
就可以吸入葡萄糖，从而恢复体力。仅仅两周前，胡妮娅·施托
尔希刚刚因病进了医院，她藏了一批像黄金一样珍贵的维生素药
丸。此外，只要有可能，女囚犯们就会为自己弄上一条毯子。

为离开做准备的不只是奥斯维辛-比克瑙营地的因犯。党卫
队开始在"加拿大"营房里纵情劫掠。在圣诞节与新年期间，党
卫队家庭纷纷慌张地将其来路不正的财物装进行李箱，寄回德
国。海德薇·霍斯已于 1944 年末离开了奥斯维辛，和被调至新
岗位的丈夫一道去了拉文斯布吕克集中营。[4] 她的衣橱和抽屉都
已清理一空，家具已全部搬走，被称为"天堂"的花园笼罩上了
一层厚厚的积雪。

再也没有人为温室里的壁炉添加燃料了。火苗熄灭，只剩下
一层冷灰。

海德薇不是空着手离开的。一个党卫队成员抱怨称，为了
将霍斯家的财物运去西边，整整动用了两节货运车厢。霍斯家
的园丁斯坦尼斯瓦夫·杜别尔则说，动用的货运车厢数量其实
是 4 节。海德薇离开时还带上了裁缝们为她量身定做的时装。
这些时装被整齐地叠放好，装进高档皮革行李箱里。海德薇踏
上的旅途，与为她缝制时装的女裁缝以及提供行李箱的因犯，

都迥然不同。

　　然后，最奇妙的事情发生了。

　　　　　　　　　　　　——胡妮娅·施托尔希 [5]

　　1945 年 1 月 18 日，星期四，下着大雪。女裁缝们被叫醒，党卫队要求她们立刻集合。气温已低至零下 20℃，她们则需要步行前往某个未知的目的地。党卫队守卫有些举棋不定，不知是应该惩罚那些违规携带了普通服装的囚犯，还是应该对她们网开一面，以防囚犯有朝一日向正在高歌猛进的苏军提供于己不利的证词。

　　一个党卫队守卫问布拉查："当苏军到来时，你会对他们说些什么？我对你是不是还行？"

　　布拉查小心翼翼地回答："我会对他们说，你不是那些坏人中的一员。" [6]

　　天色破晓前仍一片漆黑，但数万名囚犯已经聚集起来。突然之间，在分离了数月乃至数年之后，男男女女终于可以混杂在一起了。四处都有人在找寻丈夫、妻子、朋友、亲人。有时甚至会出现愉快的重逢景象。

　　胡妮娅简直不敢相信自己的眼睛，在来自比克瑙营地的一群虚弱、茫然的女囚犯中，她竟发现了好友露特·林格尔的身影。在待在莱比锡的最后几个月，以及被遣送至奥斯维辛时，露特一直陪伴在胡妮娅身边。露特的丈夫还曾建议她，要想活下来，就得和胡妮娅待在一起。但她们在到奥斯维辛的第一天就被迫分开了。此时她们决心要紧紧守在一起。

　　在一片混乱中，朋友和亲人怀揣着在战争结束后终将团聚的希望，努力记下约定届时相会的信息。当然，他们首先需要挺过即将开始的这段旅途。

"我们应该留在这里，并躲起来吗？"艾琳·赖兴贝格和勒妮·翁加尔有些犹豫。"你永远不知道他们会对我们做些什么，是杀了我们，开枪打死我们，还是烧死我们。总之不会留下一个活口。"她们最终还是认为，更加安全的做法是与其他女裁缝待在一起，离开集中营。[7]

上午11点，党卫队大喊大叫着向囚犯发出了动身的命令。每500人被分成一组，开始离开奥斯维辛主营地。包括来自比克瑙营地的囚犯在内，共有超过30 000人需要转移，因此光是出发就花了几个小时的时间。有些地方会供应茶水和面包，但只有最强壮的囚犯才能将这些东西搞到手。

这时玛尔塔出手了。她冷静又威严地清理出了一条道路，取回了尽可能多的面包。等到玛尔塔麾下的女裁缝们走到集中营出口处时，已到了黄昏时分。胡妮娅简直不敢相信她们真的是在离开集中营，走出集中营大门的那一刻，女裁缝们心头都洋溢着无法描述的喜悦之情，尽管她们是在枪口下走向未知的命运。

当布拉查、卡特卡、艾琳和勒妮走出奥斯维辛集中营时，她们已在这里忍受了1 000天的煎熬。悲观主义者错了，她们并不是从火葬场的烟囱里"飘出"集中营的。不过，她们也并非在朝着布拉迪斯拉发科尔索大街上的咖啡与蛋糕前进。但重要的是，团结在一起，坚持下去。

留在集中营里的除了身患重病、无法转移的囚犯，还包括主动躲藏起来，认为与步行前往未知目的地相比，留下来幸存机会更大的人。留下来的囚犯中，有的遭到了仍在偶尔执行巡逻任务的党卫队守卫的肆意射杀，有的因营养不良、恶劣天气或其他疾病而死去。只有最幸运，也就是身子骨最硬的那些人活了下来，囚犯在近乎废弃的集中营里东奔西跑，找寻食物和衣服。许多商店早已门户大开，衣服散落得满地都是。

在集中营仍正常运转的最后几天，一列接一列火车满载着赃物向西驶去，只留下在"加拿大队"干活的囚犯在空荡荡的大厅与房间里游荡。比克瑙营地里的30座"加拿大"营房塞满了劫掠所得，根本无法按时彻底清空，于是党卫队干脆点上一把火，将部分财物一烧了之。大火持续了数日之久。

据估计，共有7 500名囚犯留在了集中营里。其中就包括来自特兰西瓦尼亚的女裁缝雷齐娜·阿普费尔鲍姆。一个党卫队守卫希望自己的情妇莉莉能穿得更加光鲜，便偷偷将雷齐娜带进了奥斯维辛时装店，让她秘密地为自己干针线活。雷齐娜的那些因这份活计而得救的亲人们太过虚弱，无法步行，只能留在营房里，雷齐娜也留在了亲人的身边。随后营房的大门被锁上了，他们被告知，如同服装店一样，这座营房也将被付之一炬。

过了一段时间，一名苏军战士打碎了营房大门。他用匈牙利语向他们解释到，集中营被解放了，他们自由了，想留则留，想走则走。至于那个让雷齐娜为自己偷偷干活的党卫队守卫，在奥斯维辛被解放的第二天，他先是毒死了莉莉，然后举枪自杀了。[8]

苏军于1945年1月27日午后进入奥斯维辛。尽管苏联红军此前已经解放了马伊达内克灭绝营，但这些战斗经验丰富的战士对于在奥斯维辛集中营铁丝网内目睹的一切，仍没有做好心理准备。他们发现了许多令人毛骨悚然的景象，例如，光是残留的"加拿大"赃物，就超过100万件之巨。在一张照片里，一个身着厚重冬季军装的苏军战士站在堆积如山的鞋子旁，这堆鞋子的高度远远超过了他的身高。这些鞋子的主人，要么早就化作了骨灰和残骸，要么沦为活着的骷髅架，要么正颤抖挣扎着走在西行之路上——这次行程后来得名"死亡之行"。

行进途中，皮鞋浸湿了，木鞋的状况更糟，会变得又冷又重。囚犯的脚上鼓起水泡，又被磨破，摩擦得皮开肉绽后，留下了一串串带血的脚印。大雪中，所有人都要被冻僵了。当一群群惊慌失措的"第三帝国子民"挤在人满为患的轿车和卡车里经过，向着自以为安全的"德意志祖国"驶去时，囚犯们不得不让到路边，任凭雪水溅洒自己一身。严冬的恶劣天气令所有囚犯都苦不堪言。

偶尔党卫队还会要求查点人员。胡妮娅听到了叫喊声。先是男守卫的叫声："'裁缝队'来这里！'鞋匠队'来这里！……"接着是女守卫的叫声："'洗熨队'来这里！'缝纫队'来这里！……"

尽管行进队伍不可避免地会变得愈发松散和不成形，但女裁缝们仍尽可能地聚集在一起。刚刚病愈的胡妮娅仍然很虚弱，但却出奇冷静。此时，她还需要照顾好自己的朋友露特。与在党卫队行政大楼里获得过庇护的女裁缝们相比，比克瑙营地里的经历导致露特的状态要糟糕得多。

有些行进队伍分离了出去，转向西北方向前进，包括女裁缝们在内的其他不幸者则继续走在西行的路线上。她们还需要走多久？就连最强壮的囚犯，也几乎挪不开腿了。但大家仍聚集在一起，在乡间小径和村间小道上蜿蜒前行。

步履蹒跚者会由朋友们扶起，半搀扶着、半拖拽着，继续向前走。没有朋友帮助者一旦跌倒，就会遭到射杀。在长长的行进队伍经过后，当地的波兰人会走到路边，注视着这些尸体，并将其埋葬。这样的尸体多达数千具。他们被葬入坟墓时，没有姓名，只有文在身上的号码和褴褛的衣衫能够反映其身份或个性。[9]

行进的第一晚，准确地说，是次日清晨，当休息的命令终于传来，已筋疲力尽的女裁缝们纷纷瘫倒在一个污秽的猪圈里。

胡妮娅的双脚肿得可怕，但她知道，最好还是不要脱掉鞋子，因为一旦脱掉就再也穿不上了。布拉查也已经收到过警告："别脱掉你的鞋子，不然你的双脚会冻僵的！"[10] 在夜间，无人看护的鞋袜会被偷走。而光着脚前行就意味着冻伤和死亡。

艾琳甚至都没走到猪圈。她已经耗尽了全部精力，一步也走不动了。一听到"停下"的号令，她便瘫倒在路边，很快就睡了过去。

勒妮将艾琳摇醒。

"我们能逃走吗？……"

布拉查觉得这一计划风险太大，但勒妮对此并无顾虑，况且艾琳实在是不愿意继续行进，与苏联红军这群解放者渐行渐远了。最终，勒妮和艾琳在猪圈附近的稻草堆里躲了起来，决定不再继续西行。就这样，女裁缝小队要分头行动了。

布拉查、卡特卡以及其他女裁缝向勒妮与艾琳道了别。党卫队守卫暴躁地催促她们踏上下一段行程："赶紧，赶紧！谁落在后面了，就要被枪杀！"[11]

这可不是说着玩的。在行进队伍蜿蜒着离开后，党卫队守卫会用刺刀捅稻草堆。两个年轻的女裁缝被发现了吗？不知道勒妮和艾琳的命运如何，令布拉查和其他继续"死亡之行"的女裁缝焦虑不已。但很快，随着寒意和疲惫来袭，再加上还需要艰难前行，大脑变得一片麻木了。路过住宅和农场时，囚犯们便举着碗讨要食物。党卫军守卫则会殴打他们，将其赶回行进队伍中。在混乱紧张的气氛下，波兰村民即使同情囚犯的遭遇，也很少有人敢于给他们食物。但旁观者终究见证了这支行进队伍的苦难，仿佛看见了移动中的奥斯维辛。

　　囚犯们在由树林、山丘和雪地构成的一片单调的风景中前行，雪还在越下越大。前方某处，盟军飞机正在对一群败退的德军士兵进行轰炸。囚犯和党卫队守卫纷纷弯下身子，寻求遮蔽。胡妮娅试图安抚露特，由于害怕，露特已是泣不成声。一个守卫指向附近的一片树林，怂恿胡妮娅与露特道："跑过去吧，那里有片树林。我保证不会朝你们开枪。"

　　一时间，两个人心动了。但直觉很快又说服了胡妮娅，倘若其他士兵发现她们跑向树林，又会怎样？空袭结束，胡妮娅拽起露特，两个人又上路了。

　　到了第二次休息时间，女裁缝们被赶进一个农家院里睡觉。在一个肮脏的棚子里，胡妮娅为了获得一席之地展开了奋力争夺。此前，她已经从一间人满为患的谷仓里被赶了出来，那里的囚犯冲着她咆哮道："这里没有犹太人的位置！"[12] 看来，尽管经历了相同的磨难，但有些囚犯依旧遭受着反犹主义的毒害。

　　然后，囚犯们终于松了一口气，他们总算走到了某个目的地。大批囚犯聚拢在被德国人称为洛斯劳（Löslau）的煤矿小镇沃济斯瓦夫（Wodzisław）的火车站前。正是在这里，玛尔塔将谋划已久的逃亡计划付诸实施了。她不是从集中营里逃出，而是从人群中逃出。

　　　　我们就像是站立着的身上涂满了雪的沙丁鱼。

　　　　　　　　　　　　　　　　　　——莉迪亚·瓦尔戈[13]

　　在过去将近 3 年时间里，玛尔塔都在利用缝纫技艺在奥斯维辛集中营里求生，并通过自己的同情心帮助其他人也活下来。此时，既然已经将时装店里最年轻的萝济卡·魏斯托付给了其他女裁缝，她终于要抓住机会逃亡了。

玛尔塔并非要独自逃亡，一起采取行动的还包括来自"高级缝纫工作室"的博丽什卡·佐贝尔、露露·格林贝格和芭芭·泰希纳。此外，和她们一同逃亡的还包括来自党卫队行政大楼的玛尔塔的密友、在民事登记处干文书活的埃拉·诺伊格鲍尔。埃拉是个彻头彻尾的乐观主义者，时刻准备着鼓励与帮助他人。这支逃亡队伍的最后一个成员是一个波兰女囚犯，在逃亡过程中她将扮演向导的角色。

就在大批囚犯聚拢在洛斯劳火车站前时，这群密谋逃亡者娴熟地换了一套行头，不露监狱着装的一丝痕迹，混入了波兰本地人当中。她们早就精心准备好了平民服装。

这群逃亡者一路北上，来到了拉德林（Radlin）镇的火车站。她们混在人群中，在一节普通旅客车厢里找到了座位。她们直到抵达距离波兰与斯洛伐克边界处不远的日维茨（Żywiec）镇，都没有遇到阻挠。她们抵达日维茨时，正赶上苏联红军对该地区发起大规模攻势。不过，最大的危险依旧来自德军。1 月 23 日早晨，他们向这群筋疲力尽的女孩开了枪。逃亡队伍勇敢地逃了如此之远，但此时，子弹落在了她们身上。博丽什卡、芭芭、露露和埃拉当场死亡，玛尔塔和波兰同伴试着逃走，但接下来，玛尔塔的后背中了一枪。

以上是胡妮娅日后听说的事情经过。布拉查和卡特卡听说的版本与之类似：守卫将躲在谷仓里的玛尔塔、芭芭、露露、博丽什卡和埃拉赶了出来，她们均在四下寻找避难所时被从背后射杀。

剩下的几个女裁缝都不曾目睹事情的确切经过。她们仍旧身处洛斯劳，面临着自己的麻烦。

转移的下一阶段将通过铁路进行，但囚犯要搭乘的不是旅客列车，甚至都不是封闭的运牲口的列车。伴随着尖叫、殴打和枪声，女裁缝们被赶上了敞篷的运煤车，车厢里因结冰而湿滑不已。有的车厢甚至挤进了 180 个女囚犯，她们不得不试着用碗往外舀雪。囚犯在车厢里只能站着。"我们排列得就如同直立的鲱鱼。"一名幸存者说道，"我们就像是沙丁鱼。"另一名幸存者表示。

列车上的这段路程是最糟糕的。在囚犯们推推搡搡、你争我夺的同时，喝醉了的党卫队守卫会朝她们中间扫射。在敞篷车厢里，凛冽的寒风令她们的脸冻僵，令她们的双腿疼痛难忍。布拉查仍待在妹妹卡特卡身旁，胡妮娅则和露特依偎在一起。随着夜晚过去，白天来临，每个囚犯都堕入了各自不同的地狱中，在发烧、恶劣天气和饥渴的折磨下，她们要么半疯，要么已全疯。

火车驶过了山地，进入了平原，当她们穿越边界，进入德国境内后，胡妮娅模模糊糊地感到了熟悉的地标，是奥得河畔法兰克福（Frankfurt-am-Oder）和柏林。布拉查从车厢木墙的缝隙处向外望去，看见了一栋栋被炸毁的建筑，只有烟囱还耸立着。她曾梦到过与之一模一样的场景。不祥之兆？

列车终于停了下来，死者被扔了出去。德国老百姓目瞪口呆地注视着这些浑身都是冰，宛如野兽一般的来自另一个宇宙的生物。他们无法相信这些生物也曾是大学生、女裁缝、妻子、母亲、教师、医生……人类。

出现了一块新的路牌：拉文斯布吕克。

就像是倒垃圾一样，女囚犯被"倒"进了拉文斯布吕克集中营。当这些在"死亡之行"中幸存下来的囚犯蹒跚着走进集中营时，这里早已人满为患了。当时正值凌晨 3 点，弧光灯发出炫目的光芒。囚犯们瘫倒在地，把刚刚落下的雪当作食物吮吸着。布拉查抬起头来，看见警卫队女守卫玛丽亚·曼德尔正俯视着自己。女守卫冷冷地说道："你们应该清楚地知道，你们没有权利活下去。"[14]

一些来自奥斯维辛集中营的囚犯被赶进了巨大的西门子公司厂房，另一些则被赶进了一顶已经容纳了 8 000 个女囚犯的帆布帐篷。帐篷里满是尿液、粪便和绝望的气息。

拉文斯布吕克集中营的老资格囚犯围住了这些初来乍到者，拼命地想要用随便什么东西换得床罩或毯子。没有任何东西可供交换的人则能偷什么就偷什么。空气中弥漫着可怕的恶臭味。

"他们要用毒气毒死我们！"帐篷内，胡妮娅的表亲玛丽什卡哭喊道，恶臭令她一阵阵作呕，"第二天早上我们就醒不过来了！"

冷静如故的胡妮娅让玛丽什卡安心睡觉。第二天早上她们要么能醒来，要么不能。[15]

次日早晨，她们闻到了熟悉的气味。不是毒气，而是汽油味。

当一桶桶汤水端上来后，饥饿难耐的女囚犯立即疯狂地一拥而上，集中营里的警察用橡胶棍棒抡向她们。胡妮娅没能靠近这些汤水，露特则是走都走不动，就更别提抢夺食物了。

不知怎的，胡妮娅打听到了其他奥斯维辛女裁缝的下落，女裁缝之间的相互支持再一次拯救了她们的生命。这些女裁缝聚集在前党卫队行政大楼"老大"，共产党人玛丽亚·毛尔的周围。玛丽亚为她们安排了食物，甚至安排了缝布袋的工作。胡妮娅和露特找到了这个庇护所，胡妮娅还被分派负责为女裁缝们分发食物。现在，胡妮娅不再用卷尺量客户的身材了，而是用码尺和铅笔量面包的厚度。

每个人都想知道："玛尔塔去哪儿了？"

但没人能给出答案。

她们也没能找到奥斯维辛时装店里的两个法国朋友。阿莉达·德拉萨尔和玛丽露·科隆班与其他政治犯一道，已经被转送至奥地利的毛特豪森集中营，她们在那里的火车站干着清扫铁轨的活儿。[16]

不过，布拉查在拉文斯布吕克集中营的主路上惊喜地遇到了一名故友。在一大群被人无视的囚犯中，她遇到了艾琳的姐姐凯特·赖兴贝格。凯特的丈夫莱奥·科恩创办了一份地下报刊，他们俩在相当长的一段时间里都逃过了被遣送的命运。当莱奥被逮捕后，凯特无法独自苟活，便向盖世太保"自首"了，她的唯一"罪行"就是身为犹太人。此时的她正忍饥挨饿，还被斑疹伤寒折磨得形销骨立。

"跟我来！"永不放弃的布拉查催促道。

凯特却退到一边，说道："我会死在这里的，因为我知道莱奥肯定也会死的，他不可能撑过去。"

布拉查无法说服凯特。在这次相遇的不久之后，凯特真的死了。又一个纳粹的受害者。她年仅 26 岁。

> 和平很快就将到来。
>
> ——胡妮娅·施托尔希[17]

在艳阳高照的一天，胡妮娅、布拉查、卡特卡以及"缝纫队"的朋友们聚集起来，她们被告知将要离开拉文斯布吕克。至于此行是福是祸，她们并不清楚。在"老大"玛丽亚的监督下，她们步行至附近的火车站。远离了集中营，空气显得无比清新。

女囚犯们登上一列真正的旅客列车，有了座位，还得到了面包、果酱与人造黄油。如此非同寻常的优待几乎令这些女囚犯欣喜若狂。

乘火车经历了一段漫长的旅途后，她们沿着一条绿树成荫的道路走进了另一所集中营，拉文斯布吕克的卫星营地之一——马尔霍集中营。这座集中营虽然物资短缺，食物匮乏，但总算是整洁有序。这里只有 10 座小型营房，容纳着大约 5 000 个女囚犯。女裁缝们居住的营房是喷着绿漆的木质房屋。四周则是遮天蔽日的森林。不久之后，随着食物供应越发不足，马尔霍集中营的囚犯就只能靠吃草根和树皮度日了。

一些女囚犯去了附近的弹药厂干活，这座弹药厂被伪装成了森林的一部分。这些女囚犯成功地将土豆和胡萝卜藏在连衣裙里偷偷运出，带给集中营里的其他囚犯。布拉查幸运地得到了一份室内的差事，负责营房的保洁工作并分发食物。

年轻的朋友们开玩笑地将胡妮娅称为"老妇人"，她也十分感激她们对自己的关照。尽管如此，"伐木队"在森林里的劳作还是令她痛苦不堪，就连"医护队"里较为轻松的差事也令她勉为其难。有一天，胡妮娅终于迎来了好运。一个来自什切青（Stettin）的德国平民，名叫马特纳（Mattner）的工厂经理把胡妮娅叫了过去并讯问她。当得知她是一个女裁缝后，马特纳立刻产生了兴趣，并要求她去为自己的妻子干活。缝纫技艺再一次令胡妮娅转危为安了。

马特纳夫人首先为胡妮娅准备了一顿有肉类和烤土豆的饭。胡妮娅知道，在自己的胃已经严重萎缩的情况下狼吞虎咽油腻食物是不明智的，但她实在是饿得受不了了。这顿饭导致她的胃痉挛发作了一整夜。次日，胡妮娅仍深陷于病痛与眩晕之中，根本没法干针线活。于是马特纳夫人平静地为她泡了一杯茶——真正的茶，就仿佛胡妮娅是个真正的人类。马特纳夫人和胡妮娅坐在一起，直到后者充分恢复，能够再次缝制和熨烫衣服。

胡妮娅自嘲地感慨道："对于囚犯而言，烤鸽子可不是一道好菜。"此后，她一直吃着简单的饭菜，不过对马特纳夫人提供的真正的加糖咖啡，她倒是来者不拒。

在马特纳家中，胡妮娅再次拿起了针线，触摸到了并非湿漉漉、被冻得硬邦邦、血迹斑斑、爬满寄生虫或是板结的布料，这令她激动不已。这家德国人出人意料地慷慨，帮助胡妮娅找回了自尊。作为回报，她为马特纳夫人缝制了完美的服装。马特纳夫人为胡妮娅准备了更加温暖的衣服，并请求她收下。但胡妮娅拒绝了。她说道："我乐于接受您的食物，因为我太饿了。但只要我身上这件衣服还是完整的，我就不会接受其他衣服。"[18]

到 1945 年 4 月，爆炸声似乎永无休止。红十字会的卡车出现在了集中营大门口，卸下了一包包为囚犯们准备的物资：食物！

但这些东西全都被党卫队据为己有了。

有一天，布拉查看到马尔霍集中营指挥官穿着平民服装，骑着自行车出了营地大门。

"发生什么了？"布拉查问指挥官。

"苏联人来了！我要去西边的邻村，等着被美国人解放……"[19]

苏联人、英国人和美国人正在合围这片区域。

5 月 2 日，也就是柏林投降的同一天，马尔霍集中营的囚犯可以自由地游荡了。党卫队守卫们说："苏联人来了，我们还是保住自己的命要紧。你们想干吗就干吗吧，我们不管了。"

听闻此言，囚犯们不禁一阵头晕目眩，随即便开始尝试探索新的可能性。有些人选择向西，朝美国人的方向走去；有些人则向东，朝苏联人走去。

玛尔塔的表亲赫塔·富克斯最终来到了一处英国占领区，在吕内堡（Lüneberg）的一处"流离失所者营地"疗养。曾在奥斯维辛集中营工作的臭名昭著的党卫队守卫厄玛·格雷斯也被关押在吕内堡，并在此接受审判。和许多党卫队成员一样，厄玛也准备了大量制服以外的服装，以备盟军到来时伪装成平民或囚犯逃脱。厄玛此前曾驻扎在贝尔根-贝尔森集中营，和那里的指挥官一道，管理这个条件无比恶劣、污秽不堪的营地。直到最后时刻，厄玛还在要求囚犯中的女裁缝为自己量身定做时装。

厄玛找上了时尚名牌香奈儿的女裁缝伊洛娜·霍赫费尔德。伊洛娜曾在比克瑙营地的制衣厂干过活，她为厄玛缝制的最后一件衣服是一条平民裙子。为这样一个可憎的女人干活，伊洛娜每缝一针都怀着深深的厌恶之情。[20]

在远离集中营的地方，胡妮娅看到附近的小镇插满了白旗，空中则飘扬着盟军飞机投下的传单。胡妮娅与同伴一起，加入了寻找食物和避难所的流离失所的人群。但很快她们便在森林里迷了路，腿脚酸痛、饥肠辘辘。筋疲力尽且垂头丧气的她们继续费力地前行着，直到再也走不动为止。当她们坐下休息时，发现路旁的一堆树枝上有个口袋。

"这是炸药！"一个人警告道。她们知道，已经有获释的囚犯因为踩上埋在德国乡间的地雷而丢了性命。

但胡妮娅并不这么认为。她打开口袋，不可思议！里面装着面包、黄油、香肠和熏肉，真是一场盛宴。胡妮娅想起了自己在马特纳家过度进食后的痛苦经历，便建议大家不要立刻狼吞虎咽。晚些时候，她们和其他囚犯挤进了一间小棚子过夜，并与大家一同分享了这份意外之喜。所有人都有说有笑，气氛友好。她们已经自由了，没必要再为了一丁点食物就野蛮地大打出手了。

突然，一支火把照亮了黑暗。苏军战士用德语问道："谁在那儿？"

"集中营囚犯。"她们齐声答道。

10多人一齐抬起手臂，露出了文在皮肤上的奥斯维辛集中营号码。

苏军宣布，她们被解放了。

迎来解放的一刻虽平淡无奇，但对犹太幸存者来说却格外辛酸。在纳粹统治下的每一座城市、每一个村落，犹太人都被系统性地搜寻出来，沦为了抢劫、奴役和处死的目标。

第二天，胡妮娅坐在草地上，盘算着接下来要做些什么。突然，3辆吉普车从不同方向开了过来。数名男子从车上跳下，相互握手、递烟。他们分别是苏军、英军和美军。经过多年战斗，他们历史性地在德国土地上相会了。见证着这场偶遇，胡妮娅才激动地意识到，她们真的自由了。

布拉查和卡特卡向东走去，来到了附近的一个村庄。她们向一户农家寻求庇护。屋内的老妇人哭喊着说，自己的儿子们上了前线，生死未卜。但她至少还允许筋疲力尽的布拉查和卡特卡在阁楼的稻草堆里过一夜。第二天早晨，她们醒来后发现一个苏军战士正在院子里舞弄一把左轮手枪。有传言称，苏军士兵只要发现了女人或是女孩，就会将其强奸，部分原因是为了报复德国人对苏联女性犯下的罪行，另一部分原因则在于性暴力这种丑恶的行为具有属地特色。

但布拉查一向是个乐观主义者，她思忖道："他们会把我们怎么样呢……我们有文身啊。"

奥斯维辛集中营囚犯的身份或许能够为她们提供某些保护，因为这明白无误地表明了，法西斯分子是她们与他们的共同敌人。有时候，这一身份还能成功地起到威慑作用，就如同她们憔悴消瘦的外形一样。不过，通常没有什么因素能够阻止强奸的发生，这是许多噩梦过后的又一个。无论是在集中营里，还是在更广阔的社会中，强奸受害者都不得不独自消化这份屈辱。在第二次世界大战结束后的叙述中，许多人都提到"其他"女人曾遭到侵犯，但很少有幸存者坦承，"自己"就是强奸的受害者。

布拉查和卡特卡向农家院里这名配有武器的苏军士兵展示了文在自己手臂上的集中营囚犯号码。这个士兵明白该号码意味着什么，并询问她们昨晚是在哪里过夜的。布拉查和卡特卡的答复令他火冒三丈。

"睡在稻草堆里？德国佬才应该睡在稻草堆里……你们应该睡在床上！"

他洗劫了这户人家，离开了。[21]

后来，布拉查和卡特卡又遇到了一个身为犹太人的苏军战士。他警告两个姑娘不要提及自己是犹太人，因为反犹情绪并未消退。"回家吧。"他建议布拉查和卡特卡，"你们不知道将来会发生什么。"

"回家吧。"

但这并不简单。她们曾拥有的一切都被纳粹夺走了，除了身上的衣服，她们一无所有。

一个苏联军官带着胡妮娅等女孩走进了一户德国人家。房主将尽可能多的财物锁进箱子，藏了起来。她紧紧握着箱子的钥匙，请求这群不速之客不要破坏任何东西。

"这些混账可让我们受够了苦，"一些集中营幸存者说，"是时候享受我们的战利品了。"[22]

幸存者们开始动手。她们先是翻遍了每一个橱柜，随后又畅饮了一顿咖啡。再次住进房子里，能够洗澡，将自己擦拭干净，这种感觉真是太美妙了。胡妮娅的表亲玛丽什卡穿上了一件抢来的白色棉质睡衣，非常舒适。

"别显得太有诱惑力了。"其他人警告她。

突然传来了一阵响亮的敲门声。胡妮娅感到身为这群女孩的大姐需要为她们负责，便去开了门。门外是前来一探究竟的4个帅气的苏联军官。胡妮娅又循着一阵抗议声望去，原来玛丽什卡身上的白色睡衣已变得凌乱，她正挣扎着试图脱身。

"你们以为你们是在报复谁呢？"胡妮娅冲着这几个苏联军官嚷道，"看看我们吧！我们又饿又累！"

这番话令级别较高的那个军官产生了共鸣。他耸了耸肩膀，让步道："如果她不愿意，就放开她吧！"

出人意料，胡妮娅竟然占了上风，这些军官离开了。窗户被推开，吹进了一阵微风。夜晚的空气中回荡着更远处那些没这么走运的女人发出的阵阵尖叫声。

胡妮娅一向具有反抗精神。第二天，她戴上头巾和披肩，来到镇子上，一路闯进了苏军总部，要求见管事的人。接待她的军官对她的忧虑感到同情，她们只是8个毫无抵抗能力的女性啊。但他也解释称自己对此也无能为力，并建议她们尽量保护好自己。

回到那间被征用的房子。其他被解放的囚犯破门而入，准备抢东西。胡妮娅竭尽全力想要制止她们，表示她们不应该随便到像德国人那样去劫掠。但说句实话，胡妮娅很清楚，至少自己也需要拿几件衣服，其他女孩说服她将破旧的毛呢连衣裙换成了一套漂亮的上衣和裙子。当德国房主抱怨称她们是在偷窃时，胡妮娅终于忍不住了，她质问道："在你们对我们犯下了种种罪行后，竟然还好意思要求他人举止诚实得体，你们难道不感到羞耻吗？"[23]

换一套行头，是迈向解放的重要一步。将集中营里的条纹制服、破烂衣服以及与囚犯生活相关的所有物件都扔到一边，再次穿上像样的衣服，便实现了强有力的转变，从号码转变为女性，从囚犯转变为人类。脱掉破烂的衣服，有助于将屈辱感抛到脑后。布拉查的朋友埃丽卡·库尼奥日后就说道："我们必须换一套衣服，必须重新成为人类。"[24]

此外，还需要换上体面的鞋袜。胡妮娅和女孩们结识了一个名叫斯特凡（Stephan）的可爱的年轻苏军战士。看到胡妮娅脚上破旧不堪的鞋子，斯特凡不禁皱起眉头。

"它们可走过了千山万水呢！"胡妮娅嗔怪道。

"你的鞋码是多少？"斯特凡问道。过了一阵子，他给胡妮娅带来了一双橡胶底帆布鞋和一双拖鞋。但胡妮娅想知道他是从哪里弄到鞋子的。

"我发现了一家鞋店……"斯特凡说。

"商店早就都关门了！"胡妮娅反驳道。

斯特凡脸上露出了意味深长的微笑："是啊，商店的前门的确关了，但我发现了一扇后门。"[25]

胡妮娅也不好埋怨什么，毕竟要想回家还需要走过漫长的路途，但胡妮娅不会独自踏上这趟旅途，好几个集中营里的同伴仍陪在她的身边。当她们终于动身时，似乎整个德国都动了起来。从1945年5月8日开始，无论是施害者、旁观者还是受害者，都需要适应德国无条件投降以及同盟国对纳粹加以清算的新局面。

以焕然一新的服装为象征，从前的集中营囚犯们重新过上了自由的生活。与此同时，党卫队经历了一次截然相反的转变，一次命运的逆转。他们告别权势与财富，穿上了具有隐喻意味的破衣烂衫。

在战败的第三帝国各地，路边都散落着从衣服上扯下的徽章和被丢弃的制服。女裁缝们则纷纷开始将服装"去纳粹化"。坦克兵制服被改造成了睡衣，希特勒青年团制服的布料被用来为连衣裙打补丁，纳粹万字符也被从红旗上拆了下来。[26]

脱下长筒靴，扔掉鞭子，党卫队女成员系上了印花连衣裙的扣子，拉上了普通女装的拉链。身穿制服的她们算是个"人物"，是某个组织的一部分，一旦脱下制服，她们突然之间就只能穿戴自己的行头了，或许还得直面自己的良知。

盟军搜捕被指控为施害者的人。曾在奥斯维辛时装店当守卫的党卫队女队长伊丽莎白·鲁珀特因党卫队成员的身份也遭到了逮捕。她被指控在比克瑙集中营犯有对囚犯人身伤害以及参与以谋杀为目的的挑选囚犯等罪行。

伊丽莎白最终被关进了达豪集中营新建成的党卫军监狱。美国于1946年5月拍摄的一段有关该监狱的影片使我们得以对其内部情况稍加一瞥。伊丽莎白恰好和女守卫玛丽亚关在同一间狱室里——在拉文斯布吕克集中营无情地表示布拉查与同伴压根不应该还活着的，正是这个女人。这段影片中的玛丽亚身穿一件彩领短袖上衣，完全是一副人畜无害的模样。在克拉科夫接受审判后，她于1948年1月24日被处以绞刑。

影片中，伊丽莎白就在玛丽亚身旁，身穿好几层宽松服装的她看上去很放松，还冲着镜头微笑。审判时，法庭认为伊丽莎白参与以谋杀为目的的挑选囚犯这一罪名证据不足，至于对囚犯人身伤害的罪名，她已服了足够长的刑期，于是伊丽莎白被释放了。目前无从得知她在第二次世界大战结束后的生活详情，以及她对于奥斯维辛集中营里竟开了一家时装店这桩荒唐事做何感想。[27]

只要有可能，盟军还试图抓捕并审讯纳粹高官们的太太。

在德国无条件投降之前，时髦的玛格达·戈培尔便先杀死了自己的 3 个孩子，然后和丈夫约瑟夫·戈培尔一道自杀了。而在此之前不久的 1945 年 4 月 30 日，希特勒和新婚妻子爱娃·布劳恩在柏林的地下掩体里结束了自己的生命。不管玛格达死时穿了什么，都和她的尸体一样，被浇上汽油，点了一把火，化成了灰烬。赫尔曼·戈林的妻子艾米·戈林在被盟军逮捕前，飞快地将财物塞进了一个帽盒里。她被送进监狱时，身上还穿着一件在巴黎购买的时髦大衣。

玛加·希姆莱和女儿古德伦·希姆莱先是被关押了起来，后来在一家纺织厂找了份活干，但希姆莱多年来送给她们的衣服全都被没收了。希姆莱本人遭到了逮捕，当时他正一只眼戴着眼罩，穿着假制服作为伪装。后来，希姆莱因无法面对纳粹德国战败，自己的所有野心彻底破碎这一现实，选择了自杀。

奥斯维辛时装店的创建者海德薇在第二次世界大战结束后的数月内逃过了当局的抓捕。和戈培尔夫妇一样，霍斯夫妇也考虑过双双自杀，但为了孩子着想还是放弃了这一打算。鲁道夫后来在回忆录中哀叹道，要是他们当时真自杀了，倒可以给海德薇省去许多麻烦。

"麻烦"都是相对而言的。的确，海德薇是与丈夫分开了。

的确，在从拉文斯布吕克集中营向西北方向逃跑时，她不得不丢弃了大量财物。但她可不必像许多逃难者那样步行跋涉，纳粹关系网保证了她在乘坐着高档专车逃难的一路都被奉为上宾，这与沿途那些满目疮痍的城市里的平民受害者截然不同。

海德薇乘坐的专车进入圣米夏埃利斯顿（Sankt Michaelisdonn）小镇，又沿着一条栗树大道行驶，抵达了一家制糖厂，霍斯家在奥斯维辛时的家庭教师凯特·汤姆森在这里为她安排了一处避难所。紧随着海德薇乘坐的专车，驶进了一辆装得满满当当的卡车，车上有一筐筐食物，高档法国白兰地，以及塞满了衣服的精美皮革行李箱。[28] 海德薇与同车抵达的 5 个孩子受到了制糖厂经理一家的欢迎，她的行李也被卸下了卡车。

希姆莱要求鲁道夫"混在德国国防军中消失"，[29] 对于丧失了特权地位并被迫与丈夫分开，海德薇显然心有不甘。在向东道主一家展示了自己在奥斯维辛的家及花园的照片后，海德薇将相册扔进火炉里烧掉了。

"我为我的丈夫感到骄傲。"她对女主人说道。[30]

英国的纳粹猎人急于找到并逮捕奥斯维辛集中营的指挥官。他们对海德薇的新避难所进行了搜查，感慨于她被"衣物、皮草、布料和其他值钱的东西围绕着"。[31] 海德薇则向他们表示，鲁道夫已经死了。但事实上，鲁道夫曾多次在圣米夏埃利斯顿与海德薇约会。英国人最终带走了海德薇，对她进行了持续时间更长，更动真格的审讯。在审讯报告中，海德薇被描述为身着一件肮脏的上衣和一条农妇裙，但傲慢的气场依旧。海德薇与其兄弟弗里茨·亨泽尔中的一人在重压下吐露了乔装打扮成农场工人的鲁道夫躲在弗伦斯堡（Flensburg）附近。但两个人均拒绝承认自己要为出卖鲁道夫负责。

1947 年 4 月的一个星期天,一名英军信使递给了海德薇一个信封。信封里包着鲁道夫写给她的告别信以及他的结婚戒指。鲁道夫在波兰接受了审判。被判决罪名成立后,他在奥斯维辛集中营党卫队行政大楼地下室的一个上了锁的房间里,度过了生命的最后一晚,这里与"高级缝纫工作室"所在的房间相距不远。鲁道夫在奥斯维辛主营地的老火葬场附近被处以绞刑。紧挨着行刑地的,正是那座曾属于霍斯家,如今已经无人看护的花园。

霍斯夫妇在东方农业天堂里生活的美梦破灭了。他们的孩子们失去了父亲,只能穿着用破布绑在脚上的鞋子或木屐玩耍,导致他们的脚趾都生了冻疮。这倒与他们曾与之为邻的那些集中营里的囚犯别无二致。[32]

> 很多人都会问,既然我全家都被杀害了,我为何还要活下来?
>
> ——布拉查·贝尔科维奇

列车将女裁缝们从家乡带走,又将她们中的几位送了回来。

在与朋友露特分手后,胡妮娅和姑娘们与一群快活的捷克男子一齐离开了德国。返乡者被装上了 25 辆卡车,他们一路采摘野花,将车厢好好装点了一番。在布拉格,迎接返乡囚犯的是微笑、礼物和同情。事实上,布拉格火车站里已经挤满了返乡者,多到工作人员都处理不过来。每个人都急于弄清楚谁幸存了下来,并忧伤地清点死难者的数目。

接下来,胡妮娅转乘火车前往斯洛伐克的波普拉德。此时她遇到的是一张张阴郁、冷漠的面庞。胡妮娅乘坐的列车在距离波普拉德火车站不远处抛锚了。被陌生人推来搡去,没有朋友陪伴的胡妮娅突然看见了一个人，她立刻跟跟跄跄地跑下车厢。多少斯洛伐克人就是在这座站台被遣送走的啊，而如今，她的妹夫拉迪斯拉夫（Ladislaw）就站在那里，等着接她回到凯日马罗克的家中。实际上，拉迪斯拉夫并不知道胡妮娅将于今日抵达，只是预感到自己应该赶起马、套起车，去火车站等着。这一乐观的预感收获了回报，他们开心地团聚了。

凯日马罗克可谓人山人海，但几乎没有犹太人了。胡妮娅蹑手蹑脚地走进妹妹陶巴·施托尔希的家中，以免惊醒熟睡中的孩子。在惊恐地躲藏了数月后，孩子们终于安稳地睡在了自己的床上。

距离家去莱比锡追求裁缝事业已经过去了许多年，胡妮娅终于回来了。

布拉查、卡特卡和"小母鸡"萝济卡也踏上了自己的返乡之旅。她们步行一会儿，再让经过的马车捎上一程，终于来到了一座火车站。手臂上的囚犯号码文身就相当于是火车票，包括许多集中营幸存者在内，列车里挤满了流离失所的人。他们身上的行头形形色色、五花八门，既有集中营里的条纹制服、偷来的便服，又有残破的军装。每次停车，都会有戴着头巾的农妇涌上前来，叫卖鸡蛋或土豆，但列车上没人有钱买，只有少数幸运儿能够用布料、丝袜或短裤与之交换。

任何服饰都弥足珍贵，这使得整个欧洲变成了一片买、卖、换、抢的热土。在距离法兰克福不远处，停靠着一辆满载从法国和比利时劫掠所得的德国列车。这辆列车很快就被欣喜若狂的外籍强制劳工和德国老百姓洗劫一空。看到数不胜数的帽子、裙子和布料，人们不禁激动得热泪盈眶。美国兵观看着这一场面，说道："就让他们开心一会儿吧。"[33]

第二次世界大战结束后的布拉查·贝尔科维奇

布拉迪斯拉发成了返乡斯洛伐克犹太人的聚集点，也成了以奥地利美国占领区为目的地的匈牙利、罗马尼亚及波兰犹太难民的集散地。新来者试图找到熟悉的面孔。布拉查和卡特卡很快就发现，她们的亲人几乎全都遇难了，不过她们在布拉迪斯拉发火车站却受到了超乎寻常的欢迎。迎接布拉查和卡特卡的正是她们亲爱的朋友艾琳，她的故事说来话长。

布拉查最后一次见到艾琳和勒妮时，她们正为了逃脱"死亡之行"而藏身于稻草堆中。现在布拉查得知，艾琳和勒妮十分幸运，并未被刺刀刺中。等到德军士兵和猎犬的喧闹声平息后，她们一路小跑，躲进了附近的一座森林，最终在墓地里白雪皑皑的墓碑后安顿了下来。然而，饥饿和寒冷又迫使她们来到一个在空袭过后遭到废弃的波兰村庄。走在街头，她们从一个倚在自家篱笆上遥望前线战火的妇人身旁经过。

"你们是谁？"这个妇人质问道。艾琳和勒妮已经将集中营条纹夹克埋在了雪地里，但艾琳的深蓝色毛呢连衣裙背后仍带有一条显示集中营囚犯身份的红色一字条纹，她无法去除这块已结成硬壳的油漆。

"我们是来自克拉科夫的难民。"艾琳撒谎道。

"我知道你们是谁。我曾看着你们这些人从这里经过。有人知道你们逃到这里来了吗？"

"没人知道。"

这个农妇朝着自家棚子点了点头，示意艾琳和勒妮可以躲在那里。她又偷偷给她们拿来了藏在桶里的食物和咖啡，并说道："要是苏联人来了，就对他们说我帮助过你们。要是纳粹回来了，就什么也别说了。"[34]

形势一旦变得安全，这个农妇立刻将艾琳和勒妮带进家中。此时德军已被击溃，而苏联人则想知道波兰农民曾经的立场。因此这个农妇的行为相当于为自己买了份保险。作为对所受款待的回报，艾琳和勒妮为这个农妇甚至全村干起了针线活。缝纫技艺再一次拯救了她们。

后来，与苏军并肩作战的斯洛伐克战士邀请艾琳和勒妮与自己一道，踏上漫长的返乡旅途。她们于 1945 年 2 月回到了斯洛伐克，是遭遣送的犹太人中第一批返乡的。她们一个熟人也没见到，谁也不认识。直到有一天，借宿在波普拉德附近一个小村子里的她们打开房门，发现艾琳的大哥拉齐·赖兴贝格正在门外。

"你是怎么找到我们的？"艾琳好奇地问道。

自从斯洛伐克人于 1944 年 8 月发动的一次起义失败后，拉齐和妻子图鲁尔卡·富克斯就加入了山区的游击队。当拉齐要穿越波普拉德地区时，有人告诉他，他的妹妹艾琳就在附近。如此走运，真令人不敢相信。

　　艾琳没有玛尔塔的消息，也不知道她在洛斯劳的逃亡尝试，更不知道玛尔塔、博丽什卡、芭芭、露露和埃拉已遭到枪杀。

　　布拉迪斯拉发刚被从法西斯分子手中解放，艾琳就回到了犹太街。位于犹太街18号的自家的房子已住进了另外一家人。1940年，约有15 000名犹太人生活在布拉迪斯拉发，其中只有约3 500人活到了第二次世界大战结束。

　　接下来，艾琳便一心想着与布拉查重逢。她每天都会去火车站，迎接每一趟从西边驶来的列车。她的坚持有了回报。6月的一天，两名老友终于团聚了。

　　此时，幸存者需要适应战后的新生活。没有时间感到绝望，也没有时间陷入深深的悲痛。再一次地，只有干活才能生存下去。各种机构都在尽其所能地帮助幸存者，但救济金仅勉强够购买一天的食物。

　　然后，卡特卡得到了一台缝纫机。

　　找回第二次世界大战爆发前的财物远没有那么简单。布拉查和卡特卡极为幸运之处在于，信奉天主教的邻居为她们保住了几张家庭合影。这些照片无比珍贵，尤其是当她们渐渐意识到照片上那一张张心爱的面庞大多已经逝去了。

　　在奥斯维辛-比克瑙集中营里，囚犯们很快就意识到，只有少数几样个人用品对生活而言是不可或缺的，那就是衣服、鞋子和碗，除此之外，重要的只有忠贞的友谊。因此，与其说找回财物是要重新拥有某些物品，不如说是要在集中营里经历了种种扭曲的现实之后，重建某种家庭生活。

　　然而，在犹太人遭到遣送时被窃取或遗失的那些家居用品比普通日用品有更重要的意义。窗帘、床罩和缝衣针不只是日用品，更是纪念品。这些东西会令人回想起逝去的亲人，回想起曾拉开窗帘、依偎在床上，或是在炉火边缝制手套、袜子和毛衣的每个人。

在欧洲各地，许多民众对于返乡并希望要回失去的财物与房产的犹太人都怀有抵触情绪。当胡妮娅前往一个邻居家，想要取回寄存在她那里的陶瓷餐具时，对方却表示自己早就把这些东西弄丢了。但她随即就用原本属于胡妮娅的盘子端上了小吃。

还有一个曾在党卫队行政大楼里干行政活的囚犯返回了家乡。当她敲响自家前门时，却听到屋里的人说："看来毒气室有漏网之鱼啊……"[35]

布拉查也曾惊骇地听到一个犹太医生转述其同事的抱怨："有一点令我憎恨希特勒……他竟没有将所有犹太人赶尽杀绝。"[36]

在奥斯维辛集中营留到最后的女裁缝雷齐娜回到了特兰西瓦尼亚，她曾将一些财物托付给一个暴脾气的邻居保管。为要回这些财物，她找了一个友善的警察陪自己一同前往。雷齐娜一边在邻居家里仔细寻找，一边说道："这是我的，那也是我的……"她找到了自己的缝纫机，并立即开始用它为自己以及在比克瑙集中营救下的家人缝制衣服。[37]

并非所有幸存下来的奥斯维辛女裁缝的状况都好到可以继续干活。从毛特豪森集中营回到巴黎的阿莉达和玛丽露起初受到了盛情款待。她们于 1945 年 4 月 30 日乘火车抵达首都，住进了鲁特西亚酒店（Hotel Lutetia），睡在铺着干净的白色床单的真正的床上。包括她们在内，遭到遣送的全部 230 名法国女政治犯中只有 49 人幸存了下来。

尽管巴黎于 5 月 1 日举行了胜利游行，被关押在马尔霍集中营的女裁缝还要再等一天才能迎来解放，但大团圆的结局并未上演。作为补偿，阿莉达和玛丽露获得了 200 点纺织品配给券，可以换得一条连衣裙、一条衬裙、一件内衣、一双长筒袜和一方手帕。但很快，在法国公众心中便形成了一种神话般的印象——殊死抵抗的是英勇的男性斗士，这样一来，女性便被法国社会淡忘了。

幸存者在身体上和精神上都遭受了巨大的创伤。年轻一些的玛丽露重新操起了裁缝旧业，但较年长、精力较差的阿莉达因为在集中营里染上的病痛需要长期住院，再也无法当全职裁缝了。[38]

"高级缝纫工作室"女裁缝中较年长的奥尔加·科瓦奇在第二次世界大战结束后落下了终身残疾。她于 1947 年结了婚，并产下一子。她曾苦涩地感慨道："我获得的物质帮助并不足以弥补我在奥斯维辛集中营里度过的多年时光。"[39]

> 重要的不在于物品，而在于美丽。
>
> ——埃迪特·埃格（Edith Eger）

由于犹太缝纫专家遭到囚禁和杀害，纳粹在德占区的霸凌行径，以及德国占领期间商业普遍受到抑制，捷克斯洛伐克共和国的时尚业在第二次世界大战期间遭受重创。在战争结束后的数月间，老牌时装店纷纷迎来了新生，也不断有新的时装店开张。回到布拉迪斯拉发几周后，布拉查便收到了来自布拉格的一家新时装店的工作邀请。她怎么可能拒绝呢？发出邀请的不是别人，正是她那位了不起的前集中营"老大"玛尔塔啊，她还活着！

能在犹太返乡者中心与玛尔塔见面，是第二次世界大战结束后发生的又一个奇迹。

回到 1945 年 1 月，玛尔塔在为争取自由而勇敢逃亡时，的确遭到了射击。1月23日早晨，德军的子弹击倒了芭芭、露露、博丽什卡和埃拉。玛尔塔的后背也中了一枪，但她背包里的一本书挡住了子弹。玛尔塔继续狂奔，直到安全地跑到一户波兰人家里。由于波兰游击队在该地区十分活跃，德军并不敢追杀玛尔塔。

玛尔塔的波兰朋友同样幸存了下来。她们两个人立刻拿起针线，缝制衣服，以回报为她们提供了食物和避难所的一个个波兰家庭。有时候由于担心被发现，她们不得不藏匿起来；有时候她们不得不忍受苏军的轰炸。从1月29日到2月12日，玛尔塔在一处地下掩体里待了足足15天，与她做伴的是一头奶牛。她们所在的这片区域获得解放较晚，接下来，玛尔塔又历经坎坷，途经克拉科夫和布达佩斯，终于回到了家乡。

脱离险境之后，玛尔塔便开始在也许是取自党卫队行政大楼的办公用纸上写日记，记录自己在1945年1至5月间的紧张经历。4月28日，玛尔塔在前往布达佩斯的途中，她在当天的日记中写道："我们饿得像野狼一样，但却没法咽下昨天偷来的培根。"[40]她无比焦虑，渴望打听到父母和姐妹克拉丽卡·富克斯是否仍健在，过得怎样的消息。她最后一次得知他们的境况，还是通过寄到奥斯维辛集中营或是从那里寄出的明信片。

当时，苏军正在追捕伪装成被解放囚犯的纳粹分子。幸运的是，玛尔塔一路上都有奥斯维辛集中营地下抵抗组织的同志陪伴。他们可以证明，玛尔塔不仅真的是奥斯维辛囚犯，还是共产主义地下组织的一员。玛尔塔英勇抵抗纳粹的事迹获得了其他共产党人的认可，波兰劳动党克拉科夫党委也给她发放了准许返乡的公文。为玛尔塔做证的奥斯维辛囚犯之一正是曾在霍斯家别墅担任园丁的弗朗茨·达尼曼。[41]玛尔塔终于奇迹般地与许多亲朋好友重逢了。她在 1945 年 5 月 8 日的日记中写道："警笛声响起，宣告已实现了和平。"从布达佩斯出发，她回到了布拉格。

对于幸存者来说，身处布拉格本身就算得上一种非凡的体验。尽管囊中羞涩，无力购买，但光是看看商店橱窗里陈列的各色时装和琳琅满目的商品，就足以让他们确认自己已回归文明世界了。在体验了像奥斯维辛"加拿大"区域的库房那样荒唐的景象后，幸存者已经难以相信世界上竟还存在着正常的商店。

在战后的布拉格，开一家与纺织相关的店铺会遭遇重重挑战。尤其是因为这意味着必须以职业的态度与顾客和供应商打交道，而这些顾客与供应商可能曾对迫害犹太人表示欢迎，甚至曾从剥夺及遣送犹太人中获利。和奥斯维辛集中营里的"赃物商店"不同，这里的物资供应并不充裕。针非常稀有，以至于被当成了奢侈品。最好的布料则仅限于出口，以换取外汇，帮助国家的经济复苏。

但玛尔塔从来都是那么机敏能干，她把握住了战后人们对于物美价廉的实用服装的热切需求。女人希望穿上具有吸引力的衣服，这些衣服还要易穿、易洗，且适合于忙碌的工作。口袋十分受欢迎。和从前一样，战后也有能消费得起高档时装的上层人士。这些时装甚至会仿效迪奥刚在巴黎发布的光彩照人的全新款式。时装杂志也会刊登富有启发性的新设计。

当然，一流的时装店还需要一流的裁缝。为了给"玛尔塔时装店"招兵买马，玛尔塔叫上了集中营里的老朋友。胡妮娅从凯日马罗克来到了布拉格。"高级缝纫工作室"的另一个老手曼齐·比恩鲍姆也应邀前来。接下来，布拉查也坐上了前往布拉格的列车。

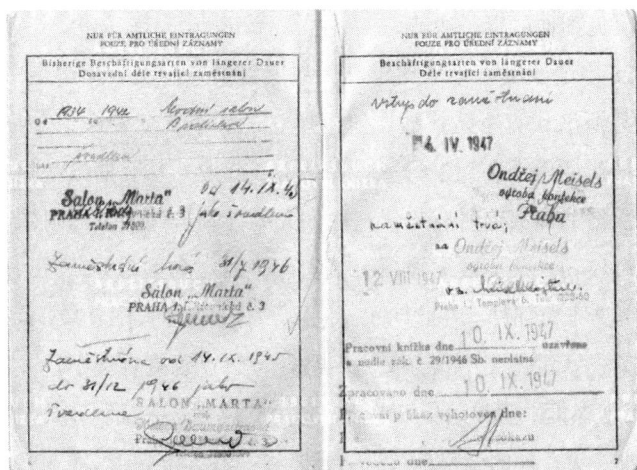

战后玛尔塔·富克斯的工作卡，上面写有"玛尔塔时装店"的详细信息

旅途常常令幸存者痛苦地回想起第二次世界大战爆发前的幸福时光，以及逝去的一条条生命。但有时，旅途也会成就偶遇。有一次，布拉查在布拉迪斯拉发乘坐公交车时，就遇到了一个她认识的人。

"你是博丽什卡？"布拉查问道。尽管奥斯维辛女裁缝博丽什卡和芭芭、埃拉以及露露一起遭到了射杀，但布拉查仍奢望她能幸存下来。

"不是，我是她的姐妹。"该女子回答道，"你知道她的下落吗？"[42]

1945 年 6 月，在应玛尔塔之邀乘车前往布拉格的路上，布拉查有了一次更具宿命感的偶遇。在布尔诺（Brno）转车时，她偶遇了莱奥·科胡特。第二次世界大战爆发前，布拉查就认识莱奥，当时他正在追求艾琳的姐姐凯特，用的是战前的本来姓氏科恩。现在布拉查不得不告诉莱奥，她在拉文斯布吕克集中营曾最后一次见到他的妻子凯特。

28 岁的莱奥于第二次世界大战爆发前从犹太青年组织毕业，开始与斯洛伐克军队作战。他还建立了一个犹太共产主义小组，其成员包括后来和瓦尔特·罗森贝格一起成功从奥斯维辛集中营逃出，将纳粹灭绝所有匈牙利犹太人的计划告知天下的阿尔弗雷德·韦茨勒。莱奥被纳粹视为军工行业的一个重要劳动力，被分派去制造飞机部件。在此期间，他做了不少破坏工作。1945 年 1 月，他被关进塞雷德集中营，又先后被转至萨克森豪森集中营、贝尔根-贝尔森集中营和达豪集中营，勉力支撑到了巴伐利亚被美军解放的那一天。他的全家只有一个兄弟和一个姐妹幸存了下来。[43]

莱奥和布拉查于偶遇当日分别，但布拉查却久久无法忘记此次相会。在布拉格待了两个星期后，布拉查又回到了布拉迪斯拉发。她和卡特卡、艾琳、萝济卡等人住在艾琳大哥拉齐的一座大公寓里。许多人来来往往，在这座公寓里逗留或是聚会。拉齐的妻子图鲁尔卡则尽自己所能地让所有人都吃得饱、穿得暖且干净。这些已经失去了其他亲密家人的年轻人紧紧地凝聚在一起。他们现在也要为人父母了。[44] 对于布拉查而言，家庭生活的焦点曾是她所爱之人，第二次世界大战结束后，她说自己只需要一个房间，有一张床，有地方坐下，有个角落能当作厨房，就足够了。

布拉查和莱奥的友情渐渐变成了某种更加亲密的情感。和许多幸存者一样，他们也将结合视为明智的选择。这样一来，两个人便可以相互支持、排解孤寂、生儿育女。布拉查与莱奥于 1947 年结婚。婚礼上，布拉查身穿蓝色连衣裙和白色上衣，戴着从莱奥姐妹那里借来的婚戒。她收到的唯一一份结婚礼物是一块桌布。现在，她成了科胡特夫人。[45]

　　莱奥说服布拉查洗掉了文在手臂上的奥斯维辛集中营囚犯号码。他说："因为这个文身，所有人都知道了你的经历。为什么要这样呢？"

20 世纪 50 年代初，科胡特夫妇与儿子托马斯·科胡特和埃米尔·科胡特的合影。布拉查·贝尔科维奇的上衣和孩子的衣服都是由她亲手缝制的

　　与精神上的伤疤相比，洗掉文身后遗留在布拉查左臂上的伤疤不值一提。在她与莱奥的婚礼上，没有任何一方父母、祖父母与外祖父母的身影。在她于 1947 年和 1951 年诞下两子时，也没有母亲在身旁帮助自己渡过难关。他们的长子名叫托马斯·科胡特，次子取名为埃米尔·科胡特，以纪念在马伊达内克灭绝营被杀害的布拉查的哥哥。布拉查继续通过干针线活来养家糊口，并为全家缝制衣物。直到有一天，莱奥劝她结束这份体力工作，转而投身出版业。布拉查在新的行业里大获成功，她的智慧与组织才能找到了用武之地。

除了食物，衣服就是最重要的生活必需品。

——《女性与时尚》（žena a Móda）杂志，

1949 年 8 月

玛尔塔·富克斯与拉迪斯拉夫·米纳里克（Ladislav Minárik）的婚礼场景

1945 年 9 月至 1946 年 12 月，玛尔塔担任着布拉格"玛尔塔时装店"的经理。[46] 第二次世界大战结束后，玛尔塔将姓氏从"富克斯"（其女性名字形式是"富克索娃"）改成了"富洛娃"，以向斯洛伐克最具才华的艺术家之一、来自布拉迪斯拉发的卢多维特·富拉（L'udovít Fulla）致敬。更改姓氏的做法既重申了玛尔塔对艺术的热爱，又表明了她与过去一刀两断的决心。不过，她的姓氏将随着结婚再一次发生改变。

通过"加拿大"区的联系人瓦尔特·罗森贝格，玛尔塔早就与未来的丈夫建立起了联系。在成功从奥斯维辛集中营逃出后，瓦尔特很快就加入了斯洛伐克山区的游击队，并和一个名叫拉迪斯拉夫·米纳里克的游击队医生住在同一座帐篷。拉迪斯拉夫负责照料受了伤的同志，他还是另一个奥斯维辛逃亡者阿诺什特·罗辛（Arnošt Rosin）的朋友。在纳粹被赶走后，拉迪斯拉夫回到布拉格，他先是完成了因 1939 年大学关闭而被迫中断的医学学业，然后重新开始行医。他和玛尔塔于 1947 年 9 月 6 日结婚，身穿精致套装的他们可谓一对靓丽的璧人。拉迪斯拉夫和玛尔塔在第二次世界大战期间都饱受创伤，他们在战后也继续致力于帮助他人。随着自己的小家庭人丁逐渐兴旺，玛尔塔也将自己的缝纫技艺用于缝制精美的婴儿服装。

直到 1953 年，玛尔塔才下定决心和丈夫以及孩子尤拉伊·米纳里克（Juraj Minárik）、卡塔琳娜·米纳里克（Katarína Minárik）和彼得·米纳里克（Peter Minárik）一起搬至塔特拉斯山区。[47] 拉迪斯拉夫在那里担任肺结核病专家，玛尔塔则运用自己的非凡才能，帮助患者们在康复期间学习缝纫技艺和手工艺。这既是一种理疗方式，也有利于患者的总体健康。

无论是家庭纽带，还是在奥斯维辛集中营里缔结的友情，都能够跨越国界乃至大洋的阻隔。奥斯维辛女裁缝中的有些人发现自己无法再在战后的欧洲安顿下来了。一方面，这里有太多东西会令她们回想起痛苦的过去；另一方面，反犹情绪在战后猖獗依旧。玛尔塔的表亲赫塔就想方设法地搞到了一份前往美国的移民签证。最终，她在美国结了婚，并在新泽西州定居下来。和令人痛苦的肉体创伤一样，她在集中营里所遭受的心理创伤，就如同一份情感上的行李，也不可避免地被带到了美国。

艾琳的朋友勒妮选择前往巴勒斯坦。多亏了早在 20 世纪 30

年代便已移居巴勒斯坦的兄弟，勒妮成功获得了一份珍贵的移民签证。勒妮在海法（Haifa）遇到了德裔犹太难民、前战俘、现为农业劳动者的汉斯·阿德勒（Hans Adler）。两个人结了婚，并生了3个男孩，分别是拉菲·阿德勒（Rafi Adler）、拉米·阿德勒（Rami Adler）和雅伊尔·阿德勒（Yair Adler）。

勒妮·翁加尔和丈夫及长子

艾琳也到了以色列，不过比勒妮要晚得多，她在德国生活了很长一段时间。艾琳直到1956年才结婚，嫁给了另一个集中营的幸存者。巧合的是，她的丈夫路德维希·卡茨（Ludwig Katz）也曾在奥斯维辛-比克瑙集中营的"加拿大"库房干过活。在堆放着劫掠所得的房屋里拖拽行李箱期间，路德维希见证了无数悲剧的场景，目睹了一群群犹太人排队走入毒气室。路德维希被遣送至奥斯维辛时年仅17岁，他既承受了深重的苦难，也在担任"老大"时给他人造成了巨大的伤害，享受并滥用了身为"老大"的权力。第二次世界大战结束后，路德维希患上了被迫害妄想症，总以为自己会遭到清算。同样饱受创伤的艾琳将与路德维希的婚姻比喻为"被第二次关进奥斯维辛集中营"。在集中营里所受心理创伤的后遗症，或是当"老大"时施暴行为引发的负罪感，令路德维希不堪重负。当抑郁与病痛再也无法忍受时，他于1978年可悲地结束了自己的生命。

第二次世界大战结束后的艾琳·赖兴贝格

　　此后，艾琳便移居至以色列。她的儿子帕维尔·卡茨（Pavel Katz）成年后还记得奥斯维辛逃亡者阿尔弗雷德来访的场景。当然，来访者还包括艾琳的裁缝朋友们。[48]

　　卡特卡在塞浦路斯岛上的一处拘留营里结了婚。此地距离她的家乡有数百公里之遥，而她则独身一人，并无家人陪伴。卡特卡原本决定前往巴勒斯坦定居，但当她踏上移民之旅时，巴勒斯坦仍处于英国托管之下，而英国只允许少数人移居当地，并在地中海上展开了巡逻，拦截非法移民。卡特卡乘坐的船只并不合法，被一艘英国巡逻艇掀翻在了海里。

在塞浦路斯岛拘留营的铁丝网后，卡特卡只能再次依靠缝纫技能维生。这一次她机智地将帐篷布料缝制成衣服，并将其出售给其他被关押者。她的这次婚姻其实是一段露水情缘的产物。当夫妻俩于 1948 年合法抵达以色列后，卡特卡的丈夫约瑟夫·兰茨曼（Josef Landsman）便立刻被征召去服兵役了，这段婚姻也就此告终。卡特卡的第二段婚姻是嫁给了约瑟夫·拉里安（Josef Lahrian），女儿伊丽特·拉里安（Irit Lahrian）的降生为她带来了巨大的快乐，但真正给她带来幸福的还是第三段也是最后一段婚姻。

卡特卡的双手始终没有闲下来。获得自由的她不再为纳粹上层人物缝制高档时装，而是为自己深爱的女儿以及相继出世的外孙、外孙女缝制普普通通的日常衣物。

然后是坚强自信的胡妮娅。

胡妮娅乘坐的船只"凯德玛"号向东行进，躲过了英国的封锁，于 1947 年 9 月抵达海法港。"凯德玛"一词在希伯来语里的意思是"前进"。对胡妮娅而言，这一次东行与犹太人乘列车被遣送至奥斯维辛的东行之旅有着截然不同的意义，此次东行意味着与家人团聚。早在"最终方案"进入最为杀气腾腾的阶段之前，胡妮娅的家人就从欧洲逃亡到了巴勒斯坦。

"等着吧，你会见到她的。"胡妮娅身在以色列的一个外甥女被告知，"她涂着指甲油呢。"[49]

胡妮娅与大姐多拉·施托尔希在特拉维夫（Tel Aviv）一起生活了一段时间。特拉维夫的景观与凯日马罗克、布拉格以及莱比锡都截然不同。这是一座在地中海沿岸沙滩上建立起来的全新城市，因其美妙的 20 世纪 30 年代的包豪斯建筑风格而享有"洁白之城"的美誉。在"死亡之行"中幸存下来的胡妮娅，此时可以一边惬意地沿着特拉维夫美丽的人行道散步，一边欣赏在微风中轻轻摇曳的棕榈树，倾听蔚蓝的海浪拍打金色沙滩的声音了。

然而，在以色列的生活绝不是度假。多拉一家尽其所能地想要适应胡妮娅的到来。他们对欧洲犹太人的悲惨遭遇有所耳闻，但显然只有那些亲身体验过集中营生活的人才能真正明白，这样一段极端的经历究竟意味着什么。多拉家的公寓本就十分拥挤，再接纳这样一个强势的女人，实在是不容易。考虑到胡妮娅将多拉家的客厅当作缝纫间，将主卧室当作客户的试衣间，情况就更是如此了。

胡妮娅也乐于为多拉一家缝制衣物。为逾越节缝制的新服装尤其受欢迎，此外，胡妮娅还缝制了婚纱。对于胡妮娅的慷慨奉献，唯一的代价就是需要接受她一向信心满满地提出的建议、意见与批评。

适应在一个全新的环境里生活，这段日子相当艰难，但尽管在此期间胡妮娅暴躁易怒，她还是赢得了周围人的深厚忠贞的爱戴之情。她与面包师奥托·黑希特（Otto Hecht）结了婚。在丈夫死后，她自己买了一套公寓，父亲和外甥女们常常前来拜访。胡妮娅的外甥女们会端坐着听她滔滔不绝地讲述第二次世界大战前在欧洲以及在奥斯维辛集中营里经历过的一个又一个故事。

胡妮娅在特拉维夫许多享有盛誉的时装店工作过，包括众多高档时装店。以色列在 20 世纪四五十年代深受战争和经济拮据之苦，服装也反映出了所有奋斗者的艰辛处境和辛勤付出。人们对显示地位的服装丝毫不感兴趣，深色裙子、浅色上衣，再加上头巾，就是劳动女性的标配了。在安息日或者其他特殊场合，或许会换上一条朴素的印花连衣裙。在经济紧缩方案和配给制之下，除了少数以世界为家的精英人士，没有人能大手大脚地为时装花费巨资。

随着个体裁缝逐渐被服装的大规模生产所淘汰，胡妮娅作出了明智的决定——重新接受工厂技能培训。她返回德国，学会了工业化缝纫技术，后又回到以色列，为 1956 年成立的高太丝（Gottex）公司效力。回到特拉维夫后，胡妮娅成为制作高级休闲装和高级泳装的好手。然而，这些象征着高品质生活的休闲装与她在狭小公寓里的朴素生活有着天壤之别。雨天，当地的妓女会躲在胡妮娅家的阳台下躲雨，而在公寓的防火通道里，她还养了一只名叫"普扎"（Puza）的流浪猫。

你还活着。没有什么是不可能的。

——雷齐娜·阿普费尔鲍姆 [50]

新的生活，新的家庭，新的国家。从 20 世纪后半叶开始，一直到 21 世纪，时装经历了美妙的转型，尼龙、塑料、快消、用完即弃！作为女人、女裁缝和母亲，奥斯维辛女裁缝们认为自己一生的经历也会被当成用完即弃品对待，被历史所遗忘，就如同她们在奥斯维辛缝制的那些衣服一样转瞬即逝，籍籍无名。这种想法或许是可以理解的。

但幸好还有一些历史线索，可供有志者追寻……

第十一章

历史不应被遗忘

他们希望我们正常？

——胡妮娅·施托尔希 [1]

本姓贝尔科维奇的布拉查·科胡特夫人停了一会儿。我等待着，位于加利福尼亚的这间小屋一片安静。

我们周围围绕着许多物品，花束、民族刺绣、书籍、陶瓷，等等。其中，一张摆放在咖啡桌上的照片始终吸引着布拉查的注意力。这是一张巨幅彩色全家福，拍摄于 1942 年，即她被遣送至奥斯维辛集中营的不久之前。如今，这张照片已成为布拉查记忆的聚焦点。我也被照片里人物的目光所吸引，我从未认识这些人，也永远没有机会与之相遇。我看了看照片上的布拉查和卡特卡·贝尔科维奇，又望向坐在我身旁的布拉查，她灵巧的手指正在裤缝上来回摩擦着。[2]

当我首次与布拉查见面时，她已是 98 岁高龄，尽管因高龄而不可避免地有些虚弱，但她仍能自力更生且生气勃勃。她与莱奥·科胡特的婚姻长久且幸福。如今已经丧偶的她会为自己和访客烹饪食物。我被邀请进入了一间小厨房，布拉查为我奉上了可口的炸肉丸、奶油菠菜和菜花汤。正如数十年前在家乡学会的那样，她还为我准备了犹太鸡肉和无酵饼球。布拉查在厨房里的动作非常娴熟，这令我回想起了自己的祖母也同样每天都坚持烹饪和烘焙。

布拉查安静地吃着东西，十分专注。我忍不住去想集中营里用餐时的场景，当时绝望的囚犯为了一丁点残羹冷炙都得你争我夺。我试图拉近面前这位安详的妇人与那个经受了几乎无法想象的苦难的 20 岁女孩之间的距离。我研究的那段历史，正是她的亲身经历。

"我在奥斯维辛待了 1 000 天，"她对我说，"每天我都可能死上 1 000 次。"

有一天，我提前去了布拉查家，当时其他亲人都还没到。布拉查就向我讲起了第二次世界大战爆发前她认识的那些朋友。所有这些人都在大屠杀中罹难了。布拉查的记忆被分隔成了一小段一小段，但每一段并非完全密封，有时候，情感仍会喷涌而出，令我得以一瞥她的愤怒与悲伤。日常生活中种种程式化的习惯，有助于人们安放妥当对于动荡过往的回忆，形成条理与秩序。比如说，当布拉查的儿媳身穿一条时髦的破洞牛仔裤来看她时，她便天真地提出要帮儿媳缝上破洞。

长时间的回忆与遗忘会令人心力交瘁。这些天来，布拉查无拘无束地谈论着自己在集中营里度过的岁月。她从一种语言切换成另一种语言，只为以最佳的方式讲述自己的记忆。然而，当儿子托马斯·科胡特和埃米尔·科胡特年幼时，犹太人大屠杀在科胡特家却是个禁忌话题。对此保持缄默，有助于一家人过上看似正常的生

活。此外，这还是一项生存策略，在第二次世界大战结束后的数十
年，反犹主义威胁依旧司空见惯。因此，布拉查和莱奥希望，如果
孩子们压根不知道自己是犹太人，或许就不会受折磨了。

只是在小姑卡特卡开始谈论相关话题后，汤姆和埃米尔才得
知自己的父母原来是大屠杀幸存者。从那时起，一个孩子似乎欣
然接受了父母的这段经历，另一个孩子却因父母曾遭受的磨难痛
苦不已。

对过去保持沉默，这种做法在大屠杀幸存者中并不罕见。他
们希望向前看，在战后的岁月里实现生活与事业上的抱负。与艾
琳·赖兴贝格一起在"死亡之行"途中逃脱的勒妮·翁加尔曾于
1945 年写了一封坦率到令人感到残忍的长信，详细描述了第二次
世界大战期间自己的悲惨命运，但勒妮从未与两个儿子谈论过自
己在集中营里的经历。[3]"发生在那里的灾难是旁人不可能体会的，
是人类的心灵不可能相信的。"她在信中写道。部分问题正在于
此——每当幸存者真的试图谈论起自己的经历时，听者的反应常
常是厌恶、冷漠，或压根不相信。

布拉查在党卫队行政大楼里的朋友埃丽卡·库尼奥也在回忆
录中描述了最初尝试与人交流时遇到的困难："人们既不想听我
说，也不想相信我的故事。他们只是看着我，就好像我来自另一
个星球似的。"[4]

艾琳也洗掉了手臂上的文身，她表示自己无法忍受看到这
个丑陋的记号。囚犯号码是被洗掉了，但伤疤还在。无论艾琳是
选择压抑那段回忆，还是主动将其提起，伤口都新鲜如故。艾琳
的儿子帕维尔·卡茨在成长过程中，在家里听过父母谈论奥斯维
辛，于是他也不可避免地吸收了父母的部分痛苦。

党卫队行政大楼的秘密课堂激发了艾琳对知识的渴求，她将

这种欲望保持了终生。艾琳自学了有关犹太人大屠杀，纳粹政权和法西斯心理的大量知识。对她而言，知道并理解这些内容是一项无法压抑的冲动。与其说一排排相关主题的书籍在提醒着她牢记过去，不如说这些图书恰恰体现了她对往事的无法忘怀。当艾琳谈起奥斯维辛时，她总是试图压抑住情绪，否则她的叙述就会被喷涌而出的负面情绪淹没。

艾琳尤其会反复提及两件事：一件是当她返回医院营房时，发现妹妹埃迪特·赖兴贝格已经被送进了毒气室；另一件是在"加拿大"清点衣物时，发现了惨遭杀害的姐姐弗丽达·赖兴贝格的大衣。[5]

有些幸存者直到孙辈向自己提出问题，才愿意开口谈论集中营里的经历，但他们长久以来的沉默绝不意味着遗忘了过去。瞥见制服、听见犬吠、看见烟囱里冒出烟尘、传来敲门声，乃至布料上的条纹，都会令他们回想起从前。

对于许多幸存者来说，焦虑感也会如影随形。痛苦的经历让他们知道，自己颇为信任的邻居、同事和同学，都可能轻而易举地变成被动的旁观者甚至主动的施害者，而非盟友。他们还明白，一所漂亮的房子、一身干净的衣服以及一颗善良的心，都绝不足以保护自己免受伤害。他们会仔细打量遇见的人的面孔，琢磨这样一个问题，假如身处集中营，对方会有何种表现。

记忆已经在幸存者的身体和内心深深扎下了根，导致他们会终身受到痛苦心理与生理疾病的折磨。[6]情感防线在清醒时或许还能正常运转，但一旦入睡就可能遭到突破，引发一个个噩梦。20世纪80年代，布拉查和艾琳曾结伴去日本旅行，为布拉查的儿子托马斯经营的"国际文化之家"（Cultural Homestay International）教育机构担任宣传大使。两名老友白天游览街景，起初她们对当地人在不下雨的时候也带着雨伞和阳伞感到奇怪，后来才明白，带伞是为了遮挡一次小规模火山喷发带来的火山灰。到了晚上，艾琳便做了噩梦，在睡梦中尖叫个不停。布拉查坐在艾琳身旁，轻抚着她的手臂，试图安抚她的情绪。当艾琳醒来后，已经记不得在潜意识里重温过怎样的恐怖了。

因身处相对"安全"的岗位而活下来的幸存者，还要面对额外的困扰。在那么多人惨遭杀害时，自己却因为享有优待而活了下来，即使他们不曾因此占任何人的便宜，这也会令他们产生相伴终生的负罪感。"高级缝纫工作室"的女裁缝们就难以释怀，在巨大的压力下她们曾为党卫队效劳，曾被迫为奥斯维辛集中营指挥官一家缝制衣物，而这正是她们免于被送入毒气室的原因。

霍斯夫妇就曾亲自出手，不止一次地救过玛尔塔·富克斯的命。战后在奥斯维辛这一话题上，玛尔塔之所以相对沉默，原因是否就在于此呢？卡特卡似乎是这么认为的。[7]

玛尔塔曾对文在自己手臂上的集中营囚犯号码"2043"开过一个玩笑。当被孙辈问起这是什么时，她回答道："这是上帝的电话号码。"她既不曾隐藏文身，也不曾回避世界大事。终其一生，玛尔塔都对各地新闻了若指掌。她的丈夫拉迪斯拉夫·米纳里克也一直与一起战斗过的游击队同志们以及奥斯维辛逃亡者瓦尔特·罗森贝格保持着联系。当鲁道夫·霍斯于1947年在克拉科夫接受审判时，瓦尔特曾请求玛尔塔出庭指控鲁道夫。但玛尔塔并未这样做，她把秘密埋藏在了心底。

为他人烹制食物，是玛尔塔关怀别人的方式之一。家人都很怀念她做的鸡汤、果酱奶油蛋糕和巧克力布丁。她还和丈夫一起走遍了塔特拉斯山区上哈吉附近的森林，四处搜寻蘑菇、蔷薇果、草莓、蓝莓和覆盆子，将其制成果酱，送给别人。

玛尔塔或许不愿直接谈论在奥斯维辛忍饥挨饿的悲惨经历，而是选择让食品储藏室来说话。她的食品储藏室总是被面粉、糖、大米和蜂蜜等塞得满满当当。同样很能说明问题的是，在奥斯维辛深刻体验了肮脏与污秽后，玛尔塔一有闲暇就爱去水里泡泡，她经常造访家附近的水疗地和游泳池。

玛尔塔也没放下针线活。在"加拿大"库房为贪婪的党卫队客户采购物资的日子早已远去。布拉格的"玛尔塔时装店"关张后，她开始利用阳台和地下室里的库存布料及缝纫工具为亲人们缝制衣物。"针线活曾经救了我的命，"她对他们说，"所以我不会去干别的事情。"[8]

第二次世界大战结束后，胡妮娅·施托尔希从未停止做针线活，而且她似乎也从未考虑过不再就此滔滔不绝地说个不停，她就是一刻也安静不下来。年轻的外甥女吉拉·科恩费尔德-雅各布斯（Gila Kornfeld-Jacobs）和雅埃尔·阿哈罗尼（Yael Aharoni）每周都会去胡妮娅的公寓看她。哪怕已经待了好几个小时，但只要姑娘们流露出告辞的意思，胡妮娅就会制止她们："你们这就要走了吗？"[9]

吉拉曾询问胡妮娅，能否把她的经历告诉自己，以便将其写成文章，参加高中作文比赛。于是当胡妮娅在自家缝纫间里剪裁、熨烫和缝纫时，就会口若悬河地向吉拉讲述自己的记忆。吉拉则将这些记忆整理成文字，只是在偶尔帮胡妮娅搭一把手时才休息片刻。

吉拉在作文比赛中赢得了一等奖，但这主要归功于她卓越的写作才华，而不是文章内容。在20世纪50年代的以色列，集中营里的生活经历并未被视作意义非凡的故事题材，学校里教授犹太人大屠杀历史的课程也寥寥无几。[10]

来自特兰西瓦尼亚的女裁缝雷齐娜·阿普费尔鲍姆曾靠着在夜里偷偷为一个党卫队守卫干活，拯救了全家人的生命。但她发现，艰难的新生活令自己无暇回顾过往。雷齐娜从不渴望谈论自己在奥斯维辛的经历，也从不顾影自怜，但强调在奥斯维辛幸存这一非凡成就，以及努力帮助下一代成才，已足以体现她的坚毅。

然而，到了 20 世纪 60 年代，随着犹太人大屠杀后勤工作最著名的设计师之一阿道夫·艾希曼被强制押上审判台——他要为女裁缝们被遣送至奥斯维辛集中营负最终责任，以色列开始重新关注战争年代，全世界也开始又惊恐又入迷地审视起这段历史。

1961 年，一个又一个证人出庭为检方做证。他们的证词被翻译成各种语言，被记录成文字，还上了电视。他们被听见、被看见、被相信。玛尔塔在党卫队行政大楼的朋友拉娅·卡甘口若悬河地描述了自己在奥斯维辛的经历，拉娅曾给其他姑娘上过语言和文学课。但玛尔塔仍保持着沉默。政治和文化氛围的转变促使司法界也加大了对纳粹战争罪行的清算力度。1963 至 1965 年，在德国举行了多场针对奥斯维辛施害者的审判。被告席上那些失去了党卫队制服加持的被告，看上去再也不是不可一世的"上等人"了。

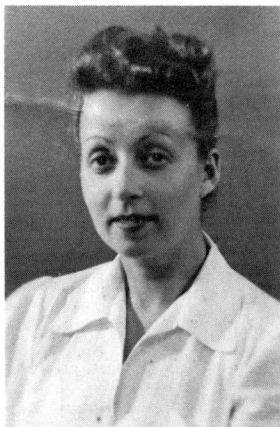

梳着漂亮的盘发造型的拉娅·卡甘。这张照片发现于玛尔塔·富克斯的私人资料中。照片背面有一行题词："献给亲爱的玛尔塔，纪念我们的相会。"

在 20 世纪 60 年代被要求出庭做证的人当中就包括海德薇·霍斯。从第二次世界大战结束到 20 世纪 60 年代，她一直在向朋友们哀叹，纳粹"光荣岁月"的逝去令自己无比失落，她不再拥有奢侈品、权势、地位和仆人了。照片记录下了海德薇在法兰克福一家法院出庭做证时的样子。她头戴一顶花盆帽，身穿中性颜色大衣，向来做贵妇状打扮的她，深色皮包、手套和鞋子搭配得当。此外，她的行头还包括丝质围巾和一把伸缩式雨伞。

海德薇的一个孙子凯·霍斯（Kai Höss）认为她"安静且非常正统"，是一名"真正的贵妇"。[11] 她的另一个孙子赖纳·霍斯则透露，由于冷酷专断的作风，海德薇在家里被取了"女大元帅"的绰号。据赖纳表示，海德薇的朋友们被告知，"有关毒气室的说法纯属捏造，犹太人故意散播这些谎言，就是为了勒索钱财"，奥斯维辛的囚犯没有忍饥挨饿。海德薇告诉赖纳，"最好忘掉"第二次世界大战期间那段"艰难的时光"。[12]

海德薇既没有换掉她那臭名昭著的姓氏，也没有改变对纳粹时代的态度。有些人在犹太幸存者开口说话时会选择不听，海德薇就是他们中的一员。1992 年，她曾对向自己提出采访要求的一名历史学家表示，自己没有力量去一次又一次地面对恐怖的过去。[13] 但亲身经历过那些恐怖的幸存者就别无选择了，只能努力承受后果。

在一张拍摄于 1981 年的照片里，海德薇坐在花园里的一张色彩鲜艳的橙棕色沙滩椅上休息。她烫着鬈发，戴着一串珍珠项链。绿色印花桌布上摆放着一本摊开的书，风在她头上吹动着，阳光照耀着红色的天竺葵。在她身后撑着一支耙和一把太阳伞。海德薇并未注视镜头。

同一年，首届"犹太人大屠杀幸存者世界大会"在耶路撒冷举办。得益于一位与会的幸存者的丰富学识与奉献精神，本次大会对记录与传播奥斯维辛女裁缝们的事迹产生了深远的影响。此人就是本姓魏因贝格（Weinberg）的洛蕾·雪莱博士。

> 我们早就应该出庭做证了，但我认为这件事永远都不算迟。
>
> ——洛蕾·雪莱（Lore Shelley）[14]

到了 20 世纪 80 年代，人们的关注点已逐渐从无休止地诘问施害者，转移至重视幸存者的证词。犹太姑娘洛蕾·魏因贝格于 1943 年 4 月 20 日从德国的吕贝克（Lübeck）被遣送至奥斯维辛。她幸运地逃离了比克瑙集中营，被派至党卫队行政大楼干活。拯救她的人，正是勇敢的集中营信使玛拉·齐梅特鲍姆，在与恋人埃德克·加林斯基一同逃亡失败后，玛拉被抓获并被处以绞刑。在从比克瑙营地到党卫队行政大楼这段短暂的旅程中，洛蕾的同伴还包括女裁缝玛丽露·科隆班。

玛丽露加入了玛尔塔领导的"高级缝纫工作室"，洛蕾则在党卫队民事登记处干起了秘书活。1945 年 1 月，和女裁缝们一道，洛蕾也从奥斯维辛被转移到了拉文斯布吕克集中营，并最终在马尔霍集中营获得解放。此时的她已是奄奄一息。在漫长的康复期，洛蕾遇到了另一个大屠杀的幸存者苏赫尔·雪莱（Sucher Shelley），并和他结了婚。夫妻俩后来定居于旧金山，开了一家钟表店。洛蕾家里堆满了书籍，她本人更是笔不离手。

在工作、旅行和养育女儿之余，洛蕾取得了两个硕士学位和一个博士学位。她以严谨的学术态度和苦难催生的激情，从大屠杀幸存者那里收集了大量信息，并对其进行了分析。洛蕾之所以要对这段历史展开学术研究，是因为她渴望对普遍潜伏于社会之中的否认存在犹太人大屠杀的态度加以反驳。此外，正如她在给同为大屠杀幸存者的作家赫尔曼·朗拜因的信中所写，她还花了整整 30 年时间，与大屠杀幸存者遭受的"冷淡、漠然与无动于衷"作斗争。[15]

在 1981 年的"犹太人大屠杀幸存者世界大会"上，洛蕾向与会者分发了问卷。如果说人们不愿谈论往事，那么他们或许会愿意就往事作答吧。最终，她在以色列、欧洲和美国一共发出了 1 900 份问卷。

洛蕾收集并分析了数百份证词，其中就包括一份署名为"赫敏·黑希特（Hermine Hecht）"的问卷反馈。此人正是胡妮娅。[16]

当我发现胡妮娅填写的问卷时，我已在旧金山的陶伯犹太人大屠杀图书馆（Tauber Holocaust Library）翻阅了好几个小时的档案，我此行前往美国是为了拜访布拉查。截至此时，我几乎只从车窗里瞥到了些许城市景观，世界仿佛已经缩小为宁静异常的图书馆阅览室和洛蕾留下的令人欲罢不能的一箱箱资料。自从洛蕾于 2012 年去世后，这些资料就被存放到了这里。每个文件夹都记载着一段饱经风霜的人生。当我翻阅到第 624 号文件夹时，终于发现了一个熟悉的名字，我不禁为之一振。

洛蕾设计的问卷使用了 3 种语言：英语、德语和希伯来语。[17]胡妮娅是用蓝色圆珠笔，以德语作答的。她的字迹坚定、优雅。

对于 94 个核心问题的回答，勾勒出了胡妮娅在集中营经历的概况。在"职业"一栏，她填写的是"女裁缝"。关于丈夫于 1943 年去世，她被遣送至奥斯维辛以及最终被转移等事件，她只给出了零星的细节。胡妮娅还在"身患慢性疾病"、"无法忘记过去"和"失去生活目标"等选项旁打了钩。

在回答有关"赔偿"的问题时，胡妮娅不得不回想起纳粹政权所激发的贪欲。对于下面这段文字，她表示"强烈赞同"——"如今许多德国人都知道，作为赔偿，德国向以色列或大屠杀幸存者支付了多少亿德国马克。但似乎没有人记得，德国人曾从犹太人那里窃取了数十亿财富。"

胡妮娅是在距离特拉维夫的木板人行道不远处的公寓里完成这份问卷的。后来我在一个狂风大作的冬日前去拜访了这栋公寓，在胡妮娅家的阳台下站了一会儿。这只是洛蕾留下的资料带给我的最初收获。

洛蕾还体验到了奥斯维辛官僚体系以及党卫队每天过着的超现实的另类"文明"生活。她既认识党卫队行政大楼里的秘书、女裁缝和理发师，也认识被征召到奥斯维辛附近为海因里希·希姆莱热衷的农业项目效劳的生物学家和化学家。洛蕾接下来的研究计划便致力于全面复原在奥斯维辛干行政活的男女囚犯的证词，从而以独一无二的方式呈现出同时作为商业复合体和灭绝营的奥斯维辛是如何运转的。这项研究最终凝结成了 4 部著作。在互联网尚未问世的年代，越洋电话仍贵得离谱，此类研究只能通过通信完成，大量的通信。

档案资料给我的触觉体验与触摸古老的或特定年份的纺织品很相似，都令我惊叹不已。我的手指感受着高档的带水印便条，半透明打字纸的褶痕，带紫边的影印资料以及航空信的淡蓝色折痕。每一张纸都讲述着一个故事。翻阅时，我还瞥见了女裁缝们的信息。在"高级缝纫工作室"标题下，用铅笔写着一串名字；一份邮寄地址列表；或是偶尔提起某个女裁缝的一封信。有些名字我认识，有些则不。这些名字中既有婚前姓氏和婚后姓氏，也有希伯来名字和昵称。

玛尔塔·富克斯、咪咪·赫夫利希、曼齐·比恩鲍姆、布拉查·贝尔科维奇、卡特卡·贝尔科维奇、艾琳·赖兴贝格、胡妮娅·施托尔希、奥尔加·科瓦奇、赫塔·富科斯、阿莉达·德拉萨尔、玛丽露·科隆班……渐渐地，我将奥斯维辛女裁缝的名单从最初几个扩充到了足足 25 个。

在洛蕾留下的资料中，除了便条、写书计划和备忘录外，我还发现了一些意义更加重大的文件，如打印出来的胡妮娅与奥尔加的证言。奥尔加是胡妮娅在奥斯维辛时装店里的工友，她与玛尔塔是同一批被遣送至奥斯维辛的囚犯。此外，我还发现了一个装饰着漂亮的红黄两色灯笼海棠图案的航空信封。信封里是阿莉达写给洛蕾的一封动人的法语信件，还有一张阿莉达的入营登记照片，以及这样一段话："亲爱的洛蕾，纪念在我住所的会面以及我们的友谊。阿莉达。"

通过这些通信与奥斯维辛女裁缝们相会，令我感到无比动容，尤其是世人对她们的生平与命运知之甚少的情况下。洛蕾很清楚自己的工作对于帮助世人铭记幸存者的经历发挥了多么重要的作用。1988 年 10 月 5 日是奥斯维辛－比克瑙集中营一次大规模"挑选"行动的周年纪念日。洛蕾于当日写信给胡妮娅："……你对露露和其他死难者说过，她们的姓名和事迹将被从淹没于历史与遭到遗忘的处境中抢救出来。"[18]

多亏了洛蕾留下的资料，我现在找到了大量可供追寻的线索。我要像洛蕾那样，接触遍布全世界的联系人。一个名字会牵出又一个名字。我也会像洛蕾那样，体会到提出任何问题却得不到回答的研究者都会产生的挫败感。1987 年，洛蕾就曾给以色列的一个联系人写了一封长信，请求对方回答与奥斯维辛女裁缝相关的几个问题。

她提出的一系列问题令我产生了共鸣。

"她们缝制的是什么种类的服装？连衣裙、半裙、大衣、套装、上衣，还是其他服饰？她们有服装样式吗？谁负责剪裁？谁负责为客户量身材或是试衣？负责这支劳动队的是哪个党卫队女守卫？假如连衣裙或套装未能如期完工，或是不合身，会有何种后果？她们会遭受惩罚吗？如果有，请举些例子。"[19]

这封特殊的信是这样结尾的："提前感谢您做的一切。希望能很快收到您的回复。"即使这个联系人回复了洛蕾，那么他的回信也不在档案资料里，他给出的答案也没有被收集整理或是公之于众。回答这些问题的责任落到了我的肩上，能够在这一方面继续洛蕾未竟的事业，令我感到无比荣幸。

左图为第二次世界大战爆发前的布拉查·贝尔科维奇与卡特卡·贝尔科维奇，前文已出现；右图为已80多岁高龄的两姐妹再度摆出当年的造型

洛蕾留下的资料中最为引人注目之处或许在于，众多通信的字里行间无不有友情流露。数十年过去了，在孩提时、在被遣送至奥斯维辛途中、在比克瑙、在党卫队行政大楼结下的情谊依旧热烈，忠贞如故，甚至还延续到了幸存者的伴侣、子辈和孙辈身上。

洛蕾的问卷的第 61 号问题要求受访者对以下说法做出回应："要想在集中营里生存下来，相互友爱、信任的两个人构成了基本单元。"胡妮娅的答复是"强烈赞同"。

洛蕾还在问卷中提出了一个更具开放性的问题："你认为你能幸存下来，应归功于什么？"洛蕾给出的备选答案包括：信仰、朋友、应对能力、幸运。在我看到的反馈中，大多数受访者都在"幸运"旁打了钩，其次是"信仰"和"朋友"。受访者还可以写下更详细的答复。我注意到了以下留言，"当时非常年轻""内心的强大""想要活下去并照顾好两姐妹的意志力""我认为我的姐妹能活下去，我不愿她孤苦伶仃"。

我忍不住回想起了艾琳失去 3 个姐妹的痛苦，以及布拉查对妹妹卡特卡的承诺。

对于自己能幸存下来的原因，胡妮娅的答复可谓言简意赅："好手艺，以及一个好'老大'。"

她将自己得以幸存归功于缝纫技艺，以及"老大"玛尔塔。

> 不知情的听众可能会以为这些女人是在交流年轻时的美好回忆。
>
> ——赫尔曼·朗拜因[20]

在洛蕾留下的资料中有一张未注明日期和人物姓名的照片。照片上的一群中年女性留着时尚的发型，穿着舒适的便装。几乎可以肯定她们是曾在党卫队行政大楼里干活的大屠杀幸存者，她们手边摆放着手提包和葡萄酒杯，肢体动作都很亲密，脸上都洋溢着笑容。

胡妮娅的外甥女吉拉还记得，奥斯维辛集中营里的朋友们曾在胡妮娅家聚会，并像夏令营里的女孩一样咻咻地笑个不停。艾琳的侄女塔莉娅·赖兴贝格（Thalia Reichenberg）也记得，当艾琳从欧洲来访时，"这些女孩"会在她父母家聚会。这时，勒妮也会过来，一群人围坐在门厅里，欢乐无比。当时吉拉和塔莉娅还只有 10 来岁，自然无法理解怎样的回忆才能引发如此开怀的笑声。

在法国，只要健康状况还允许，女裁缝阿莉达每年 1 月都会参加前奥斯维辛囚犯的年度聚会。她很喜欢聚会的友好氛围，曾写道："我们感到无比快乐和极大的道德安慰。"[21]

在童年和集中营里结下的友谊远不只表现为欢快的聚会。第二次世界大战之后，无论经历怎样的艰难困苦，都有一张遍布全世界的网络为女裁缝们提供强有力的支持。晚年的布拉查几乎每天都要与妹妹卡特卡交谈。当玛尔塔的外甥女爱娃·赖兴贝格（Eva Reichenberg）需要逃至德国避难时，艾琳热情地将爱娃接到了自己家中。[22] 当布拉查和家人横跨欧洲，抵达美国时，为她提供支持的正是"高级缝纫工作室"的工友曼齐，曼齐帮布拉查找到了住所和工作。当布拉查终于能够前往以色列旅行时，她很高兴有机会探望已住进养老院的胡妮娅。

"我喜欢胡妮娅。"布拉查微笑着对我说道。

感谢洛蕾的努力，感谢所有收集了奥斯维辛女裁缝事迹的亲属与采访者，我们才得以听到她们的声音。但这还并非全部。

要记得，当时那里没有树木花草在生长。

——艾琳·赖兴贝格 [23]

奥斯维辛-比克瑙集中营的大部分建筑都被保留了下来，但和女裁缝们当年所忍受的噩梦般的景象相比，其状况已经发生了巨大变化。布拉查曾两度重返奥斯维辛，一次是在 20 世纪 50 年代，另一次是在 20 世纪 60 年代，两次活动的组织方都是捷克斯洛伐克"反法西斯战士联盟"。布拉查和丈夫莱奥均是该联盟的成员。[24]

集中营的地理环境与布拉查的记忆叠加到了一起。

如今，游客在进入奥斯维辛主营地之前，要穿过一排砖质建筑，自 1944 年起，这里就成了被遣送者接受分检的场所。现在，这里设置了检票口、纪念品商店和零食贩售机。游客穿过刻有"劳动使人自由"标语的拱形大门，耳畔只会传来其他游客的轻声细语和脚步声，再也不会听到党卫队厉声发号施令、猎犬狂吠不已以及集中营乐团的超现实主义演奏等声音了。游客可以进入砖质营房，第一批被遣送至奥斯维辛的女囚犯就被关押在这里，睡的是稻草堆，吃的是稀汤。游客还可以亲身体验到这里距离惩罚囚犯的营房以及最初的火葬场有多近。

越过一堵墙，游客可以看见曾经的霍斯别墅那乏味的灰色外墙。在德军败退后，海德薇那漂亮的家就被苏军接管了。当原波兰房主一家回来后，房主 9 岁的女儿用孩子的视角发现了镶木地板上的划痕和一堆堆的动物粪便。当春天来临，海德薇的"天堂"花园繁花似锦，这又令小女孩惊叹不已。此后入住这幢住宅的历任房主都会避免从阁楼窗户往外望，玛尔塔从前的缝纫间就在这里，而望出去则是奥斯维辛集中营。[25]

　　从奥斯维辛主营地和霍斯家步行几分钟，就到了曾被用作党卫队行政大楼的那栋漂亮的白色建筑。1945 年 1 月至 2 月，苏联内务人民委员会工作人员在这里找到了纳粹未能及时销毁的数百箱资料。干秘书活的囚犯们勤勤恳恳填写完的一张张表格和小心翼翼打印出来的一份份文件，都将成为起诉党卫队战争罪行的证据。后来，这栋建筑成为一所职业学校的所在地。游客可以数数楼层，猜猜哪扇窗户曾为玛尔塔等"高级缝纫工作室"的女裁缝们带来阳光。

　　离开曾经的党卫队行政大楼，再走上几公里，经过铁路支线——女裁缝们当初正是在这里，带着残破的行李，跳下了原本用于运输牲口的车厢，就到了难免令人触景生情的比克瑙营地。残存的营房里依旧保留着当年的水泥与木质卧铺。布拉查、艾琳、胡妮娅等人曾在这里忍受着饥渴、病痛和虱子的折磨。沿着铁路岔道走上一阵，就到了比克瑙营地的"加拿大"库房。曾经的毒气室和地下脱衣间已在空袭中被摧毁，变成了野花野草丛中的一片瓦砾。带刺铁丝网外，是绵延数公里的田野，作为奥斯维辛农场的一部分，这里曾将人的骨灰与残骸当作肥料。

　　在奥斯维辛主营地的游览线路之外，是曾被纳粹用作厂房与贮藏室的一栋栋砖木建筑，附近则是曾经的集中营扩展区。从1944 年 5 月起，直到踏上转移至拉文斯布吕克集中营的"死亡之行"，奥斯维辛女裁缝们一直住在这里。如今，这 20 座营房成为以奥斯维辛地下抵抗组织最著名的成员之一维托尔德·皮莱茨基（Witold Pilecki）[1]命名的一处住宅区。起初，维托尔德对先被遣送至奥斯维辛的斯洛伐克女囚犯的悲惨遭遇深感同情，最终，所有

---

[1]　维托尔德·皮莱茨基，波兰第一个反抗纳粹的地下组织波兰秘密军（Geheime Polnische Armee）的组织者之一。为揭露纳粹的罪行，他主动被捕进入奥斯维辛，组织起集中营内部的抵抗运动。——编者注

足够勇敢、加入了集中营抵抗运动的人士都受到了他的敬仰。

当苏军战士于 1945 年 1 月 27 日进入奥斯维辛时，包括超过 100 万件衣服在内，纳粹从犹太人那里掠夺来的大量赃物和"加拿大"库房里残留的堆积如山的劫掠所得，令他们惊讶不已。这些财物在清点完毕后，储存在了集中营扩展区的建筑物里，其中还包括 239 捆头发，据估计剃自 14 万名女囚犯。被杀害的犹太人剩下的衣物，不再只是套装、连衣裙、鞋子和衬衫，在"苏联调查德国法西斯侵略者罪行特别国务委员会"的领导下，它们还是证明战争罪行和资本主义罪恶的证据。

奥斯维辛国家博物馆展出的鞋子

奥斯维辛-比克瑙国家博物馆开放后，精心挑选了少量衣物与海量鞋子进行展出。这一展览不禁令人痛苦地回想起衣物与鞋子曾经的主人。这些无人穿着的拖鞋、舞鞋、套鞋、凉鞋和靴子无须言语描述，皮革在慢慢腐烂，丝、棉、软木和亚麻在渐渐塌陷、损坏。[26]

奥斯维辛-比克瑙国家博物馆展出的衣物与鞋子，其缝制者都没有留下姓名。无论是遭到纳粹杀害，还是自然死亡，如今他们几乎已全部离开了人世。那么，"高级缝纫工作室"制作的那些时装，下落又如何呢？

随着时间的流逝，海德薇可能会扔掉那些破旧过时的衣物。至于这些衣物是转交给了有需要的朋友，卖给了废品回收者，还是剪成了小块抹布，就无从得知了。这些衣物还有可能流入了日益兴旺的二手经典服装市场，乃至成为在线拍卖网站出售的物品。其确切下落已无法核实了，因为玛尔塔领导的时装店并未为这些时装缝上任何标签。

不过，在奥斯维辛集中营的赃物中，的确有一件衣服留存了下来。这是一件灰色毛呢马甲。它被从"加拿大一区"挑出，送到了霍斯家的别墅，并由海德薇亲自签收。海德薇的幼子汉斯-于尔根·霍斯和孙子赖纳曾先后穿着这件马甲。

1989年9月，海德薇在看望生活在华盛顿特区的女儿英厄-布丽吉特·霍斯时去世。此后的每个圣诞节，英厄-布丽吉特都会在圣诞树上悬挂一件由海德薇缝制的装饰品，这件小小的纺织品将过去与现在联系了起来。

在我去加利福尼亚拜访布拉查期间，我曾问她，是否保留了集中营时期的纪念品。布拉查断然地摇了摇头，她什么都没有保留，拥有的只是照片与回忆。

有一天，胡妮娅的外甥女吉拉给我寄来了一个包裹。包裹里的东西或许称得上是为我的古董与二手经典衣物收藏增添的最重要的藏品。这是一套被称为"戏服"的两件套，由胡妮娅将自己的一条丝质连衣裙改造而成。每当我端详其设计细节和线脚时，眼前都会浮现出胡妮娅那灵巧的双手操作缝纫机的样子，在凯日马罗克、在莱比锡、在奥斯维辛、在这之后。

当我前往以色列拜访卡特卡的女儿伊丽特·拉里安时，她为我找出了卡特卡缝制并曾穿着的衣服。在卡特卡去世后，它们仍旧被收藏在衣柜中，这些衣服很普通，并无特别之处。在卡特卡曾生活过的这栋房子里，如今住着三代人。事实上，卡特卡的手工制品依旧在美化着这栋住宅。由她绣制的挂毯为墙壁增添了光彩，由她缝制的椅背罩和门把手防护罩保护着石膏与涂漆免遭撞击。在卡特卡为"犹太人大屠杀基金会"（Shoah Foundation）提供证词的视频里，背景中一幅挂毯的图案十分显眼。卡特卡叙述

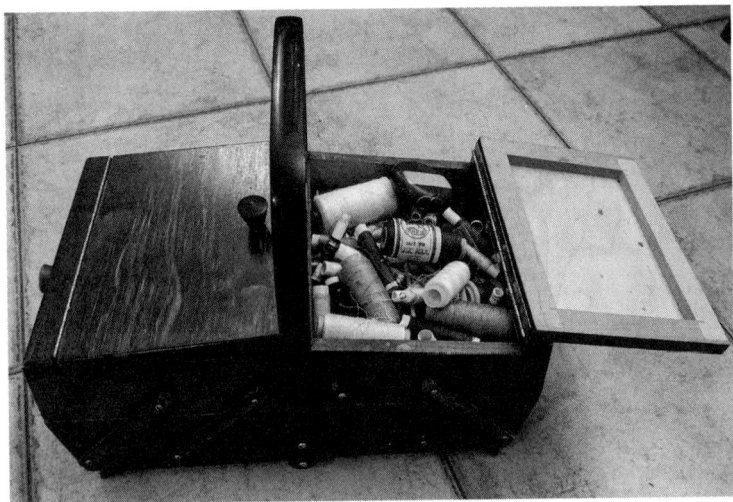

艾琳·赖兴贝格的针线盒

证词的语气就如同身上整洁的上衣一样柔和。她常常会停下来，说道："我要怎样解释呢……"

言语是无力的。

当我身在以色列时，艾琳的儿子帕维尔邀请我去他家做客。他的家中满是妻子艾米·卡茨（Amy Katz）创作的令人惊叹的纺织艺术品与照片。艾琳那把亮粉色的雨伞依旧撑在前厅里。帕维尔为我拿来了艾琳的针线盒，里面塞满了线、卷尺及其他缝纫用品，和主人使用它时的样子别无二致。艾米为我展示了她自认为艾琳拍摄的最佳照片。这张照片拍摄于 2016 年 4 月 23 日，正值艾琳的生日。数十年前在布拉迪斯拉发，艾琳的母亲想方设法弄到了一整个鸡蛋，作为女儿的生日礼物。后来在奥斯维辛，玛尔塔又为艾琳"安排"了一份奇迹般的生日礼物：一个煮鸡蛋。这正是在向艾琳那体贴的母亲致敬。而在艾琳一生中最后一个生日当天，艾米也玩笑般地递给了艾琳一个前一天逾越节家宴上的鸡蛋。艾琳捧着鸡蛋，艾米按响了快门。

横跨三代人的爱意与慷慨，是难以用言语形容的。

艾琳于 2017 年 2 月去世。

> 很难弄明白，为何命运选择了我作为最后一个在世的奥斯维辛女裁缝。还有许多人都比我年轻。很高兴我可以与其他人分享我所知道的有关那个受到诅咒的时代与地点的一切。
>
> ——布拉查·贝尔科维奇[27]

我们在布拉查阳光明媚的家中坐着。我问她，成为最后一个在世的"高级缝纫工作室"女裁缝，有何感受。

"你应该早 10 年过来的，"她回答道，"当时我们中的更多人还在世。"

时间一年年逝去，幸存者也一个个离开。有些女裁缝在生命的最后几个月会感到，自己精心构筑的情感隔间崩塌了。她们又会同时回想起童年的美好和集中营里的恐怖。爱意与苦涩又交织在了一起。

她们的言语、她们的作品、她们的故事，都不应被遗忘。

每个女裁缝对于那段经历都有着自己的反思。阿莉达对纳粹仍怀有满腔怒火，她写道："我的心无法原谅。"她还发誓要致力于实现"国际和平与全世界人民坚不可摧的友谊"这一目标。[28]她的同胞玛丽露则将终生与反犹主义坚决做斗争视为第二次世界大战时期抵抗纳粹斗争的继续。

艾琳强烈反对仇外情绪，部落主义隔阂以及一切形式的种族主义。尽管在奥斯维辛经受了种种恐怖的苦难，但与女裁缝们的友情令她明白，爱与忠诚永远不可能彻底绝迹。她在晚年向集中营里的所有朋友表达了敬意。她说："那里是人间地狱，但仍有些人保持着人性的面孔。"[29]

布拉查坦承自己对人性失去了信赖，但她仍敦促年轻人接纳个性，赞美多样性，从而建立起一个个团结的社群。

布拉查容光焕发地站在自家小屋的门口，微笑着向我挥手，我也挥手向她告别。这位身材娇小却坚韧不拔的女人经历过剥夺、遭送、饥饿、羞辱、暴行及丧亲之痛。如今她又平静地面对着加州山火、美国政局动荡以及新冠肺炎疫情导致的生活停摆。当我在 2020 年春天通过视频通话询问她的近况时，她只是简单地回答道："我还活着。"

　　我要怀着深切的悲痛之情写下这段话：布拉查·科胡特，本姓贝尔科维奇，已于 2021 年情人节当天凌晨去世。她的活力、忠诚与坚韧将长久地被人铭记。现在她安息了。能够认识她，令我倍感荣幸与愉快。

——2021 年 2 月

致 谢

　　写作本书可不是一场独角戏。我要感谢慷慨地为我提供时间、专长与经历的许多人，尤其是幸存者家属，他们与我分享了珍贵的纪念品和感人的回忆。此外，我还要感谢以色列犹太人大屠杀纪念馆世界大屠杀纪念中心（Yad Yashem World Holocaust Remembrance Center）、美国犹太人大屠杀纪念博物馆（United States Holocaust Memorial Museum）、陶伯犹太人大屠杀图书馆、维也纳犹太人大屠杀图书馆（Wiener Holocaust Library）、南加州大学犹太人大屠杀基金会视觉历史档案馆（Visual History Archive USC Shoah Foundation）、大英图书馆（British Library）、隔都战士之家博物馆（Ghetto Fighters' House Museum）以及犹太遗产博物馆（Museum of Jewish Heritage）的海量资料。

　　要研究这段如此重要，又如此令人痛苦的历史并不容易。在我研究和写作的过程中，耐心的友人、富有洞见的经纪人，以及出版社杰出的编辑，都为我提供了支持。尽管十分辛苦，但能够通过自己的作品来纪念这些遭到如此不公迫害的女性的事迹，能够成为由一段段相互联系的人生编织成的遍布全世界的网络的一部分，还是常常令我感到精神振奋。

当然，书中的任何错误都要归咎于我本人。希望我对待女裁缝们回忆的方式是公正的——尤其是那些未能亲身发言者的回忆，希望我没有辜负女裁缝的家属对我的信任。随着各个档案馆在新冠肺炎大流行结束后将陆续重开，以及本书在全世界范围内的出版发行，我期待着进一步了解这段历史。

与此同时，我还要特别感谢：雅埃尔·阿哈罗尼、莉尔卡·阿雷顿（Lilka Areton）、汤姆·阿雷顿（Tom Areton）、埃米尔·阿雷顿（Emil Areton）、阿夫里·本·泽埃夫（Avri Ben Ze'ev）、卡塔琳娜·布拉特纳（Katarína Blatná）、罗莎林德·布赖恩-施林普夫（Rosalind Bryan-Schrimpff）、希拉里·坎汉（Hilary Canham）、安杰拉·克莱尔（Angela Clare）、薇薇安·科胡特（Vivian Cohut）、克莱门蒂娜·盖斯曼（Clementine Gaisman）、奥什拉特·格林（Oshrat Green）、伊丽特·格林施泰因（Irit Greenstein）、阿夫里·格林施泰因（Avri Greenstein）、爱丽森·海勒杰斯（Allison Hellegers）、理查德·亨利（Richard Henley）、赖纳·霍斯、耶迪达·坎费尔（Yedida Kanfer）、帕维尔·坎卡（Pavel Kanka）、艾米·坎卡-瓦拉达尔斯基（Amy Kanka-Valadarsky）、艾伦·克拉格斯（Ellen Klages）、布拉查·科胡特、吉拉·科恩费尔德-雅各布斯、鲁珀特·兰卡斯特（Rupert Lancaster）、埃莉莎·米尔克斯（Elisa Milkes）、老尤拉伊·米纳里克（Juraj Minárik senior）、小尤拉伊·米纳里克（Juraj Minárik junior）、爱丽斯·纳塔利（Alice Natali）、莎拉·纳尔逊（Sara Nelson）、弗雷德·帕克（Fred Parker）、扬·帕克（Jan Parker）、罗莎林德·帕克（Rosalind Parker）、塔莉娅·赖兴贝格·索法伊尔（Thalia Reichenberg Soffair）、拉菲·沙米尔（Rafi

Shamir）、凯特·肖（Kate Shaw）、加布丽埃拉·雪莱（Gabriela Shelley）、爱娃·福格尔（Eva Vogel）、海伦·韦斯特曼科特（Helen Westmancoat）、约翰·韦斯特曼科特（John Westmancoat）以及玛克辛·威利特（Maxine Willett）等人的帮助。

注 释

序言

[1] *Nazi Chic*, Irene Guenther.

第一章　在纳粹阴影下成长的犹太女孩们

[1] 奥尔加·科瓦奇寄给洛蕾·雪莱的打印证词，藏于陶伯犹太人大屠杀图书馆的洛蕾·雪莱资料库。

[2] 本书作者在 2019 年 11 月对布拉查·科胡特的采访。

[3] 对艾琳·赖兴贝格的采访，藏于南加州大学犹太人大屠杀基金会视觉历史档案馆，编号 07138，由艾琳之子帕维尔·坎卡翻译。作为斯洛伐克国家博物馆一部分的犹太文化博物馆，如今坐落在布拉迪斯拉发犹太街 17 号，就在艾琳家老房子的对面。犹太文化博物馆设有犹太生活常设展，其中就有纪念这个曾经生机勃勃的犹太社区的内容。

[4] 凯特·赖兴贝格生于 1917 年 7 月 18 日；弗丽达·赖兴贝格生于 1913 年 5 月 18 日，嫁给了佐尔坦·费德魏斯（Zoltan Federweiss）；

埃迪特·赖兴贝格生于 1924 年 5 月 24 日。

[5] 勒妮·翁加尔是家中最年长的孩子，有一个弟弟什穆埃尔·翁加尔和两个妹妹吉塔·翁加尔与耶胡迪特·翁加尔。勒妮的希伯来语名字是肖莎娜（Shoshana）。

[6] 布拉查·贝尔科维奇出生时的名字是贝尔塔（Berta），更柔和的爱称是布拉查。布拉查那深爱匈牙利文化的外祖母原本希望给她取个含义为"黎明"的匈牙利语名字，但她的祖父最终选定了贝尔塔这个名字。原因是切帕村有一户犹太富户的女儿就叫贝尔塔。于是，布拉查的祖父声称："假如这对他们来说是个好名字，那对于我的孙女也是个好名字。"布拉查的希伯来语名字是查娅·布拉查（Chaya Bracha），含义是"为生命祈福"。（见未发表的通信）

[7] 面包是自家烤制的，蔬菜是自家地里种的。秋天，人们会赤脚在装着大白菜的桶里来回踩踏，以便挤压出水分后进行腌制。果酱和储存在稻草堆里的胡萝卜能够在冬天提供维生素。孩子们则会钻进地窖，偷吃胡萝卜。关键词是"自给自足"，这其实是一段艰苦的生活。

[8] 第一次世界大战中的战斗经历导致布拉查的祖父伊格纳茨·贝尔科维奇（Ignatz Berkovic）情绪不稳定、易怒，还会酗酒。相较之下，布拉查的祖母丽芙卡·贝尔科维奇（Rivka Berkovic）则是个温柔、有耐心的女人，在伊格纳茨上战场时，她独自抚养了 5 个孩子。但伊格纳茨和丽芙卡都很诚实勤劳，他们的儿子、布拉查的父亲萨洛蒙·贝尔科维奇也继承了他们的优良品质。

[9] 卡特卡·贝尔科维奇的希伯来语名字是托瓦·泰波拉（Tova Taipora），含义为"乖巧的小鸟"。卡特卡生于 1925 年。

[10] *Death Dealer: The Memoirs of the SS Kommandant of Auschwitz*, Rudolf Höss.

[11] 维利巴尔德·亨切尔（Willibald Hentschel）于 1923 年创建了"农夫联盟"，旨在通过帮助对现代城市生活感到幻灭的年轻人在农村过

上乡间生活，来实现德意志种族复兴。在第三帝国时期，"农夫联盟"成员被吸纳进了纳粹党。

[12] *Hanns and Rudolph*, Thomas Harding.

[13] 斯洛伐克女性的姓氏常常会添加 "à" 或 "ovà" 作为后缀，如富克斯这一姓氏的阴性形式就会变成富克索娃（Fuchsovà），但在英语中提及此类姓氏时常常会省略掉表示阴性的后缀。本书中，提及包括玛尔塔·富克斯在内的主要人物的姓氏时，我基本采取了英语的惯常做法。

[14] 玛尔塔热爱阅读和音乐。她还和世交欧根·苏洪（Eugen Suchon）学习过钢琴。凭借《漩涡》（*The Whirlpool*）这部创作于 20 世纪 40 年代的歌剧，苏洪奠定了自己作为斯洛伐克最伟大的作曲家的地位。

[15] *Das Erbe des Kommandanten*, Rainer Höss. 为海德薇·霍斯实行剖腹产的是卡尔·克劳贝格（Carl Clauberg）。克劳贝格后来和鲁道夫·霍斯一道前往奥斯维辛集中营，在奥名昭著的 10 号营房工作。正是在这里，党卫队医生在女囚犯身上做了许多残忍的"医学"试验，包括强制绝育。10 号营房位于奥斯维辛主营地，紧挨着 11 号营房——将被处死的囚犯被关押在这座营房里等待处决。战后，护士玛丽亚·施特龙贝格尔曾在审判卡尔时出庭做证。

[16] 摄影师兼电影导演罗曼·维什尼亚克（Roman Vishniac）的照片敏锐地捕捉了被遣送前的中欧和东欧犹太人的形象。其中一张黑白照片的主角就是凯日马罗克的一群犹太女孩。这些女孩中的一个像布拉查一样留着长辫子，其他人的短发则有些凌乱。她们穿着大衣、系带鞋和长筒袜，神情愉快，姓名和最终的命运则不得而知。

[17] 在美国犹太人大屠杀纪念博物馆的登记卡上，胡妮娅·福尔克曼的姓氏是温克勒，这来自她在莱比锡工作期间为取得签证而缔结的一桩权宜婚姻，胡妮娅真正的夫姓是福尔克。登记卡显示，在被遣送至奥斯维辛时，胡妮娅未患传染病，也并不体弱，这种状况很快就将发生改变。

[18] *Secretaries of Death*, Lore Shelley. 这件事的主角是海尔卡·布罗迪（Helka Brody），被迫中止学业时海尔卡年仅 15 岁。她在巴尔代约夫（Bardejov）镇躲了一段时间，但于 1942 年遭到一名非犹太人告发，随后被遣送至奥斯维辛，在党卫军行政大楼的卡片归档部门干活，和胡妮娅及其他女裁缝成了舍友。

[19] 对艾琳·赖兴贝格的采访，藏于南加州大学犹太人大屠杀基金会视觉历史档案馆，编号 07138。

第二章　时尚是力量，也是被摧毁的对象

[1] 由哈娜·波多尔斯卡设计的一款礼服在 1938 年于柏林举办的国际工艺品展（International Crafts Exhibition）上赢得了一等奖。这是捷克斯洛伐克共和国分裂前捷克时装最后一次在德国展出。

[2] 《夏娃》杂志于 1928 年 12 月首次发行。尽管在大萧条期间有所失色，但这份杂志一直坚持到了 1943 年。这是最为坚韧的一份时尚杂志，克服了战时纸张短缺的困难，持续为读者带去逃避主义与节俭制衣小窍门。

[3] 因为在德国占领捷克斯洛伐克后参与地下抵抗运动，米伦娜·耶森斯卡遭到了盖世太保的逮捕。她于 1944 年 5 月 17 日在拉文斯布吕克集中营因肾衰竭去世。

[4] 胡妮娅与外甥女吉拉·科恩费尔德-雅各布斯的对话。说这话时的胡妮娅对包括裁缝这个行当在内的大多数事情都感到了幻灭。

[5] *Memory Book*, Gila Kornfeld-Jacobs.

[6] *Blood and Banquets*, Bella Fromm, 26 June 1933.

[7] *Broken Threads*, Roberta S. Kremer (ed.). 玛格达·戈培尔成为该机构的名誉主席。和许多纳粹高层分子的妻子一样，玛格达也很享受这份特权，她可以强行获得柏林与其他地方时装裁缝的关注并征召其

为自己效力。随着德国时尚局开始宣传纯粹的德国企业，即使玛格达曾考虑过尽享巴黎时尚，这种梦想也要破碎了。或许因为玛格达过于亲法、过于时尚，最终不得不将名誉主席的职位交给他人。

[8] Tanja Sadowski, 'Die nationalsozialistische Frauenideologie: Bild und Rolle der Frau in der "NS-Frauenwarte" vor 1939'. 德国女性的理想职业是管家、护士、教师、裁缝、秘书、图书管理员或男性助理。

[9] *Blood and Banquets*, 贝拉·弗罗姆, 1933 年 8 月 30 日。

[10] *Inside the Third Reich*, Albert Speer. 对于这些礼物，希特勒表示："我知道这些东西并不漂亮，但它们大多是礼物，我不应该扔掉它们。"

[11] *Glanz und Grauen*, Claudia Gottfried et al.

[12] 在当时的捷克斯洛伐克共和国，带有精美刺绣的传统民族服装成了表达政治立场的一种方式。巴伐利亚式服装代表忠于纳粹党，特殊的本地风格则代表对德国影响力或政策的抵抗。

[13] *Frauen*, Alison Owings.

[14] *Mothers in the Fatherland*, Claudia Koontz. 说这番话的是埃尔娜·卢格比尔（Erna Lugebiel），她在第二次世界大战期间为德国犹太人提供了庇护。引文表达了她对迫害犹太人的愤怒之情。

[15] *Documents on the Holocaust*. 经济部长对反犹抵制行为表示反对，但理由仅是此举会扰乱商业供应链。

[16] *Broken Threads*.

[17] 什么时候一条连衣裙不再只是一条连衣裙？当它成为反犹历史的一部分时。在本书作者的藏品中，有一件漂亮的带有鲜艳印花图案的苹果绿色绉绸衣服，这件衣服就带有 ADEFA 的标签，令人不寒而栗。

[18] *'Aryanisation'in Leipzig: Driven Out. Robbed. Murdered*, Dr Monika Gibas et al.

[19] *Pack of Thieves*, Richard Z. Chesnoff.1938 年，德国 79% 的百货商店和 25% 的零售商店的老板都是犹太人。

[20] *Jewish Life in Leipzig*, Hillel Schechter.

[21] *Hitler's Furies*, Wendy Lower.

[22] *Nuremberg Trial Transcripts.* 在接受审判时，戈林为这番话进行了辩护，他说："这些事件，对财物的破坏以及由此造成的种种麻烦令我情绪激动，不由自主地做出了这番表述。"

[23] *Elegante Welt magazine*, August 1938, 'Stimmung am movehorizont: vorwiegend heiter' article.

[24] *My Life with Goering*, Emmy Goering.

[25] *Pack of Thieves*, Richard Z. Chesnoff.

[26] *Magda Goebbels*, Anja Klabunde.

[27] 对艾琳·赖兴贝格的采访，藏于南加州大学犹太人大屠杀基金会视觉历史档案馆，编号 07138。

[28] 对艾琳·赖兴贝格的采访，藏于南加州大学犹太人大屠杀基金会视觉历史档案馆，编号 07138。

第三章　排挤、盘剥、迫害，直到无处可逃

[1] 对艾琳·赖兴贝格的采访，藏于南加州大学犹太人大屠杀基金会视觉历史档案馆，编号 07138。

[2] 生活在洛穆莫斯图（Lom u Mostu）犹太人社群的埃拉·魏斯贝格尔（Ela Weissberger）一家在"水晶之夜"遭遇了残忍的暴行。

[3] *Occupied Economies*, Hein Klemann & Sergei Kudryashov.

[4] *Out on a Ledge*, Eva Libitzky.

[5] *Dear Fatherland, Rest Quietly*, Margaret Bourke-White. 1945 年，美国摄影师玛格丽特·伯克-怀特（Margaret Bourke-White）在纽伦堡采访了一个年轻的德国装甲掷弹兵。这个士兵对第二次世界大战期间的繁荣已成为过去表示了哀叹。玛格丽特问道，他所谓的"繁荣"

是否指的是来自波兰、法国、比利时和荷兰的食物、衣服及其他物品。这个年轻人感到被冒犯了，他坚持说："不是，它们都来自德国。"他拒不相信这些物品并非"德意志祖国"的爱国主义产品，而是从外国掠取的赃物。

[6] *I Shall Bear Witness*, Victor Klemperer.

[7] 20 岁的卡特卡·费尔德鲍尔于 1922 年 3 月 3 日出生于捷克斯洛伐克共和国西部，她的囚犯号码是 2851。

[8] *Das Schwarze Korps*, 24 November 1938.

[9] 犹太人的银行账户被冻结，资产被转换成无法赎回的政府债券。犹太人若想逃离至海外，需要为这份"优待"纳税，并留下大部分财物。犹太人被当成了财政来源，甚至还要为"水晶之夜"的损失进行赔偿。非犹太公司的犹太工人被开除，有时候这种做法还有个委婉的名字——"公司改组"。

[10] *Magda Goebbels*, Anja Klabunde.

[11] 'Aryanisation'in Leipzig: Driven Out. Robbed. Murdered, Dr Monika Gibas et al.

[12] *Pack of Thieves*, Richard Z. Chesnoff.

[13] 阿道夫·艾希曼建立了"犹太移民中央办公室"，以"鼓励"波希米亚和摩拉维亚保护国的犹太人移居海外。在斯洛伐克，迪特尔·维斯利切尼负责为第三帝国执行将犹太人遣送至马达加斯加这一怪诞的计划。与这些计划相比，灭绝营所提供的"解决方案"要"干净利落"得多。

[14] 对艾琳·赖兴贝格的采访，藏于南加州大学犹太人大屠杀基金会视觉历史档案馆，编号 07138。艾琳在 1939 年至 1942 年接受了缝纫技能培训。

[15] *Secretaries of Death*, Lore Shelley. 格蕾特·杜欣斯基于 1902 年出生在布拉迪斯拉发，她在犹太人大屠杀中幸存了下来。第二次世界大战后，缝纫是她收入的重要来源。

[16] *The Nazi Civilisation*，Lore Shelley. 卡特卡的母亲通过帮邻居做针线活来补贴家用。

[17] *Deutsches Moden Zeitung*, Leipzig, summer 1941.

[18] *Glanz und Grauen*, Claudia Gottfried et al.

[19] *Magda Goebbels*, Anja Klabunde.

[20] *Mothers in the Fatherland*, Claudia Koontz.

[21] 直到 2019 年，家人才通过调查弄清了埃米尔的命运。他在斯洛伐克追捕犹太青年的行动中被捕，随后被遣送至迈达内克灭绝营。埃米尔的囚犯编号数字很小，为第 319 号，他和其他囚犯在营地里干建筑活。1942 年 9 月 7 日，埃米尔在迈达内克灭绝营新建的二氧化碳毒气室被杀害，是记录在案的第 4941 名被处决者。

[22] 从 1944 年开始，党卫队接管了塞雷德劳动营，并将其变成了一座设施齐全的集中营，用于关押犹太人和游击队员等。塞雷德集中营关押了将被转送至特雷辛施塔特、拉文斯布吕克、奥斯维辛和萨克森豪森等集中营的囚犯。从 1942 年 5 月起，任何"具有经济价值的犹太人"都需要佩戴一枚大卫星形状，带有"HŽ"字样的黄色塑料小徽章。"HŽ"是斯洛伐克语中"具有经济价值的犹太人"一词的首字母缩写。（见以色列犹太人大屠杀纪念馆工艺品馆藏。）

[23] *Memory Book*，Gila Kornfeld-Jacobs.

[24] 这所学校的创办者犹太拉比卡勒巴赫（Rabbi Carlebach）于 1935 年移居至巴勒斯坦。当"临时住户"终于从这所学校搬出后，胡妮娅又被送进了一家犹太孤儿院，和另外 7 个女人一起住在 4 楼的一个房间。

[25] *The Girl in the Green Sweater*, Krystyna Chiger.

[26] *Out on a Ledge*, Eva Libitzky.

[27] *Hope is the Last to Die*, Halina Birenbaum.

[28] *The Girl in the Green Sweater*, Krystyna Chiger.

[29] *Fashion Metropolis Berlin*, Uwe Westphal.

[30] *Fashion Metropolis Berlin*, Uwe Westphal. 1941 年 11 月，柏林的夏洛特勒尔（Charlotte Röhl）公司的一个姓施特劳布（Straub）的雇员在信中对最近从罗兹犹太人隔离区收到的 8 条连衣裙的质量赞不绝口。他在信的结尾表示："衷心希望您能继续与我合作，像承诺的那样及时交付产品。"

[31] *Out on a Ledge*, Eva Libitzky.

[32] *My Father's Keeper*, Stephan Lebert.

[33] *East West Street*, Philippe Sandes.

[34] *Occupied Economies*, Hein Klemann & Sergei Kudryashov.

[35] *Hunt for the Jews*, Jan Grabowski.

[36] 赫塔·富克斯生于 1923 年，父母分别是莫里克·富克斯（Moric Fuchs）和弗丽达·富克斯（Frieda Fuchs）。

[37] 阿莉达·德拉萨尔于 1907 年 7 月 23 日出生在费康（Fécamp）。她于 1928 年 10 月 6 日嫁给了面包师罗贝尔·德拉萨尔，夫妻二人于 1936 年加入了法国共产党。由于发动工人罢工，阿莉达在 1938 年 11 月丢掉了时装裁缝的工作，她转而与一名紧身内衣裁缝合作。德拉萨尔夫妇的家被警察搜查了多次，直至他们最终被捕。罗贝尔于 1942 年 9 月 21 日被处决。

[38] *The Nazi Civilisation*, Lore Shelley. 赫塔·梅尔在拉文斯布吕克集中营时，曾在玛丽亚·曼德尔的看守下干活。她后来被派到奥斯维辛集中营的党卫队行政大楼工作。

[39] *Secretaries of Death*, Lore Shelley.

[40] *If This Is a Woman*, Sarah Helm. 拉文斯布吕克集中营的服装产量是如此巨大，以至于当地小企业纷纷破产。行业巨头"纺织与皮革加工公司"（TexLed）在达豪集中营和拉文斯布吕克集中营都开设了工厂。

[41] *Business and Industry in Nazi Germany*, R. Francis Nicosia and Jonathan Huener.

[42] 勒妮·翁加尔的家庭通信。

[43] *Where She Came From*, Helen Epstein.

[44] *Architects of Annihilation*, Götz Aly and Susanne Heim.

第四章 奥斯维辛：被遣送的终点

[1] 见赫塔·富克斯写于1957年的一封信。赫塔在信中以"自由受到损害"为由申请获得赔偿——她被强迫佩戴犹太之星。这封信藏于莱奥贝克（Leo Baeck）档案馆。

[2] 遇难的艾琳·赖兴贝格生于1915年2月25日，在犹太人大屠杀中遇难。引自以色列犹太人大屠杀纪念馆图片资料。

[3] 古斯塔夫·科恩实际上是从塞雷德劳动营逃出去的。他拿着一个来访承包商的工具箱，若无其事地走出了营地大门。假身份证帮他成功躲到第二次世界大战结束。因为假身份证上的照片被一个党卫队守卫认出，原名"莱奥·科恩"的莱奥·科胡特于1944年末被捕。莱奥先是被遣送至塞雷德劳动营，又先后被关押在萨克森豪森、贝尔根-贝尔森和达豪集中营。莱奥曾告诉妻子凯特，一旦自己被抓，就离开布拉迪斯拉发。但凯特又孤单、又害怕，便向盖世太保"自首"了。第二次世界大战结束后，莱奥回到了布拉迪斯拉发，并得知了妻子的命运。见陶伯犹太人大屠杀图书馆和南加州大学犹太人大屠杀基金会口述历史档案。

[4] 纳坦·福尔克曼生于1908年5月14日。见德国联邦档案馆纪念册。

[5] *Secretaries of Death*, Lore Shelley.

[6] *Secretaries of Death*, Lore Shelley.

[7] 幸运的是，艾琳的小妹格蕾特当时正因猩红热住院，因而逃过了征召。她后来和父亲一起被遣送至塞雷德劳动营，并在第二次世界大战期间幸存了下来。

[8] 在奥斯维辛，布拉查和一个名叫吉塞拉·赖因霍尔德（Gisela Reinhold）的比利时女孩成了朋友。吉塞拉一家经营钻石生意。在被遣送前，吉塞拉在一个老旧的木头衣架里藏了些钻石，然后挂上大衣，放在椅子上。吉塞拉曾对布拉查说："如果我能幸存下来，就能找到藏钻石的地方。"第二次世界大战结束后，吉塞拉回到了自家公寓，果不其然在衣架里找到了那些宝贝。

[9] 奥尔加·科瓦奇于 1907 年 12 月 1 日出生于匈牙利的塞克什白堡（Szekesfehervár）。她是在一所技术学院接受的缝纫技能培训。

[10] 爱丽斯·施特劳斯出生于 1922 年。她是在斯洛伐克北部特尔斯特纳-奥拉伊（Trstená Orayy）的家中被捕的。除了一个在劳动营里幸存下来，后成为游击队战士的兄弟外，她的所有近亲都在犹太人大屠杀中遇难了。见爱丽斯与洛蕾·雪莱之间的私人通信，藏于陶伯犹太人大屠杀图书馆。

[11] 勒妮·翁加尔在 1945 年写的信。

[12] *The Nazi Civilisation*, Lore Shelley.

[13] *Secretaries of Death*, Lore Shelley. 一个名叫莱奥·齐普斯（Leo Cips）的劳工发现了丽夫卡的纸条，并将其交给了她的兄弟，后者收到警告后立刻躲藏了起来。

[14] *Auschwitz: The Nazis and the Final Solution*, Lawrence Rees.

[15] *Interrogations*, Richard Overy. 维斯利切尼在接受审判时承认，自己完全明白希姆莱的意图。他说："我意识到，这相当于对数百万人下达了死刑执行令。"

[16] *Atlas of the Holocaust*, Martin Gilbert.

[17] *Pack of Thieves*, Richard Z. Chesnoff.

[18] *Hitler's Beneficiaries*, Götz Aly.

[19] ERR 的职能后被西部服务部（Dienstelle Western）接管。

[20] *Nuremberg Trial Transcripts*, 31 August 1946.

[21] 1941 年 12 月 31 日，希特勒为此签署了一份备忘录。

[22] *Stealing Home*, Shannon L. Fogg.

[23] 玛丽露·科隆班与洛蕾·雪莱的通信，藏于陶伯犹太人大屠杀图书馆。玛丽露在巴黎长大，她先是生活在第 19 区，后搬至郊区。

[24] *Witnessing the Robbing of the Jews*, Sarah Gensburger.

[25] 对莱比锡犹太人的遣送始于 1942 年 1 月 21 日。

[26] *The German War*, Nicholas Stargardt.

[27] 切尔梅克附近的巴塔鞋厂距离奥斯维辛约 10 公里远，后被奥塔-西里西亚（Ota-Silesian）制鞋公司接管。

[28] *999 Women*, Heather Dune Macadam. 首批被遣送至奥斯维辛集中营的斯洛伐克犹太女性的详细经历引自这本书。

[29] *Secretaries of Death*, Lore Shelley.

[30] 爱丽斯·施特劳斯与洛蕾·雪莱之间的私人通信，藏于陶伯犹太人大屠杀图书馆。

[31] *Le Convoi du 24 Janvier*, Charlotte Delbo.

[32] *The Nazi Civilisation*, Lore Shelley. 胡妮娅是以"赫敏·温克勒"的名字被关押的，这来自她为取得捷克护照而缔结的一桩权宜婚姻。在有关胡妮娅的所有集中营文件中，她都被称为"温克勒"。

[33] *Memory Book*, Gila Kornfeld-Jacobs. 在这趟旅途期间，陪伴胡妮娅的是露特·林格尔。露特出生于 1909 年，只比胡妮娅小一岁。她在奥斯维辛集中营的囚徒号码是 46349，胡妮娅的号码则是 46351。露特的丈夫汉斯·林格尔在犹太人大屠杀中被杀害。

[34] *The Nazi Civilisation*, Lore Shelley. 到 1944 年 1 月，从莱比锡被遣送至奥斯维辛的犹太人大多数都已遇难。

第五章 活下去，撑过第一年

[1] *The Nazi Civilisation*, Lore Shelley.

[2] 连接主铁路线和比克瑙集中营的铁路支线于 1944 年完工，刚好赶上运送来自匈牙利的囚犯。这条支线加快了大屠杀的速度，因为新到的人不需要步行或乘卡车从旧匝道进入集中营了。他们成群结队，要么去接受隔离，要么被送进毒气室。

[3] *Private Lives of the SS*, Piotr Setkiewicz. 这些工厂全都受到了包括海德薇在内的党卫队成员的庇护。工厂后来全被夷为平地，在那里建起了 20 座新的住宿营房，成为主营地的扩展区域。从 1944 年起，奥斯维辛女裁缝们便搬进了这里。第二次世界大战结束后，这些营房被转为民用。

[4] *Criminal Experiments on Human Beings in Auschwitz and War Research Laboratories*, Lore Shelley(ed. and trans.).

[5] *Secretaries of Death*, Lore Shelley.

[6] 爱丽斯·施特劳斯与洛蕾·雪莱之间的私人通信，藏于陶伯犹太人大屠杀图书馆。当运送法国政治犯的车队于 1943 年 1 月 27 日抵达奥斯维辛后，包括玛丽露·科隆班和阿莉达·德拉萨尔在内的女囚犯们高唱着《马赛曲》，穿过了这座大门。

[7] *The Nazi Civilisation*, Lore Shelley. 接下来，被关押在 7 号营房的女囚犯又会试着向下一批新入营者发出警告——藏好你们的个人财物。而在新来者的眼中，她们的表现也将如同疯子一般。

[8] *The Nazi Civilisation*, Lore Shelley. 埃迪塔·马利亚罗娃从布拉迪斯拉发被遣送到奥斯维辛，在被剥光衣服和剃光头发时，她还试着安慰年轻的朋友们。她的集中营囚犯号码是 3535。

[9] *Secretaries of Death*, Lore Shelley.

[10] *Memory Book*, Gila Kornfeld-Jacobs.

[11] 较年轻的女性在冬天可能会穿裤子（通常在髋部有纽扣或拉链）而非裙子，有的人还会穿滑雪裤。

[12] 尽管对于德国雅利安人而言，与犹太人发生性关系是犯罪行为，但在集中营里，性暴力的威胁无处不在。此外还存在着遭遇其他囚犯

侵犯的危险。出于获得肉体愉悦、感受人性、换取食物或其他生活必需品等目的，两厢情愿的性行为也并不少见。还有许多囚犯彻底失去了性欲，这也是可以理解的。

[13] *The Union Kommando in Auschwitz*, Lore Shelley. 这个勇敢的姑娘就是莉迪亚·瓦尔戈，她于 1924 年出生于特兰西瓦尼亚地区，1944 年 6 月从匈牙利被遣送至奥斯维辛，在比克瑙接受了分检。

[14] *Inherit the Truth*, Anita Lasker-Wallfisch. 阿妮塔·拉斯克-瓦尔菲施表示，最具创伤性的经历就是在奥斯维辛被剃光头发。她说："这让我感到自己完全赤裸，脆弱无比，彻底沦落到了什么都不是的地步。"成为集中营乐团的一员，令阿妮塔获得了拯救。

[15] 对艾琳·赖兴贝格的采访，藏于南加州大学犹太人大屠杀基金会视觉历史档案馆，编号 07138。

[16] *Criminal Experiments on Human Beings in Auschwitz and War Research Laboratories*, Lore Shelley(ed. and trans.). 勒妮·迪林（Renée Düring）画下了几幅集中营生活的草图。这些画缺乏艺术技巧，但正因此显得更加辛酸。

[17] *Holocaust, the Camp System*, Jane Shuter.

[18] *Auschwitz, Not Long Ago*, Not Far Away. 曾经的奥斯维辛囚犯戴维·奥莱尔（David Olère）于 1946 年画下了数幅有关奥斯维辛-比克瑙集中营流程与建筑物的示意图，其中就包括 3 号火葬场的剖面图。该示意图显示，"梳发工"的劳动地点位于焚尸炉与党卫队监工办公室的上方。

[19] *Auschwitz: A History*, Sybille Steinbacher. 有众多公司从头发生意中获利，当奥斯维辛于 1945 年 1 月被解放后，苏军在集中营皮革厂里发现了近 7 吨准备运出的头发。

[20] *Fashion Under the Occupation*, Dominique Veillon.

[21] *Interrogations*, Richard Overy.

[22] *My Father's Keeper*, Stephan Lebert. 此言出自小马丁·博尔曼（Martin

Bormann Junior）。他声称海德薇向自己展示过她家阁楼里用人骨制成的家具。

[23] *Fighting Auschwitz*, Jósef Garlinski. 令人惊叹的是，奥斯维辛的囚犯曾尝试用感染了斑疹伤寒的虱子来刺杀党卫队成员。党卫队高级医务人员西格弗里德·施韦拉（Siegfried Schwella）于 1942 年 5 月死于斑疹伤寒，据说是因为有囚犯在他的衣服里放了一只具有传染性的虱子。还有人称，集中营里的告密者斯特凡·奥尔平斯基（Stefan Olpinski）的死因是地下组织成员送给了他一件带有传染性虱子的毛衣。两周后，奥尔平斯基就因斑疹伤寒病发，被送进了 20 号营房，并于 1944 年 1 月初死亡。

[24] *Auschwitz 1270 to the Present*, Robert Jan Van Pelt.

[25] *Private Lives of the SS*, Piotr Setkiewicz. 艾米利亚·泽拉兹尼发现，由于水是黄色的，所以很难将衣物洗得洁白。必须将涂满了肥皂的待洗衣物搬运到水井旁，用干净的井水加以冲洗。在卡尔·弗里奇家的花园里干活的囚犯会偷偷索要洗衣皂，为了补充维生素，还会偷要大蒜和洋葱。弗里奇太太还会为在她家花园干活的囚犯熬汤，这些囚徒中包括在霍斯家别墅干过活的斯坦尼斯瓦夫·杜别尔，但她的丈夫禁止了这种慷慨的行为。

[26] *KL Auschwitz Seen by the SS*, Jerzy Rawicz(ed.).

[27] *Interrogations*, Richard Overy. 在接受审判时，奥托·莫尔为自己的行为进行了辩护。他说："我不应为他们生命的终结负责。"但这与多名目击者指控他施虐、贪婪并亲手杀害数千人的证词相悖。

[28] *The Nazi Civilisation*, Lore Shelley.

[29] *Death Dealer: The Memoirs of the SS Kommandant of Auschwitz*, Rudolf Höss.

[30] *Memory Book*, Gila Kornfeld-Jacobs.

[31] *The Tin Ring, or How I Cheated Death*, Zdenka Fantlová. 兹登卡·范特洛娃先后被遣送至泰雷津、奥斯维辛和贝尔根-贝尔森等集中营。她

幸存了下来。

[32] *Eva's Story*, Eva Schloss.

[33] *Five Chimneys*, Olga Lengyel.

[34] *Secretaries of Death*, Lore Shelley.

[35] *The Tin Ring, or How I Cheated Death*, Zdenka Fantlová.

[36] 马塞尔·伊茨科维茨（Marcelle Itzkowitz）将一件男式衬衣改造成了胸罩。这件胸罩存放于马恩河畔尚皮尼国家抵抗博物馆（Musée de la Résistance nationale de Champigny-sur-Marne）。马塞尔因在法国参与抵抗运动被捕，后被关押在莱比锡附近。

[37] *Facing the Extreme: Moral Life in the Concentration Camps*, Tzvetan Todorov.

[38] *The Union Kommando in Auschwitz*, Lore Shelley. 自由斗士亚历山大·裴多菲（Alexander Petöfi）于 1849 年逝世。

[39] *The Nazi Civilisation*, Lore Shelley.

[40] 对艾琳·赖兴贝格的采访，藏于南加州大学犹太人大屠杀基金会视觉历史档案馆，编号 07138。

第六章 劳动是集中营里唯一的活路

[1] *Memory Book*, Gila Kornfeld-Jacobs.

[2] *KL Auschwitz Seen by the SS*, Jerzy Rawicz(ed.).

[3] 本书作者在 2019 年的采访。

[4] 1945 年的私人家庭通信。

[5] *Auschwitz: The Nazis and the Final Solution*, Lawrence Rees.1942年，党卫队经济与行政总局（WVHA）被改组成了 5 个小组。其中 D 组负责集中营事务，W 组负责党卫队的企业。据历史学家估算，通过将强制劳动力出售给私人企业，纳粹德国获得的净利润就高达 3000 万

帝国马克。

[6] *Post-Auschwitz Fragments*, Lore Shelley.

[7] *Interrogations*, Richard Overy.

[8] *Death Dealer: The Memoirs of the SS Kommandant of Auschwitz*, Rudolf Höss.

[9] *Criminal Experiments on Human Beings in Auschwitz and War Research Laboratories*, Lore Shelley(ed. and trans.). 克洛黛特·拉斐尔于 1910 年出生在巴黎周边，她后来成了玛尔塔·富克斯的朋友。

[10] *The Nazi Civilisation*, Lore Shelley. 来自玛尔塔的朋友安娜·宾德的叙述，对于大多数犹太囚犯来说，内衣都是遭到禁止的奢侈品。不过，这并不能完全阻止她们想方设法获取胸罩和内裤等违禁品。

[11] 陶伯犹太人大屠杀图书馆收藏的洛蕾·雪莱资料集。

[12] *Secretaries of Death*, Lore Shelley.

[13] 1945 年的私人家庭通信。

[14] *Secretaries of Death*, Lore Shelley.

[15] *People in Auschwitz*, Hermann Langbein.

[16] 铁路支线完工于 1944 年，在霍斯的指挥下，恰好赶上了对从匈牙利遣送来的犹太人史无前例的大屠杀。

[17] 玛丽露·科隆班的证词，见陶伯犹太人大屠杀图书馆收藏的洛蕾·雪莱资料集。

[18] *The Union Kommando in Auschwitz*, Lore Shelley.

[19] *Born Survivors*, Wendy Holden.

[20] *People in Auschwitz*, Hermann Langbein.

[21] *The Nazi Civilisation*, Lore Shelley.

[22] *Memory Book*, Gila Kornfeld-Jacobs.

[23] *The Auschwitz Chronicle*, Danuta Czech.

[24] 在集中营里的苦难终于过去之后，莉莉·雅各布斯（Lili Jacobs）在一座被征用的前党卫队建筑里休养时，发现了这部奥斯维辛摄影集。

她的家人也出现在了照片上，然而他们都因身为犹太人已惨遭杀害。多年之后，以色列犹太人大屠杀纪念馆得到了这部摄影集，并将其作为展品陈列。

[25] *Five Chimneys*, Olga Lengyel.

[26] *I Escaped from Auschwitz*, Rudolph Vrba.

[27] 首批赃物贮存在奥斯维辛主营地的皮革厂里。从 1944 年年中，衣物储存在党卫队与囚犯住宿营房附近的集中营扩展区。

[28] *But You Did Not Come Back*, Marceline Loridan-Ivens.

[29] 过了一段时间，这个"老大"就得了斑疹伤寒，最终病死。

[30] *Mothers in the Fatherland*, Claudia Koontz. 创建于 1904 年的萨拉曼德制鞋厂已经发展成萨拉曼德公司，是德国最大的连锁鞋店，如今在全欧洲开设了 150 家分店。

[31] *Hitler's Beneficiaries*, Götz Aly.

[32] *Criminal Experiments on Human Beings in Auschwitz and War Research Laboratories*, Lore Shelley(ed. and trans.). 来自克拉科夫的一个牙科专家负责一项无法令人羡慕的工作：挑选出纯金假牙，再将其固定在卡片上。"相信我，这不是一个令人愉快的职业。"她极其轻描淡写地说。

[33] *The Auschwitz Chronicle*, Danuta Czech. 党卫队经济与行政总局于 1943 年 1 月 6 日下达了这一命令，附有银行账户的详细信息，从犹太死难者那里获取的所有财产都需要存入此账户。

[34] *I Escaped from Auschwitz*, Rudolph Vrba.

[35] 女囚犯汉娜·拉克斯（Hannah Lax）曾在比克瑙营地的"加拿大"库房干活。在一份关于其集中营经历的未公开问卷中，她写道："我们毁坏了找到的财物，未将其上交给德国人。"见陶伯犹太人大屠杀图书馆收藏的洛蕾·雪莱资料集。

[36] *Out on a Ledge*, Eva Libitzky.

[37] *All But My Life*, Gerda Weissman Klein.

[38] 第 1175 号囚犯琳达·赖希（Linda Reich）出现在了卡尔·赫克（Karl Höcker）于 1944 年在奥斯维辛拍摄的一组照片里。第二次世界大战结束后，她两次出庭做证，指控"加拿大区"暴虐的党卫队守卫。布拉查是琳达的终身好友。在她的描述中，琳达宛如"一只四处跑来跑去的小老鼠"。

[39] 弗丽达和约莉的丈夫也在大屠杀中遇难了。

[40] 奥斯维辛国家博物馆"死难者名册"显示，约莉死于 1942 年 9 月 27 日，文件编号为 33157/1942。约莉出生于 1910 年 3 月 14 日。

[41] *Criminal Experiments on Human Beings in Auschwitz and War Research Laboratories*, Lore Shelley(ed. and trans.).

[42] *KL Auschwitz Seen by the SS*, Jerzy Rawicz(ed.). 在克雷默扬扬自得地记录下来的那次挑选行动中，布拉查在学校里的好友莫岑（Motzen）发现了自己的母亲，明知母亲将被送入毒气室，她还是请求和母亲一同前去。

[43] 艾琳日后讲述了这段经历。她表示，在奥斯维辛救了自己命的，不是上帝，而是布拉查。

[44] 不止一部关于奥斯维辛的著作里提到了齐尔卡，尽管作者都对齐尔卡的年幼和求生本能表示同情，但均认为，无论多么不甘心于自己成为将母亲送入毒气室的共犯，齐尔卡终归很享受迫害其他囚犯。她的故事被小说家希瑟·莫里斯（Heather Morris）改编成了小说《齐尔卡的旅程》（*Cilka's Journey*）。

第七章　被奴役的劳动者，作威作福的纳粹

[1] *Private Lives of the SS*, Piotr Setkiewicz.

[2] 霍斯的司机莱奥·黑格曾向霍斯之孙赖纳提及此事。

[3] *Criminal Experiments on Human Beings in Auschwitz and War Research Laboratories*, Lore Shelley(ed. and trans.).

[4] *The Nazi Civilisation*，Lore Shelley.

[5] *Auschwitz and After*, Charlotte Delbo.

[6] 'Zycie codzienne w willi Hössa', Tomasz Kobylanski.

[7] 第二次世界大战结束后，弗朗茨·达尼曼立刻和也曾是囚犯的库尔特·哈克尔（Kurt Hacker）一起，将纳粹在奥斯维辛集中营里的暴行公之于众。弗朗茨还为将施虐狂马克西米利安·格拉布纳等纳粹罪犯绳之以法做出了贡献。他在战后结束了园丁生涯，改行当了律师。

[8] *Fighting Auschwitz*, Jósef Garlinski.

[9] *Private Lives of the SS*, Piotr Setkiewicz.

[10] 托瓦·兰茨曼（Tova Landsman）的视频证词，以色列犹太人大屠杀纪念馆第 10281 号。

[11] 'Hiding in N. Virginia, a daughter of Auschwitz', Thomas Harding, Washington Post.

[12] 从 1943 年 6 月 3 日起，住在奥斯维辛的党卫队家庭若使用女囚犯在家中干活，则需要向集中营管理部门支付 25 帝国马克。没有付费记录留存下来。显然，囚犯本人从不曾收到这笔"工钱"。

[13] *Private Lives of the SS*, Piotr Setkiewicz. 1974 年，在奥斯维辛国家博物馆工作的玛丽亚·延德雷西克（Maria Jedrysik）对当年被分派到党卫队官员家中干活的女囚犯进行了采访。这些见证者对党卫队的家庭生活给出了独特的见解，认为党卫军并非神话中的人形恶魔，而是复杂的、有重大缺陷的人类。达努塔·伦佩尔就做证说，霍斯在家中对孩子们充满了爱意。她表示："霍斯从来不和我说话。家中的一切都由霍斯太太打理。这是件好事，因为我十分畏惧霍斯。"

[14] *Private Lives of the SS*, Piotr Setkiewicz. 霍斯显然非常爱自己的孩子。在写给海德薇的最后一封信中，他请求她"以真正人道主义的方式教育我们的孩子"。一个被定了罪的杀人狂和种族主义分子竟说出这番话，是不经意间语出讥讽，还是真心希望孩子们不要重蹈自己的覆辙？

[15] 斯坦尼斯瓦夫·杜别尔的证词。

[16] 威廉·克马克于 1943 年 9 月 4 日遭到射杀，以掩盖党卫队参与奥斯维辛屠宰场的黑市交易的事实。作为腐败行为的目击者，他必须被噤声。

[17] 这些带有签名的文件藏于美国犹太人大屠杀纪念博物馆。

[18] *Auschwitz, Not Long Ago, Not Far Away*. 赖纳·霍斯讲述了这段故事。

[19] 雅妮娜·什丘雷克的证词。

[20] *The Auschwitz Chronicle*, Danuta Czech.

[21] *Criminal Experiments on Human Beings in Auschwitz and War Research Laboratories*, Lore Shelley(ed. and trans.).

[22] *The Union Kommando in Auschwitz*, Lore Shelley.

[23] *The Nazi Civilisation*, Lore Shelley. 奥拉·阿洛尼（Ora Aloni）的证词。奥拉表示，要求她制作这样一个特殊娃娃的是"死亡天使"——这个称谓常常被用来指代臭名昭著的女守卫厄玛·格雷斯。

[24] *Five Chimneys*, Olga Lengyel.

[25] *People in Auschwitz*, Hermann Langbein.

[26] *KL Auschwitz Seen by the SS*, Jerzy Rawicz(ed.).

[27] *KL Auschwitz Seen by the SS*, Jerzy Rawicz(ed.).

[28] 玛丽亚·施特龙贝格尔在审判霍斯时的证词。

[29] *Documents on the Holocaust*, Yitzhak Arad et al. (eds.).

[30] *Criminal Experiments on Human Beings in Auschwitz and War Research Laboratories*, Lore Shelley(ed. and trans.).

[31] *Auschwitz, Not Long Ago, Not Far Away*.

[32] *Fashion Metropolis Berlin*, interviewed by journalist Uwe Westphal May 1985.

[33] 党卫队技术军士罗伯特·西雷克（Robert Sierek）为罗伯特·穆尔卡提供的证词。

[34] *KL Auschwitz Seen by the SS*, Jerzy Rawicz(ed.). 克雷默医生受邀出席

了这次晚宴，并在 1942 年 9 月 23 日的日记里记录下了当天的菜单。

[35] *Das Erbe des Kommandanten*, Rainer Höss.

[36] *Das Erbe des Kommandanten*, Rainer Höss.

[37] *People in Auschwitz*, Hermann Langbein.

[38] 霍斯家的访客留言簿现藏于以色列犹太人大屠杀纪念馆。

[39] *Post-Auschwitz Fragments*, Lore Shelley. 卡尔·赫克的摄影展示了"索拉小屋"的详情，该摄影集现藏于美国犹太人大屠杀纪念博物馆。因为赫克的劝说，洛蕾·雪莱家的部分财物在第二次世界大战结束后被归还给了她，赫克说服了那些藏匿财物者将其物归原主。在洛蕾的家乡吕贝克，赫克成了一名备受尊敬的公民。

[40] *People in Auschwitz*, Hermann Langbein.

[41] 海伦娜·肯尼迪（Helena Kennedy）写给集中营乐队成员莉莉·马特（Lili Mathe）的信。藏于哈德斯菲尔德大学犹太人大屠杀教育与学习中心。

[42] *Memory Book*, Gila Kornfeld-Jacobs.

[43] *Death Dealer: The Memoirs of the SS Kommandant of Auschwitz*, Rudolf Höss.

[44] 1947 年审判鲁道夫·霍斯时玛丽亚·施特龙贝格尔的证词。

[45] *Das Erbe des Kommandanten*, Rainer Höss. 这个版本的故事出自海德薇·霍斯的孙子赖纳·霍斯之口。

[46] *Eine Frau on seine Seite*, Gertrud Schwartz.

[47] *Criminal Experiments on Human Beings in Auschwitz and War Research Laboratories*, Lore Shelley(ed. and trans.).

[48] 海德薇拥有的一本德语版《奥斯维辛集中营里的人们》(*People in Auschwitz*)。

[49] *Documents on the Holocaust*, Yitzhak Arad et al. (eds.). 海因里希·希姆莱于 1943 年 10 月 4 日在波兹南对党卫队发表的讲话。

[50] *The Private Heinrich Himmler*, Katrin Himmler and Michael Wildt (eds.).

[51] 1946 年，鲁道夫·霍斯庭审记录。

[52] *People in Auschwitz*, Hermann Langbein.

[53] *Eine Frau an seine Seite*, Gudrun Schwarz.

[54] *People in Auschwitz*, Hermann Langbein.

[55] *Private Lives of the SS*, Piotr Setkiewicz. 年仅 14 岁的亚历山德拉·斯塔瓦尔奇克（Aleksandra Stawarczyk）的证词。

[56] *People in Auschwitz*, Hermann Langbein.

[57] *Private Lives of the SS*, Piotr Setkiewicz. 年仅 14 岁的弗瓦迪斯瓦娃·雅斯切（Władysława Jastrze）的证词。

[58] *People in Auschwitz*, Hermann Langbein.

[59] 赖纳·霍斯与本书作者的电子邮件通信。

[60] *Private Lives of the SS*, Piotr Setkiewicz.

[61] 第二个女裁缝的姓名尚不得而知。她有可能是受到玛尔塔保护的萝济卡的姑姑。萝济卡的姑姑帮助玛尔塔建立了"高级缝纫工作室"，却在不久之后去世了。希望进一步的研究能够发现更多信息。

第八章　奥斯维辛里开了一家"高级缝纫工作室"

[1] *Death Dealer: The Memoirs of the SS Kommandant of Auschwitz*, Rudolf Höss.

[2] *Death Dealer: The Memoirs of the SS Kommandant of Auschwitz*, Rudolf Höss.

[3] *I Escaped from Auschwitz*, Rudolph Vrba.

[4] 对艾琳·赖兴贝格的采访，藏于南加州大学犹太人大屠杀基金会视觉历史档案馆，编号 07138。

[5] 玛丽什卡是胡妮娅妹夫的表亲。她在奥斯维辛幸存了下来，在第二次世界大战结束后不久移居至美国，和养女一同生活在纽约。

[6] 托瓦·兰茨曼的视频证词，以色列犹太人大屠杀纪念馆第 10281 号。

[7] 玛丽亚·毛尔深受囚犯爱戴。她曾于 1963 年 5 月 21 日在皮尔纳地区法庭出庭做证。

[8] *Secretaries of Death*, Lore Shelley. 埃丽卡·库尼奥和母亲一起从希腊塞萨洛尼基（Thessaloniki）被遣送至奥斯维辛。她被分派至"死亡部"干活。"死亡部"对囚犯死亡情况的记录与事实毫不相符，令人毛骨悚然。没有任何人的死因被登记为"谋杀"，而是统一登记为"自然死亡"。最终，就连最有效率的员工也无法登记完数万死难者的信息了。于是她们被告知，压根不要登记犹太死难者的信息。

[9] *Memory Book*, Gila Kornfeld-Jacobs.

[10] *The Nazi Civilisation*, Lore Shelley. 索菲·勒文施泰因的证词，她于 1923 年出生在德国。

[11] 用德语写的明信片，日期为 1943 年 6 月 7 日。藏于隔都战士之家博物馆。

[12] 私人收藏的家庭通信。明信片日期为 1944 年 4 月 3 日。

[13] *Secretaries of Death*, Lore Shelley.

[14] *Death Dealer: The Memoirs of the SS Kommandant of Auschwitz*, Rudolf Höss.

[15] 对艾琳·赖兴贝格的采访，藏于南加州大学犹太人大屠杀基金会视觉历史档案馆，编号 07138。

[16] *Death Dealer: The Memoirs of the SS Kommandant of Auschwitz*, Rudolf Höss.

[17] 截至目前，关于莎丽的信息还比较混乱。洛蕾·雪莱在第二次世界大战结束后与胡妮娅通信时提到的名字是莎丽·杜博娃（Šari Dubová）。胡妮娅的外甥女吉拉·科恩费尔德-雅各布斯则记得一个名叫莎丽·格林瓦尔德（Šari Grünwald）的女士。玛尔塔的长子尤拉伊记得的则是名叫莎丽·马尔茨（Šari Maltz）的女士，她在集中营里幸存了下来，后移居以色列，并在那里成了家。她曾参

加幸存者的非正式聚会，还和尤拉伊一起拜访过胡妮娅。她曾对尤拉伊表示，十分感谢玛尔塔将她调到了"高级缝纫工作室"这个避难所。

[18] *The Nazi Civilisation*, Lore Shelley.

[19] *Stolen Legacy*, Dina Gold.

[20] 雷齐娜·阿普费尔鲍姆和阿夫里·本·泽埃夫教授在与本书作者的通信中提供的证词。雷齐娜在集中营里幸存了下来。在她的字典里，没有"不可能"这个词，在移居以色列后，她更是被家人视为传奇。

[21] *Memory Book*, Gila Kornfeld-Jacobs.

[22] *The Nazi Civilisation*, Lore Shelley.

[23] 托瓦·兰茨曼的视频证词，以色列犹太人大屠杀纪念馆第 10281 号。

[24] *The Nazi Civilisation*, Lore Shelley.

[25] *The Nazi Civilisation*, Lore Shelley.

[26] 手写便条，藏于陶伯犹太人大屠杀图书馆的洛蕾·雪莱资料库。

第九章　被迫劳动下是暗流汹涌的反抗

[1] 阿莉达·瓦斯兰的通信，藏于陶伯犹太人大屠杀图书馆的洛蕾·雪莱资料库。

[2] 第二次世界大战结束后，曼齐·施瓦尔博娃完成了医学学业，成为布拉迪斯拉发儿童医院的一名医生。她的《熄灭的目光》（*Vyhasnute oci*）一书是第一批以奥斯维辛为主题的斯洛伐克语著作之一。

[3] 本书作者在 2019 年 11 月的采访。

[4] 本书作者在 2019 年 11 月的采访。

[5] *Memory Book*, Gila Kornfeld-Jacobs. 这个女囚犯名叫扎比娜（Sabina），她幸存了下来。

[6] *The Nazi Civilisation*, Lore Shelley.

[7] 阿莉达·瓦斯兰的通信，藏于陶伯犹太人大屠杀图书馆的洛蕾·雪莱资料库。

[8] 2020 年 1 月与保罗·坎卡（Paul Kanka）的对话。

[9] *Memory Book*, Gila Kornfeld-Jacobs.

[10] *Fighting Auschwitz*, Jósef Garlinski. 代号为"玛尔塔"的玛丽亚·博布热茨卡（Maria Bobrzecka）从位于附近布热什切（Brzeszcze）的自家化学品商店偷偷将物资寄出。波兰本地居民玛丽亚·胡莱维绍娃（Maria Hulewiszowa）和尤斯蒂娜·哈卢普卡（Justyna Halupka）再像骡子一样将上千瓶能救命的药品带进奥斯维辛。

[11] 雅妮娜·科修什科娃在比克瑙营地救治过华沙起义的幸存者。

[12] 1947 年 3 月 25 日，霍斯在克拉科夫接受审判时玛丽亚·施特龙贝格尔的证词。

[13] *People in Auschwitz*, Hermann Langbein.

[14] *The Nazi Civilisation*, Lore Shelley. 赫塔·梅尔的证词。赫塔来自摩拉维亚南部，她是奥斯维辛地下共产主义小组的成员，在共产主义抵抗小组中十分活跃。她在党卫队行政大楼里的中央建筑局干活。

[15] 私人收藏的手写明信片。

[16] 藏于隔都战士之家博物馆。可悲的是，恩斯特·赖夫被迫离开了藏匿地点，并遭到了纳粹的射杀。

[17] 与洛蕾·雪莱的通信，藏于陶伯犹太人大屠杀图书馆。

[18] *Secretaries of Death*, Lore Shelley. 第二次世界大战结束后，鲁达施遭到了逮捕。但在有人为他做证后，检控方撤销了对他的指控。

[19] 藏于隔都战士之家博物馆。

[20] 私人收藏的手写明信片。玛尔塔的母亲在匈牙利躲藏并幸存了下来；她的父亲也躲藏了起来，但于 1944 年因癌症病逝。

[21] *The Rooster Calls*, Gila Kornfeld-Jacobs.

[22] *The Nazi Civilisation*, Lore Shelley. 薇拉·福尔蒂诺娃是在中央建筑局

干活的一个囚犯。

[23] 当时是 1944 年年中。参与此事的 3 个女囚犯分别是克里斯蒂娜·霍尔恰克（Krystyna Horczak）、瓦莱丽娅·瓦洛娃（Valeria Valová）和薇拉·福尔蒂诺娃。

[24] 现藏于奥斯维辛–比克瑙国家博物馆。

[25] 特蕾莎·拉索茨卡曾为"集中营囚犯援助"机构工作。摄影师佩拉贾·贝德纳尔斯卡曾是波兰家乡军的一名士兵。这些底片于 1944 年 9 月被送出奥斯维辛，后被加以冲洗，旨在向世界揭露集中营里发生的大屠杀等暴行。在对霍斯的审判中，这些照片被作为证据提交。

[26] *Fighting Auschwitz*, Jósef Garlinski.

[27] *Fighting Auschwitz*, Jósef Garlinski. 贝尔纳德·希维尔奇纳本人也曾尝试逃出奥斯维辛，在两个党卫队守卫的支持和协助下，他和其他 4 个囚犯藏在一辆装载着脏亚麻衣物的货车里，于 1944 年 10 月 27 日离开了集中营。然而他们被出卖了。审讯过后，他们在奥斯维辛主营地厨房外被处以绞刑，临刑时仍高喊着反抗的口号。

[28] *Auschwitz: A History*, Sybille Steinbacher. 有关逃亡行动的数据自然难以确认。据信，有 802 人曾尝试逃出奥斯维辛，其中男性为 757 人，女性为 45 人。可以确定的是，有 327 人被重新抓获，另有 144 人成功逃出。至于剩下的尝试逃亡者，则无法确定他们是否躲过了追捕，或者是否幸存了下来。

[29] *Memory Book*, Gila Kornfeld-Jacobs.

[30] 齐拉·齐布尔斯卡和耶日·别莱茨基的逃亡成功了，他们都幸存了下来，但二人却被分开了，直到数十年后才重聚。

[31] *I Escaped from Auschwitz*, Rudolph Vrba.

[32] *I Escaped from Auschwitz*, Rudolph Vrba.1944 年 5 月，切斯拉夫·莫尔多维奇（Czeslaw Mordowics）和阿诺什特·罗辛也成功地逃出了奥斯维辛，向世界提供了证词。

[33] *I Escaped from Auschwitz*, Rudolph Vrba. 1944 年 7 月 11 日，写给英国外交大臣安东尼·艾登（Anthony Eden）的信。艾登在下议院发言时援引了弗尔巴–韦茨勒报告中的信息。

[34] 托瓦·兰茨曼的视频证词，以色列犹太人大屠杀纪念馆第 10281 号。

[35] 1945 年勒妮·翁加尔的信件，来自私人收藏的家庭通信。

[36] *The Nazi Civilisation*, Lore Shelley.

[37] 拉娅·卡甘于 1942 年 6 月 22 日从法国德朗西（Drancy）被遣送至奥斯维辛。拉娅最终成为政务区里审讯囚犯时的翻译。当阿道夫·艾希曼于 1961 年在以色列接受审判时，她也曾出庭做证。庭审的影像记录显示，拉娅的陈述清晰扼要，艾希曼则显得无精打采。最终，拉娅因精神疾病住进了医院，并于 1997 年在以色列去世，享年 87 岁。

[38] 本书作者在 2019 年 11 月的采访。

[39] 本书作者在 2019 年 11 月的采访。

[40] *Al HaMishmar*, 29 December 1964.

[41] *Memory Book*, Gila Kornfeld-Jacobs.

[42] *The Union Kommando in Auschwitz*, Lore Shelley.

[43] *The Union Kommando in Auschwitz*, Lore Shelley. 以色列·古特曼的证词。以色列认为出卖这些女囚犯的是一个名叫欧根·科赫（Eugen Koch）的囚犯。

[44] 托瓦·兰茨曼的视频证词，以色列犹太人大屠杀纪念馆第 10281 号。在魏舍尔金属联盟公司总部所在地福伦登贝格（Forendenberg），人们为这 4 个因参与起义而遭到处决的女孩树立了纪念碑。另一座纪念碑则位于耶路撒冷。

[45] 胡妮娅提供的纸条。藏于陶伯犹太人大屠杀图书馆的洛蕾·雪莱资料库。

第十章　逃离魔窟，重获新生

[1] *Rena's Promise: A Story of Sisters in Auschwitz*, Rena Kornreich Gelissen and Heather Dune Macadam.

[2] *The Auschwitz Chronicle*, Danuta Czech.

[3] *The Auschwitz Chronicle*, Danuta Czech.

[4] *The Auschwitz Chronicle*, Danuta Czech. 有关在霍斯家中干活的囚犯的最后记录出现在 1944 年 11 月 6 日，说明霍斯一家应于这一日期前后搬离奥斯维辛。

[5] *Memory Book*, Gila Kornfeld-Jacobs.

[6] 本书作者在 2019 年的采访。

[7] 对艾琳·赖兴贝格的采访，藏于南加州大学犹太人大屠杀基金会视觉历史档案馆，编号 07138。

[8] 与雷齐娜·阿普费尔鲍姆以及阿夫里·本·泽埃夫的通信。约有 4000 名生病的女囚犯留在了奥斯维辛。获得解放后，一向坚韧无比的雷齐娜说："我们等不了了。我们必须自己采取行动。"她说服了一个德国人，套上一辆马车，护送自己全家离开了集中营，前往最近的火车站。回到布达佩斯时，雷齐娜的体重只有 29 公斤。

[9] 据估计，在徒步撤离奥斯维辛的过程中，共有 9000~15000 人死亡。第二次世界大战结束后，人们尝试弄清无名死难者的姓名，并在坟墓上标明其身份。

[10] 本书作者在 2019 年 11 月的采访。

[11] *Secretaries of Death*, Lore Shelley.

[12] *Memory Book*, Gila Kornfeld-Jacobs.

[13] *The Union Kommando in Auschwitz*, Lore Shelley.

[14] 本书作者在 2019 年 11 月的采访。

[15] *Memory Book*, Gila Kornfeld-Jacobs.

[16] 1945 年 4 月 22 日，被关押在毛特豪森集中营的阿莉达和玛丽露被

苏军解放。此时，玛丽露得知了丈夫已遇难的消息。

[17] *Memory Book*, Gila Kornfeld-Jacobs.

[18] *Memory Book*, Gila Kornfeld-Jacobs.

[19] 本书作者在 2019 年 11 月的采访。

[20] 获得解放后，英军医护人员以及驻扎在贝尔根-贝尔森集中营附近的英军军官太太们发现了伊洛娜·霍赫费尔德的才能。她开始为这些人干针线活，直到攒了足够的香烟，换取了搭乘一趟运煤列车返回布达佩斯的机会。她的家被一个公交车司机占据了，司机的妻子穿着取自伊洛娜衣橱的连衣裙，问伊洛娜："你干吗还回来呀？"20世纪 50 年代，伊洛娜和丈夫一齐逃到了维也纳，再从那里前往英国。后来，伊洛娜在利兹开了一家颇具声望的时装店，为当地上流人物定制婚纱和其他节庆礼服。

[21] 本书作者在 2019 年 11 月的采访。

[22] *Memory Book*, Gila Kornfeld-Jacobs.

[23] *Memory Book*, Gila Kornfeld-Jacobs.

[24] *From Thessaloniki to Auschwitz and Back*, Erika Kounio.

[25] *Memory Book*, Gila Kornfeld-Jacobs.

[26] *Das Erbe des Kommandanten*, Rainer Höss.

[27] 信息来自位于施特劳宾（Straubing）的雷根斯堡（Regensburg）检察院分院。

[28] 这些衣物中包括一件漂亮的带有绿色镶边和五个金属纽扣的灰色毛呢马甲。这件马甲来自奥斯维辛的"加拿大"库房，曾穿在霍斯家的幼子汉斯-于尔根身上，最终又传给了他的幼子赖纳。

[29] *Death Dealer: The Memoirs of the SS Kommandant of Auschwitz*, Rudolf Höss.

[30] *Das Erbe des Kommandanten*, Rainer Höss.

[31] *Eine Frau an seine Seite*, Gudrun Schwarz. 对海德薇·霍斯的审讯，藏于以色列犹太人大屠杀纪念馆。

[32] *Hanns and Rudolph*, Thomas Harding.

[33] *Dear Fatherland*, Margaret Bourke-White.

[34] 对艾琳·赖兴贝格的采访，藏于南加州大学犹太人大屠杀基金会视觉历史档案馆，编号 07138。

[35] *Secretaries of Death*, Lore Shelley.

[36] 本书作者在 2019 年 11 月的采访。

[37] 在结婚并移居以色列后，雷齐娜·阿普费尔鲍姆继续为子女及孙辈缝制衣物，既包括日常服装，也包括高档时装。

[38] *The Nazi Civilisation*, Lore Shelley. 回到费康后，阿莉达在火车站结识了同为战俘的马克斯·瓦斯兰（Max Vasselin）。两个人相互支持着共同生活了 32 年。

[39] 与洛蕾·雪莱的通信，藏于陶伯犹太人大屠杀图书馆。

[40] 玛尔塔在获得解放后写下的日记。

[41] 使用可能是从党卫队行政大楼办公室里"安排"来的文具，玛尔塔草草记录下了自己逃亡的经过与随后的行程。在苏联占领下的波兰，她遭到了苏联内务人民委员会官员的盘问。

[42] 2020 年 5 月与本书作者的对话。

[43] 莱奥·科胡特的口述历史证词。藏于陶伯犹太人大屠杀图书馆。

[44] "小母鸡"萝济卡最终发现，自己还有一个姑姑在世。后来她移居至以色列，在那里结婚生子。布拉查看望过她。

[45] 这段婚姻持续了 67 年。

[46] 这家时装店的老板是海伦娜·鲍姆加特内罗娃（Helena Baumgartnerová）。

[47] 尤拉伊出生于 1949 年，卡塔琳娜和彼得是双胞胎，出生于 1950 年。

[48] 1963 年，为了免受反犹主义骚扰，卡茨一家将姓氏从犹太意味明显的"卡茨"改成了"坎卡"。类似的，赖兴贝格一家也将姓氏改成了"利贝雷茨"（Liberec）。

[49] 2020 年 1 月在特拉维夫与雅埃尔·阿哈罗尼的对话。

[50] 2020 年 1 月在特拉维夫对阿夫里·本·泽埃夫的采访。

第十一章 历史不应被遗忘

[1] 2019 年 1 月在特拉维夫与雅埃尔·阿哈罗尼的对话。

[2] 女儿被遣送至奥斯维辛之后就一直杳无音信，这令卡罗丽娜·贝尔
科维奇意识到，全家都可能遭受悲剧的命运。于是，她便将文件和
摄影集交给了布拉查的朋友弗拉多·金奇克（Vlado Kincik）。金奇
克此前便拒绝加入赫林卡卫队，称其为"暴徒"。他保管着这些珍贵
的物品，并在第二次世界大战结束后将其归还给了布拉查与卡特卡。

[3] 20 世纪 60 年代，勒妮将一本名为"玛尔塔的缝纫厂"的小册子交
给了长子拉菲。这本小册子讲述了位于奥斯维辛党卫队行政大楼的
"高级缝纫工作室"的历史。拉菲知道这本小册子意义重大，但他回
忆不起具体内容了。迄今为止尚未找到小册子的副本。

[4] *From Thessaloniki to Auschwitz and Back*, Erika Kounio.

[5] 为帮助作者写作本书，艾琳之子帕维尔将母亲的视频证词从德语翻
译成了英语。此前，他一直不忍观看这段视频。观看之后，他认为
这段视频令人痛苦，但也使他的情绪得到了宣泄。直面亲人曾经受
的创伤，需要十足的勇气。

[6] 赫塔·富克斯成功地移居到美国，并在那里结了婚。但她的个人资
料显示，在身体和心理上，她一直深受集中营经历的折磨。

[7] 托瓦·兰茨曼的视频证词，以色列犹太人大屠杀纪念馆第 10281 号。

[8] 2019 至 2020 年与米纳里克一家的电子邮件通信。

[9] 2019 年 1 月在特拉维夫与雅埃尔·阿哈罗尼的对话。

[10] 吉拉·科恩费尔德-雅各布斯的高中作文曾在亲戚中传阅，但在之
后的许多年里渐渐被淡忘了。通过层层关系，我有幸联系上了吉
拉。她慷慨地花费时间将《回忆录》（*Memory Book*）从希伯来语

翻译成英语。这样一来，胡妮娅的故事就能拥有更广泛的读者了。理应如此。

[11] *The Criminal Grandson of the Commander of Auschwitz*, Israel Hayom, 28.7.20.

[12] *Das Erbe des Kommandanten*, Rainer Höss.

[13] *Eine Frau an seine Seite*, Gudrun Schwarz. 历史学家汤姆·塞格夫（Tom Segev）采访了多个前党卫队高官的妻子。

[14] 1987 年 4 月 26 日洛蕾·雪莱写给安·韦斯特（Ann West）的信。藏于陶伯犹太人大屠杀图书馆的洛蕾·雪莱资料库。

[15] *Post-Auschwitz Fragments*, Lore Shelley.

[16] 胡妮娅的最后一段婚姻是在以色列嫁给了奥托·黑希特。

[17] 'Jewish Holocaust Survivors' Attitudes Toward Contemporary Beliefs About Themselves', Shelley, Lore PhD, The Fielding Institute 1982, reprinted from Dissertation Abstracts International, vol. 44, No. 6, 1983.

[18] 胡妮娅与洛蕾·雪莱的通信，藏于陶伯犹太人大屠杀图书馆。

[19] 1987 年 11 月 30 日写给梅纳赫姆·拉法洛维茨（Menachem Rafalowitz）的信，藏于陶伯犹太人大屠杀图书馆的洛蕾·雪莱资料库。

[20] *People in Auschwitz*, Hermann Langbein. 赫尔曼·朗拜因记录了 1968 年时一群曾经在奥斯维辛党卫队行政大楼里干活的女囚犯在以色列拉姆拉（Ramla）聚会的场景。参加聚会的 20 人几乎都是首批被遣送至奥斯维辛的斯洛伐克犹太人。本来，赫尔曼希望为写书收集素材，却发现自己只能目瞪口呆地看着与会者同时说个不停，互相提醒着一段段共同的经历。

[21] *The Nazi Civilisation*, Lore Shelley.

[22] 爱娃·赖兴贝格是图鲁尔卡·富克斯与拉齐·赖兴贝格的女儿。

[23] 与艾琳的兄弟阿明·赖兴贝格的女儿塔莉娅·赖兴贝格的对话。

[24] 布拉查先是参观了奥地利毛特豪森集中营，随后又在维也纳待了一

天，在那里生平第一次喝到了可口可乐。艾琳·赖兴贝格再未重返奥斯维辛。她曾重回布拉迪斯拉发，却发现为了修建一条公路，包括自家旧宅在内的犹太街的大多数地段已遭到拆除。这对艾琳来说无疑是一次重大打击。

[25] Kobylan´ski, Tomasz, 'Zycie codzienne w willi Hössa', Polityka, January 2013. 索伊（Soj）一家在这间房子里一直住到了 1972 年，后将其卖给了尤尔恰克（Jurczak）一家。当赖纳·霍斯为拍摄一部纪录片重回这栋别墅时，住在那里的正是尤尔恰克一家。

[26] 奥斯维辛–比克瑙国家博物馆有着配备了精良设备的文物保护团队，他们会令海量馆藏服装中那些易于损毁的纺织品始终处于稳定的状态，如犹太祷告围巾以及其他重要衣物。但有机的纺织品终归是会腐烂的，到了什么时候，这些犹太人大屠杀的遗迹会被允许腐烂呢？还是说，超过自然寿命之后，依然应对其加以保护，从而令这些证据能继续存在下去？

[27] 与本书作者的通信。

[28] *The Nazi Civilisation*, Lore Shelley. 关于人类的行为这一话题，胡妮娅表示，"上帝有一座大型动物园"，换句话说，就是"人上一百，形形色色"。胡妮娅的外甥女吉拉·科恩费尔德–雅各布斯则感慨道："我的姑姑胡妮娅喜欢说这句话。作为奥斯维辛的幸存者，她肯定知道这座动物园究竟有多大。"见与本书作者的通信。

[29] 2020 年 1 月与帕维尔·坎卡的对话。